최인훈의 자기 반영적 글쓰기

이화연구총서 17

최인훈의 자기 반영적 글쓰기

연 남 경 지음

혜안

이화연구총서 발간사

이화여자대학교 총장 김 선 욱

　126년의 역사와 정신적 유산을 가진 이화여자대학교는 '근대', '여성', '교육'이라는 측면에서 한국 사회에 매우 괄목할 성취로 사회의 많은 분야에 변화를 주도해 왔습니다. 우리 이화여자대학교는 이러한 역사와 전통을 바탕으로, 연구와 교육의 수월성 확보라는 대학 본연의 과제에 충실하려 노력하고 있습니다. 구체적으로 국내외 학문적 상호 협력의 연구공동체 거버넌스 구축을 비전으로 삼아, 상호 협력하는 개방적이고 민주적인 소통을 지향하며 다양한 포럼과 학문의 장 안에서 서로의 경험과 성과를 나누는 체계를 지향합니다. 아울러 다문화, 다언어의 역량을 갖추고 세계와 협력·경쟁하면서 타문화를 배려하는 나눔과 섬김의 이화 정신과 가치를 세계 속에 구현하려 합니다.

　열린 학문 공동체 안에서 이화의 교육은 한 개인의 역량을 강화하는 데 머무는 것이 아니라 타인과 약자, 소수자에 대한 배려 의식, 다른 사람과 소통하는 공감 능력을 갖춘 여성의 배출을 목표로 합니다. 이러한 교육 속에서 이화인들의 연구는 무한 경쟁의 급박한 현실에 안주하지 않고, 섬김과 나눔이라는 이화 정신과 닿아 있는 21세기 우리 사회와 세계가 요구하는 사회적 책무를 다하려 합니다.

학문의 길에 선 신진 학자들은 새로운 시대정신과 도전 정신을 바탕으로 창의력 있는 연구 방법과 새로운 연구 성과를 낼 수 있는 든든한 이화의 자산이자 미래입니다. 따라서 신진 학자들에게 주도적인 학문 주체로서 역할에 대한 기대가 매우 큽니다. 또한 그들로부터 나오는 과거를 토대로 새로운 것을 創造하는 '法古創新'한 연구 성과들은 가까이는 학계의 발전을 이끌어 내고, 나아가 '변화'와 '무한경쟁'으로 대변되는 오늘의 상황을 발전적으로 끌어갈 수 있는 저력이 될 것입니다.

이제 이화가 글로벌 지성 공동체로 자리 매김하기 위해서는 이 학문 후속세대를 위한 지원과 연구의 장을 확대할 필요가 있습니다. 이에 따라 이화여자대학교 한국문화연구원에서는 창조적인 도전 정신으로 학문의 방향을 이끌어 갈 학문후속세대를 지원하기 위해 '이화연구총서'를 간행해 오고 있습니다. 이 총서는 최근 박사학위를 취득한 신진 학자들의 연구 논문 가운데 우수논문을 선정하여 발간하는 것입니다. 총서의 간행을 통해 신진 학자들의 논의가 보다 많은 사람들에게 제공되어 이들의 연구 성과가 공유될 수 있는 기회를 줌으로써, 이들이 미래의 학문 세계를 이끌 주역으로 성장하는 데 도움을 주고자 합니다.

앞으로도 '이화연구총서'가 신진 학자들이 한발 더 높이 도약할 수 있는 발판이 되기를 희망합니다. '이화연구총서'의 발간을 위해 애써주신 연구진과 필진 그리고 한국문화연구원의 원장을 비롯한 모든 연구원들의 노고에 진심으로 감사드립니다.

책머리에

　문학 공부의 길에 접어든 지 20년이 되어 간다. 물론 그 기간 동안 한눈도 많이 팔았고, 게으를 때도 수없이 많았다. 그런 가운데 최인훈 문학을 만난 것은 내 일생일대의 행운이다. 나에게 최인훈 문학은 단순한 작가 연구가 아니라 근대에서 현대로 진입하는 한국문학의 큰 물줄기의 맥락을 파악하는 지난한 과제였다. 최인훈이야말로 작가이면서 사상가이자 문학이론가로서 평생을 한국 근현대문학과 역사와의 관계 풀이에 몰두해 왔기 때문이리라. 그의 문학과 더불어 나는 나와 나를 둘러싼 세계에 대해 치열하게 고민하는 법을 배웠다. 또한 난해한 소설 읽기가 어떻게 재미난 지도 알아차리게 되었다. 그 흔적을 이제 책으로 묶는다.

　이 책은 최인훈 소설을 상호 텍스트적으로 다시 읽고 새로운 해석의 여지를 찾고자 한 필자의 박사학위논문을 다듬은 것이다. 최인훈 연구는 「광장」의 발표와 더불어 시작되었고 현재까지 활발히 지속되어 왔다. 이는 그만큼 최인훈의 작품 세계가 깊고 넓어 탐구할 여지가 많음을 방증한다. 여기에 굳이 한 소리를 보탠 이유는 『화두』가 저평가되었다는 문제의식과 『화두』와의 대화적 관계를 설정했을 때 난해한 최인훈의 작품을 쉬우면서도 깊이 있게 읽어낼 수 있는 길이 보였기 때문이다. 그리고 무엇보다도 21세기의 패러다임에서 그의 소설 세계를 재정리해야 할 필요성을 절감한 것에서 비롯되었다. 책 내용을 간략히 소개하면 다음과 같다.

 이 글은 메타픽션『화두』를 중심으로 하여 상호 텍스트 관계에 있는 최인훈의 모든 소설을 다시 읽고 새롭게 문학사적 의의를 규명하는 데 그 목적이 있다. 동시에 시대에 대한 대응 의식으로 문학을 해 온 최인훈의 소설 쓰기가 근본적으로 자기 반영적인 특징을 갖고 있었다고 전제하고, 그것이 통시적으로 드러나는 과정과 의미 생성에 관여하는 바를『화두』와의 관계를 통해 고찰한다. 1994년에 쓰인『화두』에는 작가가 이전에 창작한 모든 작품이 담겨 있으며, 이를 통해 텍스트 간의 대화적 관계가 형성된다. 그러므로 작가 세계를 형성해 온 평생의 문제의식을『화두』를 통해 파악하고, 그 맥락을 따라서 이전 소설들을 새롭게 읽을 수 있다. 그리고 메타픽션이 포함하는 급진적 소설 형식들은 소설들을 해석하고 규명하는 구체적인 방법론으로 작용하게 된다.

 『화두』는 구소련 멸망과 냉전의 종식으로 인한 세계관의 변동 하에서 탄생하였다. II장에서는 서술 원리인 기억의 논리와 글쓰기 원리의 접점을 발견하고, 다층적인 화자 '나'를 스토리 층위, 담론 층위, 그리고 메타 층위로 분류한 후, 다양한 상호 텍스트가 발생하는 공간으로서『화두』와 다른 텍스트들 간에 관계를 설정한다.

 III장에서는 최인훈이 평생을 두고 자신의 글을 통해 풀고자 했던 세

가지 화두-'피난민 의식'과 '자아비판회' 원체험의 의미, 그리고 근대사의
규명이 이루어진다. 초기 소설에서 다양한 억할을 갖던 작중인물들은
각자의 입장에서 이러한 문제의식을 풀기 위한 노력을 보태 왔으며, 이렇게
소설들 간의 상호 텍스트적 관계와 『화두』에서 보이는 패러다임의 변동을
통해 세 가지 문제의식은 해명된다. 반복적 쓰기를 통해 치유의 과정에
접어든 과거의 원체험들은 현실 세계의 허구성이 입증되면서 정치적
억압에서 풀려난다. 그럼으로써 '노예 철학자'로서 글을 써 왔던 화자는
노예 의식에서 풀려나 자발적으로 글 쓰는 떠돌이의 운명을 받아들이고
진정한 미적 주체로 거듭나게 된다. 그리고 패러디 기법을 통해 역사의식을
내포한 글쓰기에 근접해 왔던 화자는 『화두』에서 미적 주체로 변모하면서
한국 문학뿐 아니라 20세기 세계사 전체를 총망라하는 텍스트를 쓰게
된다.

Ⅳ장에서는 최인훈 소설의 다양한 형식적 특성을 고찰한다. 최인훈은
소설 형식을 탐구하는 과정에서 소설의 자기 정체성인 나르시스적 속성을
찾아내고, 궁극적으로 메타픽션 『화두』에서 전통적인 소설 쓰기 경향을
반성하고 소설 텍스트는 수많은 문화에서 온 다양한 글쓰기들이 결합하는
다차원적인 공간임을 알게 된다. 인용들의 짜임인 『화두』는 이전 작품을
읽는 독자의 측면에서 새로운 의미를 읽어내고, 작가의 입장에서 그것을

다시 쓴다는 의미를 가짐으로써 여러 겹의 텍스트 층위를 통해 최종적인 의미를 보류하고 매 순간 다른 의미를 생성하는 텍스트가 된다.

V장에서는 메타픽션 『화두』가 자기 반영성과 역사성을 병치시키고 양자에 동등한 가치를 부여하는 텍스트임을 밝힌다. 이를 통해 최인훈은 전통적 소설이 가졌던 현실 재현의 신화와 내용의 진지성을 탈각시키고 소설 장르를 다양한 담론과 형식적 혼종이 가능한 열린 장르로 변화시켰다. 최인훈의 자기 반영적 글쓰기는 기존 역사를 기술함과 동시에 전복하며, 현재 소설을 반성하고 소설 장르의 미래를 제안한다는 의의를 갖는다.

이 글이 세상에 나올 수 있기까지 많은 분들의 도움이 있었다. 이 지면을 빌려 감사의 인사를 드리고 싶다.

지도교수 김현숙 선생님께서는 93학번의 첫 가르침부터 박사논문 지도까지 20년 동안이나 부족함이 많은 제자를 너른 견식과 사랑으로 거두어 주셨다. 쉽지 않은 학문의 길을 나아갈 수 있도록 이끌어주신 스승이자 어머니 같은 분, "스승같이 되고 싶다"는 소망을 마음 속에 자리 잡게 한 분이시다. 감사하다는 말로는 감사한 마음을 다 담을 수가 없어 안타까울 따름이다.

학위논문을 심사해 주신 선생님들께 머리 숙여 감사드린다. 글의 부족한 부분을 보완하는 데 지침을 주셨던 김상태 선생님, 날카로운 지적뿐 아니라 격려도 아끼지 않으신 김현자 선생님, 한 페이지 가득 논문의 의의를 밝혀주시고 세세한 부분까지 바로잡아 주신 송현호 선생님, 글의 구조를 잡는 데 결정적인 도움을 주신 김미현 선생님께 거듭 감사드린다.

박사 후 연구 지도를 흔쾌히 맡아주시고 책의 내실을 기할 수 있게 다독여 주신 권영민 선생님께 감사드린다. 이 글을 기획할 수 있도록 영감을 부여해 준 김인호 선생님께 감사드린다. 본 연구는 선생님의 선행 연구에 많은 부분 빚지고 있다. 일일이 거론할 수는 없으나 최인훈 문학 연구에 열정을 쏟으신 수많은 선배 연구자들께 존경과 감사의 뜻을 전한다.

오랜 기간 문학에 대한 열정을 나누어온 여러 동료, 선후배들께도 감사드린다. 김세령, 강소연, 윤정화, 오선민, 한혜원, 김지혜 등 정다운 얼굴들이 연이어 떠오르지만 나열하자면 끝이 없을 것 같아 줄인다.

물심양면 지원을 아끼지 않으시며 학업을 계속할 수 있게 도와주신 든든한 지원군이자 둘째 딸을 믿고 소소한 일에도 크게 기뻐해 주시는 부모님(연상우, 신현애)께 참 감사하다. 그리고 늘 응원해 주는 언니네 가족들과 동생 제승에게도 고맙다.

무엇보다 최인훈 선생님께 이 책을 바치고 싶다. 논문을 전해 드리고 나서 처음으로 떨리는 마음으로 자택을 방문했을 때 각종 표시와 밑줄로 이미 낡아있는 내 논문을 보고는 감격해 버렸다. 누구보다 열심히 논문을 읽어주시고 의미를 부여해주신 데 무한한 감사를 드린다. 자주 찾아뵙지 못하지만 늘 반가이 맞이하고 문학 이야기를 들려주시는 선생님께서 늘 건강하시기만을 바란다.

아울러 미욱한 이 글을 '이화연구총서'로 선정하여 출판해 주신 이화여자대학교 한국문화연구원과 도서출판 혜안에도 깊은 감사를 드린다.

2012년 9월
저자 연 남 경

목 차

14

I. 서론

1. 21세기, 『화두』에 주목하는 이유

소설은 발생 이래로 늘 장르적 위기의 시대를 맞이하였으며 거기에 발맞춘 변화를 통해 생존해 왔다.[1] 21세기를 맞이하여 또 다른 위기설에 시달리는 현재[2]에도 소설은 새로운 형식의 변화를 모색하고 있으며, 그에 따라 문학 연구에 있어서도 그에 걸맞은 틀이 요구되는 바이다. 최근 소설의 경향은 세계 재현 위주의 전통적 사실주의 시각에서 점차 벗어나면서 소설의 주제의식이나 인물의 성격, 행동 등의 내용적 측면이 아니라 쓰기의 과정과 텍스트 자체에 초점을 맞추고 있다.[3] 인물 행동의 통일성이

---

1) 예술형식의 역사에는 늘 위기의 시기가 있기 마련이며, 위기의 시기가 오면 가장 풍부한 역사적 에너지의 중심부에서 나오게 되는 새로운 예술형식을 통해서 극복된다.(발터 벤야민, 반성완 편역, 『발터 벤야민의 문예이론』, 민음사, 224~225 면)
2) 영상 매체와 인터넷 시대가 도래하면서 문학과의 괴리가 가속화되고 있다.(김송배, 「문학의 위기, 문단의 진실」, 『문학세계』, 2007, 5월호, 11면)
3) 바르트는 저자의 죽음과 동시에 텍스트의 탄생을 선언한다. 텍스트의 영역은 기표이며, 기의의 무한한 후퇴를 의미한다. 따라서 글쓰기는 끝없이 의미를 비워나가는 직업이며, 이제 문학은 텍스트에 최종적인 의미를 부여하기 거부한다.(롤랑 바르트, 『텍스트의 즐거움』, 김희영 역, 동문선, 31~41면)

작가의 개성으로 대체되고, 해석이 내면화되고, 화자가 창작 경험을 반영한다. 이제 형식의 변형이 내용이 되고, 주제의식이 글쓰기 자체로 옮겨가고 있다.[4]

최인훈의 소설 『화두』가 주목 받아야 하는 이유가 바로 이 지점에 있다. 전통 소설의 재현 방식과 소설적 구성을 거부하고 기억의 단편이 파편적으로 뒤섞인 것처럼 보이는 『화두』는 새로운 형태의 낯선 소설이다. 소설 안에서 소설 쓰기에 대해서 이야기함으로써 소설 형식의 이전 모습을 반성하고 변화를 약속하는 자성 소설의 성격을 띠고, 장르적 위기를 스스로의 힘으로 극복하고자 한다. 그리고 20여 년의 공백을 깨고 『화두』를 이 세상에 내놓기까지 한동안 소설 창작의 절필기를 보냈던 최인훈의 작가적 고뇌와 성숙 과정의 고통이 고스란히 담겨 있다. 작가 최인훈에게 있어 『화두』는 새로운 세계사 인식과 더불어 그때까지의 작품 세계를 되돌아보고 다시 쓰기를 시작한다는 의미를 갖는다. 『화두』는 소설 창작에 대한 의미 부여이자, 소설에 대한 성찰을 통해 소설의 장르적 위상을 재정립하고자 하는 노력의 산물이라 할 수 있다. 당대의 역사의식에 단단히 뿌리내리고 있는 작가 자신의 이야기를 고백함으로써 문학적 진실성을 확보하는 『화두』한 편으로 최인훈은 시대와의 화해뿐 아니라 소설 쓰기에 대한 자신감을 회복한다. 그러므로 20세기를 마감하는 당대 한국 문단에 한 획을 긋는 문제작이자 작가 자신의 작품 세계에 있어서 중요한 위치를 점한다[5]고 판단되는 『화두』는 최인훈 문학의 총체적 세계관을 밝히는 데 있어서 그 중심에 있어야 한다. 즉 『화두』를 통해서 작가의 소설 세계

---

4) Linda Hutcheon, *Narcissistic Narrative, The Metafictional Paradox*, NY & London : Methuen, Wilfrid Laurier Uni. Press, 1980, 12면.

5) 화두는 최인훈 문학 연구의 단서를 제공하고, 나아가 최인훈 문학 연구의 출발점이 될 수도 있다.(김인호, 「'최인훈 연구'의 현황과 향후 과제」, 『해체와 저항의 서사』, 문학과 지성사, 2004, 45면)

전반을 살피는 것이 가능하며, 새로운 의미 생산을 기대할 수 있다.

현재까지 한국 문단에 있어서 작가 최인훈은 이백여 편의 학위논문과 수백 편의 학술논문 및 평론이 나와 있을 정도로 지속적으로 학문적인 관심의 대상이 되어 왔다.6) 1959년 「그레이 구락부 전말기」로 데뷔7)한 이래 1973년 장편 『태풍』에 이르기까지 다양한 유형의 소설을 발표, 연재하였으며, 등단 이듬해인 1960년 「광장」의 발표8)로 문단의 주목을 한눈에 받게 되었다. 그 이후 『서유기』, 「구운몽」과 같은 기존의 사실주의 전통에서 벗어나는 일련의 난해한 작품들을 내놓음으로써 논란의 대상이 되었으며, 당내 문학적 토양에서 찾기 힘들었던 이러한 일련의 시도로 「광장」에서부터 시작된 최인훈에 대한 관심은 식지 않고 지속되어 왔다. 소설 절필 20여 년의 공백을 깨고 1994년, 『화두』가 나오기까지 한동안 소설을 쓰지 않았던 최인훈의 작가적 여로는 희곡 창작기9)와 문학 이론 정립기10)의 우회로를 택하였다. 그리고 가장 최근작인 「바다의 편지」11)를 포함한 최인훈의 문학 세계는 다채로운 스펙트럼을 형성한 채 현재에 닿아 있다.

최인훈 문학 연구는 1960년, 「광장」의 발표와 더불어 시작되었다. 당대의

---

6) 부록으로 별첨한 최인훈 문학 연구서지 목록 참조 바람.

7) 『자유문학』, 1959, 10월호. 같은 해 안수길 선생에 의해 「라울선」(『사유문학』, 12월호)이 두 번째로 추천됨으로써 등단이 완료되었다.

8) 『새벽』, 1960, 11월호.

9) 최초의 희곡인 「옛날 옛적에 훠어이 훠이」(『세계의 문학』, 1976, 창간호) 발표 이후 「한스와 그레텔」(문학예술사, 1982)을 마지막으로 하는 1970년대를 통상 작가의 희곡 창작기로 본다.

10) 산문 「원시인이 되기 위한 문명한 의식」(『문예중앙』, 1979, 겨울호) 이후 문학에 대한 이론과 평론 등을 발표했다. 1980년대는 작가의 문학 이론 정리기에 해당하며 그에 상응하여 산문집이 단행본으로는 『길에 관한 명상』(1989), 최인훈 전집에 『유토피아의 꿈』(1980), 『문학과 이데올로기』(1980)가 비중 있게 자리하고 있다. 문학예술론집 『꿈의 거울』(1990)도 출간되었다.

11) 『황해문화』, 2003, 겨울호.

비평가라면 누구든 한 번쯤은 언급을 했을 정도로 한국전쟁 및 남북분단 문제를 새로운 시각으로 다룬 「광장」의 파급 효과는 대단했다. 1960~1970년대의 연구는 주로 평론적 성격을 띰으로써 소설의 주제론, 작가 의식이나 형식에 대한 인상 비평적 접근에 해당한다. 초창기 평론의 경우, 「광장」에 집중되어 있는 경향을 보였고, 그렇지 않은 경우라도 개별 작품론에 해당하는 글이 대부분이라서 최인훈 소설 전체에 대한 포괄적인 접근은 이루어지지 않았다. 최인훈 소설에 대한 최초의 논의는 「광장」에 대한 긍정적 평가와 부정적 평가의 첨예한 대립에서 시작되었고,[12] 당대 사실주의 위주의 문단에서 극찬을 받았던 「광장」의 긍정적인 평가와 더불어 「가면고」, 「구운몽」, 『서유기』 등의 형식적 생소함에 대해서 관념주의자, 반사실주의 작가 등의 부정적인 평가를 동시에 받게 되었다. 최초의 논의 때 배태된 양분된 평가[13]는 이렇게 한동안 지속되었다.

1980년대 이후부터는 학위논문이 발표되면서 최인훈 문학에 대해서 문학 이론이나 일관된 시각을 가지고 접근하는 본격적인 논의가 시작되었다. 그 스펙트럼은 주제나 작가의식에 대한 접근[14]에서부터 패러디 작품에

---

12) 백철, 「하나의 돌이 던져지다」, 『서울신문』, 1960. 11. 27 ; 신동한, 「확대해석에의 이의」, 『서울신문』, 1960. 12. 14.

13) *긍정적 평가를 내린 평론 : 김윤식, 「어떤 한국인의 요나의 체험」, 『월간문학』, 1973, 1~2월호 ; 이선영, 「지식인의 의식구조」, 『세계의 문학』, 1977, 가을호 ; 이태동, 「문학의 인식 작용과 야누스의 얼굴」, 『세계의 문학』, 1978, 여름호 ; 유종호, 「소설과 정치적 함축」, 『세계의 문학』, 1979, 가을호 ; 김병익, 「사랑, 혹은 현대의 구원」, 『가면고/크리스마스 캐럴』, 최인훈전집 6, 문학과 지성사, 1979 ; 송재영, 「분단시대의 문학적 방법」, 『서유기』, 최인훈전집 3, 문학과 지성사, 1979 ; 오생근, 「믿음의 세계와 창의 문학」, 『우상의 집』, 최인훈 전집 8, 문학과 지성사, 1979. *부정적 평가를 내린 평론 : 구중서, 「중요한 무엇」, 『현대문학』, 1966, 10월 ; 김주연, 「지식인의 행동」, 『한국문학』, 한국문학사, 1977 ; 염무웅, 「상황과 자아」, 『최인훈』, 은애, 1979 ; 천이두, 「밀실과 광장」, 『문학과 지성』, 1976, 겨울호.

14) 김충기, 「최인훈 문학에 나타난 소외의 문제의식」, 경희대학교 석사논문, 1977 ; 김윤창, 「한국 현대소설의 소외의식 연구」, 한양대학교 석사논문, 1984 ; 김경윤,

대한 연구,15) 환상성이나 미궁 이미지 논의,16) 서사 구조나 담론 분석17)

「최인훈 소설 연구」, 경북대학교 석사논문, 1985 ; 배경윤, 「최인훈 소설의 소외의
식 연구」, 효성여자대학교 석사논문, 1989 ; 배미선, 「최인훈의 광장 연구」, 연세대
학교 석사논문, 1994 ; 고인환, 「최인훈 초기 소설 연구」, 경희대학교 석사논문,
1996.

15) 김신운, 「박태원과 최인훈의 소설가 구보씨의 일일 비교 고찰」, 조선대학교 석사논문,
1990 ; 양민숙, 「소설가 구보씨의 일일 연구-박태원, 최인훈의 작품 대비」, 경남대학
교 석사논문, 1992 ; 김미영, 「최인훈의 소설가 구보씨의 일일 연구」, 한양대학교
석사논문, 1993 ; 최인자, 「박태원과 최인훈의 소설가 구보씨의 일일 대비 연구」,
전북대학교 석사논문, 1995 ; 박진, 「최인훈의 소설가 구보씨의 일일 연구」, 고려대
학교 석사논문, 1995 ; 강미옥, 「최인훈 소설 연구-고진소설의 패러디 양상과 그
의미」, 전북대학교 석사논문, 1996 ; 윤미선, 「박태원과 최인훈의 소설가 구보씨의
일일 비교 연구」, 연세대학교 석사논문, 1996 ; 오승은, 「최인훈 소설의 상호텍스트성
연구-패러디 양상을 중심으로」, 서강대학교 석사논문, 1997 ; 정봉곤, 「최인훈의
패러디 소설 연구」, 부산대학교 석사논문, 1997 ; 손유경, 「최인훈·이청준 소설에
나타난 텍스트의 자기 반영성 연구」, 서울대학교 석사논문, 2001 ; 연남경, 「최인훈
소설의 기호학적 분석-춘향면, 놀부면, 옹고집면을 중심으로」, 이화여자대학교
석사논문, 2001 ; 차봉준, 「최인훈의 패러디 소설 연구」, 숭실대학교 석사논문, 2001
; 조보민, 「최인훈의 패러디 소설 연구」, 한국교원대학교 석사논문, 2004 ; 조선희,
「최인훈 패러디 소설의 시간적 특성 연구」, 충북대학교 박사논문, 2007.

16) 박혜주, 「최인훈 소설의 사실성과 비사실성 연구」, 이화여자대학교 석사논문,
1984 ; 황순재, 「최인훈 소설의 환상기법 연구」, 부산대학교 석사논문, 1989 ; 정혜
영, 「최인훈 소설의 환상성 연구」, 숭실대학교 석사논문, 1992 ; 정은영, 「최인훈의
구운몽 연구-미궁만들기와 길찾기의 구성과 관련히어」, 서강대학교 석사논문,
1994 ; 유초선, 「최인훈의 반사실주의 소설 연구-가면고, 구운몽, 서유기를 중심
으로」, 이화여자대학교 석사논문, 1998 ; 조보라미, 「최인훈 소설의 환상성 연구」,
서울대학교 석사논문, 1999 ; 송명진, 「최인훈 소설의 사실효과와 환상효과 연구」,
서강대학교 석사논문, 2000 ; 길경숙, 「최인훈의 서유기 연구」, 한양대학교 석사논
문, 2000 ; 김미영, 「최인훈 소설의 환상성 연구」, 한양대학교 박사논문, 2003 ; 이
대연, 「최인훈의 구운몽 연구-미궁 이미지를 중심으로」, 경기대학교 석사논문,
2006.

17) 김정민, 「최인훈의 금오신화, 구운몽에 나타난 시간구조 연구」, 이화여자대학교
석사논문, 1992 ; 양인, 「최인훈 소설의 서사형식과 사회적 담론 연구」, 서강대학
교 석사논문, 1995 ; 이인숙, 「최인훈 소설의 담론 특성 연구-서술 층위를 중심으
로」, 고려대학교 박사논문, 1998 ; 이정선, 「최인훈 소설 연구-내용과 형식의
상관관계를 중심으로」, 경희대학교 석사논문, 1999 ; 방희조, 「최인훈 소설의

등 다양하게 나타났다. 이러한 일련의 연구들은 최인훈 문학에 대한 본격 연구의 시작이라는 의의를 가짐과 동시에 내용이나 형식 연구의 어느 한 측면에 치우쳐 있다는 한계도 갖고 있다. 또한 그 중 최인훈 문학의 형식적 특수성을 논하는 연구들이 상당한 비중을 차지하고 있는데, 1960~70년대 당시의 리얼리즘 위주의 문단에서 부정적인 평가를 받았던 비사실주의 수법이 그 다음 시대에는 오히려 그 형식적 특수성과 참신성을 연구의 대상으로 삼게 한 원동력으로 작동한다.

1990년대 후반부터 2000년대에 들어서서는 심도 있는 박사논문들이 대거 나오고 있는 추세이다.18) 이 논문들은 단순히 내용이나 형식 일변도에 치우친 연구가 아니라 내용과 형식을 아울러 깊이 있는 작가 세계를 통찰하는 데 이르렀고, 이에 따라 현재 최인훈에 대한 연구는 양적 팽창뿐 아니라 질적으로도 상당한 성과를 거두고 있다고 보인다. 한편 작가이면서 도 문학 이론의 수립과 비평에 관심을 갖고 많은 활동을 해 왔던 최인훈의

서사형식 연구」, 연세대학교 석사논문, 2001 ; 서은선, 「최인훈 소설의 서사형식 연구」, 부산대학교 박사논문, 2003.

18) 허영주, 「최인훈 소설의 정신분석학적 연구」, 계명대학교 박사논문, 1996 ; 김인호, 「최인훈 소설에 나타난 주체성 연구」, 동국대학교 박사논문, 1999 ; 양윤모, 「최인 훈 소설의 '정체성 찾기'에 대한 연구」, 고려대학교 박사논문, 1999 ; 김기주, 「최인 훈 소설 연구, 동국대학교 박사논문」, 2000 ; 서은주, 「최인훈 소설 연구-인식 태도와 서술 방식의 상관성을 중심으로」, 연세대학교 박사논문, 2000 ; 최창수, 「최인훈 소설 연구-욕망의 흐름에 의한 사유운동 양상」, 중앙대학교 박사논문, 2002 ; 김미영, 「최인훈 소설의 환상성 연구」, 한양대학교 박사논문, 2003 ; 서은선, 「최인훈 소설의 서사형식 연구」, 부산대학교 박사논문, 2003 ; 황경, 「최인훈 소설에 나타난 예술론 연구」, 고려대학교 박사논문, 2003 ; 이연숙, 「최인훈 소설 연구-광장에서 화두까지 주체의 욕망을 중심으로」, 중앙대학교 박사논문, 2005 ; 정영훈, 「최인훈 소설에 나타난 주체성과 글쓰기의 상관성 연구」, 서울대학교 박사논문, 2005 ; 장사흠, 「최인훈 소설의 정론과 미적 실천 양상-헤겔 사상의 비판적 수용과 극복 양상을 중심으로」, 서울시립대학교 박사논문, 2005 ; 김기우, 「최인훈 소설 연구 : 최인훈의 예술론과 창작 이론을 중심으로」, 한림대학교 박사논문, 2006.

특징을 살려 예술론을 고찰한 연구19)와 해체론적 관점을 통한 연구20)도 나와 있다. 특히 최근 연구의 흐름에 따른 근대적 주체를 밝히는 연구도 진행되었는데, 작가의 세계 인식 태도를 주체 개념에 연관시켜 주체의 인식론적 욕망의 흐름을 정신분석학적 시각에서 규명21)하거나, 주체와 타자가 화해해 가는 관계를 주체의 이데올로기 인식 하에서 살핀 시각,22) 재현/표상의 주체로서 근대 주체의 문제를 글쓰기 행위와의 관계를 통해 본 시각23) 등의 논의가 주목할 만하다.

근 20년간의 침묵24)을 깨고 세상에 내놓은 장편소설『화두』는 작가 스스로 서문을 통해 장르 규정을 하고 있을 정도로25) 그 평범치 않은 작품의 성격을 감지할 수 있으며, 그에 부응하듯 1994년 출간과 동시에 문학적 세계에 대한 논의가 봇물처럼 터져 나왔다.26) 그 중 대표적인

---

19) 김기우,「최인훈『화두』의 구조와 예술론의 관계에 대한 연구」, 동국대학교 문화예술대학원 석사논문, 1999 ; 황경,「최인훈 소설에 나타난 예술론 연구」, 고려대학교 박사논문, 2003 ; 김기우,「최인훈 소설 연구 : 최인훈의 예술론과 창작 이론을 중심으로」, 한림대학교 박사논문, 2006.

20) 김인호,「최인훈『화두』에 대한 해체론적 읽기」, 동국대학교 교육대학원 석사논문, 1995 ; 김인호,「최인훈 소설에 나타난 주체성 연구」, 동국대학교 박사논문, 1999.

21) 최창수,「최인훈 소설 연구 : 욕망의 흐름에 의한 사유운동 양상」, 중앙대학교 박사논문, 2002.

22) 김인호, 위의 글.

23) 정영훈, 앞의 글.

24) 1984년 단편소설「달과 소년병」을 발표하나 이것이 소설 창작을 다시 시작하거나 큰 획을 그을 만한 지점이 되지는 못한다. 그리하여 1994년 발표된『화두』를 최인훈의 본격적인 소설 재집필 시작점으로 보고자 한다.

25) 최인훈은 서문에 "이 소설은 소설이다"라고 직접 언급하고 있다.(최인훈,『화두』, 2002, 문이재, 11면)

26) 김병익,「남북조 시대 작가의 의식의 자서전」,『문학과 사회』, 1994, 여름호 ; 김윤식,「유죄 판결과 결백 증명의 내력」,『세계의 문학』, 1994, 여름호 ; 류보선,「책읽기를 통한 현실 읽기의 풍요로움」,『문학사상』, 1994, 6월호 ; 송승철,「『화두』의 유민의식 : 해체를 향한 고착과 치열성」,『실천문학』, 1994, 여름호 ; 우찬제,「현실의 유형인·인식의 세계인, 그 가역반응」,『세계의 문학』, 1994, 여름호 ;

연구로 김인호[27]와 김기우[28]의 학위논문을 들 수 있다. 김인호의 연구는
『화두』의 독특한 형식적 특성에 대해 해체 비평의 시각에서 서사전략을
분석해 내고 있는 의미 있는 논의이자 『화두』에 대한 본격적인 최초의
연구라는 의의를 획득하고 있음에도 불구하고 해체적 사유의 특성이
근원적으로 갖는 한계성에 기인하여 대상 작품에 대한 명료한 해석이
이루어지지 않은 상태에서 논의의 진행이 멈추었다는 아쉬움을 남긴다.
김기우의 연구는 『화두』의 장르를 복합장르로 규정하고 그 독특한 구조를
자크 모노의 생물철학과 관련지어 미의식과 구조적인 측면을 특징화하였
으나 본격적인 내용 분석이 이루어지지 않은 점이 아쉽다.

　이러한 기존의 연구는 『화두』 한 편에 대한 단독연구로서 구조나 형식적
특성 파악에 집중되어 있으며 그 이후 현재까지 『화두』와 이전 소설들과의
관계를 적극적으로 살피려는 본격적인 시도는 아직 이루어지지 않은
상태라고 진단할 수 있다. 그렇지만 메타픽션이라는 특수한 형식을 가진
소설인 『화두』는 구조 체계나 작품 자체의 미의식을 밝히려는 기존의
연구 틀을 벗어나서 새로운 시각을 통해 그 안에 녹아 있는 글쓰기에
대한 사유를 건져낼 수 있을 때 비로소 그 의의를 밝힐 수 있을 것이다.
또한 최인훈의 소설 전체를 연구 대상으로 삼는 최근 논문들 중 몇 편이
『화두』를 논의에 포함하고는 있지만 최인훈의 작품 세계에서 실제로

　　윤지관, 「상품인가 물건인가 : 국제경쟁력과 민족문학」, 『창작과 비평』, 1994,
　　여름호 ; 윤충의, 「소설다운 소설쓰기와 읽기」, 『현대문학』, 1994, 6월호 ; 이태동,
　　「역사의식과 작가적인 삶의 편력」, 『문예중앙』, 1994, 여름호 ; 오생근, 「『화두』와
　　기억의 소설적 형식」, 『현대비평과 이론』, 1994, 가을·겨울호 ; 방민호, 「현실을
　　바라보는 세 개의 논리」, 『창작과 비평』, 1994, 겨울호.
27) 김인호, 「최인훈 『화두』에 대한 해체론적 읽기」, 동국대학교 교육대학원 석사논문,
　　1995.
28) 김기우, 「최인훈 『화두』의 구조와 예술론의 관계에 대한 연구」, 동국대학교
　　문화예술대학원 석사논문, 1999.

『화두』가 갖는 중요성에 비해서 현재까지의 연구에서는 그 위상이 축소된 채 간과되고 있는 실정이다.

그 중 서은주29)는 최인훈의 소설세계를 인식 차원과 서술 차원의 상관성을 중심으로 고찰하고 있다. 전쟁과 분단의 체험이 환멸의 태도를 갖게 하지만, 체험적 환멸이 비판적 계몽과 연계됨으로써 허무주의로 퇴행하지 않는다는 기본 시각을 갖고 최인훈 소설 전체를 분석하는데, 마지막 장으로 설정한 『화두』에 이르러 체험적 환멸과 비판적 계몽이 그 기능을 다하지 못하고 퇴조의 양상을 띤다고 부정적으로 해독한다. 계몽과 환멸이라는 일관된 논리를 갖고 내용과 형식의 조화로운 연구를 한 의의가 있지만, 마지막 한 장을 할애한 『화두』에 대해 논리적 인식의 균열을 가져온 산만한 회상이라고 폄하하고 있는 점은 『화두』의 새로움을 제대로 해석해 내지 못했다는 아쉬움을 남긴다.

김인호30)는 석사논문에서 『화두』를 해체적 경향의 글쓰기로 규정한 바 있으며, 이것을 토대로 박사논문에서 다른 작품과 연계성을 가지고 작품 분석을 시도하였다. 그는 소설 담론을 이데올로기 구성체와 동격으로 보고 이데올로기의 관련성 하에서 최인훈 소설의 주체 변화 과정을 고찰하였나. 「가면고」, 「광장」, 「구운몽」, 『서유기』, 『화두』의 다섯 작품 분석을 통해 예속에서 저항을 거쳐 해방의 주체로 나아감을 설명하는데, 잘못된 형이상학적 이상을 추구하는 예속된 주체가 고고학적 방법론을 통해 억압된 무의식의 지대를 보여주고, 계보학적 공간에서 타자와의 상호주관적인 대화를 누리는 해방의 주체로 거듭나게 됨을 해명한다. 그러한 과정을 통해 주체에 의해 배제된 타자를 만나고 타자를 주체로 복위시켜 대화를 나누게 함으로써 주체와 타자가 공존의 장을 마련하여 이데올로기에

---

29) 서은주, 앞의 글.
30) 김인호, 「최인훈 소설에 나타난 주체성 연구」, 동국대학교 박사논문, 1999.

억압되거나 상대를 배제하는 일이 없어지고 진정한 해방을 이루게 된다는 결론을 맺는다. 김인호의 연구는 최인훈의 주체가 변화되는 과정을 통시적으로 고찰하면서『화두』에서 탈근대의 다원화된 주체가 나타남을 밝힌 의미 있는 논의이다. 그리고『화두』가 최인훈 문학 연구의 출발점이 될 수 있다는 단서를 제공하면서『화두』와 다른 작품과의 관련성 하에서 적극적인 연구가 필요함을 제안하고 있다.[31]

정영훈[32]은 근대적 주체의 위기를 재현/표상의 불가능성과 동궤에 놓고 그 긴장 관계에서 최인훈 소설의 미학을 규명하고자 하였다. 우선 김인호의 견해와 유사하게 주체와 타자의 관계를 설정하고, 타자의 시선에서 도피하던 주체가『화두』에 와서 타자들을 수용하고 새로운 관계로 나아간다고 밝혔다. 최인훈 소설의 고유성은 바로 재현/표상의 불가능성에 대한 인식과 욕망이 빚어내는 긴장이며, 글쓰기는 바로 그 과정에서 만들어지는 고투의 산물이라고 본다. 이 논문은 작가의 가장 큰 관심사이자 특징인 글쓰기 문제를 작가의 인식과의 관련 하에서 전면에 부상시켰다는 의의를 갖는다. 그럼에도 불구하고 연구자가 상정한 작가의 세계 인식의 틀에 부합하는 글쓰기 방식만을 논의의 대상으로 삼음으로써 글쓰기에 대한 전면적인 논의가 불가능할 수밖에 없다는 한계를 내포한다.

김기우[33]의 박사논문은 두 부분으로 분리되어 논의가 진행되는데 하나는 최인훈의 예술론과 문학론을 정리하는 부분이고, 다른 하나는 그 예술론과 문학론을 방법론으로 삼아 그의 소설 몇 편을 시기별로 나누어 분석한 것이다. 전반부는 세 권으로 편찬된 최인훈의 문학비평이나 산문을 중심으로 정리하였는데, 연구자의 의도와는 다르게 이 부분이 후반부의 작품을

---

31) 김인호, 「'최인훈 연구'의 현황과 향후 과제」, 앞의 책, 45면.
32) 정영훈, 앞의 글.
33) 김기우, 「최인훈 소설 연구 : 최인훈의 예술론과 창작 이론을 중심으로」, 한림대학교 박사논문, 2006.

분석하는 데 일관된 분석틀로 기능하지 못함으로써 결론적으로 이분적인 논의에 그치고 만다.

이렇게 『화두』를 포함하고 있는 연구의 경우에도 김인호의 논의를 제외하고는 『화두』를 본격적으로 다루지 않고 있으며, 메타픽션이라는 특성을 언급한 연구의 경우에도 다른 작품들과의 관계적 연구는 아직 이루어지지 않은 상태이다. 그렇지만 『화두』는 천 페이지에 달하는 분량 때문만이 아니라 작가의 이전 작품 집필에 대한 문학론의 성격을 가지면서 비로소 작가로서의 최인훈의 모든 면모가 집대성되었다고 할 만한 무게를 갖는 작품으로 봐야 한다. 정과리도 1980년 판 전집과 『화두』를 연결하면서 동시에 그 작품 전체에 대한 재해석을 요구하고 있다.[34] 그러므로 이제 『화두』가 메타픽션이라는 성격에 주목하여 최인훈 문학 연구의 출발점이자 종착점으로 삼고 이전 작품과의 상호 대화적 읽기를 통한 관계적 연구가 시행되어야 할 때이다.

이와 같이 본 연구는 최인훈의 소설 창작 전 과정을 통해 다른 소설들과는 차별되는 『화두』의 위치를 먼저 규명하고, 『화두』를 중심으로 하여 『화두』와 이전 소설들과의 관계와 글쓰기 논의를 통해 최인훈 소설 전체의 지형도를 새롭게 그려보고자 한다. 『화두』 안에서 역사의식과 시대의식 및 글쓰기에 대한 구체적인 내용들이 찾아지므로 이를 통해 지금까지 최인훈의 전작을 다시 읽고 그 새로운 맥락을 찾아보려 한다. 이렇게 『화두』의 메타픽션 형식은 총체적인 텍스트 읽기를 가능하게 함으로써

---

34) 정과리는 21세기에 최인훈 문학을 새롭게 연구하는 방법으로 "『화두』와 이전 작품들 사이에 가교를 놓는 작업이 이루어져야 한다"고 보고 있다. 그 이유로 최근작 『화두』가 세계사적 사건을 통해 민족사적 과제의 재설정과 이전 작품 세계에 대한 재해서을 동시적으로 요구한다는 점을 들고 있다.(정과리, 「21세기에 다시 읽는 최인훈 문학의 문제성」, 『『최인훈 선집』 발간 기념 심포지엄 - '최인훈 문학 50년을 읽다'』, 기조 강연, 2008.)

당대 소설 지형도에 변화를 가져오고 한국문학사에 기여한 최인훈 문학의 의의를 새롭게 밝히는 데 도움이 될 것이다. 이를 통해 문학사에서 최인훈 문학을 재정립하는 계기로 삼고, 나아가 탐구하는 자세로 소설을 써온 최인훈의 작가적 시도가 소설의 장르 발전에 가져온 변화를 찾아보고자 한다.

2. 메타픽션과 자기 반영성

소설의 태동에서부터 비롯된 시대와의 관계 맺기[35]라는 장르적 특수성은 4·19 이후 「광장」, 5·16 다음 해에 「구운몽」, 그리고 구소련의 붕괴와 더불어 『화두』를 내놓은 최인훈의 소설 쓰기에서 그대로 실현되어 왔다. 소설뿐 아니라 희곡이나 문학이론을 포함하여 최인훈의 문학 작품과 산문을 모두 아우르는 하나의 일관된 법칙은 바로 시대에 대한 대응 의식이었다고 말할 수 있다. 이렇게 그에게 있어서 문학을 한다는 것은 역사와 사회에 대한 비평 행위에 다름 아니며[36] 최인훈의 전반적인 작품 세계를 살피는 데 있어서 이러한 시각이 근본적으로 작동한다는 사실을 주지할 필요가 있다.

최인훈은 자신이 처한 시대를 인식하고 발 딛고 있는 한반도의 현 상태를 거시적인 시야를 갖고 조망한다. 제국주의 끝자락의 여파로 식민지

---

35) 이언 와트는 철학적 기조, 사회, 경제구조의 변화 등을 고찰함으로써, 소설의 발생이 어느 한 개인의 공헌에 의한 것이 아니라 18세기 전반의 커다란 사회적 변화와 밀접한 관계를 맺고 있음을 강조하고 있다.(이언 와트, 『소설의 발생』, 전철민 역, 열린책들, 1988.)

36) 김주연은 최인훈이 소설이든 희곡이든 근본적으로 그것들 역시 평론이라는 생각을 갖고 있다고 여긴다.(김주연, 「말멀미에 이기기 위하여」, 『문학과 이데올로기』, 최인훈 전집 12, 문학과 지성사, 1994, 422면)

와 전쟁을 겪고 분단 상태에 놓여 있으며 일방적인 피해자로 남을 수밖에 없었던 한민족의 특수한 시대사적 인식을 통해 그에 대응하는 문학적 응전도 특수해야 한다는 진단이었다. 사회가 발전 단계의 수순을 밟아 자연스럽게 진화한 서구 사회와 그들의 문명이 갑작스럽게 이식된 한국 사회가 다르다는 점을 역사인식을 통해 알아야 한다는 것, 그러므로 현실을 반영하는 창으로서의 문학도 서구의 그것과는 달라야 하며 서양에서 그대로 수입된 그들의 문학을 그대로 적용하면 무리가 따른다는 논리이다. 이런 맥락에서 최인훈은 한국 현실에 맞는 소설을 발명하려 했을 뿐 아니라37) 문학이론에 대해서도 자기만의 논리를 확보하려고 노력함으로써38) 독창적인 문학 세계를 형성해 왔다. 그러므로 그의 소설 세계를 파악하기 위한 방법론 역시 그 안에서 도출해 낼 필요가 있다.

전통 역사와의 단절과 서구 문명의 이식이라는 특수한 시대 인식을 통해 일찍이 한국 근대문학의 속성은 서구 사실주의 문학이 그대로 수용될 수 없다고 파악한 최인훈은 당시 '리얼리티=구상'이라는 고정관념에 젖은 한국 문단에 '리얼리티=구상 혹은 추상'의 사고로 전환할 것을 요구한다.39) 형식에 있어서 추상성을 담보한다는 것은 복잡다단한 현대 사회의 문학을

---

37) "좀더 행복한 문학사에서라면 이런 힘들의 파도를 자연스럽게 <타면서> 보통 한 작가의 창조는 살쩌갈 것인데도 나는 나 자신이 그 <파도>까지도 만들어내야 하도록 몰리고 있는 듯이 느꼈다."(최인훈, 『화두』, 문이재, 2002, 1권, 105면)

38) "나는 귀국 후 몇 편의 에세이를 쓸 수 있었는데 그것들은 (중략) 예술 원론이라고 분류할 수 있는 글들이다. 어느 시기 이후로 나는 기존의 창작의 경험을 반성하고, 그 새김질의 결과를 되도록 기존의 문학 이론에서 쓰이는 개념에 기대지 않고 기록하는 방법에 기댔다."(위의 글, 2권, 21면)

39) "'리얼리티=구상'이란 고정관념을 버리면 된다. 리얼리티라는 말을 가치 개념으로, 구상이라는 말을 방법(혹은 양식) 개념으로 이해하면 된다. 그러면 곧 구상에 반대되는 방법인 추상이 떠오른다. '리얼리티=구상 혹은 추상'이다. 구상과 추상은 가치의 높낮음이 아니라, 방법의 '차이'인 것이다."(최인훈, 「추상과 구상」, 『문학과 이데올로기』, 최인훈전집 12, 문학과 지성사, 1994, 294면)

하는 데 있어서 당연한 그릇의 변화인 것이었고,[40] 최인훈에게 있어서
현실에 대한 구체적 역사의식의 표출이었던 글쓰기는 특히 지속적인
형식적 탐구 행위로 드러난다. 예술 형식의 여러 장치를 통해서 메시지를
전달하고자 했던 작가의 시도는 현실과 문학의 관계 탐구라는 지난한
과정을 보여주는 궤적에 다름 아니다. 최인훈의 50여 년간에 걸친 일련의
창작 과정은 '글'이라는 것을 매개로 현실과 문학, 그리고 그 사이에 위치하
는 독자이자 작가로서의 자신의 정체성 찾기의 여정이었다.

> 내 직업이 글 쓰는 일인 바에는 글 쓰는 일을 반성하는 일은 나에게는
> 가장 자연스러운 구체적 역사의식이라는 말이다.(『화두』 2권, 21면)

이를 위해 최인훈은 독서와 글 쓰는 행위 자체에 주목하고, 선대 문학이나
자신이 썼던 이전 작품과 현재 작품 사이에서 끊임없이 상호 텍스트적
대화를 시도하고, 현실과의 관계에서 문학 텍스트의 정체성을 의식하는
자기 반영적인 글쓰기 세계를 형성하게 된다.

최인훈의 형식적 탐구는 문학의 여러 장르 중에서도 특히 소설 장르에
집중되어 왔는데, 이는 소설 장르 자체가 갖는 개방성과 관련된다. 소설은
문학의 어떤 다른 장르보다도 형식에 대해 개방적이라서 주변 장르를
포섭하면서 형식적 외연을 넓혀왔다.[41] 그와 동시에 작가가 한동안 소설

---

40) "지난 한 세기가 내 생각에는 평범한 인간이 그것을 진지하게 대면한다면 죽음과
광기에 부딪치는, 지난 100년의 세월을 양심적으로 진지하게 살려고 할 때는
반드시 죽음이든지 광기와의 대화에 직면하게 되는 그런 기막힌 세월이었다고
생각해요. (중략) 그런 것을 작가라는 입장으로 부딪칠려고 해보니까 나한테는
무슨 전통적인 소설이니 주류가 어떠느니 리얼리즘이 어떠느니 하는 종래의
그릇은 아무 쓸모가 없었어요. 바다 한복판에서 지극히 원시적인 배 하나를
타면서 동시에 거기서 천문 계산도 하고 낚싯대를 가지고 수심도 재고 하는
식으로 삶을 생각하고 소설을 쓸 수밖에 없었다는 느낌이에요."(이창동 대담,
「최인훈의 최근의 생각들」, 『작가세계』, 1990 봄, 52면)

대신 희곡만 집필했음에도 불구하고 『화두』를 통해 다시 소설 장르로 되돌아왔다는 점도 작가의 문학적 관심이 소설 장르에 집중되어 온 맥락으로 파악되고,[42] 소설의 형식적 실험에 몰두함으로써 현실 대응 전략으로 삼았다는 사실을 설명할 수 있는 근거가 된다. 소설 쓰기를 통해 시대의 부조리에 대응해 보려던 최인훈은 한동안의 좌절기에 봉착하게 되고, 그 시기에 창작한 희곡은 연극의 약속된 형식을 수용한 채 창작되었다는 점에서[43] 최인훈 문학의 형식적 실험의 여정을 추적하는 본서에서는 논외로 두고 소설 장르를 그 대상으로 삼는다.

현실의 어이없음에 맞먹는 표현형식을 실천하고 싶은 깊은 충동에 비하면 내가 막상 써낸 작품은 아직도 너무 습관의 눈치를 보고 있는 느낌이 언제나 들었다. 더 대담해지고 싶은 것, 더 파격이고 싶은 것, 그렇게 해서 현실의 질감에 대해서 더 솔직히 반응하는 것이 정직한 표현태도라는

---

41) 성격상 잡식적 양식인 소설은 모든 문화 형식들에 대해 개방적이라서 다른 장르와 매체들을 집어삼켜 왔다. 소설은 궁정 이야기, 기행 문학, 알레고리, 만담집 등의 다양한 자료들을 섞어 새로운 서사 형태로 만들어 냄으로써 시작되었으며, 계속해서 인접 예술들을 약탈 혹은 병합하여 시적 소설, 극적 소설, 영상적 소실, 그리고 저널리즘 소설 등을 탄생시켰다.(로버트 스탬, 『자기 반영의 영화와 문학』, 오세필·구종상 역, 한나래, 1998, 192면)

42) 최인훈은 소설 외에도 희곡과 평론을 다수 집필했으나, 소설로 등단한 후 소설의 형식적 실험을 지속해왔고, 작가 자신이 소설에 대한 애정을 직접 확인하고 있다. "나머지 시간은 역시 소설을, 몇 편이 될지는 모르겠지만, 소설작업을 더 하고 싶어요. 역시 소설! 한두 편이라도 좋으니까. 이제는 시간이 그렇게 없다는 생각이 들어요."(진형준 대담, 「기억을 찾아가는 소설의 길」, 『상상』, 1994 여름, 229면)

43) 최인훈은 소설과 희곡 장르를 다음과 같이 비교하고 있다. "소설에서는 벌어지는 모든 일의 중심인 서술자의 간섭으로 충격은 시시콜콜 설명되고 따라서 완화된다. 연극에서는 이런 일이 불가능하다. 마음과 몸뚱아리의 어긋남은 피할 길 없이 드러난다. (중략) <해결>이란 다름이 아니고, 해결할 수 없는 채로 놓아두면서도 그것이 곧 해결인 것으로 통하는, 연극이라는 약속의 힘이었다."(최인훈, 『화두』 1권, 136~137면)

생각이 날이 갈수록 깊어지면서도, 지난 10여 년에 나는 그 이상을 흡족하게
실천하지는 못했다. 더 대담하고, 더 솔직하고, 더 순진해야 마땅했다.
나는 더 괴로워해야 했고 그것이 작품의 형식으로 증명돼야 했다. 그
점에서 나는 철저하지 못했다.(『화두』 1권, 347면)

현실에 대응하기 위한 마땅한 표현형식을 실천하고자 글쓰기 자체에
의미를 부여한 작가, 여느 소설가보다도 소설이라는 것 자체에 대해 치밀하
게 고민하는 자세로 임했기에 그의 소설 쓰기 여정은 수월하지 못했다.44)
특히 『화두』에서 종합되기까지 이전의 소설들도 끊임없는 형식적 실험의
장이었으며 후기로 오면서 자신의 소설 창작을 돌아보는 시각이 점차적으
로 형성되고 있었다는 점은 주지할 만하다.45) 이렇게 조금씩 소설을 통해
소설 창작에 대해 말하기 시작한 최인훈의 글쓰기는 『화두』에 이르러
예술과 문학 일반에 대해서뿐만 아니라 자신이 썼던 이전의 창작물들에
대해서도 다시 돌아보게 된다.
　창작자인 작가 자신에 의해 반성의 과정을 거친 이전 소설들과 『화두』의
상호 텍스트적 관계46)는 작가 자신뿐 아니라 독자로 하여금 그의 소설

---

44) "소설에서 고전을 면치 못했다고 볼 수가 있겠죠. 소설이라고 하는 그 자체를
　 또 생각하려고 그랬으니까. 비유적으로 말한다면 자동차 운전하는 사람이 운전하
　 면서 기어를 뽑아가지고 좀 관찰하다가 다시 집어 넣구서 또 운전한다고 하는
　 것은 있을 수 없는 얘기잖아요. 그런데 그런 식으로 주행을 했다는 얘기예요.
　 (중략) 그런 식으로 나는 소설을 60년대 전반에 걸쳐서 쓴 것 같아요."(진형준
　 대담, 앞의 글, 213면)
45) 『소설가 구보씨의 일일』(1969~1972), 『하늘의 다리』(1970) 등의 작품에 오면
　 예술가 화자를 등장시켜 예술 창작 행위에 대해 반성하고 돌아보는 행위가
　 구현된다. 『화두』에 이르러 자신의 소설 전체를 회상하는 소설가 화자가 등장한다.
46) "『화두』를 보자면 그 속에 『회색인』 『서유기』 『소설가 구보씨의 일일』 등이
　 다 담겨 있고, 심지어 『소설가 구보씨의 일일』의 한 장면은 2부의 한 페이지에서
　 그대로 나옵니다. 결과적으로 거의 모든 작품들이 낭비 없이 『화두』에 이르렀기
　 때문에, 나는 그중에서 어떤 작품을 고를 수가 없습니다. 그것은 압록강의 어떤

세계를 다시 읽고 정리하게 한다. 『화두』에는 기존 작품 세계를 지시하는 메타 층위가 설정되어 있어서 이전 작품들을 쓰게 된 동기, 소설 쓰기의 일련의 과정, 소설을 더 이상 쓰지 못하고 희곡을 쓰게 된 이유 등이 자세하게 기술되고 있다. 이렇게 『화두』가 작가의 다른 작품과 상호 텍스트적 관계에 놓여 있다는 점과 메타픽션으로서 다양한 형식적 실험이 행해지고 있다는 특수성으로 인해 『화두』는 그 자체로 최인훈 소설 전체를 연구하는 데 있어서 연구방법으로 기능할 수 있게 된다. 따라서 최인훈의 소설 세계에서 『화두』는 최인훈 작품을 연구하는 데 있어서 출발점이 될 수도 있고, 소설가로서의 자신의 위치를 자기 작품 비평을 통해 자리매김하려는 시도를 하고 있다는 점에서 종착점이 될 수도 있다. 이와 같이 『화두』에서 연구 방법론을 빌려, 소설 안에서 소설 쓰기를 반성하고 그 과정을 바라보는 최인훈식 소설 세계 전체를 살펴보기 위해서는 메타픽션적 관점이 요구된다.

'메타픽션(metafiction)'이란 픽션과 현실과의 관계에 의문을 제기하기 위해 가공물로서의 픽션 자체에 자의식적이고 체계적으로 관심을 갖는 허구적인 글쓰기를 가리키는 말이다.[47] 픽션에 대한 픽션인 메타픽션은 하나의 픽션을 창작함과 동시에 그 픽션의 창작 과정에 대한 진술을 함으로써 픽션 창작의 실제를 통해 픽션의 이론을 탐구하는 소설 쓰기의 하나의 경향이다. 현실과의 지속적인 길항 관계를 갖는 허구적 장르인 소설에서 '메타'라는 용어는 소설 내부의 세계와 현실 세계 사이의 관련성을 탐색하는 데 기여해 왔다. 사실 소설은 근본적으로 자기를 응시하는 장르이므로[48] 메타픽션은 소설의 일반적 특징으로 존재해 왔다고도 볼 수 있다.

지점을 고를 것인가 하는 문제처럼 나에게는 힘든 일입니다."(김인호 대담, 「작가의 세계인식과 텍스트의 자기 증명」, 앞의 책, 287면)

47) 퍼트리샤 워, 『메타픽션』, 김상구 역, 열음사, 1992, 16면.

48) 린다 허천은 소설에 대해 '나르시스적 서사(Narcissistic Narrative)'라는 용어를

그런데 특히 최근에 이런 경향이 주목받게 된 이유는 두 가지로 정리해볼 수 있다. 하나는 메타픽션적 경향은 문학 장르의 역사상 위기의 시대에 발현하게 되는데 20세기 후반이 바로 그런 시기에 해당하기 때문49)이다. 다른 하나는 작가들 스스로 픽션이란 결코 사실이 아님을 새롭게 인식하고, 문학적 사실주의란 용어상 모순이라는 것을 자연스럽게 깨닫게 된 것에서 연유한다.50) 극동의 변방에 위치한 한반도에 찾아온 역사의 격변기도 바로 이 시기에 해당했으며, 시대에의 대응 의식으로 글을 써 온 작가 최인훈은 앞선 시대적 감각을 갖고 당대의 본 모습을 반영하는 새로운 소설의 틀로써 이를 설명하려 했던 것이다.

최인훈의 메타픽션적 글쓰기는 이 세계와 마찬가지로 소설 역시 영원한 진실의 세계가 아니며 대신 일련의 구성이고 가공이며 한정적인 구조일 뿐이라는 작가 인식의 표출이었다. 이러한 글쓰기는 과거의 질서정연한 리얼리티에 부합되는 형식들51)에 대해 의문을 제기하고 장르적 정체성을 되돌아봄으로써 자기 반영적인 본질을 회복한다. 투명성, 현실 모사성에 대한 부정으로서의 텍스트의 자기 반영성은 문학 텍스트가 스스로 만들어져 가는 모습, 다른 텍스트들로부터의 영향, 텍스트 수용, 작가의 개인적 언술을 전면에 드러내는 과정으로 규정된다.52) 이렇게 자기 반영적 텍스트

사용하면서 나르시스 신화와의 알레고리적 연결을 통해 장르상 소설의 기본 조건이 나르시스적, 즉 자의식적인 것이라 밝힌다.(Linda Hutcheon, 앞의 글, 7면)

49) 린다 허천은 현대를 불확실하고 불안정하며 스스로 의문을 제기케 하는 문화적으로 복수주의적인 시대로 보고, 최근의 포스트모더니즘 픽션은 전통적 가치에 대한 불신과 함께 그 붕괴를 드러낸다고 진술한다.(퍼트리샤 워, 앞의 글, 21면)

50) 소설 자체의 진화과정을 통해 「돈키호테」 연구로 시작되는 '픽션은 픽션일 뿐'이라는 현실에 대한 도덕적, 존재론적인 암시는 18~19세기의 리얼리즘에 있어서 소설의 자기자각의 편린을 보여준다.(Linda Hutcheon, 앞의 글, 2면)

51) 잘 짜여진 플롯, 연대기적 순서, 권위를 가진 전지적 작가, 등장인물의 행위와 그들의 존재양상 사이의 이성적인 관계, 표면적인 묘사와 심층 사이의 인과관계, 존재의 과학적 법칙 등.(퍼트리샤 워, 위의 글, 21면)

는 외부 현실과 문학을 리얼리즘 소설과는 다른 방식으로 연결시킴으로써 현실 재현 불가능성과 문학작품이 갖는 허구성을 자각하기 시작한다.

그 구체적 방법으로, 메타픽션은 픽션이 실제의 삶을 모방할 수 없다는 자각의 원인을 소설 '언어' 자체의 본질에서 찾는다. 언어는 재현적이므로 세계를 있는 그대로 모사하려 하지만 언어로 지시된 것들은 사실 자체가 될 수 없고, 문학이란 언어의 중개를 통해 창조된 다른 세계일뿐이라는 '대안세계'53)의 개념을 갖는다.54) 이렇게 언어로 구성된 '대안세계'로서의 픽션 텍스트는 현실 재현을 포기함으로써 확실한 자유를 얻는다.55) 최인훈은 소실 세계를 '기술'괴는 다른 '예술'의 세계로 인식하고,56) 붉가능이란 한계를 지닌 현실 상황을 소설적 환상 안에서, 그것이 환상임을 아는 상태로 극복할 수 있다는 입장을 통해57) '언어'의 구축물인 '대안세계'로서

---

52) 로버트 스탬, 앞의 글, 15면.

53) 픽션은 언어적 리얼리티에 불과하지만, 그것이 우리가 살고 있는 세계의 대안이며, 허구적 진술들이 창조한 '대안세계'의 문맥 속에서 허구적인 진술들은 진실하다. (퍼트리샤 워, 앞의 글, 134면)

54) 이러한 원리는 하이젠베르크의 불확실성의 설명에 근거한다. 관찰자가 항상 대상을 변화시키기 때문에 객관세계를 묘사한다는 것은 불가능하다는 인식이다. 다시 말해 누군가 세계를 재현하고자 할 때, 그는 세계란 재현될 수 없음을 인식하게 된다는 것이다. 픽션문학에서는 사실상 그 세계의 담론들을 재현하는 것만이 가능하다.(위의 글, 17~18면)

55) 바르트는 독사(doxa : 일반견해)의 억압과 권력에서 벗어난 반론적인(paradoxal) 텍스트를 작가와 독자의 육체가 서로 만나, 생산적, 구체적인 즐거움이 창출되는 공간으로 규정한다. 기표의 범주에 속하는 텍스트는 사회적 유토피아의 성질을 띠며, 단순히 기존 문화나 언어를 파괴하는 것이 아니라 언어를 변형하고 재분배하는 의미를 부여한다.(롤랑 바르트, 『텍스트의 즐거움』, 김희영 역, 동문선, 2002, 11~40면) 이러한 바르트의 시각은 소설 장르 자체를 전복하는 게 아니라 익숙한 전통을 재조직하고 전복함으로써 혁신과 친밀감 모두를 제공하려는 메타픽션 문학관과 일치한다.

56) 최인훈은 기술이 발달한 근대에 와서 문학의 꿈조차도 요술이 아닌 기술로 만들어 보자는 것을 '리얼리즘' 문학으로 보고, 문학은 근본적으로 상상력 안에서 이루어진다는 시각에서 근대 리얼리즘적 기술예관을 비판하고 있다.(최인훈, 「기술과 예술에 관하여」, 『꿈의 거울』, 우신사, 1990, 149~151면)

문학작품을 바라보는 메타픽션적 시각을 소설 쓰기의 토대로 갖고 있었음을 보여준다.

메타픽션은 소설의 철저한 텍스트성과 상호 텍스트성을 독자에게 환기시킴으로써 허구적 '대안세계'로서의 픽션 문학의 개념을 재강화한다.[58] 메타픽션에서 '상호 텍스트성(inter-textuality)'이란 서로 교차하는 두 개 이상의 텍스트가 서로를 상대화시키면서 동일 문학 작품 속에서 동시에 존재함을 말한다.[59] 즉 실제 현실세계를 묘사하거나 구성의 소재로 삼는 것이 아니라 이미 존재하는 다른 픽션의 세계와 그 속에 나오는 인물들을 소재로 해서 또 다른 허구의 세계를 만듦으로써[60] 허구성의 개념을 강화시키고 대안세계들이 만들어진 것이라는 사실을 독자가 분명히 인식하도록 한다. 이와 관련하여 최인훈의 전체 소설 창작 과정은 텍스트 간 상호 대화적인 글쓰기의 과정이었음을 이후 논의의 진행을 위한 전제로 삼고, 특히 『화두』를 중심으로 선대 작품과의 패러디 관계와 자기 작품의 자기반영, 텍스트 안에서 선배의 작품을 읽는 독자로서의 화자, 그리고 자신의 이전 작품을 읽는 작가로서의 화자, 텍스트를 읽는 독자들을 향한 작가의 메시지 등 다층적인 결을 따라 상호 텍스트적 읽기가 행해질 것이다.

한편 메타픽션은 소설의 형식과 현실 사이의 관계를 살피기 위해 표현매체에 눈을 돌려 해결점을 모색해 왔고 이는 소설 형식 내에서의 반발로

---

57) 예술은 그것을 감상하는 동안에 경험하는 기쁨 자체가 본질적 가치이다. 예술은 자기가 환상임을 잘 알면서, 이 환상의 한계 안에서 충분히 연구된 기술을 가지고 인간이 꿈꿀 수 있는 최고의 꿈을 꾸게 한다.(최인훈, 「예술이 추구하는 길」, 앞의 책, 157면)

58) 퍼트리샤 워, 앞의 글, 148~149면.

59) 바흐친에 의하면, "문학적 단어는 자신의 옆에 있는 또 다른 문학적 단어의 존재를 자각한다." 크리스테바는 "모든 텍스트는 인용으로 이루어진 모자이크이며 이 모자이크는 다른 텍스트를 흡수하고 변형시킨다"라고 상호 텍스트적 관계를 규명하고 있다.(로버트 스탬, 앞의 글, 54~55면)

60) 퍼트리샤 워, 위의 글, 70면.

나타나게 되었다. 이러한 형식의 변화는 시대와 소설의 관계를 모색하고자 새로운 소설 형식에 몰두해 온 작가 최인훈의 메타픽션적 경향의 소설 쓰기에 전반적으로 나타나 왔다. 그는 패러디, 액자 구조를 통한 알레고리, 지식인이나 예술가 주인공의 설정, 1인칭 화자로의 전이, 장르 삽입을 통한 콜라주 기법, 실제 역사적 사건 인용과 다시 쓰기 등의 다양한 형식 실험을 해 왔다. 이와 같이 메타픽션으로 쓰인 『화두』를 통해 그 시각과 구체적인 형식적 방법을 제공받음으로써 이를 최인훈의 소설 세계를 살피는 데 적절한 틀로 삼을 수 있다.

본 연구는 최인훈의 글쓰기가 근본적으로 자기 반영적이며 텍스트 간에 상호 대화적이라는 특징을 토대로 메타픽션 『화두』를 중심으로 하여 최인훈의 모든 소설 작품을 살필 것이다.

Ⅱ장에서는 『화두』의 글쓰기 내적 논리를 파악하고, 그것을 토대로 하여 다른 소설과의 관계를 설정한다. 먼저 메타픽션 『화두』가 쓰인 연유를 패러다임의 변동과 관련하여 설명하고, 작가적 문제의식의 맥락을 찾게 된다. 다음으로 기억의 원리로 구성된 글쓰기 내적 논리를 파악한 후, 『화두』와 다른 작품들의 상호 텍스트 관계를 구체적으로 설정할 것이다. Ⅲ장에서는 『화두』와 이전 소설들의 상호 대화를 통해 작가의 주제의식이 해명되어 가는 과정을 살필 것이다. 『화두』에서 도출된 주제의식은 개인의 현재와 과거, 그리고 세계와 관계를 갖고 크게 세 가지로 나타난다. 그것은 떠돌이 지식인으로서의 현존과 과거 유년 시절의 원체험과의 관계, 전통 단절에 대한 문학사 의식의 고찰로 나타날 것이다. Ⅳ장에서는 자기 반영적 소설 쓰기의 특징이 소설의 다양한 형식으로 형상화되는 면모와 메타픽션 으로 진행되는 과정을 살필 것이다. 마지막으로 Ⅴ장에서는 Ⅲ장의 주제의 식 관련 논의와 Ⅳ장의 글쓰기 형식 논의가 『화두』에 이르러 종합되고 해명되는 바를 살필 것이다. 이로써 메타픽션으로 향해가는 최인훈의

자기 반영적 글쓰기가 한국문학사에서 갖는 의의를 규명하고, 『화두』의
장르적 전망을 병행하고자 한다.

II. 메타픽션 『화두』와 구원의 글쓰기

『화두』는 작가 최인훈 스스로 문학인생을 종합해 보는 의미를 갖는 작품이다. 다시 말해 최인훈이 평생의 작가의식으로 삼았던 세계와 자아의 관계에 화해의 국면이 조성되고 소설 쓰기에 대한 자신감을 회복했다는 것을 의미한다. 『화두』에는 자아가 세계와의 최초의 관계 맺기부터 시작해서 작가로서 지금껏 글을 써 온 여정, 궁극적으로 작가의식의 갈등이 해소되기까지의 모든 과정이 구성의 원리를 따르지 않은 채 자유롭게 펼쳐져 있다. 문제의식의 배태에서 시작하여 해명까지 가는 과정은 그동안의 글쓰기를 통해 이루어져 있고, 따라서 『화두』는 그 안에 들어있는 다른 텍스트들까지도 모두 다루어야만 비로소 읽기가 완성된다고 말할 수 있다. 본 장에서는 자유로운 구조로 이루어져 있는 『화두』 텍스트가 놓여 있는 상태를 그 자체로 파악한다. 이때 『화두』 안에 내부적으로 녹아있는 글쓰기에 대한 사유가 작동 원리가 될 것이다. 따라서 본 장의 논의는 『화두』가 세상에 나오게 된 연유를 규명하고, 그 글쓰기의 내적 논리를 파악한 후, 최인훈의 다른 텍스트와 대화를 위한 접점을 설정하는 순서로 이루어진다.

1. 패러다임의 변화와 다원적 자아

1) 시대 변동과 새로운 소설 『화두』

『화두』를 놓고 '소설'이라고 굳이 다시 한 번 장르를 확인하는 이유는 전통적 소설의 형식에서 많이 벗어나 있기 때문일 것이다. 『화두』는 작가의 관념이 나열되어 있을 뿐, 소설로서의 구성이 채 이루어지지 못한 작품이라고 폄하되기도 하였고,[1] 이런 반향을 예상해서인지 새로운 형식의 소설 『화두』를 내놓은 작가도 서문에서 "이 소설은 소설이다."[2]라고 언급하고 있다. 이러한 소설 『화두』는 크게 두 가지 논점을 갖는다. 하나는 구소련의 멸망 직후인 1991년에 쓰였다는 점에서 역사적 사건에 대한 대응물이라는 것, 다른 하나는 전통적 소설 장르를 과감히 지양하고 그때까지의 작가 자신의 생애와 창작물을 총망라하는 메타픽션으로 쓰였다는 사실이다. 이러한 견지에서 『화두』라는 소설이 장르적 본질까지 질문 받게 된 이유와 작가가 절필한 지 21년 만에 이러한 소설을 세상에 내놓게 된 원인을 규명해볼 필요가 있을 것이다.

최인훈은 자신의 작가 의식과 시대 의식을 동일선상에 두고 있는 작가이다. 그는 스스로 자신의 역사의식을 문학사 의식에서 찾고 있다고[3] 말할 정도로 그의 문학 작품의 주제의식은 당대의 역사의식에 밀접하게 닿아 있다. 그에게 문학을 한다는 것은 세계에 대한 적극적 대응 행위였으며 그러기에 그의 창작 행위는 치열한 시대감각의 다른 표현 수단이었다.[4]

---

1) 윤지관, 「상품인가 물건인가 : 국가경쟁력과 민족문학」, 『창작과 비평』, 1994 여름.
2) 최인훈, 『화두』 1권, 11면.
3) 위의 글, 2권, 48면.
4) "문학 작품을 쓴다는 것은 작가의 의식과 언어와의 싸움이라는 형식을 통해 작가가 자기가 살고 있는 사회에 대하여 비평을 행하는 것이다."(최인훈, 「문학과

따라서 최인훈에게 문학이란 사회의 '공동체적 이성'과 '공동체적 감정'의
미묘한 일치, 상호 삼투에 의해 열락의 상태에 이르는 것으로 여겨진다.

　　이 <공동체적 감정>과 <공동체적 이성>이 특별하게 분열되어 있는
　　듯이 보이는 시대에서 그 일을 해야 하는 것이 나의 생활이었다. 그리고
　　나는 상대적으로 다른 예술에 비해서 문학은 <공동체적 이성>에 대한
　　탐구가 무거운 부담이 된다고 생각한다.(『화두』 2권, 365면)

　'공동체적 이성'을 시대의식 내지 역사의식과 대체할 수 있는 최인훈식
용어라 할 때, 그는 예술 중에서도 자신이 종사하는 문학 장르가 시대의식과
긴밀한 관계를 맺어야 한다는 입장이다. 그런데 그가 살고 창작하던 1960년
대 한국사회는 개인과 사회가 원만한 합치를 이루지 못한 시대였고, 그는
근대사의 비극적 역사 체험을 원인으로 하여 작가의식을 형성해 왔다.
이러한 의식을 가진 작가에게 그동안 한국에 식민지와 전쟁과 분단을
가져온 제국주의 질서의 변화와 냉전의 종식은 새로운 소설의 탄생을
가져오게 만든 직접적 계기로 작용하였던 것이다. 그렇다면 최인훈의
소설 쓰기와『화두』의 출현에 대응하기 위해 그에게 있어 구소련 멸망이
갖는 역사적 이미를 알아볼 필요가 있다. 최인훈은『화두』에서 산업혁명부
터의 서구 사회의 문명의 발전과 자본주의에 반발한 사회주의 혁명의
발발에 대한 역사적 추이를 자세히 기술하고 있다. 나아가 기술의 발전이
가져온 세계적 부의 불평등과 제국주의의 발현과 식민지의 탄생을 한국의
근대사와 관련하여 짚어나간다. 현재 한국의 시대적 상황과 거기에 위치한
개인의 삶을 다루는 것을 문학하기와 등가에 놓았던 최인훈은 현재 한국사
회의 모습을 야기한 근대사를 추적하게 되었고, 식민지 경험은 서구의

_____

　현실」,『문학과 이데올로기』, 문학과 지성사, 1994, 32면)

사회 변화와 밀접한 관련이 있다는 점에서 20세기 전체를 망라하는 세계 역사를 『화두』 안에 들여놓게 된 것이다.

요컨대 산업혁명으로 문명이 발달하고 엄청난 부를 축적한 유럽은 문명 발전이 더딘 지역을 식민지로 삼았다. 20세기 초는 그런 시기였고, 당시에 러시아는 주변국의 세력 다툼에서 밀려나 식민지 없는 자본주의의 약점으로 인해 국민의 복지조차 해결하지 못하는 상태였다. 따라서 러시아에서는 지금까지와는 다른 농민과 노동자들이 주축이 된 사회혁명 세력이 형성되었고, 식민지 획득으로 사회문제를 해결하는 방식을 비판하고 사회주의 체제의 실현으로 세계를 재편성함으로써 세계가 약육강식의 살육마당에서 벗어나야 함을 주장했다. 그들은 혁명에 성공했고, 가난하며 유럽 강국의 식민 지배를 받았던 지역들이 잇달아 사회주의 혁명지가 되었다. 그리고 식민지의 지식인들은 혁명의 진원지 소련이 정의가 현실로 실현된 이상의 땅인 줄로만 믿고 그 땅으로 망명했다.5)

> 포석 조명희도 그래서 소련으로 갔다. (중략) 포석, 포석 하게 되는 것은 그의 <상징적> 운명 때문이다. 식민지 조선에서 나라 안에서 저항한 사람은 죽거나, 침묵당하거나, 굴복하였다. (중략) 그는 말하자면, 한국 문인 모두를 대표해서, 그들 몫까지 상징적으로 투명한 저항의 궤적을 그려준 운명을 맡은 사람이 되었다는 말이다.(『화두』 2권, 255~258면)

이렇게 소련은 식민지 당시 한국 문인들에게 특별한 의미를 갖는 땅이었다. 즉 한국에 억압적 식민지 체제를 가지고 온 일본 제국주의에 대항할 수 있는 유토피아로 보였던 것이다. 그래서 조명희 이하 조선의 문인들은 식민지하 문학의 그 답답한 세계에서 벗어나 문학의 자유를 구사하고

---

5) 최인훈, 『화두』 2권, 151~158면.

저항하기 위해 제국주의 자체에 저항한 이들이 세운 그곳으로 갔다. 그러나 소련은 혁명 당시의 정신을 망각하고 이후의 위정자들이 악정과 폭정을 거듭한 끝에 점점 더 가난한 나라가 되었고, 결국에는 밑으로부터의 심판인 혁명을 두려워한 나머지 위정자들은 아예 국가를 파멸시켜 버렸다. 현실에는 이상적인 사회주의 체제는 존재하지 않았던 것이다. 그리고 조명희가 1937년에 일본 스파이의 누명을 쓰고 총살당했다는 사실이 밝혀진다.

한편 소련은 『화두』의 화자에게도 조명희와 지도원 교사와 관련된 개인적 인연으로 인해 의미 있는 공간으로 남아 있었다. 『화두』는 포석(抱石) 조명희의 「낙동강」 첫 구절 "낙동강 칠백 리, 길이길이 흐르는 물은……"의 인용으로 시작되고 있다. 『화두』의 화자는 고등학교 문학시간에 배운 이 소설에 대한 독서 감상문으로 인해 담당 교사에게서 훌륭한 작가가 될 거라는 예언을 듣는다. 그리고 사회주의 혁명가였던 「낙동강」의 주인공 '박성운'과 자신을 일치시킨 독서 감상문의 내용이 문학 교사로부터 인정받았다는 점을 글쓰기의 운명을 내림받은 의미로 받아들인다. 그 때문에 「낙동강」을 남기고 자기의 글과 일치하는 인생을 살기 위해 소련으로 망명한 조명희라는 작가는 그때부터 화자에게는 좇아야 할 인생의 스승이 된다. 화자는 소설가로 성장해 가면서 언제나 그 영향력 하에서 글쓰기와 존재의 이유를 찾게 된다. 따라서 소련의 멸망으로 말미암아 밝혀지게 된 포석의 억울한 죽음은 최인훈에게 개인적으로도, 그리고 직업적으로도 큰 충격으로 다가왔다.

「낙동강」이란 <명문>만 있었을 뿐, 『자본론』이란 <명문>만 있었을 뿐, 그에 걸맞는 현실은 비슷한 것도 지구의 그 부분에는 없었다는 결론인가?(『화두』 2권, 273면)

러시아 여행을 통해 작가는 구소련의 잔재가 남기고 간 허상들을 눈으로 직접 바라보고, 조명희의 문건을 찾음으로써 일본의 스파이로 몰려 사형당한 억울한 죽음을 확인한다. 당시 현실 세계에서 억눌린 자들의 상징적 유토피아였던 사회주의 구현의 허상은 분명해졌다. 구소련에서는 세상은 객관적으로 인식되는 질서를 갖춘 곳도, 도덕적 가치가 실현되는 곳도 아니었다는 인식, 즉 통일적 세계관과 자아상을 갖는 근대적 세계관6)의 허구성이 드러나는 장면을 작가는 확인한다. 그와 동시에 최인훈은 그때까지 글쓰기의 문제의식으로 삼고 해결하고자 했던 '세계와 관련한 자아 찾기'라는 화두가 풀리는 경험을 한다.

> 두꺼운 얼음 밑에서의 생활? 냉전? 냉전체제? 철든 이후 다른 세상을 보지 못한 평생. 마침내 이 지구 위에 <다른 세상>이라는 것이 존재할 수 있기나 한 것인가고 생각하게 되는 이 경험의 연속-그런 평생이었다. 이런 속에서 눈에서 비늘이 떨어진다는 것은 어떤 경지라는 말인가. (중략) 지금쯤 뭔가 발표하실 때도 되지 않았습니까. 문득 소스라친다. (『화두』 2권, 384~385면)

이렇게 세계 역사 변동의 과정이자 결과라는 맥락 안에 구소련의 멸망이 자리 잡고 있기도 하고, 작가의 입장에서 구소련은 선배 작가들과 관계 지어지기도 하고, 같은 사회주의 체제인 북한에서 유년 시절을 보냈던 작가가 개인적 체험으로 관계를 맺기도 하였다는 점에서 구소련 멸망이란 역사적으로도 개인적으로도 충격적인 사건이었고, 새로운 글을 탄생시킨 동인이 된 것이었다. 구소련의 멸망으로 인해 팽팽하던 냉전의 한 축이 무너져 내린 세계 질서의 엄청난 변동을 목도한 문인은 이제 그것에

---

6) 정항균, 『므네모시네의 부활』, 뿌리와 이파리, 2005, 23면.

대한 대응으로 새로운 형식의 글을 내놓을 수밖에 없는 마음의 울림을 느낀다. 최인훈은 스스로 "새 방법을 개발해내지 않는 한 유기체는 파멸한다."고 말한 바대로『화두』를 쓴 것이다.

이와 같이 혼란과 위기의 시대를 살았던 작가 최인훈은 역사의식과 시대감각에 누구보다도 예민했기에 한 세기의 패러다임이 뒤집히는 사건, 구소련의 멸망을 맞이하여 새로운 세계관을 보여주는 소설『화두』를 집필한다. 구소련의 멸망은 상징적으로 20세기의 제국주의 질서가 종결되었음을 의미한다. 그러면서 그때까지 식민지로 대표되는 전근대적 억압에 저항하며 합리적인 세계를 추구했던 모더니즘의 세계관은 종식되고 포스트모더니즘적 글쓰기가 대두된다. 20세기 서구세계의 지배문화와 사회가 만들어 놓은 규범들과 이데올로기를 기입하는 동시에 전복시키는 것이 포스트모더니즘이라 할 때,[7] 메타픽션은 그중 중요한 글쓰기의 한 양식으로 나타났다. 소설 정체성 자체를 문제 삼음으로써 현실과 현실 재현의 허구성을 드러내는 메타픽션을 통해 내용적으로는 20세기 역사를 정리하고 그 시대적 이데올로기의 허구성을 폭로하고 그때까지의 자신의 문학 세계 전체를 되돌아보고자 한 것이『화두』이다. 다시 말해 이 소설은 현실 세계에 합리성과 총체성은 근본적으로 존재하지 않는다는 각성과 더불어 다원성이 공존하는 포스트모더니즘이라는 새로운 질서에서 쓰인 소실이다.

1960년대에 10여 년간 지속된 최인훈의 소설 쓰기는 기존의 사실주의 토양에서 갈등하는 과정이었고 그것이 형식적 일탈로 나타났지만, 질서와 이성을 추구하는 시각을 고수하고 자아 정체성을 찾겠다는 고군분투의 과정이었다는 점에서 모더니즘적 세계관을 가졌었다. 그러나 포스트모더니즘은 모더니즘을 취하면서도 그것을 뛰어넘어 정치 개입적이고 자기

7) 린다 허천,『포스트모더니즘의 이론과 전략』, 장성희 역, 현대미학사, 1998, 26면.

성찰의 책임을 띤 미학으로 나아간다. 포스트모더니즘은 모더니즘을 유발시켰던 외부의 권위 있는 질서체계에 대한 신념의 상실과 그에 따르는 위기의식을 포함한다. 모더니즘 작가에게 있어 질서의 상실은 정신의 심오한 단계에서의 그 회복에 대한 신념으로 인도되지만, 메타픽션 작가들에게 있어서 가장 근본적인 가정은 소설을 쓴다는 것이 소설의 리얼리티를 구성하거나 창조하는 과정과 동일하다는 것이다.[8] 역사적이며 존재론적인 위협 상황 속에서 전통적인 서사의 질서에 대한 고뇌를 드러내고, 재현에 대해 회의하는 바는 자기 반영성을 문학의 중심 무대로 가져왔다. 포스트모더니즘 소설 『화두』는 새로운 소재를 고안하기보다는 상호 텍스트성의 그물망 속에서 인용을 통해 새로운 텍스트를 생성해낸다. 즉 문학의 위기 자체를 테마로 삼음으로써 그러한 위기 상황을 극복하는 것이다. 그 때문에 많은 메타픽션에서 작가나 독자가 주인공으로 등장하는 것이고.[9] 『화두』에도 소설 쓰기 자체를 문제 삼는 소설가 화자 '나'가 등장한다.

그리고 이제 『화두』는 새로운 회상의 서사로서 기존의 서사와는 확연히 구분되는 상이한 서술 형식을 보여준다. 기억과 서술의 위기는 이에 대한 이전의 형태를 반성하고 이를 작품 속에서 성찰하는 새로운 서사를 만들었으며 『화두』는 그 일환으로서 소설 미래의 한 비전을 제시해주고 있다.

2) 다원적 자아 : 『화두』의 '나'

20세기의 제국주의적 질서가 종식되고 새로운 패러다임을 맞이하자 통일성을 추구하던 근대적 인물은 다원성을 내포한 탈근대인으로 탄생하게 된다. 『화두』의 '나'는 20세기의 역사적 변동을 온몸으로 체화하고

---

8) 앞의 글, 42~43면.
9) 정항균, 앞의 글, 389면.

거듭나면서 성장한 주체이다. 그것은 유년시절부터의 개인의 기억을 회고
하고 자신이 살았던 시대 이전의 문학을 인용해 넣는 방식을 통해서
가능했다. 따라서 『화두』 안에는 20세기 초 전근대적 시대의 억압에 맞서
투쟁하는 근대인을 보여주는 10여 년간의 글쓰기가 들어 있다. 나아가
새로운 자아로 탄생한 탈근대인이 근대적 자신의 모습을 되새김과 동시에
전복하여 새로운 패러다임을 실현시킨다. 『화두』는 그 모든 과정을 '나'의
자아 탐색 과정을 통해 보여주는 텍스트가 된다.[10] 기억을 떠올릴 때마다
'나'의 모습은 다르고 현재의 '나'는 수많은 과거의 '나'의 집합체이다.

> 학교, 예배당, 막사, 직장. 그런 곳에다 사람들은 자기를 조금씩 남기면서
> 살아간다. 그렇게 말해야 좋을지, 아니면 그런 것과 어우러져 그 순간마다의
> 이른바 <나>가 그때마다 이루어진 연속으로서의 나. 집과 학교 사이에
> 개미들의 행렬처럼 이어진 나, 나, 나, 나, 나, 나…… 학교에, 예배당에,
> 막사에 도착하면, 그 마지막 <나>만 남고 다른 나들은 모두 그 마지막
> <나> 속으로 마치 개미굴 속으로 들어가는 개미들처럼 차례로 들어와
> 겹친다.(『화두』 1권, 204면)

과거의 '나'와 현재의 '나'가 다르게 인식되고 기억 속의 '나'들이 모여
현재의 '나'를 구성한다. 현재의 '나'도 하는 일이나 위치한 공간에 따라서
여러 '나'들의 집합체가 된다. 그리고 기억 속의 '나'와 글 쓰는 '나' 외에도
글 안에서 작가의 분신으로 기능해 온 이명준인 '나'와 독고준인 '나'와
김준구인 '나' 등[11]이 포함되어 있다. 이렇게 통시적으로 공시적으로 다양

---

10) 근대(모더니즘)문학은 공동체적, 종교적, 신분제적 질서에서 벗어나 총체성이
    깨진 시대에 '자아'로 하여금 총체성을 찾아 나서도록 만든다. 이에 반해 현대문학
    에서는 세계의 총체적 의미나 통일적인 자아가 더 이상 존재하지 않는다는
    인식 하에 그러한 위기를 문학적으로 형상화한다. 이로써 현대(포스트모더니즘)
    문학에서는 자아에 대한 성찰의 강도가 더 높아진다.(앞의 글, 34~35면)

한 국면을 실현시키는『화두』의 '나'는 다양한 면모를 갖는다는 점에서 일정한 기준에 따라서 분류할 필요가 있다.『화두』에 나타나는 수많은 '나'들은 실향민 작가로서 미국과 서울을 왕래하는 현재의 '나'와 '자아비판회'를 통해 사회주의 체제와 불화한 경험을 갖는 유년시절의 '나', 그리고 현재의 실존 문제를 과거의 체험과 역사와 연결시켜 소설 쓰기를 통해 해명해보려는 글 쓰는 '나'로 분류해 볼 수 있다. 그런데 글을 쓰는 '나'도 하나가 아니다.

　　종이에다 <나>라고 쓸 때, 그렇게 쓰고 있는 ≪나≫는 <나>가 아닌 것이다. 책임은 <나>에게 전가되고 ≪나≫는 종이에서 마술의 모자를 쓴 인물처럼 보이지 않게 된다.(『화두』1권, 59면)

글 안에서 화자로서 말하는 '나'와 소설을 쓰는 '나'는 다르다는 인식이 보인다.『화두』는 소설을 쓰는 행위가 끊임없이 상기되는 메타픽션으로서 작중인물로 등장하는 '나'뿐 아니라 글쓰기에 참여하는 '나'에 대해서도 다층적으로 인식한다. 그리고 이런 다중적 의미의 '나'가 동심원을 그려 들어앉은 것이『화두』의 주인공이자 서술자이자 화자인 '나'가 되는 것이다.

　『화두』의 '나'는 서사층위에 옮겨 분류해 보면 텍스트의 다층적 구조를 통해 이해될 수 있다. 이를 도표화 작업을 통해서 설명해보면 다음과 같다.12)

---

11) 순서대로「광장」,『회색인』과『서유기』,「하늘의 다리」의 주인공 이름이다.
12) 주네트는 광의의 액자 소설의 서술 형태를 '이야기 밖 서술'과 '이야기 안 서술'로 구분하고, 각각 '겉 이야기extradiegetic'과 '이야기diegetic' 혹은 '속 이야기 intradiegetic'으로 명명하는데, 이때 겉 이야기가 '두 겹 속 이야기metadiegetic'를 지시한다고 봐도 좋다. 이 표는 이 시각을 빌려와 제작된 것이다.(Gérard Genette, 『서사담론』, 권택영 역, 교보문고, 1992, 218면)

〈표 1〉『화두』의 서술 층위

(3) 메타 단계 : '설명하는 나'-'작가인 나'
(2) 담론 단계 : '서술하는 나'-'현재의 나'
(1) 이야기 단계 : '서술되는 나'-'과거의 나'

　일반적인 소설은 (1) 이야기(story) 단계와 (2) 담론(discourse) 단계로 구성되는데,『화두』는 여기에 (3) 쓰기와 소설 자체에 대해서 기술하는 메타(meta) 단계가 설정되어 있다.13)『화두』의 경우, 이야기 단계는 유년 시절부터 최근까지로 설정된 '서술되는 나'에 대한 회고담으로서 1938년부터 1973년까지의 경험을 다루고 있고, 담론 단계는 미국 체제 및 소련 여행, 그리고 서울에서의 교수 생활에 해당하는 1973년에서부터 1992년까지의 '나'가 스토리 층위의 기억을 서술하는 행위에 해당하며, 마지막으로 메타 단계에서는 소설가로서의 '나'가 문학 및 선대의 문학 작품, 그리고 자신이 쓴 소설, 나아가 이 소설『화두』를 기술하는 것에 대해 설명한다. 메타 단계의 설정은 자신의 과거를 선택하고 구성하며 지어내는 작가 주체를 탄생시켜 소설을 자의식적으로 탐색하게 한다.14) 이와 같이『화두』의 '나'를 이해하기 위해서는 먼저 메타픽션으로서의 다층적 구조를 이해하고, 각 단계에서 등장인물이자 작중 화자이자 총 서술자로서 각각의 역할을 하고 있는

---

13) 워는 이런 메타픽션 소설에 설정되어 있는 메타 층위를 '서술 자체(narrative itself)' 단계라 명명하고, 이러한 서술 단계는 독자의 마음속에 허구적/역사적 구성을 지속시키는 기능을 한다고 밝혔다.(퍼트리샤 워, 앞의 글, 144면)

14) 메타픽션에서는 과거를 선택하고 구성하며 지어내기 위해 자신들의 허구적 인물을 창조한다. 이런 인물들은 보통 예술인으로 나타나는데 배우나 작가, 화가 같은 전문예술인이 이에 해당한다.(앞의 글, 156면)

'나'를 다각도로 파악하려는 시각이 필요하다.

그 중 담론 단계에서의 현재의 '나'는 미국과 서울을 오가며 실향민 작가로서 자신의 처지를 떠돌이로 규정한다. 작가 최인훈과 흡사한 이력을 갖고 있는 '나'는 실제로 피난민이다. 함경도 회령 출신으로 'H시(회령)—W시(원산)—부산—목포—서울—(미국)'의 인생 행로를 갖는다. 해방이 되자 소상인이었던 아버지 아래 가족 모두가 고향을 등지고서 원산으로 "정치적 추방"15)을 당하게 되었고, '나'는 이렇게 시작된 직접적 정치적 추방의 수고를 덜어준 것이 이후의 자발적 월남이었다고 회상하고 있다.

> 이런 모든 일은 H역의 그날에 비롯되었다. (중략) W에서 월남할 때도 우리에게 그렇게 하기를 명령한 사람은 없었다. (중략) 그 도시에 다시 들어올 사람들이 반드시 실천할 <정치적 추방>의 수고를 덜어준 것이 우리들의 월남이었다. 이러한 가족의 한 사람으로서, 월남 이후 남쪽에서의 생활이 차츰 내 마음속에서 유형자(流刑者)의 그것으로 그려졌다.(『화두』 1권, 107~108면)

> 나는 피난 온 다음의 우리가족과 나의 생활을 <난민수용소>의 생활처럼 느꼈다. 그것은 <정상>의 생활이 아니었다. <수용소> 밖의 토박이들의 이 고장 생활도 더 큰, 그만한 규모의 <난민촌> 생활로 보였다.(『화두』 1권, 110면)

피난은 '나'의 삶을 송두리째 변화시켰고, 그 이후의 삶의 기본 조건을 형성하였다. 월남 이후 목포와 부산 등 남한의 도시들을 전전하던 가족들은 미국으로 이민을 가게 되고 작가 활동을 하던 자신만 서울에 남는다.

---

15) 사회주의라는 새로운 체제가 시작되자 아버지는 급히 가업을 접고 원산의 한 제재소에 평직원으로 취직하게 된다. 이러한 첫 번째 이주를 포함하여 월남까지를 '나'는 암묵적인 '정치적 추방'으로 인식하게 된다.(최인훈, 『화두』 1권, 108면)

이렇게 국경 지역 출생에서 비롯된 이주의 가족사16)를 통해 어린 시절에 이미 사회로부터의 추방을 경험한 최인훈은 스스로를 운명적 떠돌이로 규정한다. 제국주의와 식민통치의 피해자로서 고향으로부터의 이산(離散)을 경험했으며, 지속적으로 떠도는 삶과 현재 실향민으로서의 현실 상황이 그 증거가 된다. 그리고 그러한 처지를 통한 사유의 확대는 글쓰기의 필연적 이유로 현현한다.17) 운명적으로 세상에 내던져진 개체는 이미 글 쓸 준비가 된 상태이다. '나'는『쿠오바디스』속의 노예 철학자를 자신과 동일시한다.

　　신분은 노예면서, 어쨌든 <철학자>일 수도 있다는 이 모순. 인간만이 겪는 이 분열. 소설 속의 인물일 뿐이었던 그 인물이 몸으로 곧바로 와 닿아 내가 되는 느낌이다. 나는 그에게 씌운다. 그에게 그리스 철학인 것이 나에게는 소설이라는 이름의 <예술>이다.(『화두』1권, 339~340면)

이렇게 피난민으로서의 자아 인식은 책을 읽고 글을 쓰는 일에 덧씌워져 '노예 철학자' 의식으로 형성된 것이다. 이 '노예 철학자'는 미국에 체류하는 동안 정주민이 아닌 떠돌이로서의 자신의 처지를 절감하며 역사적 결과를 다시금 내부에 깊이 각인한다.18) 그는 서울에서 생활하는 동안에도 도처에

---

16) 김윤식은 "유목민스런 감각을 가진 집안의 장남이자, 군사도시이며 대동아전쟁의 싸움터였던 회령에서 나고 자란 작가 최인훈에게 있어 문화사적인 세계인식의 시선 획득이란 거의 생래적인 것이었다"고 본다.(김윤식, 「유죄 판결과 결벽 증명의 내력」,『현대문학과의 대화』, 서울대학교 출판부, 10면)

17) 벤야민은 소설의 이전의 형태로 얘기꾼들의 얘기를 지목하면서 그 연원 중 하나를 이리저리 옮겨 다니면서 장사를 하는 선원, 즉 '떠돌이' 유형에서 찾고 있다.(발터 벤야민, 앞의 글, 167면)

18) 미국 행정서류란에는 <아시안>이라는 인종 분류는 없고 <오리엔탈>이라고 쓰기로 되어 있다는 말을 떠올린다. (중략) 로마 사람들이 이방인을 구별 없이 <바르바로사>라고 부른 것처럼. 중국 사람들이 이방인을 모두 <이(夷)>라고

서 피난민의 생활을 감지하고 현대의 한국인도 모두 피난민으로 규정할
수 있다고 본다.[19] 그리고 멸망한 구소련을 여행하면서 20세기를 산 한민족
모두가 정신적 피난으로 표류하였고, 그 결과 현재 난파상태라고 파악한
다.[20] 최근까지도 생활과 글쓰기 모두에서 '노예 철학자'로서 '나'의 존재
조건을 규정하고 있다. 이런 피난 체험은 "그때까지 내 소설을 지배하였고
그렇게 만들어진 내 소설들이 나의 '사회적 나'를 만들기도 하였다"는
회고에서 보듯이 원기억으로 형성되어 작품의 주요 모티프로 작동하게
된다.

떠돌이 가족사뿐만 아니라 '자아비판회' 경험을 통해서 다시 한 번
'나'는 세계와 자아의 불화를 내부 깊숙이 각인하게 된다. '자아비판회'는
세계와의 관계에서 '나'를 형성하는 최초의 경험이 되면서 세계와 불화한
개인을 보게 되는 중요한 원체험으로 형성된다. '나'의 기억을 따라가는
회로를 갖는 『화두』의 글쓰기 방식은 수없이 자주 '자아비판회'의 기억을
떠올린다. 다음은 『화두』에 나타난 '자아비판회'에 대한 첫 번째 기술
내용이다.

「그 교실에서 배운 것은 무엇이었습니까?」
지도원 선생님이 물었다. 나는 내 앞에서 알릴락말락 흔들리는 촛불에서
눈길을 옮기지 않은 채 그의 질문의 뜻을 헤아려 보려고 안간힘을 쓴다.

부르는 것처럼. 미국의 전국지의 국제면을 보면 역사의 반복이 실감된다.(최인훈,
앞의 글, 1권, 276면)
19) 요즈음 버스는 좌석버스도 운전사가 그러고 싶으면 언제든지, 얼마든지 사람을
태운다. 좌석 없는 좌석버스 (중략) 교통수단의 정상성이 일상화되지 않고 있는
사회―그것이 피난시절이고 전쟁기간이다. 이런 기준에서 보면 지금 우리는
여전히 전쟁 기간이며, 우리 생활은 피난 생활이라고 해도 전혀 틀리지 않는다.(위
의 글, 2권, 119~120면)
20) 위의 글, 361~362면.

(중략) 나는 촛불이 켜진 교탁 뒤에 서 있다. 학급소년단 간부 세 사람과 학교 총소년단 간부 한 사람이 나를 마주보고 교탁 바로 앞 책상에 옆으로 한 줄 앉아 있고 두어 줄 뒤에 지도원 선생이 앉아 있다. (중략) 벌써 한 시간쯤 지난 것 같다. 늦은 가을의 밤은 썰렁하다. 집에서 기달릴 텐데. 집에 가서 어떻게 설명해야 하나. 지도원 선생님과 간부 친구들의 질문을 생각하면서 집에서 가서 해야 할 말도 함께 생각해야 한다.(『화두』 1권, 31면)

중학시절 벽보 주필로서 쓴 글을 이유로 '나'는 하교 후 어느 저녁 빈 교실에서 '자아비판회'를 치르게 된다. 직접적 원인은 자신이 썼던 글이었으나 궁극적인 목적은 소상인이었던 아버지를 두었다는 이유로 '나'를 소부르주아로 낙인찍는 의식에 해당했다. 저녁 내내 지도원 교사는 원하는 대답이 나올 때까지 질문을 계속했고, 그 추궁은 가족에 대한 것으로 귀결되었다. 이러한 자아비판 경험은 화자에게 결국 "너는 사회의 공적이다, 하는 정치적 경고요, 판결"로서 각인된다. 당시 사회주의 체제로 발 빠르게 변화하기 시작한 북한 사회는 지도원 교사를 통해서 한 개인을 부정하고 있었던 것이다. 그 지점에서 '나'는 태생적으로 세계와 불화할 수밖에 없는 개인의 운명을 느낀다. '자아비판회'에서 '나'는 아무리 노력해도 지도원 선생의 마음에 드는 대답을 절대로 찾을 수 없다는 것을 깨닫게 되기 때문이다. 이미 체제에서 배제된 개인은 노력에 의해 극복되지 않는다는 운명을 본 것이었다. 이 경험은 화자의 내면에 트라우마로 각인되어 평생을 두고 풀어야 할 과제가 된다.

이와 같이 태생적으로 세계와 불화한 개인으로서 운명적 떠돌이 콤플렉스를 극복하기 위한 과정이 고스란히 드러나 있는 것이 『화두』이고, 세계와 불화한 자신의 삶을 성찰하고 그를 통해 손상된 자신의 정체성을 새롭게 탐색하는 것은 한편으로 최인훈의 전 작품에 나타나는 일관된 주제이기도

했다. 『화두』에서 '나'는 지금까지 일어났던 모든 일을 다시 이야기하며, 이를 통해 과거의 자기 자신에 대해 반성할 수 있는 기회를 얻는다. 이러한 자아성찰의 서술은 정체성의 위기에 빠진 '나'에게 정체성을 회복할 수 있는 계기를 마련해 준다.21) 또한 작가 주인공이 글쓰기를 통해서 자아를 찾아가는 구조를 갖는 『화두』는 글쓰기 자체의 테마화, 자기 지시성을 갖는다. 즉 『화두』는 글쓰기 자체와 이를 통한 자아 정체성의 탐색을 주제로 하고 있는 텍스트이다. 이런 주제를 갖는 『화두』는 기억의 불규칙적인 반복과 과거 여러 텍스트들의 인용으로 새롭게 해석되고 의미를 얻어가는 텍스트가 된다. 그리고 이제 '나'의 문제는 글쓰기의 문제로 귀결된다.

2. 기억의 논리와 치유로서의 글

1) 기억을 원리로 하는 글쓰기

『화두』는 자아의 정체성을 찾아가는 소설이다. 이때 자아의식은 자신의 과거에 대한 기억 없이는 형성되지도 못하고 보존될 수도 없으므로 기억은 자아의식의 형성 및 보존을 위한 필수불가결한 요소라고 할 수 있다.22) 그리하여 자아 정체성을 찾는 과정을 보여주는 글인 『화두』는 과거의 '기억'을 더듬는 방식으로 쓰여 있다.

> 나 자신이 주인일 수 있을 때 써둬야지. 아니 주인이 되기 위해 써야 한다. 기억의 밀림 속에 옳은 맥락을 찾아내어 그 맥락이 기억들 사이에 옳은 연대를 만들어 내게 함으로써만 나는 나 자신의 주인이 될 수 있겠다.

---

21) 정항균, 앞의 글, 377면.
22) 위의 글, 25면.

그 맥락, 그것이 <나>다. 주인이 된 나다.(『화두』 2권, 542면)

기억을 따라가는 서술을 취하고 있는 『화두』의 내부 구조를 살펴보면 서술자이자 경험자이기도 한 '나'를 통해 '서술하는 나'와 '서술되는 나'라는 관계가 설정되어 있다. '서술하는 나'가 '서술되는 나'와 시간 간격을 두고 '나'의 경험을 회고하는 구조로 이루어진 이 소설에서 특별히 기억의 문제가 중요한 논점이 되는 것은 당연하다. 책의 1부는 1973년, 1974년, 1987년, 1992년의 미국에서 '서술하는 나'가 1946년부터 1973년까지의 '서술되는 나'의 기억에 대해 서술하고 있다. 그리고 2부는 1989년부터 1992년까지의 서울 생활과 잠깐의 러시아 여행을 하는 '서술하는 나'가 1938년부터 1959년까지의 '서술되는 나'의 기억을 그 내용으로 하여 서술하고 있다. 이같이 서술자 '나'의 기억 속에는 지난 36년 동안의 개인과 관련한 사건들이 두서없이 교차된다. 그는 '떠오르는 대로' 이야기한다. 가령 미국의 철물점을 지나가다가 예전의 군복무 시절의 창고를 떠올리거나 미국에서 만난 중학교 동창과의 대화에서 학창 시절의 소풍에 대한 기억을 떠올리기도 한다. 그리고 그 소풍의 기억은 다시 전쟁과 피난의 기억으로 연결된다. 이렇게 '나'의 기억에 대한 서술은 순서를 갖지 않는다. 그리고 특정 기억들이 반복적으로 나타난다는 특징을 갖는다. 한 번 떠오른 기억에서 열 번 이상 반복되는 기억들까지, 『화두』의 내부 서사는 '나'라는 한 개인의 기억의 반복과 순서 없는 회상으로 짜인 거대한 기억의 덩어리로 구성된다. 즉, '나'의 기억을 따라가며 '나'에 대해 쓴 소설 『화두』는 기억으로 환원되는 것만으로 향연을 이루고 있으며, 인간이란 그 '기억의 총화다'라는 깨우침을 실천한 결과물에 해당한다.[23)]

---

23) 김윤식은 『화두』 전부가 기억 속의 기억으로 이루어져 있고, 최후에 남는 '코키토'로 가득 차 있다고 말하며 그것은 바로 최인훈 자체를 가리킨다고 풀이한다.(김윤식,

> 나와 나의 기억이 별개의 것이 아니다. 내가 기억이다. (중략) 그러니
> 나와 기억은 떼어놓을 수 없다기보다는 기억의 부활—즉 회상이 철저해지
> 면 해질수록 자기라는 것은 그 기억말고는 없음이 차츰 알아지고 그
> 뿐이랴, 이런 회상을 통해서 비로소 그 기억이라는 이름으로 얼추 처리되어
> 있던 부분을 더 잘 알게 된다.(『화두』 1권, 318면)

'나'는 "내가 기억이다"라고 말하고 있다. 회상이 반복되면 반복될수록
인간은 기억으로 이루어져 있다는 것을 알게 된다고 한다. 회상은 과거의
자기를 떠올리는 행위이며, 기억이 풍성해질수록 자기의 모습이 분명해진
다. 잊었던 사실도 회상이라는 행위를 통해 기억의 수면 위로 떠오르기도
하기 때문이다. 즉 『화두』의 내용 전체가 '나'의 기억으로 이루어져 있으며,
이 기억을 떠나면 '나'는 사라진다는 견지에서, 인간이란 기억의 총화라는
명제에 의하면 이 소설은 최인훈 자체가 된다.[24]

기억은 한 개인의 역사이기도 하면서 개인들에 의해 축적된 역사적
산물이기도 하다.[25] 『화두』의 화자는 기억을 되짚어 보는 과정에서 문자를
배우기 이전의 기억이 별로 남아 있지 않다는 사실을 통해 기억과 문자
언어와의 관계를 규명하게 된다.

> 문자 해득 이전의 기억이 뜻밖에 캄캄한 사실에 언제나 새삼스레 놀란다.
> 기억의 유지와 문자 해득 사이에 무슨 관련이 있을 것 같다. (중략) 문명사회

앞의 글, 13면)

24) "내가 인간이 위기적인 존재라고 말한 것도 거기에 관련되었는데……굳이 답변을
   하자면 소설을 쓰는 수밖에 없다 이런 얘기예요, 그렇게 때문에 마지막 페이지에
   그랬잖아요. 그렇게 해서 쓴 맥락 자체가 나다, 나라는 것이 뭐냐라고 물어본다면
   즉 이 소설 그거죠."(진형준 대담, 앞의 글, 230면)

25) 기억이란, 인간에 의해 생산되고 축적된 그 어떤 역사적 산물 자체로 간주되기도
   한다.(최문규, 「문화, 매체, 그리고 기억과 망각」, 『기억과 망각』, 책세상, 2003,
   361면)

의 어린이는 원시 사람들과 같은 상태에서 출발하면서 그들이 세대를
이어 치른 계통발생(언어발생의) 단계를 건너뛰어 바로 그 계통발생의
결과인 기성 언어의 영역으로 인도된다. 그렇게 해서 그는 취학 1년만이면
원시 조상들과 갈라진다.(『화두』 2권, 94면)

기억 능력이 문자 언어로 인해 더 발달한다는 개인적 경험을 통해
지식의 전달 수단이자 지식 자체인 언어가 기억 행위와도 관련을 갖고
있음이 밝혀진다. 그리고 최인훈의 '발생학'적 시각26)에 의하면 이때의
기억 행위는 개인, 즉 한 개체의 기억과 인류, 즉 계통적 기억으로 분류될
수 있겠다. 개인의 인생에서 문자 언어 해득과 더불어 기억 능력이 증가하는
것과 유사하게, 인류 문명 발전에 있어서도 계승될 수 있는 문자 언어는
지금까지의 인류 전체의 지식을 축적할 수 있는 기능을 하였고, 문자
형태로 축적된 인류의 지식은 문자를 깨우친 한 개체에게 독서라는 행위를
통해 모두 한꺼번에 주입 가능하다. 그렇게 하여 계통 전체의 기억은
개체의 기억 행위를 돕는다. 그러므로 후손들은 그동안 축적된 인류의
지식을 책을 통해 수혜 받을 수 있다. 후손들은 독서를 통해 선배들의
문명을 내려 받는다. 이렇게 독서를 통한 인류의 기억, 즉 문명의 내림에서도
기어이 원리를 찾아볼 수 있다

최인훈은 이런 맥락에서 1920~30년대 작가들인 박태원, 이태준, 이상
등 선배 문인들의 기억을 내림 받고 그것을 이어나가고자 한다. 그는
같은 독서 경험을 근거로 들어 선배들의 기억과 자신의 기억을 일치시키고

---

26) 최인훈이 말하는 '발생학'이란 생물 유전의 '개체 발생이 계통 발생을 되풀이한다'는
법칙을 문명의 경우에 적용하여 해석한 것이다. 요컨대 먼 옛날 어느 원시 인류가
나뭇가지를 서로 비벼서 불을 일으킨 그 첫 겪음에서부터 지금에 이르는 동안의
모든 기억의 총체가 오늘날 인류가 지니고 있는 지식의 총체, 즉 문명의 내용인
것이다. 그리고 그것을 배우는 데에는 '언어'라는 전달 수단이 필요하다.(최인훈,
「문학과 이데올로기」, 『문학과 이데올로기』, 317~322면)

시대를 잇고 역사를 이어나간다.

> 해독력이 있는 일본말 번역의 서양 저자들의 인문과학 책에 정신의 형성을 의존했다는 것으로 보면, 20년대나 30년대의 지식인 선배들과 같은 지적 세대로 나를 분류하고 싶다. (중략) 이상이나, 박태원, 이태준 같은 사람들에게 나는 지식 종사자로서 전혀 이질감을 느끼지 않는다. 나는 동경에 유학한 적이 없으면서도 그들과 함께 <와세다>며 <명치> 대학에 다닌 느낌을 갖는다. 그리고 지식인으로서는 20년대와 30년대의 그들의 지적 방황과 인간적 고뇌를 계승하고 있는 것처럼 느낀다.(『화두』 2권, 207~208면)

『화두』의 화자는 인류 계통 기억의 저장고인 책을 1920~30년대의 선배들과 동일한 과정으로 접했다는 특수한 경험을 갖고 있다. 원산시의 한 도서관에서 일본어로 되어 있는 각종 소설들을 읽는 유년 시절의 독서 경험에서부터, 성장한 후에도 고본점에서 구한 옛날 일본책들을 통해 인문학적 소양을 형성해 온 것이다. 옛날 책을 읽으면서 화자는 자신이 선배 문인들과 동일한 기억으로서의 지식을 수혜 받음을 느낀다. 동시에 1920~30년대와 1960년대의 상황이 별로 다르지 않다는 역사적 동질성을 토대로 삼고 시대적 문제를 함께 해결하고자 하는 공유의식을 가진다. 그만큼 시대의 비극성은 달라진 바가 없고 민족적 해결 방안도 그대로인 것, 따라서 그런 시대적 인식을 한 작가의 고민도 동일하다는 것이다. 이와 같이 최인훈은 계통 기억의 동일한 전수 방법을 통해 우리 역사의 위기적 상황을 연속적인 것으로 이해한다. 그것은 식민지 경험, 해방 후 서로 다른 정권의 수립, 한국전쟁으로 이어지는 일련의 상황이 모두 외세의 침입에 의해 형성된 것이었고, 비정상적인 시기였다는 것을 의미한다. 한국의 근대는 애초부터 비정상적인 방법으로 시작되었고, 그 상태는 최인훈이 글을 쓰던 1960년대에도 별반 달라진 바 없이 지속되고 있다는 파악이다. 이러한 이유로 『화두』에는 1920~30년대 선배 작가들의 문학이 여러 형태로 들어있게 된다. 화자는 고서점에서 구입하게 된 1930년대에 쓰인 이용악의 『오랑캐꽃』이라는 시집에 대해 묘사하고, 이태준의 생가를 방문하면서 고등학교 시절 배운 「영월영감」의 한 대목을 기억해낸다. 그리고 거기에서 이태준이 자신에게 얹히는 느낌을 받기도 한다. 한편 박태원의 「소설가 구보씨의 일일」을 패러디함으로써, 그리고 패러디한 화자 자신의 동명 소설의 한 대목을 『화두』에 인용해 넣음으로써 역사를 기억으로 잇는다. 이와 같은 방식으로 기억의 원리는 개인의 기억을 넘어서 20세기 초까지의 이전 역사를 텍스트 안에 기입해 넣는다.

한편 시간적으로만이 아니라 공간적으로도 기억의 확장이 발생한다. 『화두』에는 시대나 역사에 대한 문제들이 개인의 기억 속에 녹아 들어와서 표현되어 있다. 작가는 역사나 현실의 문제를 문학을 통해서 이해하고자 하는데, 외부의 문제가 문학 내부로 들어왔을 때 그것은 기억의 문제가 된다.27) 『화두』에는 20세기를 풍미했던 많은 정치가, 사상가, 문인이 등장한다.28) 이들은 화자의 기억 연쇄를 따라 과거 중요한 역사적 사건과 관련되어 기억되어진다. 『워싱턴 포스트』를 보던 '나'는 20세기 정치 무대에서 큰 몫을 차지했던 역사적 인물에 대해 자신이 알고 있던 기억이 주마등처럼 흘러가는 경험을 한다. 그리고 역사적 인물에 대한 기억은 상당히 개인적인 기억과 관련되어 있다는 것을 발견할 수 있다. 가령 '장개석'은

---

27) "어떤 의미에서 문학의 마지막 초점자리라고 하는 것은 '기억'이라고 말하고 싶었어요. 역사니, 현실이니, 우주니, 물질이니 하는 것도 문학의 문제일 때는, 문학 속으로 들어왔을 때는 기억의 문제라는 것이죠."(진형준 대담, 앞의 글, 228면)

28) 정치가 및 사상가로는 장개석, 주은래, 모택동, 솔제니친, 프랑코, 닉슨, 마르크스, 엥겔스, 빌리 브란트, 고르바초프, 레닌 등이 있다.

'나'에게 소학교 운동장과 만화가게 같은 공간에 얽힌 기억으로 남아 있고, 20세기 주요 저술가이기도 했던 '모택동'은 '나'의 직업인 문학하기와 관련되어 있으며, 미국으로 망명한 소련 소설가 '솔제니친'의 경우, 그의 소설과 정치적 발언을 관련지었던 것을 회상하며 작가와 정치의 함수 관계를 설정한다. 즉 '나'가 20세기 중대한 역사적 인물들을 기억해 내는 방식은 개인의 특수한 경험으로 역사를 몸으로 체화하는 식이다. 그러면서 세계 역사, 이웃 나라의 역사적 사실이 자신의 나라인 한국의 사정과 별개의 것이 아니며, 큰 인물들의 행적이 궁극적으로는 화자 자신과 따로 떨어진 것이 아님을 알게 된다. 이렇게 『화두』에서는 약소민족의 한 개인이 스스로 자신의 경험과 역사를 연결시키려는 시도를 통해 역사와 개인의 직접적 연관관계를 입증해내고 있다. 따라서 『화두』는 개인의 기억뿐 아니라 기억의 통시적·공시적 연결을 통해 20세기 전체 역사를 집대성한 총체적 기억의 장이 된다.

한편 최인훈은 인간의 총체를 형성하는 기억은 언어로 표현되어진다는 기억과 언어의 상관성도 고찰한다.[29] 그는 기억이란, 언제나 기억하는 그 순간, 언어에 의해 재생산된다는 점을 지적한다. 즉 기억의 표현은 언어를 통해 이루어지며, 기억은 기억하는 시점에서 항상 새롭게 재생산된다는 관점에 따르면, 기억이 과거의 사건을 현재의 시점에서 그대로 재현할 수 있다는 생각은 착각에 불과하다.[30] 오히려 기억은 회상하는 시점의 개인의 욕구나 분위기 등 여러 요소의 영향을 받아 그때그때 새롭게

---

29) 최인훈에 의하면 사람들은 '기억'이라 부르는 물질을 '언어'라는 기호로 바꾸어 편리하게 가지고 다닌다.(최인훈, 『화두』 1권, 204면)

30) 저장기억 이론에 따르면 우리는 우리의 뇌 속에 기억된 저장내용들을 컴퓨터에서 와 마찬가지로 언제든지 불러낼 수 있다. 그런데 신경과학 분야에서 이루어지고 있는 최근의 기억연구들은 이러한 기억들이 뇌의 특정 지점에 저장되어 있기보다 는 기억하는 시점에서 항상 새롭게 재생산된다고 한다.(정항균, 앞의 글, 26면)

구성되는 것이다. 이렇게 기억이란, 그 속성상 원체험과 동일할 수 없다. 여러 차례 기억의 과정을 거칠수록 원체험과 멀어지기 마련이다. 그리고 기억의 시점에 재구성되어 원기억을 보존할 수 없는 기억의 속성은 화자의 경험에 의해 다음과 같이 논리화되어 전달된다.

> 기억은 이처럼 원기억과 그것의 회상이라는 과정에서 생기는 2차기억의 복합물인 모양이다. 원기억을 A라 하고 2차기억을 a라 하면 <기억=A· a1,2,3...n> 이렇게 된다.(『화두』 2권, 91면)

최인훈은 기억의 불확실성을 인지하고 다음과 같은 예를 든다. '나'의 첫 기억은 길인지 공터인지에서 어른들에 둘러싸여 자기 또래의 여자아이와 마주보고 서 있는 것이다. 그리고 어머니로부터 그게 어느 공터인지, 그 애가 아무개였는지를 듣는다. 그리고 그 일은 세 살 때쯤의 일이었다는 사실도 생전의 어머니로부터 들었다고 한다. 화자는 첫 기억을 생각해내는 일련의 과정을 통해 기억이란 것을 체험에서 비롯한 원기억과 사후 설명을 동반한 덧붙여진 기억인 2차 기억의 복합물로 인식하게 된다. 이러한 인식에 따르면 기억이란 순수하게 최초의 경험과 동일할 수 없다. 기억은 2차, 3차의 회상 과정을 통해 점차 살을 덧붙여가고 변형되어 가는 과정 중의 무엇인 것이다.

이렇게 기억의 불확실성에서 기인하는 원형 보존 불가능성에 따르면, 기억에 의한 서술은 완벽한 허구일 수 없다. 따라서 이러한 기억 원리에 의한 글쓰기는 결과적으로 『화두』를 픽션, 즉 소설로 명확히 규정하는 장치가 된다. 『화두』는 자신이 자신의 이야기를 쓰는 글 짓는 화자의 이야기이고, 화자의 전 생애의 기억과 반복적 재생이 바로 이 글의 내용이자 형식이기 때문이다. 근본적으로 변화를 포함하는 기억의 속성상 소설 내부에서 여러 번 재생되는 기억은 작은 부분이나마 그 형태를 달리하는 것으로 나타나고, 현재 기억의 전 기억, 그리고 그 기억의 전 기억, 이런 식으로 기억을 추적하는 과정을 통해 자신의 전 생애를 써내려는 글쓴이의 의도는 기억의 속성 때문에 언제나 원기억 복원에는 실패한 채로 끝나게 된다.

따라서 화자 자신의 전 생애가 담겨 있는 『화두』는 서술자가 아무리 자신의 이야기를 그대로 담고자 하더라도 재구성되고 각색된 형태로 변형된다. 그리하여 사실 재현에 실패하고 허구성을 갖는 소설의 지위를 획득하게 되는 것이다. 이와 같이 근본적으로 원기억에 접근할 수 없는 기억의 속성에 따른 서술자의 글쓰기는 근본적으로 사실 또는 현실 재현 불가능성이라는 소설의 속성과 일치하며 원기억, 즉 사실 재현에 접근하려 하면 할수록 거기에 닿지 못하고 미끄러지는 글쓰기의 기본 원리에 대한 글이 된다. 게다가 기억 속에 재생된 것은 실제 체험과 구분되는 나열된 언어일 뿐이며, 과거에 느끼고 체험했던 것은 그것을 기억하는 현재에는 더 이상 존재하지 않는다. 이를 통해 문학이 현실을 그대로 재현할 수 있다는 미메시스의 환상을 목도할 수 있다. 즉 메타픽션에 들어온 역사의 기억은 역사적인 쓰기 자체의 환상을 폭로함으로써[31] 이데올로기로 고착된 '역사적' 기억들에 대한 하나의 잠재적 저항 가능성으로 변화한다.

이와 같이 기억은 『화두』를 구성하는 내적 원리로서 메타픽션적 글쓰기의 속성을 공유한다. 기억 속에서 재생된 것은 실제 체험과 구분되는 나열된 언어일 뿐이며, 과거에 느끼고 체험했던 것은 그것을 기억하는

---

31) 린다 허천의 개념인 '역사기술적 메타픽션(historiographic metafiction)'은 역사가 사실이라는 시각을 거부하고, 역사와 픽션이 모두 인간이 쓰고, 언어로 구성하는 담론이라는 점에서 역사기술의 근본에 대해 의문을 제기한다.(Ann Heilmann and Mark Llewellyn, *Metafiction and Metahistory in Contemporary Women's writing*, Palgrave Macmillan, 2007, 3~4면)

현재에는 더 이상 존재하지 않는다는 점에서 문학의 현실 재현이 허구라는 점을 지시한다.[32] 그리고 이제 기억의 내적 논리는 사실 재현 불가능이라는 공통 속성에 의해 쓰기의 문제로 넘어간다.

2) 쓰기를 통한 문화적 기억의 치유

작문 숙제에서 나는 쓰고 있었다. 나는 W 근교의 친구네 과수원집에 초대된다. 여름밤이다. (중략) 다음 시간에 선생님은 우리들의 작문을 묶은 뭉치를 들고 들어오셨다. 총평을 하신 다음 묶음 속에서 나의 작품을 꺼내 읽으라고 하셨다. 내가 떨리는 목소리로 읽기를 마쳤을 때 선생님은 학급을 향하여, 이 작문은 작문의 수준을 넘어섰으며 이것은 이미 유망한 신진 소설가의 <소설>이라고 선언하셨다.(『화두』 1권, 88~89면)

『화두』의 소설가 화자는 자신이 왜 소설을 쓰게 되었는가에 대해 사유하는데, 그 기억은 고등학교 문학 시간으로 거슬러 올라간다. 소설가가 되리라는 선생님의 선언을 '나'는 평생의 소명의식으로 받아들인다. 즉 조명희의 소설 「낙동강」의 주인공과 자신을 동일시한 내용이 교사로부터 인정받았다는 것은 소련으로의 망명을 통해 글과 현실을 일치시키고자 했던 포석 조명희와 동일시된다는 의미로 받아들여졌기 때문이었다. 그리고 이것은 사회 체제로부터 거부당한 '자아비판회'의 체험[33]과 상극을 이루는 원체험으로 형성된다.

W시의 중학교와 고등학교의 교실에서 겪은 사건은 결국 인간으로서나

---

32) 기억은 실체가 아니라 언어일 뿐이라는 발저의 사고는 과거의 실체에 대한 부재와 상실만을 보여주며, 문학의 현실 재현성을 부정한다.(정항균, 앞의 글, 83면)

33) '자아비판회' 체험의 내용은 Ⅱ장 1절 참조.

예술 작업자로서나 나의 생애 전체를 관류하는 기조 저음인 것을 알게
되었다.(『화두』 2권, 365면)

중학교 때의 '자아비판회'와 고등학교 때의 '문학 시간' 체험을 통해
'나'는 자신이 쓴 글을 이유로 운명적 추방과 체제에서의 인정이라는
상반된 평가를 받게 된 것이다. 동일한 사회주의 체제에서 받은 거부와
인정이라는 모순적 경험에서 '나'는 세계와 자아와의 관계에 대한 화두를
형성하고, 그것에 대해 여러 가지 방법으로 사유하고 말해본 것이 이후의
글쓰기로 나타난다. 결국 이 동전의 앞뒤와 같은 모순된 경험은 화자의
정신세계에 원체험으로 들어와 글 쓰는 원동력이 되었다는 사실을 깨닫는
다. 그런 의미에서 시작된 그의 소설 쓰기는 궁극적으로 '나란 누구인가'를
찾는 자아 탐색의 경로를 형성한다. 따라서 『화두』는 '나'의 기억을 따라가
는 여정이자, 그 기억을 되풀이하는 표현의 장이 된다.

한편 최인훈은 종교적 믿음을 상실한 현대에 세계와 자아의 불화가
극복되는 것은 오직 문학 안에서 가능하다고 본다.[34] 부활과 윤회가 좌절된
이때, 지금의 나를 되풀이하고 싶다는 희망은 유일하게 '쓰기'라는 행위를
통해서 이루어질 수 있다는 것이다. 나에 대해 쓴다는 것은 지나간 나의
되풀이고, 지나간 나에 대해 쓰려면 과거를 떠올려 기억해 내야 한다.
이러한 되풀이는 쓰기로 구현되며 따라서 글쓰기는 현대의 인간이 마음을
치유하는 유일한 방식으로 남는다. 기억은 그 속성상 글쓰기와 통하고
서술자 자신의 전 생애의 기억을 그 내용으로 한다는 점에서 내용상
서술자 자신인 '나'와 동일시된다. 다시 내가 기억이고 내가 소설 그 자체가
된다. 이런 견지에서 『화두』는 글쓰기에 대한 글이자 또한 서술자 '나'에

---

34) 최인훈은 근대를 과학의 시대라 보고, 종교가 권위를 잃은 세계에서, 지난날에
   종교가, 더 멀리는 신화가 하던 소임을 맡아보려고 노력하고 있는 분야가 바로
   문학이라고 말한다.(최인훈, 「작가와 현실」, 『문학과 이데올로기』, 112면)

대한 내용을 담고 있으므로, 소설가 화자인 '나'는 소설 속에서 글을 써 나가는 과정, 즉 자신의 기억을 되풀이하는 과정을 통해 비로소 자신이 누구인지를 알아내게 된다. 앞서 밝힌 바대로, 기억 자체가 쓰기를 동반한다는 점, 회상이란 반복적이라는 점에서 기억을 따라가는 반복적 쓰기를 통해서 적어도 쓰는 동안에는 상처의 치유가 가능해진다. 자아성찰의 글쓰기는 단순히 과거의 경험을 재현하는 것이 아니라 자기 자신의 탐색 및 치유의 또 다른 경험이 되기 때문이다.[35]

> 그 구절을 <쓴다>는 행위 자체가 구원일 뿐, 쓰인 내용이 사실이라고 증명된 바는 없지 않은가? 소설을 쓰고 읽는 경험에서 겪는 이 이상한 평화가 비록 이유 있고 값진 것이라 하더라도, 그것은 언제나 <쓰기, 읽기 속에서의>라는 부호 표시를 빠뜨려서는 안 된다.(『화두』1권, 271면)

화자는 현실 세계와 소설 세계의 거리를 인지한다. 즉 메타픽션적 사고는 쓰는 행위, 즉 형식적인 측면과 내용적인 측면을 분리함으로써 삶과 픽션 사이의 의심스런 관계를 탐색하는 글쓰기를 낳는다. 작가인 화자는 <쓰기, 읽기 속에서의>라는 < > 부호 표시를 통해 문학 내부와 외부 세계를 분리하고 있다. 그리고 바로 이러한 시각은 메타라는 용어로 대체된다 이 시각에서는 관찰자가 항상 대상을 변화시키기 때문에 객관 세계를 묘사한다는 것은 불가능하다고 인식한다.[36] 다시 말해 어느 누구든 문학을 통해 세계를 재현하려고 한다면 문학으로 세계를 재현해 낸다는 것이 불가능함을 알게 될 뿐이라는 것이다. 즉 문학은 사실상 그 세계의 담론들을 재현하는 것만이 가능하다. 그리고 그 담론이란 언어 체계일 뿐, 세계

---

35) 정항균, 앞의 글, 392면.
36) 퍼트리샤 워, 앞의 글, 17면.

자체는 아니다. 따라서 『화두』의 작가 화자는 글쓰기를 통해 글쓰기 자체를 탐구한 결과, 문학이 갖고 있는 근본적인 허구성을 알게 되는 것이다. 현실 세계와 이야기의 세계는 다르다는 것, 자아와 세계의 환상적 합일은 소설 속에서 쓰는 동안에만 이루어진다는 것, 쓰기를 멈추고 현실 세계로 돌아가면 다시 제자리라는 것을 알게 된다.

그리고 『화두』에서 최인훈은 현실 재현의 허구성과 언어의 자의적 체계를 통해 글쓰기 안에서 해방과 즐거움에 도달할 수 있음을 알려준다. 이러한 이야기 세계 속에서의 세계와 자아의 환상적 합일 경험은 계속 글을 쓰게 하는 원동력이 된다. 결국 현실과 상상 세계의 괴리와 그것의 인지는 지속적인 쓰기의 되풀이로 연결된다.

> 글을 쓴다는 것은 밑 빠진 항아리를 채우려는 콩쥐의 물붓기 같은 것이었다. 한 번 깨달으면 그만인 어떤 일이 아니라, 그 깨달음의 상태를 끊임없이 유지해야 하는 <되풀이>의 운동이었다.(『화두』 1권, 469면)

소설가 화자는 글 쓰는 일이 글 쓰는 동안에만 이루어지는 안정과 합일을 유지하기 위해 되풀이하는 운동이라 말한다. 그리고 10여 년 동안의 자신의 창작 활동이 그런 되풀이의 여정이었다고 회고한다. 『화두』 역시 그러하다. 여기에서 소설가 화자는 유년 시절의 체험을 몇 차례나 되풀이하여 회고한다. 그리고 이전에 자신이 썼던 모든 작품들을 다시 읽고 다시 써 봄으로써 글쓰기의 되풀이도 행한다. 이렇게 되풀이되는 회고는 『화두』의 글쓰기 원리가 되며, 이 소설은 기억의 되풀이와 되풀이를 통한 쓰기로 이루어져 있는 셈이다. 화자는 특정한 기억을 반복해서 이야기하곤 하는데, 반복이란 이전에 일어났던 것이 현재의 시점에서 또 다시 일어나는 것을 의미한다. 그런데 이 반복적 재현은 서술할 때마다 달라지기 마련이다.

따라서 아무리 화자가 똑같은 원체험을 반복 기술한다 할지라도 원래의 사건은 고쳐지고 변주될 수밖에 없다.[37] 이러한 쓰기 자체가 갖고 있는 왜곡성은 다시 한 번 서술 자체를 주목하게 한다. 자기 파괴적이고 역설과 반어가 역동적으로 떠도는 공간을 서사라 인식하게 됨으로써 내용의 진지성을 상실한 텍스트는 유희의 공간이 되는 것이다. 이러한 글쓰기와 반복 쓰기의 원리 하에서『화두』의 화자는 트라우마로 각인된 '자아비판회'와 전쟁 체험 등을 기억날 때마다 되풀이하여 이야기함으로써 치유의 방식으로 삼고 있다.[38] 문화적 기억으로서의 트라우마는 그 억압의 원인을 밝혀 치유되어야 할 것이다. 그 치유는 무의식의 기억을 떠올려 재해석하는 과정의 반복으로 이루어지며, 한 개인이 오랫동안 보존해 왔던 기존의 관점을 바꾸기까지는 노력과 긴 시간이 필요하다.[39] 이런 의미에서『화두』는 트라우마의 반복적 회상을 통해 자신의 입장을 정리하고 자기 정체성을 찾는 치유의 글쓰기이다. 그리고 그동안의 최인훈의 창작의 역사를 통해 볼 때, 경험의 기억들은 이전의 창작물 안에서 되풀이 쓰기를 거치고 나서 최종적으로『화두』에서 다시 쓰이고 있는 것이다.

이와 같이『화두』는 세계에 의해 버려진 한 개인이 그 원인과 자신을 찾아 나선 이야기이며, 평생의 기억을 따라가는 원리에 의해 구성되었다. 기억은 되풀이라는 쓰기의 원리와 일맥상통하여 소설『화두』란 '글쓰기란 무엇인가'에 대한 대답이 되고 글쓰기에 관한 쓰기가 된다. 소설 자체를 발생시키려는 의도를 보여주는 소설『화두』는 이제 쓰기 자체를 테마로

---

37) 김종구, 「시점이론의 새 지평」,『현대소설 시점의 시학』, 새문사, 1996, 32면.
38) 김윤식은『화두』를 심리적 공포를 체험한 아이가 이를 초극하는 방식이라고 읽는다. 자기의 그 체험을 타인에게 되풀이 이야기함으로써 치유의 방식으로 삼았다는 것. 이를 두고 창작을 통해 자기수정, 자기실천을 한다고 규정하였다.(김윤식, 앞의 글, 27면)
39) 이창재, 「정신질환의 원인과 극복 – 사후작용」,『프로이트와의 대화』, 학지사, 2004, 262~263면.

삼고 현실적 경험뿐만 아니라 상상적 글쓰기를 통해서도 스스로의 경험을 만들어나가고 있음을 보여준다. 이전의 전통적인 글쓰기에서는 경험과 그에 대한 서술은 절대적인 대립을 이루었지만, '경험하는 나'와 '서술하는 나'가 포개지는 『화두』에 이르러서는 글쓰기 자체가 작가에게 중요한 경험으로 간주되는 것이다. 새로운 패러다임 하에서의 새로운 소설 『화두』는 자기 정체성을 찾는 치료학적인 글쓰기에서 나아가 쓰기를 통해서 복합적이고 다원적인 자아가 드러나는 새로운 자기 인식의 국면으로 나아가는 글쓰기를 지향한다.

3. 상호 텍스트의 생성 공간

앞서 살펴본 바와 같이, 『화두』가 작가로서의 글쓰기 자체를 반성하는 내용을 포함한다는 점과 글쓰기 자체에 대한 글이라는 점에서 이 작품은 글쓰기와 이를 통한 자아 정체성의 탐색이 주제가 되고 있음을 알 수 있다. 글쓰기 자체의 테마화, 즉 자기 지시성은 메타픽션의 중요한 특성이다. 최인훈의 자기 반성적 글쓰기는 결코 완성된 자아개념을 전제로 하지 않으며, 이러한 자기 반성을 통해서 다수의 자아를 드러낸다.[40] 서술과정을 통해서야 비로소 복합적이고 유동적인 자신의 모습을 발견하며 다원적인 자아를 받아들이게 된다. 그리고 이런 자아의 발견을 위해서 다층적이고 자기 반영적인 서술구조가 사용된다.

『화두』에서는 여러 텍스트들을 인용하고 있고, 이러한 인용의 그물망 속에서 새로운 텍스트가 탄생한다. 이때 인용된 텍스트는 단순히 내용의

---

40) 자기 반성적이고 자기 성찰적인 포스트모더니즘 문학에서 한 개인의 자아는 결코 하나가 아니라 다수의 자아들로 구성된다.(정항균, 앞의 글, 393면)

반복에 그치는 것이 아니라, 새로운 텍스트 환경 속에서 주변 텍스트들과 역동적인 관계를 맺으며 재해석되고 이를 통해 새로운 의미를 얻게 된다. 『화두』의 소설가 화자는 글을 쓰면서 다른 담론들을 끌어들이고 그것에 대한 자신의 입장을 표명한다. 포스트모더니즘 문학의 특성은 인용된 문장이나 텍스트를 새로운 텍스트 환경 속에 집어넣고 재해석함으로써 새로운 의미를 창출하는 데 있다. 즉 실제 현실 세계를 구성의 소재로 삼는 것이 아니라 이미 존재하는 다른 텍스트의 세계를 소재로 해서 다른 허구의 세계를 만든다[41]는 측면에서 문학의 허구적 개념을 강화시키고 픽션은 만들어진 것이라는 사실을 독자가 분명히 인식하도록 한다. 근본적으로 독서가 상호 텍스트적이라는 것, 텍스트와 글쓰기 자체가 문화의 거대한 짜깁기의 장이라는 것을 보여주는 것이 『화두』의 공간으로서, 이런 글쓰기는 또한 바르트의 "모든 텍스트는 상호 텍스트적이다"는 견해[42]와도 일치한다.

한편 기억과 문학적 상상력이 서로 교차하는 문학 텍스트는 스스로 하나의 '기억 공간'이 된다. 그것은 문화라는 전체 기억 공간과 다른 텍스트들 사이에 놓인 외부적 기억 공간에 들어가는 동시에 자신의 내부 공간에 다른 텍스트들의 이미지를 가져와 자기 자신의 기억 건축물을 구성한다. 이런 방식으로 작동하는 문학의 기억이 바로 '상호 텍스트성'이기도 하다.[43]

이런 견지에서 여러 텍스트들이 혼합되어 있는 다층적인 텍스트 『화두』

---

41) 퍼트리샤 워, 앞의 글, 70면.
42) 바르트는 어떤 소설이든 신문이든 텔레비전 화면이든, 자신이 읽었던 프루스트의 한 구절을 발견하는 경험을 한다. 이를 그는 순환적인 추억이라 부르며 이 경험을 통해 '상호-텍스트(inter-text)'라는 용어의 개념을 정리한다.(롤랑 바르트, 앞의 글, 84면)
43) 박은주, 「기억과 망각의 역설적 결합으로서의 글쓰기」, 『기억과 망각』, 책세상, 2003, 313면.

에서 드러내는 텍스트 상호적 관계를 다음과 같이 분류해 보기로 한다. 첫 번째는 작가 화자로서의 '나'가 이전에 자신이 썼던 작품들과의 대화하는 양상이고, 두 번째는 선대 문인들의 작품이나 외국 작가의 작품 등 다른 작가와의 대화 양상, 그리고 세 번째는 문학 외적 담론으로서 신문이나 TV 같은 당대의 실제 역사적 담론과의 대화 양상이다. 이러한 다양한 텍스트들의 짜깁기의 장으로서『화두』의 공간은 글쓰기의 본질에 대한 토론이 이루어지고, 작가 스스로 작가 세계의 총체적인 모습을 조망하고, 역사와 사회와의 연결지점을 모색하는 장이 된다.

우선 첫 번째로『화두』의 소설가 화자 자신이 쓴 텍스트들의 대화 관계가 설정된다.『화두』에는 소설가 화자가 쓴 이전의 모든 작품이 들어 있다. '나'는 자신의 경험담을 회고하는 과정에서 작가로서 살았던 가운데 특정 시기에 썼던 작품들에 대해 회고하고 의견을 말한다. 작품을 썼던 당시의 상황이나 쓴 과정에 대한 것, 그 작품을 씀으로써 얻게 된 것 등 다양한 방향으로 자신의 이전 작품과의 대화가 이루어지고 있다. 이 대화의 과정은 앞으로 III장과 IV장에서 다룰 것이며, 이를 위해 작품들과의 대화가 어떤 방향으로 이루어지는지 간단한 그림을 통해 설명하고자 한다.

바깥 원은『화두』이고 안의 작은 원들은 이전의 다른 작품들을 나타낸다. 작은 원들, 즉 이전 소설들은 모두『화두』안에 들어 있다.『화두』이전에 쓰인 작가의 모든 작품이 이렇게『화두』안에 포함되는 관계이다. 그리고 흥미로운 점은 2차 상호 텍스트 관계를 설정할 수 있는 지점을 작은 원들의 겹침인 교집합 부분에서 찾을 수 있다는 것이다. 메타픽션『화두』이외의 이전 소설들 간에도 서로서로 자기 반영성을 갖는 부분들이 발견된다. 따라서 소설들 간의 소통 관계는 크게 두 방향으로 드러나는데, 먼저 1차 상호 텍스트는『화두』와 다른 소설들과의 대화, 즉 큰 원과 작은

원 중 하나와의 관계이고, 다음으로 2차 상호 텍스트는『화두』안에 들어
있는 소설들 간의 대화, 즉 작은 원끼리의 대화적 관계를 말한다.

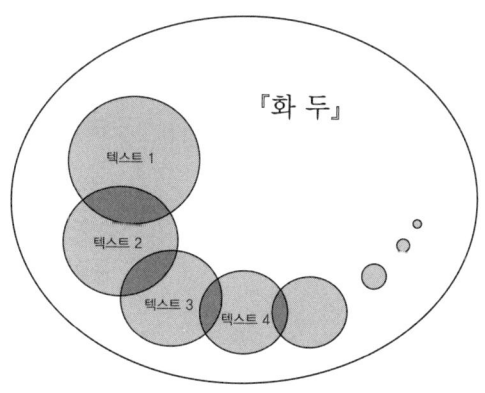

〈그림 1〉『화두』의 상호 텍스트 관계도

예를 들어 1차 상호 텍스트가『화두』에서「광장」의 개작 원인과 과정에
대해 언급하며 개작된 부분을 인용하고 있다는 점에서『화두』와 그 안에
포함된 작품 간의 대화 관계라면, 2차 상호 텍스트는 인물의 명명법이
동일하다는 측면에서『회색인』과「구운몽」의 상호 대화 관계를 설정할
수도 있고, 역사의식의 탐구를 주제로 한다는 점에서「광장」과『회색인』을
선후 관계의 텍스트로 놓고 읽을 수도 있다. 따라서 그림에서의 텍스트1과
텍스트2 등은 최인훈 작품 중 어떤 것이라도 그 자리를 차지할 수 있으며
관계 설정에 따라서 다른 텍스트와 대화 관계에 놓이게 되는 것이다.
이렇게『화두』내에 드러나는 텍스트의 관계는 복잡하고 다양하게 엮여
있다.
　최인훈이 다른 텍스트들을 모두 포함하며 대화적 관계를 갖는『화두』의
구조를 계획한 데에는 박태원의『천변풍경』의 영향도 없지 않았을 것이라

생각된다.44) 『화두』가 두서없는 한 개인의 회상으로 이루어져 있다고
해서 해체 구조나 열린 결말로 단순히 치부할 수는 없다. 『화두』는 최인훈의
모든 사고가 결집되어 치밀하게 계획된 구성을 갖는 총체적 텍스트로서의
면모를 갖는다.

두 번째로 『화두』는 소설가 화자 자신이 쓴 작품 이외에 선대 작가들의
작품이나 동시대 다른 나라 작가들의 작품과 관계를 갖는다. 『화두』에서는
시작과 끝에 인용되고 있는 조명희의 「낙동강」을 포함하여 전 시대의
작가들, 특히 1920~30년대의 문인들의 문학 작품을 인용하고 대화하는
모습이 보인다. 이용악, 이태준, 박태원, 임화 등의 문학 작품을 다시
읽는가 하면, 패러디 쓰기도 시도되어 있다. 한편 선대와 동시대 외국
작가의 작품도 다수 언급되고 있다. 화자가 유년 시절부터 읽은 세계
문학 독서목록을 포함하여 아일랜드 실향민으로서 자신의 자서전적인
소설을 쓴 머레이 교수의 「머나먼 고향」과 같은 소설도 소개되어 비슷한
처지에 있는 실향민 작가의 입장에서 작품을 읽고 상호 소통하는 모습이
들어 있다. 그리고 화자가 1960년에 읽은 『제8요일』이라는 망명 폴란드
작가의 소설을 통해 전쟁이라는 동일한 경험을 공통항으로 전후 문학에
대해 논하기도 한다.

기억 공간으로서의 문학 텍스트의 측면에서 선대 문학의 인용과 상호
소통은 또 다른 역사적 기억 남기기의 방편이 된다. 그리고 일반적으로
패러디 기법은 최근의 패러다임과 과거의 패러다임을 동시에 배치함으로
써 독자의 선입견을 교정하고 문학 작품의 권위에 의문을 제기하는 기능을
하지만, 『화두』의 경우 화자 '나'가 선대 문인들에게 자신을 완전히 동화시

---

44) "박태원의 장편소설인 『천변풍경』은 「소설가 구보씨의 일일」에 나오는 단편
속의 인물들을 한곳에 모아놓은 이야기다."(최인훈, 「박태원의 소설 세계」, 『문학
과 이데올로기』, 315면)

킴으로써 문학적 전통을 잇고, 쓰기의 형식적 측면에서만 새로운 시각을 취하는 기법으로 나타난다. 즉 자기 반영적인 메타픽션과 다층적 층위의 설정으로 그 안에 포섭된 여러 텍스트들은 상호 대화를 통한 의미의 다원성을 획득하게 된다.

세 번째로 『화두』에는 문학 담론 외에 다양한 실제 역사적 담론들이 포함되어 있고 『화두』와 대화적 관계에 놓여 있다. '상호 텍스트성'이란 문학 텍스트와 비문학 텍스트가 동시대적 또는 역사적 담론들 및 담론 장르들에 대해 대화적으로 반응하는 것을 의미하기도 한다.[45] 『화두』에는 마르크스의 『자본론』 같은 저서나 『워싱턴 포스트』 같은 미국의 일간지, TV 대담회나 다큐멘터리 방송, 여행안내문 등의 다양한 양태의 현실 담론이 포함되어 있다. 『화두』는 작가에 의해 가공되지 않은 현실 담론이 문학 내부에 혼재되어 역사적 사실 자체를 수용하고 있는 소설 형태를 보인다.

이와 같이 『화두』는 종적으로든 횡적으로든 다층적으로 다른 텍스트들과 결합하고 있는 상호 텍스트성에 기반을 둔 포스트모더니즘 소설이다. 『화두』는 다양한 허구적 문학 텍스트 및 문화, 사회적 콘텍스트와의 대화 속에서 생겨난 텍스트로 이러한 인용과 상호 텍스트성에 의한 복잡한 구조는 최인훈의 기존 작품에서나 기존 한국 문단에서는 찾아보기 힘든 새로운 현상이다. 상호 텍스트성과 인용은 한 담론의 절대적 지배를 인정하지는 않지만 다원성을 인정하는 메타담론을 허용한다. 이러한 의미에서 『화두』는 바뀐 시대상을 수용하여 새로운 미적 주체를 발견한 경험을 문학적 차원에서 형상화한 시도로 볼 수 있을 것이다.

이 모든 결론을 얻기 위해서는 『화두』가 포함하고 있는 모든 작품들과 상호 텍스트적 대화의 단계를 거칠 것이 요구된다. 이하의 본문은 그

---

45) Peter V. Zima, 정항균, 앞의 글, 369면 재인용.

대화의 기록이 될 것이고, 그 과정을 거친다는 것은 최인훈의 모든 작품을 다시 읽는다는 것을 의미한다. 특히 작품 간, 그리고『화두』를 중심으로 하여 상호 교차적으로 읽는다는 것은 최인훈의 모든 작품을 다룬다는 것을 의미하는 동시에 새로운 시각으로의 접근을 통해 유의미한 결론에 도달할 수 있으리라는 기대를 갖게 한다.

Ⅲ. 개인에서 민족의 역사로 나아가는 상상력

최인훈은 작가라는 천직을 갖게 된 자신의 운명에 대해 "나란 누구인가"
에 대답하기 위한 필연적 선택이었다고 정리한다. 그 질문은 역사 속에
던져진 한 개인의 정체성을 찾고자 한 것이었고, 그것은 정치, 역사, 민족,
가족의 문제와 맞물려 풀어야 하는 커다란 화두로 떠올랐다. 이러한 소설
쓰기는 주제와 내용 면에서 시대의식에 관련된 것들을 민감하게 다루는
것으로 나타났고, 『화두』의 형식을 통해 작품이 쓰인 당시 시대의식을
대표하는 이전 작품을 모두 불러와 대화하는 방식으로 나타났다. 이러한
『화두』의 자기 지시성은 소설 쓰기의 과정을 보게 하고, 특정 시대의
산물인 문학 작품과의 대화는 궁극적으로 그 시대의 역사와 문화가 만들어
놓은 이데올로기를 기록한다는 의미를 갖는다. 포스트모더니즘 소설로서
의 『화두』는 20세기 서구 세계의 지배문화와 사회가 만들어놓은 규범과
이데올로기들을 기재하고 폭로하는 동시에 전복시키는 텍스트로서의
위상을 갖기 때문이다. 따라서 『화두』는 사회의 가치기준과 역사의 가치를
의문시하면서도 여전히 사회의 내부에 남아 사회와 의사소통하기 위해
먼저 이전의 문학 작품들과 상호 대화를 시도함으로써 과거를 재전유하려
는 형식을 취한다.[1] 1960~70년대의 자신의 문학작품뿐 아니라 1920~30년

대의 선대 문인들의 작품을 써 넣고 상호적 읽기의 과정을 거친다는
것은『화두』가 20세기 전체 역사를 전유하게 되었음을 의미한다. 이런
점에서『화두』는 혁신적인 소설 형식을 통해서 역사적이면서도 정치적인
의미를 갖는 텍스트가 된다.

　1994년에 바라보는 1960~70년대의 소설 쓰기에 대한 시각은 당대와는
달라져 있다. 이것이 또한『화두』에 이전 작품들이 들어와 있을 때의
문제이다. 각 작품들은 창작 당대의 현실을 지시하고『화두』에서 1994년의
'나'가 기억의 되풀이, 즉 회고의 방식으로 이전 작품들을 더듬는다. 그러므
로 이 장에서 언급되는『화두』는 메타단계에서의 설명의 언어이지 텍스트
를 구성하는 내용은 아니게 된다. 이에 의해 설명되는 텍스트는 한 편씩
다시 본다기보다는 1994년의 화자가 보는 관점에 따라서 관계적으로
읽히게 된다. 그 맥락은『화두』내부의 원리에 의해 도출되었다. 기억의
되풀이와 되풀이를 통한 쓰기로 구성되어 있는『화두』에서 가장 빈번하게
되풀이되면서 기억의 중심을 점하는 것을 크게 세 가지로 분류해 볼
수 있다. (1) 인물이 20세기 서구 제국주의의 피해자인 실향민이자 그것의
문제점을 인식하고 사고하는 지식인 유형이라는 것, 즉 인물의 유형화
작업이다. (2) 그 인물 중 하나에 주목하고, 기억의 글쓰기를 통해 원인을
추적해 보는 작업이다.『화두』의 글쓰기 원리인 과거 기억을 회상하는
방식과 특정 기억을 반복하는 방식을 통해 개인의 역사를 상세하게 고찰할
것이다. (3) 그리고 과거 역사적 인물의 등장과 패러디를 통해서 이제
개인사에 대한 시각은 민족 역사 전체 탐구로 나아간다. 문학 텍스트에

---

1) 린다 허천은 기존의 탈역사적, 탈정치적 포스트모더니즘 이론을 반박하고 형식적으
　로 반영성과 내용적으로 역사성을 동시에 지닌 역설적인 포스트모더니즘을 주장한
　다. 본서는 허천의 포스트모더니즘 개념에 동의하고,『화두』를 그러한 포스트모더니
　즘 텍스트로 규정한다.(린다 허천,『포스트모더니즘의 이론과 전략』, 장성희 역,
　현대미학사, 1998, 26~27면)

실제 역사적 인물을 도입하고 일련의 패러디 소설 쓰기를 되짚는 과정을 통해서 과거의 재전유가 가능해질 것이다. 이와 같이 본 장은 각 절에서 역사 안에서의 개인의 처지를 발견하고, 회상과 반복의 글쓰기를 통해 근원적 자아를 만나고, 역사 쓰기와 패러디를 통해 문학과 역사의 관계를 규명하고자 한다. 그리고 이러한 단계적 과정은 『화두』에 인용된 텍스트들의 상호 대화를 통해서 이루어질 것이다.

1. '노예 철학자'의 유랑과 분열 의식

운명적 떠돌이로서 최인훈 자신이 스스로를 '노예 철학자'로 여긴 것으로부터 한 명의 피난민 지식인이 탄생한다.[2] 그리고 글 쓰는 운명을 받아들인 개인은 '피난민'이라는 처지와 '지식인'이라는 자격이 공유하는 교집합에 위치한다. 떠돌이 작가는 글쓰기를 통해 민족적 실향과 현실 대응의 문학이라는 두 가지 문제를 풀려는 과제를 안고 있다. 이에 대해 1항에서는 실향의 문제를 주안점으로 하여, 2항에서는 현실과 문학의 문제에 주목하여 소설적 형상화의 과정을 살펴보기로 한다.

1) 민족의 이산(離散)과 피난민들

「광장」, 『회색인』, 『서유기』, 『소설가 구보씨의 일일』, 「금오신화」, 「우상의 집」, 「하늘의 다리」 등에서 최인훈 소설의 인물들은 실향민이라는 공통적 처지에 놓여 있다.[3] 이 인물들은 한국전쟁이 빚어낸 피난민으로서

---

2) Ⅱ장 1절 2항의 설명 참조.

3) 『화두』에서 열 차례 이상 반복 기술되는 전쟁 체험 중, 피난에 대한 기억은 'LST 피난 체험'이라는 모티프와 실향민 의식으로 형상화되고 있다.

의 처지를 스스로 자각하고 표출해 나가는 과정을 통해 그것을 근본으로
하여 자신을 규정한다.

『회색인』의 독고준은 월남한 아버지를 찾아 전쟁 통에 북한에 가족을
남겨두고 내려온 피난민이고, 가족은 이산 상태다. 전쟁 후, 휴전선이
그어지고 북한에 남아 있는 가족과 단절된 그는 남한에서의 유일한 혈육이
었던 아버지가 돌아가신 후부터 가족이 없는 사람이 되었다. 그에게서
고향과 가족을 빼앗은 것은 전쟁이었고, 전쟁은 일반인들은 모르는 질서,
즉 정치 이데올로기 작동의 결과였다는 것, 이때 정치는 우리의 것이
아니라 서구 사회의 소유라는 것, 그것은 식민지 역사와도 밀접한 관련을
갖는다는 연결된 사유에서 독고준은 현재 타향에서 홀로된 자신의 실존이
외부로부터의 정치와 역사의 결과라는 것을 목도하게 된다. 그는 남한에서
먼 조상의 족보를 찾아보려 하지만 실패하고 만다. 독고준은 족보가 없는
사람이다. 즉 자신의 근원을 찾을 수 없다. 그는 정통이 없다는 것, 족보가
불타버렸다는 것, 돌아갈 고향이 없다는 자신의 실존을 재인식하며 거대한
정치권력으로 대표되는 세계에서 의존할 곳 없는 한 에고의 문제를 풀어
보려 한다.

그는 영화 <드라큘라 백작>을 소개하면서 서양의 드라큘라 전설을
한국의 입장에서 재해석한다. 서구의 근대가 신에게서 독립한 인간 주체의
선언에서 시작되었다면, 한국의 근대는 서구 문명의 무력적 침입에서
시작되었다. 그러므로 서양의 경우, 드라큘라 전설은 신 잃은 인간의
드라마를 의미하지만, 한국의 입장에서는 서구에서 기인한 근대로 인해
가족과 족보를 잃게 된 이야기로 읽힐 수 있다는 것을 깨닫는다. 따라서
독고준이 대대로 내려오는 고향땅을 잃고, 먼 조상의 족보도 찾을 수
없다는 것은 족보가 상징하는 전통적 가족 중심의 세계관이 상실되고
이전의 역사와 단절된 한국의 근대인에 대한 대표성을 갖는다. 이와 같이

고향과 단절된 피난민 의식에서 독고준은 드라큘라를 자신과 동일시하면서 "기독교 신에게 자리를 뺏긴 토착신의 모습"을 발견하고 족보를 잃은 한국인, 근대 이후 전통과 단절된 한국 역사의 비정상성을 인식하게 된다. 이러한 사유를 통해 독고준의 피난민 의식은 개인의 문제를 포함하여 민족과 역사의 문제로 변모한다.

> 현대 한국인이 방황하고 자신이 없는 것은 어떤 '연속'의 체계 속에 자기를 자리매김하지 못하고 있으며 또 사실상 불가능하기 때문이다. (『회색인』, 99면)

전쟁으로 고향을 잃고 가족과 이산한 후, 독고준은 세상에 홀로 남겨진 에고로서 실향민이라는 자신의 처지를 현재 세계의 질서와 과거 역사와의 관계 안에서 풀어보려 한다. 그리고 그것은 『회색인』이 주인공 독고준이 피난선 LST 선상에서 마지막으로 바라본 고향 땅을 떠올리는 것에서 끝난다는 것, 이어지는 『서유기』의 추상적 형식을 통해 과거 역사 여행 후 다시 고향으로 회귀한다는 공간 이동 구조를 통해서 가능해진다. 피난민이라는 자각은 회귀 불능인 고향 공간에 대한 향수와 불타버린 족보로 인해 연결될 수 없는 역사적 전통에 대한 주+로 나타나고 있다.

『소설가 구보씨의 일일』의 주인공 구보 씨는 "한 월남 피난민으로서, 서른다섯 살이며, 홀아비고, 십년의 경력을 가진 소설가라는 그의 현실적 신분"을 가진 인물이다. 그리고 작중인물의 배경과 출신에 대한 동일한 설명이 네 차례에 걸쳐 반복되어 소개됨으로써 구보 씨가 '피난민'이라는 사실 자체에 주목하게 된다.[4] 전쟁을 겪고, 그 결과로 고향을 잃고 홀로

---

4) "이 사람으로 말할 것 같으면 소설 노동을 직업으로 삼고 있는 이름을 구보라고 하는 홀몸살이의 이북 출신 피난민이었다."(최인훈, 『소설가 구보씨의 일일』, 144면) ; "소설 노동자 구보 씨 고향은 지금은 휴전선 이북인 동해안의 항구다."(위

타향살이를 하는 피난민으로서의 처지는 한 개인에게 세상살이의 이치를 풀어가야 하는 숙제를 부담하게 하였다. 그리하여 그는 정치 문제와 역사에 관심이 많은 소설가가 된다.

구보 씨는 독서 행위를 통해서나 미술 감상 중에도 책의 저자와 화가의 이력에서 그들이 피난민이라는 사실을 발견해내고, 곧 자신을 그들과 동일시한다. 단테의 『신곡』을 읽는데, "구보 씨가 이 작품을 즐기게 된 것은 시로서가 아니라 단테라는 피난민이 나그네살이하는 이야기로 읽고" 있다는 점에 주목할 수 있다. 그리고 시에 나오는 '漂流' '流浪' '放浪' '巡遊'를 구보 씨는 '피난(避難)'이라는 뜻으로 받아들이는 자신의 실존을 통해 문학사라는 개념을 이해한다. 독서 중 구보 씨는 잠에 빠지고, 꿈에서 구보 씨는 단테가 된다. 로마 시대로 돌아간 구보 씨는 이탈리아의 역사에서 로마 제국의 지방민이었던 그들의 입장이 되어 보고, 언제나 변방인이었던 우리 민족의 처지와 동일시한다. 그럼으로써 자기 개인의 실존 문제를 역사와 민족의 문제로 확장시킨다.

화가 이중섭 전시회에 간 구보 씨는 그의 그림에서 건강한 예술과 시원스런 문명 비평력을 통해 자기 그림의 주인이 된 사람의 모습을 발견한다. 동시에 그는 이 화가에 대해 "구보 씨와 같은 고향이요 지난 번 전쟁 때 피난오기도 마찬가지였다"는 피난민으로서의 동질감을 느낀다. 그리고 자기 고향의 산천과 초목, 짐승과 사람을 담아낸 그의 그림에서 잃어버린 무릉도원, 즉 '고향'과 등가를 이룬 자신의 실존에 모든 것을 꿰어왔다는 간단한 진리를 발견한다.

이와 같이 구보 씨는 일상과 맺는 어떤 지점에서라도 피난민으로서의

의 글, 257면) ; "구보 씨는 이북 피난민으로서 동해안 해당화 피는 해수욕장의 이름난 항구에서 자랐다. 피난민이라 함은 임진란이나 러일, 청일 싸움 때의 피난민이 아니요 1950년하고도 6월 25일 신새벽에 터진 저 싸움 때의 피난민이다." (위의 글, 279면)

자신의 처지를 대입한다. 최인훈은 자신과 동일한 정체감을 갖는 소설가이
자 피난민인 구보 씨를 통해 전쟁을 가져온 근대사를 돌아보고, 역사의
현장에서 실존하는 개인에 대한 이야기로서 문학은 어떠해야 하는가를
끊임없이 고민한다.

최인훈은 「하늘의 다리」를 통해 또 다른 구보 씨에 다름 아닌 피난민
삽화가, 김준구를 소개한다. 역시 작가의 생애를 고스란히 닮은 월남
피난민 김준구는 시대를 잘 만났다면 어쩌면 화가가 되었을 수도 있었다는
생각을 떨쳐버리지 못하는 신문연재 소설 삽화가이다. 근근이 들어오는
일감과 술로 세월을 보내다가 고향 W시에서의 중학교 시절 미술 선생님의
비참한 말년과 은사의 딸이 술집 작부로 타락해 가는 일련의 사건을
겪으면서 그는 이 시대를 살아가는 피난민의 아픔을 깨닫게 된다. 그의
절망적인 일상은 실향에서 비롯되었으며, 이러한 피난민 의식은 은사였던
한동순 선생 가족의 비극을 통해 확인된다.

> 준구의 눈앞에 아우성치는 사람들이 뒤밀리는 원산 부두, 저만치 닻을
> 내린 LST. 갑판. 보트. 파커 내피를 뒤집어쓴 여자들. 섣달 초순의 북쪽의
> 항구. 그리고 자갈치 시장. 국제시장. 염주동. 초량. 제1부두. 제2부두.
> 얌생이꾼들… 이런 것들이 어지럽게 어우러져 떠올랐다. ㄱ 커다란 흐름
> 속에 거품 방울 같은 한 가족사가 있고 성희가 이런 성희가 되어 여기
> 앉아 있고 준구는 그 앞에 앉아 있다.(「하늘의 다리」, 34면)

예고 없는 전쟁에 갑자기 뿌리를 잃은 실향민들은 낯선 타지에서 생존해
야 하지만, 냉혹한 세상에 던져진 개인의 삶은 험난한 것이었다. 은사
가족의 비극은 단지 한 가족에게만 국한되지 않으며, 피난민들은 살아남기
위해 아득바득 경쟁하고, 자기를 위해 남을 속이기도 하고, 물질에 눈이
먼 생활을 하면서 세상에 버려진 자신의 존재에 대한 기억을 잃으려

노력한다. 생존이 걸린 문제 앞에 직면한 절박한 피난민의 모습은 준구에게
어린 시절 LST 선상의 기억으로 생생하게 남아있다.

> 점심 때 무교동 언저리 음식집은 늘 이렇다. 자리가 나서 겨우 비비고
> 앉았지만 음식이 나오기까지는 또 기다려야 될 모양이다. 준구는 홀에
> 가득찬 사람들이 그릇 위에 낯을 수그리고 끼니를 들고 있는 모습을
> 바라보았다. 피난 올 때 탔던 LST가 떠올랐다. 사람들은 갑판에서 밥을
> 지었다. 깡통에다. 그러고는 서로 한치라도 자리를 더 차지하느라 애를
> 쓰면서 보따리로 벽을 쌓는다. 삽시간에 벌어지는 유목민(遊牧民)의 야영
> 모습이다. (중략) 사정없이 매정스럽고 아귀 같고. 울어대는 아이들. 욕지거
> 리를 하는 아낙네들. 각기의 주변머리의 정도를 어김없이 폭로하면서
> 설치는 남정네들.(「하늘의 다리」, 49면)

근원을 잃는 순간, 생존에 매달리는 순간, 인간의 이기적인 본능을
드러내는 사람들의 모습을 준구는 예전 피난선의 선상에서뿐 아니라
지금 서울 중심가의 한 식당에서 본다. 많은 사람들이 먹기 위해, 살기
위해 경쟁하는 장면에 맞닥뜨리면 어김없이 피난민의 모습이 보이는
것이다. 이렇게 작가에게는 피난 체험이 영문을 모른 채 자신의 고향에서부
터 타지로 이주되고 경제적, 정신적 고통을 가져다준 비극적 원체험으로
형성되어 반복적으로 재현된다. 콩나물 시루처럼 많은 입석객을 태운
좌석버스가 다니는 서울 거리는 최인훈에게는 여전히 피난 생활의 연장인
것이다.5) 따라서 피난민인 준구에게는 서울 사람들의 모습도 자기네와
다를 바 없는 영락없는 피난민으로 비친다. 그의 머릿속에서 피난민으로서
의 정체성은 자기 자신의 처지에서 한 선생네 가족으로, 서울 사람들로까지
확장된다. 그리고 1960년대 후반에 매일 서울 거리를 오가는 소설가 구보

---

5) 최인훈, 『화두』 2권, 120면.

씨에게도 "서울이라는 이 도시에서는 모든 사람이 피난민인 것"[6]으로 여겨진다. 부산으로 가는 삼등 객차의 풍경에서 이 의식이 다시 확인되면서[7] 마침내 김준구 개인의 문제였던 피난의 화두는 이 시대를 사는 한국 민족의 운명적 정체성으로 화하게 된다. 그러면서 궁핍하고 각박한 생활의 모습을 맞닥뜨릴 때마다 전쟁 때의 피난 체험을 되새기게 되는 것이다.[8]

　　모두 지쳤다. 난데없이 － B29처럼, 우리들의 하늘에 나타난 이 생활의 범절, 이 문명의 족보를 캘 힘이 있는 사람도 없고 밀고 당기는 속에서 그 지랄을 하고 있으면 당장, 오늘이 배고프다. (중략) 문명익 무서움. 슬프고 무서운 것을 즐겁고 편리한 줄밖에 모르면서 사는 피난민촌. 거대한 피난민촌. 삼천만 명의 피난민. 50년대의 피난민. 60년대의 피난민. 70년대의 피난민. 슬픔과 무서움을 모르는 날까지, 사랑을 모르는 날까지는 7000년대라도 피난민이다.(「하늘의 다리」, 66면)

　실향은 한민족 모두에게 '난데없이' 나타났다는 인식, 개인은 역사의 결과에 따를 수밖에 없다는 슬픈 세상의 법칙이 지배하는 가운데 심지어 그 법칙조차 알지 못한 채 당장 눈앞의 먹고 살 일에만 아등바등하는 개인들의 하루하루가 모여 민족 전체의 피난민 상태를 양산한다.

---

6) 최인훈, 『소설가 구보씨의 일일』, 195면.
7) "전쟁중에 언제나 그렇던 만원 기차의 풍경. 그것은 준구에게는 늘 피난배－LST의 모습이었다."(최인훈, 「하늘의 다리」, 62면)
8) "언제나 앞을 다퉈야 했던 지난날. 남의 것을 뺏는 것까지는 그만 두더라도 언제나 <먼저> 챙기기는 해야 했던 지난날. 피난배에도 먼저 타야 했고, 수용소 가마니 타는 줄에도 앞에 나서야 했고, 구호 배급도 잽싸야 물건이 떨어지기 전에 무엇인가 손에 들어왔고, 기차표도 절대로 새치기를 당해서는 안 됐고, 구청에서 증명서 한 장 떼는 데도 순서가 바뀔세라 정신 바로 차려야 하는 생활. 물건이 모자라고, 그러니 점원의 친절도 모자라고, 그러니 사는 사람의 여유도 모자라고, 궁핍 속에서는 인간다움도 모자라게 되는 생활."(최인훈, 『화두』 1권, 258~259면)

최인훈은 실제로 재외 동포들의 현황을 파악하면서 한민족 전체에 대한 '피난민 의식'을 확장해 나간다.[9] 재외 동포들이 한말 이후에 나간 사람들이라는 점, 이들의 대부분이 현대사의 흐름에 떠밀려갔다는 점에서 그들을 한국 현대사를 상징하는 모형집단으로 규정할 수 있다. 모국에 사는 사람들도 지리적인 다름은 있지만 분단으로 인한 현실적 바탕을 갖지 못했다는 점에서 외국이든 모국이든 어디에 살든 현대 한국인의 의식은 '피난민 의식'에서 나아가 '디아스포라 의식'이 된다. 고향으로부터 타국으로의 이산(離散)이라는 존재론적 조건의 지적 표현을 '디아스포라 의식'이라 할 때,[10] 작가 자신이 그 누구보다도 생래적으로 디아스포라 지식인의 처지를 절감한 채 글을 쓰게 된 것이다. 최인훈이 말하는 피난민이란 고향을 떠나 아직 현거주지에 뿌리를 내리지 못한 그런 삶을 사는 사람들이고, 전쟁으로 인해 고향을 잃고 세계 각지로 흩어진 "갈데없이 서사시적, 영웅적 과제에 가까운" 한민족은 "꼭 소설의 주인공 같은 사람들"[11]이 되어, 독고준이나 김준구, 구보와 같은 작중인물로 탄생한다. 그리고 남한과 북한 어디에도 정착하지 못하고 바다로 투신할 수밖에 없었던 「광장」의 이명준이 되어 비극적 역사의 희생자로서의 실향민의 한 양태를 보여주기도 한다. 한편 적극적으로 월북과 제3국을 선택했던 이명준과 달리 소극적 인물로 대변되는 「금오신화」의 A는 그야말로 역사의 흐름에 떠밀려 다니다가 희생되는 인물형이다. 전쟁으로 인한 민족적 이동에 휘말려 남한의 대학생이 북한의 비료 공장 노동자가 되었다가

---

9) 최인훈은 한말 이래 40년대의 대동아전쟁, 50년의 한국전쟁을 그 직접적 원인으로 한 200만 가까운 재외 거주자들과 남북 실향민들이 한국인의 10%라는 사실에 주목하고, '피난민'을 한국 사회를 분석하는 열쇠 개념으로 삼기에 유효하다고 간주한다.(최인훈, 「성숙과 소속」, 『꿈의 거울』, 108~111면)

10) 레이 초우, 『디아스포라의 지식인』, 장수현·김우영 역, 이산, 2005, 33면.

11) 최인훈, 앞의 글, 111면.

남파 간첩이 되기 위해 교육을 받고, 월남하다가 결국 목숨을 잃게 된다.

A는 자기의 시체를 내려다보면서 그 흉한 모습이 점점 미워졌다. 그리고
노여움이 차츰 고개를 들었다. 그는 이제야, 그 시체가 얼마나 못났는가를
어렴풋이 깨달았다. 멍청하니 학교를 다니다가, 길거리에서 붙잡혀 의용군
이 되고, 하필 간첩으로 월남하다가 이 꼴. 그 마디의 어느 하나에도
그의 뜻이 들어 있지 않았다. 그러나 내가 무엇을 잘못했단 말인가.(「금오신
화」, 217면)

갑작스러운 월북, 일용직 노동자로서의 하루하루, 남파 간첩 교육이라는
한 개인에게 닥친 엄청난 변화 중에서 그 어떤 것도 A의 의지에 의해
이루어진 것이 없다. A는 그저 '난데없는' 역사적 대격변의 희생양일 뿐이며,
한국 민족의 대부분을 대표하는 사람이 될 수 있다는 점에서 피난민으로서
남북의 국경을 넘나들며 정착하지 못하는 한민족의 비극적 현 상태를
보여주고 있다.

피난에서 비롯된 한민족 전체의 떠돌이 양태는 현재 공간적으로 각지에
이산되어 있는 물리적 상태뿐 아니라 역사의 외연에서 정치 이데올로기의
영향 하에 20세기를 살아 왔던 한국 민족의 '정신적 피난민' 상태의 처지를
일깨운다. 최인훈은 해방 후 남한에는 민족주의가 등장했고 북한에는
사회주의가 수입되었다는 것, 그리고 이 두 조류는 김구의 암살로 요약되는
민족주의의 좌절과 김일성 독재집권에 의한 사회주의 왜곡의 모습으로
양쪽으로부터의 희망이 모두 좌절되었다는 점에서 현재 한국 사람들은
정신적 원칙 없이 이 세기를 표류하고 있다고 현 상태를 해석한다.[12]
그리고 과거 역사에서도 동일한 처지에 있는 선대의 모습을 보면서 현재의

---

12) 최인훈, 『화두』 2권, 362면.

86

비극상이 숙명이라는 비극적 인식을 갖게 된다.[13]

> 피난민이라 함은 임진란이나 러일, 청일 싸움 때 피난민이 아니요 1950년 하고도 6월 25일 신새벽에 터진 저 싸움 때의 피난민이다.(『소설가 구보씨의 일일』, 279면)

피난민은 한국전쟁 때만 발생한 것이 아니라 조선시대에도 있었다는 인식에서 비롯되어 역사적 전통마저 갖는 물리적·정신적 피난민으로서 한민족의 현 상태는 물리적 식민통치가 끝났음에도 정신적으로 제국의 영향력에서 벗어나지 못한 것으로 나타난다. 『회색인』에서 독고준은 잡지를 보다가 아프리카 조각 곁에 그것과 똑같은 피카소의 '댄서'라는 작품이 실린 것을 발견한다.[14] 거기에는 피카소, 브라크, 마티스 등이 니그로 예술에서 색채와 구성과 환상을 얻었다는 해설이 실려 있고, 그것을 본 한국 사람인 자기가 마치 서양인인양 서양 미술사의 시점에서 이 이방의 미술품에 놀라야 한다는 사실에서 비정상의 상태를 감지한다.

> 아프리카인이라는 것과 한국인이라는 데는 무슨 차이가 없다. 다를 것 없는 원주민이다.(『회색인』, 226면)

독고준은 유럽의 식민지였고, 같은 아시아 국가의 식민지였다는 차이점뿐, 같은 식민지 역사를 공유한다는 점에서 니그로와 옐로우는 동일하다고 인식한다. 문명 개척자들에게 밤새 정복당해 버린 마다가스카르 같은

---

13) "북간도는 <이민족의 강점> 때문에 어려워진 국내에서의 생활 조건 때문에 이주한 외국령이다. 양간도로서의 미국에의 이주에서 그에 상응하는 조건은 분단이라는 상황이다."(위의 글, 1권, 368면)
14) 최인훈, 『회색인』, 223면.

고도는 뿌리를 상실하는 아픔을 겪을 수밖에 없었다.[15] 문명이 들어온 방향은 서양으로부터였고, 따라서 그들에게 '원주민'으로 취급되었다는 점에서 동일한 것이다. 그럼에도 불구하고 독고준은 자신도 모르게 서양인의 시각으로 아프리카인을 '원주민'으로 바라보고 있었다는 자각에서 민족의 정신을 지탱해주는 어떤 유산도 가지지 못한 정신적 피난 상태를 다시금 느낀다. 이와 같이 최인훈은 제국 시대의 물리적 영토 분쟁은 끝났으나 그 문명의 영향력이 식민지였던 지역에 남아 현재에도 작용하는 측면을 발견하고, 정신적으로는 아직도 식민 지배를 당하고 있다는 점에서 현재 한국을 후기 식민지 상태로 판단한다.

　　극장 언저리는 늘 이국(異國)적이다. 서양 영화 간판. 커다란 배우의 사진. 그 밑에서 황색인들이 표를 사느라 바글바글 끓는다.(『소설가 구보씨의 일일』, 79면)

외국 영화를 상영하는 극장 밑에서 바글거리는 황인종들이나, 외국 신의 아들 탄생일인 크리스마스를 국경일처럼 여기는 한국인들의 모습에서[16] 최인훈은 정신적으로도 전통적 뿌리와 연결되지 못하고 서구의 문화를 왜곡하여 수용해 버린 식민지인들의 비극직 양태를 보고 있는 것이다. 그리고 이런 상태는 「하늘의 다리」에서 자신의 화폭에 그림을 담지 못하는 화가의 모습으로 형상화된다. 김준구는 가끔 하늘에 여자의 다리가 하나 걸려 있는 환영을 본다.

　　갠 하늘에 여자의 다리 하나가 걸려 있다. 허벅다리 아래만 뚝 잘린

---

15) 프란츠 파농, 『검은 피부, 하얀 가면』, 이석호 역, 인간사랑, 1998, 122면.
16) 최인훈, 「크리스마스 캐럴」, 『크리스마스 캐럴/가면고』, 최인훈 전집 6, 문학과지성사, 1993, 26면.

다리다. 쇼 윈도에 양말을 신겨 거꾸로 세워놓은 마네킹의 다리가 하늘 한가운데 애드벌룬처럼 떠 있는 것이다. 창백한 큼지막한 달이 떠 있는 하늘은 밝고 싸늘하다. 다리는 달빛을 받아 별처럼 빛난다. 발을 아래로 제대로 허공을 밟고 선 다리는 한쪽뿐인데 허벅다리 위에서 끝나 있다. 그런데 그 끊어진 대목이 마네킹과 다르다. 끊어진 대목에서 피가 흐르지 않는다. 있어야 할 둥근 절단면이 없는 것이다. 아무리 뒤로 돌아가서 절단면을 보려고 해도 보이지 않는다. 절단면은 자기 그림자를 밟으려고 할 때처럼 시선에서 벗어난다. 끊어진 다리. 그런데 끊어진 자리가 없다.(「하늘의 다리」, 26면)

난데없는 역사의 피해자들, 뿌리를 잃어버리고 하루하루를 피난민처럼 살아가는 한민족에 대한 비극적 인식은 김준구에게 하늘에 떠 있는 여자 다리의 환상을 보는 것으로 나타난다. 가끔씩 실제처럼 나타나는 여자의 다리는 언제나 밤하늘의 허공에 떠 있다. 발가락은 땅을 밟지 못하고 있으며, 윗부분의 허벅지는 절단면이 보이지 않는다. 김준구의 눈에 다리의 허깨비가 보이는 이유는 그가 한 피난민 가족의 비극을 접하면서 정신적 피난 상태로서의 민족의 문제를 직시하게 되는 과정과 맞물리며 찾아진다.

너무 큰 아우성은 소리도 없다. 커다란 다리가 밤의 하늘 한가운데 떠 있다. 다리는 밤을 밟고 있다. 소리들은 하늘로 올라가 다리가 된다.(「하늘의 다리」, 91면)

허공에 떠 있는 다리는 일상을 피난민으로서 살아가는 사람들의 "아우성"이 모인 덩어리고, 위치할 바를 찾지 못하는 정신의 형체로 인식된다. 땅에 닿지 못하고 있는 다리는 자신이 일구고 자리 잡고 살던 고향땅을 하루아침에 잃어버린 실향 상태의 반영인 것이다. 어느 땅이든 정착하지 못하고 공중에 뜬 상태로 흘러가고 있는 것이다. 그리고 정신적 피난민으로서의 민족의 실체를 파악한 김준구의 눈에 이것이 나타난 것이다. 한편 다리 윗부분의 절단면이 보이지 않는 것은 민족 전체의 실향이라는 현재의 이상 상태의 원인이 정확하게 찾아지지 않는다는 데서 찾을 수 있을 것이다. 단절되었다는 사실은 드러나 있는데, '난데없이' 찾아오는 세계의 질서, 그 부조리를 이해할 수가 없는 것이다. 그래서 피난민 민족의 한(恨) 많은 이야기는 허공의 다리가 되어 정착하지 못한 채 떠돌고 있고, 그 문제를 자각한 한 개인의 눈에 띄게 되었다. 이렇게 최인훈이 일련의 소설적 형상화 과정을 통해 집요하게 밝혀내려 했던 '피난민 의식'의 실체는 현재 한국인들 전체가 어떠한 정신적 지주도 제대로 갖지 못한 정신적 피난 상태에 처해 있다는 각성에 다름 아니다.

피난민으로서 살아남기 위해, 가난하게 살지 않기 위해 발버둥쳤던 세월에서 김준구는 스스로 예술가 반열에서 탈락한 생활인이라는 자괴감을 갖고 있다. 삽화나 인테리어 같은 미술만 해 오던 세월을 반성하고, 그동안 애써 외면했던 에고의 실상, 즉 세상과 역사 안에서 살아가는 20세기 피난민으로서의 자신의 정체성을 탐구해보고자 이번에는 '정말 그림'을 그리기 시작한다. 자신과 닮은 사람들, 정착하지 못하고 떠도는 삶에 대한 이야기를 하고자 그는 땅에 닿아 있지 않은 맨발의 끝, 허벅지의 절단면이 보이지 않는 하늘 위 다리의 환영을 자신의 캔버스에 담아내려 한다. 그러나 아무리 지우고 다시 그리고를 반복해도 그 진짜인 환영의 모습처럼은 제대로 형상화되지 않는다. 땅 위의 집들과 하늘이 그려지면 다리가 들어앉아지지 않고, 다리를 먼저 그려 넣으면 나머지가 완성되지 않는다. 그런 식으로 하늘과 땅과 다리는 한 캔버스 안에 담기기를 거부한다.

이것은 피난민 화가의 그림 그리기 문제와 관련된다. 최인훈은 예술은 삶의 진실을 반영해야 한다는 의미에서 시대의식과 역사의식을 담고 있어야 한다고 말한다. 그런데 현재 한국의 문학은 서구에서 들어온 것으로 양식적으로는 완성됐지만 새로운 삶의 조건―당대를 사는 사람들의 정신에는 밀착하지 못했다고 판단한다. 문학과 현실에 대한 작가의 이런 생각이 예술의 다른 범주인 그림 그리기의 문제로 형상화된 것이다.[17] 캔버스가 서구에서 완성되어 들여온 예술의 형식에 비유된다면, 땅과 집의 모습은 역사적 토대를 의미한다. 정신적 떠돌이인 한민족 전체를 상징하는 하늘의 다리는 하나의 지면 안에 땅의 형상과 공존하지 못하게 된다. 더군다나 캔버스가 상징하는 서양 예술의 형식으로는 한국인의 실존을 형상화한다는 것은 불가능하다. 즉 근대 예술 양식은 서양에서 이식된 것이고, 정신적 전통을 가지지 못한 현재 한국인의 모습은 그 안에 합일되어 담기지 않는 것이다.

이와 같이 피난민과 다리의 환영과 완성 불능의 그림에 대한 이야기, 「하늘의 다리」는 "LST를 내린 한 식구들이 종적 없이 사라진 이 실종의 책임"을 묻고 있는 예술에 대한 소설이 된다. 예술가는 세상에 내던져진 피난민의 모습과 그 연유를 그려 보려 하지만 그것은 간단한 문제가 아니었다. 근대역사와 세계 강대국의 이해관계가 얽힌 보다 복잡한 문제였고, 한 개인의 문제가 아니라 민족 전체, 세계 전체의 문제로 확장되는 것이다. 그리고 그 문제의 한복판에 서 있는 예술가는 허공의 다리를 캔버스에 그려 넣으려는 시도를 통해 자신을 포함한 떠돌이 민족의 문제와 예술 형식과의 화해로운 조화라는 난제에 놓여 있는 자신을 발견한다. 마침내 최인훈에게는 떠돌이 예술가, 다시 말해 '노예'이자 '철학자'라는 역설적 상황에서 개인에게 부조리한 역사와 현실을 반영하지 못하는

---

17) 삶에 의해서 전면적으로 관계 지어지지 못한 문학의 언어는 무중력의 공간으로 달아나려 한다. 그리고 그런 언어들은 삶의 땅 위 하늘에 풍선처럼 떠돈다. 그 풍선은 현재의 삶에서 떨어져 버린 존재가 되고 만다.(최인훈, 「신문학의 기조」, 『꿈의 거울』, 23면)

예술이라는 두 가지 화두를 풀기 위한 노정이 남게 된다. 그럼으로써 최인훈 소설을 읽을 때의 '피난민 의식'이라는 열쇠어는 '역사 對 예술'과 '현실 對 문학'의 문제의식을 불러일으킨다.

2) 책 속으로 은둔하는 지식인들

최인훈 소설의 인물들은 주로 구석진 방에 틀어박혀서 책을 읽는 은둔자 지식인형이 많다. 「그레이 구락부 전말기」의 현, 「광장」의 이명준, 『회색인』과 『서유기』의 독고준이 그러하다.18)

눈에 벌겋게 핏발을 세우며 밤샘을 하여 책을 읽던 무렵. 참 숱해 읽기도 했거니 그는 생각한다. 그때는, 잠잘 때 말고는 활자를 눈알에 비치고 있지 않으면 금방 무슨 몸서리칠 재앙이 다가오기나 할 것처럼, 이야기에 있는, 무슨 그러기로 된 몸놀림을 멈추자마자 마귀에게 잡아먹힌다는 그런 식으로, 책을 한때라도 놓으면 금방 자기의 있음은 온데간데 없어질 것 같은, 가위눌림 비스름한 것에 등을 밀려서 책에서 책으로 허덕이듯 옮아갔던 것이다.(「그레이 구락부 전말기」, 11면)

윗목에 놓인 책장에 마주선다. 한번 죽 훑어본다. 얼른 뽑아보고 싶은 책이 없다. 4백 권 남짓한 책들. 선집이나 총서, 사전류가 아니고 보면, 한 책씩 사서는 꼬박 마지막 장까지 읽고 꽂아놓고 하여 채워진 책장은 한때 그에게는 모든 것이었다.(「광장」, 43면)

---

18) 『화두』의 '나'도 동일한 독서편력을 갖는다. 『낙동강』, 『우리오빠와 화로』, 『흙』, 『오랑캐꽃』, 「소설가 구보씨의 일일」, 『천변풍경』, 『문장강화』, 『해방전후』, 「영월 영감」, 「사상의 월야」와 같은 국내 문학 이외에도, 『쿠오바디스』, 『제8요일』, 『니벨룽의 노래』, 『머나먼 고향』, 『자본론』, 『잃어버린 시간을 찾아서』, 『강철은 어떻게 단련되었는가』, 『아르바뜨의 아이들』, 『대위의 딸』, 「에브게닌 오네긴」 등의 외국 문학과 이론서들이 망라되어 있다.

　사과꽃이 피기 전 매우(梅雨)의 계절에 그는 밤늦도록 안방에서 책을
읽으면서 새웠다. 그 방에는 아버지와 형님, 누나의 세 사람이 읽어온
책들이 그득했다. (중략) 형과 누나의 책의 대부분은 소설이었다. 그는
닥치는 대로 읽었다. 누나가 밭일 속으로 망명(亡命)한 것처럼 그는 책
속으로 망명하였다.(『회색인』, 25면)

　이들은 책 속에서 지식을 획득하고 이야기의 완결성이 갖는 매력에
파묻힌 채 지낸다. 세상에서 상처받는 일이 생기면 어김없이 책 속으로
들어와 위안을 찾는다. 가령 『회색인』에서 중학교 1년생인 독고준은 '자아
비판회' 체험으로 인해 사회에서 추방된 개인으로서 세계와의 불화 의식을
형성한다.[19] 그것을 계기로 그는 책 속의 세계로 망명한다. 자아비판이
계속되면서 그는 점점 더 책의 세계로 침잠해 들어갔다. 『플란더즈의
개』, 『집 없는 아이』 같은 이야기책을 몇 번씩 읽으면서 그는 "이야기의
세계가 더 현실적이고 현실이 더 거짓말 같은 질서"라고 확신하게 된다.
어린 독고준은 자신이 속한 학교라는 현실의 세계는 책 속의 이야기와는
다른 질서가 있다는 것, 현실은 책에서 읽은 것처럼 이상적인 질서로
이루어지지 않은 공간이라는 자각을 하게 된다. 그리하여 그는 현실에
등을 돌린 채 행복을 보장하는 세계인 책 속으로, 문학 속으로 들어간다.
독고준의 책 읽기 경험은 다음의 두 가지를 알려 준다. 하나는 책 읽기가
결핍의 충족, 행복에의 약속과 결부되어 있다는 것이며, 또 하나는 우리가
책 읽기와 살아가기가 화해롭게 어우러져 있지 못한 시대에 살고 있다는
것이다.[20]
　「광장」의 이명준도 책 속에서 선명한 세상의 모습을 발견하고 "갈빗대가
버그러지도록 뿌듯한 보람을 품고 살고자" 했지만, 현실의 세계는 책

---

19) II장 1절 2항의 '자아비판회' 원체험에 대한 설명 참조.
20) 김현, 「책읽기의 괴로움」, 『책읽기의 괴로움』, 민음사, 1984, 224면.

속에서 이야기되는 것처럼 선명하지 않다는 것, 분명하지 않은 현실 세계에
서는 분명하게 살 수 없다는 결론을 얻고 방황을 시작한다. 한때 "책에
음(淫)"[21]하던 인물들은 책 속의 행복한 세상과 냉혹한 현실 세계의 서로
다른 질서를 깨닫게 되고, 결국 이것은 책을 버리는 양상으로 나타난다.

현은 끝내 책을 버리고 말았다. 책을 아무리 봐도 책에서 얻고 싶었던
것은 얻어지지 않았다. 책이 쓸모없음을 안 것이 아마 책의 쓸모의 모두였
다. 우스개 같지만 정말이었다. 그의 눈은 말하자면 뚫어보는 힘이 붙어서
맹랑한 일이 일어났다. 역사·철학·문학, 그런 것들이 그 알몸뚱이를 보고
나니 더는 끄는 힘이 없어졌다.(「그레이 구락부 전말기」, 12면)

책장을 대하면 흐뭇하고 든든한 것 같았다. 알몸뚱이를 감싸는 갑옷이나
혹은 살갗 같기도 하다. 한 권씩 늘어갈 적마다 몸 속에 깨끗한 세포가
한 방씩 늘어가는 듯한, 자기와 책 사이에 걸친 살아 있는 어울림을 몸으로
느낀 무렵이 있다. 언제부턴가 그런 복받은 사이가 조금씩 무너지기 시작한
다. 지금 이렇게 마주서도 얼른 손을 뻗쳐 빼내고 싶도록 힘센 끌심을
가진 책은 없다. 한때는 책장마다 빛무리가 쳐보인 벅차던 책들이면서도.
(「광장」, 44면)

책을 버린 인물들이 경험한 현실은 순수한 믿음이 사라진 세계, 정신이
죽은 세계, 속물들만 득실거리는 세계, 매서운 싸움이 있는 경쟁하는
공간, 화려하고 사치스러운 물질이 만연한 곳이다. 이명준도 남한 사회는
똥오줌 쓰레기만 더미로 쌓인 정치판에 권력과 돈과 개인주의만 난무하는
곳이며, 북한 사회는 앵무새처럼 구호를 외치는 인민들만 존재하는 껍데기
만 남은 잿빛 공화국, 자유가 부재하는 세상이라는 것을 알게 된다. 이와

---

21) 최인훈, 「그레이 구락부 전말기」, 『우상의 집』, 최인훈전집8, 문학과 지성사,
    1993, 11면.

같이 부조리한 현실의 세계는 자아가 세계와 행복하게 결합하는 책의 세계와는 달랐다. 자아가 화해롭게 설 현실은 존재하지 않는다는 것, 이러한 현실 세계와 상상의 세계의 괴리를 인지한 후의 책 읽기는 혼란을 가중시키는 경험이 되었다.[22] 책을 읽는 동안에 책 속의 세계는 세계와 자아가 행복한 화해를 이루지만 책을 다 읽은 후 현실 세계로 나오면 사실은 아무것도 달라진 것이 없다는 경험이었다. 혼돈을 해결해 보려고 책을 읽는데, 책을 아무리 읽어도 현실 세계에 적용되지 않는다는 답답한 심정은 책을 버리는 인물의 행동으로 나타나지만, 결국 그들이 현실 세계의 부조화를 각성하고 극복하고자 귀의하는 곳은 다시금 책 속의 세계, 즉 문학이 된다.

> 인형, 큐피드, 털강아지, 기린, 백곰, 미키마우스, 코끼리, 꼬마 사람……
> 쇼윈도에 벌여놓은 장난감들의 얼굴은 한결같이 나그네의 고향 그리움을
> 지니고 있었다. 그들은 인간의 외로움을 달래기 위하여 붙들려온 먼 나라의
> 포로들이었다. 사람은 어린 시절을 이들에게서 짙은 외로움을 배우며
> 자란 탓으로, 어른이 되어도 영원히 인형을 찾아 헤매는 것이 아닐까?
> 붓다니, 예수니, 마르크스니.(「그레이 구락부 전말기」, 31면)

현대는 현실과 상상의 질서가 이미 분리되어 버린 이원론의 시대이며, 원시시대의 행복한 합일은 찾을 수 없는 냉혹한 시대이다. 책 읽기와 현실 체험을 통해 그 사실을 알아버린 최인훈의 인물들에게 이제 일원론적 세계는 추구해야 할 그 무엇이 된다. 최인훈 소설에서 인형은 거울을

---

22) "어릴 적 글을 깨우쳐 대하던 때 같은 글과 자신과의 하나됨은 지켜지기가 점점 힘겨운 것이 되고 있었다."(최인훈, 『화두』 1권, 382면) ; "나 자신과 세상과 책과 남의 구별이 어디서 어디부터인지 알지 못해서, 자기가 남이 되었다가, 세상이 되었다가, 책이 되었다가 하는 것이 나의 내면 풍경이었다."(위의 글, 2권, 100면)

통해 비춰 본 또 다른 자아의 모습이다. 거울 안에만 존재한다는 점에서 상상 세계 속의 존재다. 그리고 현세의 억울함과 슬픔을 달래줄 수 있는 종교 같은 것이다.[23] 그러나 이 세상에서는 영원히 도달할 수 없다. 그저 있는 그대로의 자아가 아니라 현실 세계의 사람들이 추구하는 이상적인 자아상이다. 이상과 현실, 생각과 움직임이 분리되기 이전의 행복한 원시인의 모습, 정신과 육체가 미분리된 완벽한 인간상이 인형에게 투영되어 나타난다. 그러므로 인형이나 성자로 상징되는 저 세계의 시민은 인간 종족이 현세에서 도달할 수 없는 영원한 어린 시절의 그리움인 것이다.[24] 어린 시절의 책 속에서나 발견할 수 있었고, 현실 세계에는 없는 그런 존재이다. 그리하여 현대인들은 원시시대의 감각, 이상과 현실의 괴리가 발생하지 않았던 유토피아를 그리워하게 되는 것이다.

　　인형의 표정과 어린애들, 또는 짐승의 그것 사이에는 닮은 데가 있다. 얼굴이 하나밖에 없다. 그런 표정은 민처럼 두 개 세 개의 얼굴의 스페어를 가진 사람에게 무어랄까, 빌붙어볼 수 없는 쌀쌀한 슬픔과, 닮고 싶은 사랑을 함께 불러일으켰다. 그는 밀러씨의 성자 생산론을 생각했다. 성자들

---

23) 최인훈은 우리의 역사는 원시시대에서 중세를 거쳐 근대에 도래하였으며, 원시시대는 이상과 현실의 괴리가 발생하지 않은 일원론의 시대, 중세는 이상과 현실의 괴리가 시작되었으나 종교의 힘으로 극복되던 단순한 사회, 과학의 발달로 복잡해지고 인간이 기술에서 소외되기 시작한 근대에는 종교가 권위를 잃고 그 역할을 문학이 맡게 되었다고 설명한다.(최인훈, 「작가와 현실」, 『문학과 이데올로기』, 108~112면)

24) "문학은 잃어버린 것에 대한 그리움이다. 잃어버린 것에 대한 그리움을 로맨티시즘이라 부른다면, 근대 이전의 문학의 거의 모두가 로맨티시즘이라 할 수 있다. 성경을 비롯한 많은 고대 설화가 한결같이 잃어버린 낙원, 무릉도원에 돌아가고 싶다는 소망을 근본 주제로 삼고 있다. 인간의 행복의 극치가 이미 지나간 시간 속에 있었고, 사람이 바랄 수 있는 행복이란 그 낙원으로 돌아가는 것이라는 주제가 근대 이전의 모든 문학적 발상의 원형이 되고 있다."(최인훈, 「소설을 찾아서」, 위의 책, 190면)

의 얼굴은 아마 이런 것이리라. 나는 성자가 되고 싶은 것이다.(「가면고」, 202면)

얼굴이 하나인 인형과 어린애들과 성자는 인식과 행위가 분리되기 이전의 원시시대, 즉 최인훈이 생각하는 유토피아 세계의 상징이다. 반면 「가면고」에서 그와 반대되는 현대인 '민'은 여러 개의 얼굴을 가진 인물형으로 형상화된다. 극작가로서 지식인의 소양을 갖춘 인물 '민'은 현대인의 "정신적 분열" 상태를 "세계관의 상실에 유래하는 윤리 감정의 결핍에서 오는 것"[25]으로 인지하고 있다. 그것을 알아버린 현대의 지식인들은 이 세상을 살아가기가 매우 힘겹다. 따라서 현세의 민이 인형을 사 모으는 취미를 갖고 있다거나 전생에서 하나로 합치된 얼굴을 갖기 위해 살인 행각을 하는 것은 현대인의 유토피아 추구 몸짓의 무의식적 분출에 해당한다. 그들은 현대의 삶이란 과거의 유토피아로 돌아갈 수도, 종교에 귀의할 수도, 다른 탈출구도 없다는 사실을 깨달은 사람들이고, 따라서 고뇌하고 절망한다. 그 과정에서 그들이 찾은 곳이 상상 속의 유토피아, 즉 책 안의 세계, 문학인 것이다. 전생 체험과 미라와의 사랑에서 합일을 찾으려던 민은 결국은 자신이 쓴 무용극 「신데렐라 공주」라는 글쓰기 안에서 그 희망을 바라보게 된다.

문학이라는 유토피아로 귀의하는 모티프를 갖는 최인훈의 일련의 소설에서 정신병자 인물형은 유의미하게 읽힌다. 「우상의 집」에서는 문단에서 확고한 존재이자 문학 다방에서 늘 문학인들의 존경을 받는 K선생과

---

25) "현대 사회에 있어서의 인간의 정신적 분열은, 세계관의 상실에 유래하는 윤리 감정의 결핍에서 오는 것인데, 이것을 구하기 위하여는 새로운 세계관을 준다는 방법으로써는 불가능하다. 왜냐하면 역사가 밝혔듯이 세계관이란 바뀌는 것이며, 인간은 변하는 것 위에서 마음놓을 수 없기 때문에."(최인훈, 「가면고」, 『크리스마스 캐럴/가면고』, 185면)

필적하는 '그'의 정체가 결국 정신병자로 밝혀진다. 정신병원에서 가끔 탈출하여 문학 다방에서 사람들의 존경을 사는 '그'는 프로이트와 헤겔에 정통한 "한국의 제일급 지성"에 해당하지만 한국전쟁 이후 현실의 비극적 상황에 적응하지 못한 인물형이다. 그리고 「囚」에서도 역시 현실 사회에 적응하지 못하고 정신병원에 갇힌 인물이 주인공으로 등장한다. 상상의 세계에 갇힌 채 현실 논리에 적응하지 못하고 상상의 세계를 현실로 가져나오려 했기 때문이다. 그는 현실 세계에서 상상 세계의 시민이 하는 행동을 함으로써 정신병자로 낙인찍히고 감금된 것이다. 그는 "나는 갇(囚)혔다"라는 사실을 안다. 그는 갇힌 채 사유한다. 그리고 사유의 시선은 '창'을 매개로 세상으로 향해 있다.

> 도어는 잠겨 있기 때문이다. 내 맘대로 나가지 못한다. (중략) 내 생각엔 창을 만든 사람은 시인일 게다. 그렇지 않으면 나 같은 사람일 거다.(「囚」, 104면)

밖은 현실 논리가 지배하는 세계, 안은 문학적 상상의 세계다. 이원론이 지배하는 현대에서 현실과 문학은 다른 세상으로 분리되었다. 현대인들은 모두 현실 세계에서 산다. 문학은 상상의 세계이므로 문학 세상에 사는 현실 인물이 존재한다는 말은 모순이다. 이때 시인이 등장한다. 문학을 하는, 문학의 세계를 아는 작가들은 생활인들이 보지 못하는 이상향, 유토피아를 문학을 통해서 꿈꾼다. 문학이라는 장치를 만들고, 그 안의 세계에서나마 유토피아를 맛보자는 것이다. 그래서 그들은 현실과 문학의 소통을 꿈꾼다. 이원론의 법칙에 따라서 문은 잠겨 있고, 물리적인 왕래는 불가능하지만 대신 시인은 창을 만들어 내었다. 창을 통해서 단절된 서로의 세상을 바라보고 사유를 통한 꿈꾸기를 시작한다. 그것은 글을 쓰는 행위로 나타난다. 따라서 현대 사회에서 작가는 이원론을 인지한 자이고, 상상 속에서 합일을 추구하는 자이다. 그 중 현실을 아예 버리고 상상의 세계에 오롯이 들어앉아버린 사람이 있으니 그들을 사람들은 「囚」26)의 '나 같은 사람' 즉 정신병자라 부른다.27) 「囚」와 「우상의 집」의 '그'들은 전후에 생활의 질서를 상실한 근대 한국인의 모습에서 현대인의 아픔과 한계와 소외를 깨달은 채 고스란히 짊어지고 있는 인물형이다. 그들은 현실의 이원론을 지양하고 스스로 문학의 세계로 들어가기 위해 정신병원에 갇힌다.

> 눈앞의 벽과
> 꿈속의 벽과
> (꿈에도 벽만 보았다)
> 이원론이 생긴 까닭
> 눈앞의 손톱 자국과
> 꿈속의 손톱 자국과
> 예술이 생긴 까닭(「囚」, 118~119면)

최인훈 소설의 인물들은 대부분 지식인이거나 작가이거나 예술가이다. 그들은 일찍이 이 세상은 이상과 현실이 분리된 이원론의 세상이라는 불행을 유년 시절의 체험을 통해서나 책 읽기를 통해서 깨닫는다. 그들은 현대의 유토피아는 문학, 즉 책 안에 있다는 것을 알고 있다. 그들은

---

26)『화두』에서는 「囚」를 「꿈꾸는 사람들의 집」이라고 부르고 있다.(최인훈,『화두』 2권, 103면) 이런 맥락에서 정신병자들을 꿈의 세계 속에 사는 사람이라고 설명하는 작가의 의도를 짐작할 수 있다.

27) "정신병자란, 꿈에 갇힌 사람을 말한다. (1) 정신병이 아니면서 (2) 꿈에 공을 들이고 특정한 기간(감상하는 기간)에 그 속에 (3) 전적으로 머무는 것이 예술이라는 인간 행동이다."(최인훈, 「예술이 추구하는 길」,『꿈의 거울』, 155면)

고집스럽고 강한 에고를 갖고 있으며 결국 현실 세계와 단절하고 꿈의 세계인 책 속으로, 문학 속으로, 예술 속으로 들어간다. 이러한 인물들의 독서 편력이나 은둔자 취미나 정신병 발현 등은 현실 세계의 부조리한 모습을 강조하고, 그 시대를 살아가는 현대인에게 문학의 유효함을 우회하여 보여주려는 의도의 표출에 다름 아니다.

이와 같이 최인훈은 20세기의 한국인을 피난민 유형으로 분류하거나 책 속의 세계에 갇혀버린 지식인으로 보았다. 그들은 세상에 내팽개쳐진 자아의 문제, 그리고 현실과 분리된 문학의 문제를 풀어야 하는 난제에 처한 지식인들이다. 현재까지 그들은 운명적으로 갖세 된 두 가지 화두를 놓고 그것을 해명하기 위해 씨름해 왔다. 그것은 문학의 존재 이유 및 양상이라는 주제에 해당하고, 자기 반영적인 형식으로 나타난다. 그리고 그것이 바로 최인훈의 글쓰기 과정이었다.

2. 원체험의 기억과 자아 정체성

최인훈에게 평생 풀어야 할 화두로 자리잡았고, 작가가 되어 글쓰기를 통해 풀고자 했던 그 문제의식은 어린 시절의 원체험에서 비롯되었음을 Ⅱ장에서 밝힌 바 있다. 이렇게 작가적 원체험을 밝히고, 과거 기억으로 회귀하는 글쓰기 방식을 취하고 있는 『화두』는 "지난 10여 년간의 글쓰기가 그러했다"는 진술대로 이전 소설에 대한 창작 원리를 지시한다. 정체성의 혼란을 이겨내고 자신의 자아를 탐색하는 시도는 글쓰기를 통해서 가능한데, 특히 기억을 되짚어가는 방식을 통해서 가능하다. 그리고 이런 회귀의 글쓰기를 따라가다 보면 세계 속의 자아가 손상을 입은 최초의 기억이 찾아진다. 이와 같이 최인훈의 소설들은 현재의 문제점을 발견하고 과거로 회귀하는 구조를 취한다. 그리고 회귀의 지점은 자아가 최초로 세계와의 관계에서 상처 입은 원체험에 도달하여 멈춘다.

원체험에 도달하고 그것을 찾아낸 인물은 그에 대해 맺혀 있던 말들을 풀어놓기 시작한다. 「광장」의 이명준이 풀지 못한 냉전 체제에 대한 화두가 『회색인』과 『서유기』의 독고준에게서 역사 탐구로 나타나고, 이명준의 죽음은 「구운몽」의 독고민이나 『태풍』에서 오토메나크의 환생으로 이어지는 등 최인훈의 소설들은 주제 면에서 반복과 변주를 갖는다.28) 주제뿐 아니라 형상화에 있어서도 동일 모티프나 같은 장면이 반복 재현되거나 인물이 과거 텍스트에서 가졌던 기억을 공유하는 등의 상호 관련성이 찾아진다. 이렇게 작가 개인의 근원적인 체험이 반영된 기억들은 자아 정체성을 찾기 위해 텍스트 간에 연결 고리를 형성하여 이동하기 시작한다.

1) 근원적 자아의 반복과 회귀

최인훈의 주요 작품에서 반복하여 재현되는 '자아비판회'29) 체험은 「광장」, 『회색인』, 『서유기』의 초기 소설에서 각기 다른 방법으로 형상화되었다. 「광장」 에서는 월북한 이명준이 몸담고 있던 신문사에서 쓴 기사문 <조선인 꼴호즈> 가 체제 비판적이라는 점에서 '자아비판회'를 하게 된다.

사원들이 돌아가고 난 널찍한 편집실에는, 명준까지 쳐서 다섯 사람이 남아

---

28) 최인훈은 자신의 산문에서 「광장」, 『회색인』, 『서유기』, 『소설가 구보씨의 일일』, 『태풍』이 결과적인 5부작으로 읽혀지기를 바란다고 언급한 바 있다.(최인훈, 「원시인이 되기 위한 문명한 의식」, 『꿈의 거울』, 247면)

29) "<자아비판회>라는 이 새 문화는 해방 후에 북조선에 수입된 소련 문화 가운데서 모든 사람들에게 관련된-직장에서, 군대에서, 학교에서, 마을에서- 생활양식이 었다. (중략) 이것은 인민의 모든 생활 영역에서 사법기관이고 수사기관이고 집행기관이고 고해성사실이고 밀고실이었다."(최인훈, 『화두』 1권, 38~39면)

있었다. 편집장은 그대로 앉고, 다른 사람들은 좌우로 두 사람씩, 편집장 책상 바로 앞 책상으로 다가앉았다. 편집장이 일어서서 말을 꺼냈다.

"자아비판을 할, 이명준 동무에 대한 보고를 하겠습니다. 이명준 동무는 평소에 개인주의적이며 소부르주아적인 잔재를 청산하지 못하고, 당과 정부가 요구하는 바 과업 달성에 있어서 과오를 범했습니다. (후략)"(「광장」, 124~125면)

편집장은 이명준의 기사가 그릇된 보고라 비판하고 "남조선 괴뢰 정부 밑에서 썩어빠진 부르주아 철학을 공부하던 시절의 반동적인 생활 감정에서 자신을 청산하지 못하고 있다"고 공격한다. 이 체험으로 인해 명준은 자신이 쓴 글에서 잘못된 것을 찾지 못하면서도 무조건 잘못했다고 비는 자신의 모습에서 슬픔을 느끼며 남한뿐 아니라 북한 체제에도 적응하지 못하고 배제당하는 자신의 존재를 되돌아보게 된다. 남한의 자본주의 출신이라는 태생 자체가 북한 체제에서 원죄 의식으로 작용하여 어떤 변명으로도 구제받을 길이 없게 되어 버렸다는 명준의 슬픈 깨달음은 작가 스스로 겪었던 중학 시절의 '자아비판회' 체험에 대한 해석으로 볼 수 있다. 잘못한 것이 없음에도 불구하고 스스로 결정할 수 없는 출신 성분 때문에 무조건 잘못을 빌어야 하는 모욕감과 그럼에도 불구하고 절대로 체제로부터 용서받지 못하는 한 개인의 모습 말이다. 물론 이명준은 어린 학생도 아니고, 지도원 교사도 나오지 않지만 북한 사회라는 공간 설정을 통해 작가는 자신이 겪었던 '자아비판회' 원체험을 「광장」에 형상화함으로써 개인의 잘잘못 때문이 아니라 운명적으로 사회 체제에서 배척당하는 개인의 모습을 재현하고 있다. 이렇게 「광장」에 묘사된 자아비판회의 모습은 중학 시절 원체험으로 굳은 자아비판의 기억과 흡사하다. 비판을 당하는 인물이 앞에 서고, 지도원 선생격인 편집장이 앞에 앉고, 그 주위에 서넛의 총소년단 간부를 연상시키는 동료들이 앉아 있다는 그림이 그려진

다. '자아비판회'의 상황은 언제나 상당히 유사한 책상 배치, 사람 수 등으로 구현된다.[30]

「광장」에 도입된 '자아비판회'는 작가가 몸소 체험했던 것을 문학 안에서 사실적으로 구현하는 것에 성공한 것으로 보인다. 소설의 배경이 되는 1950년대는 최인훈이 실제 체험을 했던 시기에서 별로 벗어나 있지 않은 데다가 북한 체제가 당시의 사회주의 체제를 그대로 유지하고 있었다는 점에서 소설 안에 원체험을 그려 넣은 것은 북한 체제를 직접 경험하지 못한 대다수 한국 독자들에게 사실주의적 접근성을 보여준 것이며, 그런 의미에서 어떤 작가보다도 당시 북한 사회를 사실적으로 포착해 낼 수 있다는 작가의 역량이 입증된다.[31]

'자아비판회'의 소설적 형상화는 『회색인』에서는 작가의 유년 시절의 원체험과 상당히 유사하게 이루어지고 있다. 북한에서 유년 시절을 보낸 독고준은 월남한 아버지를 두었다는 이유로 "학교에서 소년단 집회가 열릴 때마다 이단 심문소(異端審問所)에 불려나가 배교자의 몫을 맡아야

---

30) 『화두』에서 묘사된 '자아비판회'의 모습은 다음과 같다. "나는 촛불이 켜진 교탁 뒤에 서 있다. 학급소년단 간부 세 사람과 학교 총소년단 간부 한 사람이 나를 마주보고 교탁 바로 앞 책상에 옆으로 한 줄 앉아 있고 두어 줄 뒤에 지도원 선생이 앉아 있다."(최인훈, 『화두』1권, 31면) 이러한 그림으로 작가의 머릿속에 굳어진 원체험은 최인훈의 소설에서 언제나 동일한 배치와 분위기로 반복적으로 나타난다.

31) "이 작품은 공산체제하의 북한생활에 대한 하나의 심리적 자료가 될 수도 있다는 겁니다. (중략) 내가 이북에서 남하한 것이 고등학교 2학년 2학기 때였어요. 내 북한생활이라는 것도 결국은 국민학교 졸업하고 고등학교 2학년 때까지의 4, 5년 동안인데, 고등학교 2학년에 재학중인 학생이 얼마나 봤겠는가 하는 것에는 물론 한계가 있을 겁니다. 그러나 그런 한계를 전제하고 말하더라도, 남한에서 생산된 모든 남북 관계, 이데올로기 관계에 관련된 문학작품 중에서 북한생활에 발을 디디고 쓴 작품은 거의 없단 말이지요. (중략) 흔치 않은 문학적 증언이라는 겁니다."(이창동 대담, 「최인훈의 최근의 생각들」, 『작가세계』, 1990 봄, 58~59면)

했다." 하찮은 생활의 잘못이 모두 반동적 가족 성분에 연결되어 학교생활에서 늘 냉혹한 자기 비판이 강요되었다.

　"……독고준 동무는, 평소에 비열성적이며 낙후한 사업 태도를 가지고 일해왔는데, 오늘 역사 시간에는 부르주아적인 말을 하여 역사의 참다운 정의를 알지 못하면서 과오를 범했습니다. 자아비판을 요구합니다."(『회색인』, 25면)

　동급생인 학급 소년단 분단장의 고발로 준은 이날 한 시간 가량의 '자아비판회'를 당한다.32) 이후에도 계속되는 자아비판회를 통해 준은 태생적으로 이미 체제에서 배제된 자신은 개인적인 노력으로 도저히 북한 사회로부터 인정받을 수 없음을 깨닫고 실제 현실 세계가 아닌 책 속의 세계로 망명하는 길을 택한다. 독고준에게 있어서 '자아비판회' 체험은 월남하고 어른이 된 후에도 정치에 비판적이고 사회 체제에 적응하지 못하는 인간형으로 남게 하는 계기로 작동한다. 『회색인』에서 묘사된 '자아비판회'는 중학 시절의 체험이라는 점, 역시 1950년대를 그 배경으로 한다는 점에서 작가의 원체험과 매우 흡사하다. 분단장이 지도원 선생이 적어 준 종이의 내용을 읽는다는 설정도 원체험 형상화기 반복되고 있음을 강하게 암시한다.

　『서유기』에서는 '자아비판회'가 다소 다른 형태로 형상화되는데, 『회색인』의 연작 개념에서 쓰인 속편이라는 점에서 유년 시절의 자아비판회가 다시 반복되고 있으면서도 한편 공간이나 상황은 추상적으로 변주되고

---

32) "분단장(分團長, 학급소년단 책임 학생)이 지도원 선생의 지시라면서 방과 후에 교실에 남아 있으라고 전했을 때…"라고 시작되는 『화두』(1권, 32면)의 장장 9쪽에 걸친 '자아비판회'에 대한 최초의 묘사 중 일부분은 『회색인』의 치밀하고 사실적인 묘사와 유사하다.

있다는 점이 주목할 만하다.

> (가) 그들은 독고준을 에워싸고 어느 방으로 들어갔다. 거기는 보통 교실만
> 한 크기의 방인데, 촛불이 켜진 교탁 앞에 독고준은 세워졌다. (중략)
> "독고준 동무, 동무를 인민의 적으로 기소합니다. 동무는 가장 악질적인
> 썩은 부르주아이며, 인민의 아래로부터 불타오르는 건설 의욕에 찬물을
> 끼얹은 기회주의자이며 자본가의 스파이입니다." (중략) 재판장이 그때
> 말했다. "피고는 묵비권을 행사할 생각이 아니라면 대답하시오."(『서유
> 기』, 228~231면)

> (나) 속개된 법정. 자리는 전대로. 보통 있는 법정과 다른 것은 법관들이
> 아래에 가 앉아 있고 독고준이 교탁(敎卓)―아, 하고 독고준은 흑판을
> 바라보면서 놀랐다. 거기에 흑판이 걸려 있고 그러고 보면 이 방안은
> 옛날의 그렇군, 여태 그걸 모르고 있었다니, 이런 일이―이 방은 옛날의
> 그의 교실이다. 자세히 본즉 검차원은 소년단 지도원 선생이었다.
> 분명하다. 그리고 다른 사람들은 모두 그의 친구들인 소년단 간부들이
> 었다.(『서유기』, 274~275면)

논리적인 사건의 전개가 이루어지지 않은 채 과거와 현재의 시간 혼재와
공간의 갑작스러운 이동 등 전체가 탈문맥과 환상적 구성에 기대고 있는
소설 『서유기』에서는 '자아비판회' 체험도 그와 유사한 방식으로 나타난다.
(가)에서 독고준이 과거로의 시간 여행 중에 만난 역장과 검차수, 간호원,
헌병 등과 들어간 공간은 한순간 교실로 바뀌는데, 그 교실은 유년 시절
자아비판을 경험했던 바로 그 교실과 동일하게 설정되어 있다. 다음 순간
교실 공간은 법정으로 인식되고 원체험의 기억에서의 지도원 선생님은
재판장의 역할, 주인공 독고준은 피고의 역할을 맡게 된다. 자신이 어디로
가는지도 모르는 채 여행길에 오른 독고준은 이 장면에서는 자신이 왜

피고인지 영문을 모르는 상태이다. 이때 독고준에게는 "악질적인 썩은 부르주아"라는 선고가 내려지는데, 원체험의 느낌이 가장 신랄하고 폭력적으로 재현되었다고 볼 수 있다. 『서유기』는 환상과 비논리성으로 전개되고 있는 추상적 형식의 소설이기에 형상화의 급전환이 가능하며, 낯선 형식의 사용은 어린 독고준에게 실제로 일어났던 '자아비판회'가 변호인이 없는 재판과 같은 무서운 경험[33])으로 뇌리에 각인되었다는 것에 대한 상상적 형상화에 다름 아니다. 공간과 인물 역할의 급진적 탈문맥화는 형식적으로 비논리적이고 폭력적 기법으로서 당시의 공포스러운 느낌을 잘 전달할 수 있게 해준다. 잠시 후, (나)에서 독고준이 학창 시절 '자아비판회'가 열렸던 바로 그 교실과 법정이 동일하다는 사실을 깨달으면서 인물들은 이번에는 지도원 선생과 소년단 간부들의 얼굴로 바뀐다. 추상적 형식의 도입으로 독고준이 생각하는 바에 따라 공간과 시간은 급변하고 혼재된다. 작가는 유년 시절 교실에서 행해졌던 '자아비판회'의 재현과 당시의 상황을 법정 장면으로 바꾸어 형상화함으로써 소설 속 인물 독고준이 무엇을 위해 정착하지 못하고 여행을 종결하지 못하는지의 원인을 보여주고자 했던 것이다.

『서유기』에서 여행의 종착지가 유년 시절의 학교, '자아비판회'가 행해졌던 바로 그 교실로 형상화되었다는 것은 특별한 의미를 깃는다. 그때의 자아비판회의 경험으로 말미암아 한 개인은 운명적으로 체제에서 배제시키는 사회의 일방적 힘을 보았던 것이고, 그것을 해결하고 사회와 화해하고자 하는 개인은 사건이 발생했던 원래의 장소를 찾아가게 된 것이다. 그 장소가 학교였다는 점과 역장에게 변호를 맡겼던 점은 다음의 의미를 갖는다. 어린 소년은 선생님의 적이기를 원하지 않았고 『서유기』에서

---

33) "그것은 적대계급에 속한 반역자 재판 비슷하기도 하였다. 사회를 대표한 검사에 의한 추궁 같았다."(최인훈, 『화두』 2권, 77면)

왜 자기를 적으로 대했느냐고 항변하고 있다. 어린 소년에게 사회 체제는 학교 체제를 통해 다가왔지만 적어도 학교는 "인류문명의 아기집"으로서의 신성성을 가지는 공간이라는 생각34)에서 실제 원체험에는 없었던 변호인을 등장시킨 것이다. 이렇게 『서유기』에서의 자아비판회 재현은 형식적 자유로움에 힘입어 작가의 소망이 투영되어 변주되어 있다. 『화두』 안에 완전히 동일한 모습으로 인용되어 들어앉아 있는 『서유기』의 자아비판 장면35)은 반복과 형식적 조작을 통해 원체험을 가장 잘 형상화한 것으로 설명된다. 이렇게 『서유기』의 장면이 그대로 채택된 것은 '자아비판회'에 대해 그보다 더 잘된 형상화를 기대하기 어렵다는 작가적 의도의 표현일 것이다.36) '자아비판회' 체험의 반복적 쓰기가 『서유기』 이후에 종결된 것은 추상적 형식에 힘입은 근접 촬영 기술이 성공했음과 더불어 「광장」, 『회색인』에서의 반복을 통한 누적이 전제된 결과로 보인다.

이와 같이 최인훈은 「광장」, 『회색인』, 『서유기』의 일련의 소설들에 '자아비판회' 장면을 그려 넣음으로써 체제에서 일방적으로 배제된 개인의

---

34) 최인훈은 학교라는 것은 인간이 짐승을 벗어나서 그 이상의 무엇이 되려고 하는 과정에서 있게 된 모태라는 생각을 한다. 아기집 속에 든 태아와 그 태아를 밴 어머니의 싸움을 상상할 수 없다는 측면에서 학교에서의 '자아비판회' 경험은 유년시절의 화자에게 훨씬 잔인한 경험으로 다가왔다.(앞의 글, 2권, 140~141면)

35) 『서유기』(275~279면)에 재현되어 있는 '자아비판회' 장면은 『화두』(2권, 133~138 면)에서 내용과 희곡 형식까지 동일하게 인용하고 있으며 그 출처가 『서유기』라는 점까지 밝히고 있다.

36) 실제로 최인훈은 『서유기』를 통해서 '자아비판회'를 가장 잘 형상화해내었다고 진술한다. "「서쪽으로…」를 쓰면서 나는 소설을 쓰게 된 이후에 가장 정직하게 내 마음이 움직인다는 믿음을 가졌다. 나는 마음속의 괴물들과 얽혀 싸웠다. 중국 소설 『서유기』의 틀을 사용한 그 소설에서 나는 내 마음속 갈피와 동굴 속에서 저희들대로 살고 있는, 내 안에 있으면서 내 힘 밖의 힘이기나 하듯이 대항해 오는 그림자들과 싸웠다. 나는 그것들을 정복할 수는 없었다. 그러나 그들과 얽혀서 싸우는 동안에 (중략) 생김생김이며 버릇을 몸으로 다루어볼 수 있었다. 이 작품에서 나는 「잿빛의자…」에 그 위치가 확인되었던 <지도원 전설>을 근접 촬영하는 데 성공하였다."(위의 글, 177~178면)

문제를 여러 각도로 바라보고자 하였다. 소설에서 사건이 발발한 장소를 찾고, 그때의 상황을 재현하고 그때의 느낌을 표현하려고 변주를 시도해 보는 일련의 과정을 통해서 1950년대 후반의 북한 사회 체제를 개인의 체험으로 녹여 문학 안에 실감나게 들여놓는 데 성공을 거두었다.37) 실제 체험을 한 번이 아니라 여러 번, 그것도 매번 다른 방식으로 재현하고, 기억을 현재화할 때마다 합리화하려는 해석을 시도하게 되면서 원체험의 트라우마는 점차 약화되어 왔다. 이러한 일련의 반복적 다시 쓰기는 최인훈에게 유년 시절의 '자아비판회' 체험으로 인한 트라우마를 완화시키는 중요한 기제가 된다.

2) 전쟁 체험의 변주와 확산

'자아비판회' 체험이 회귀와 반복의 글쓰기로 일관되었다면, 최인훈 소설에서 전쟁 체험은 '방공호 성체험', 'LST 피난 체험'이라는 일련의 모티프로 형상화되어 나타난다. 정치 체제로 대표되는 사회라는 집단과 그 집단에 소속된 개체로서의 개인과의 관계에 대한 문제는 '자아비판회' 체험으로 구체화된 한편, 북한 사회가 보여준 사회주의 체제의 폭력성은 동족 간에 '전쟁'을 일으켰다는 사실로 나타났으며, 한국전쟁 낭시 실제로 폭격과 피난을 경험한 작가는 자신의 글쓰기에서 그때의 체험을 '방공호 성체험'과 'LST 피난 체험'이라는 구체적인 모티프로 형상화한다. 이렇게 하여 최인훈의 소설에는 세계와 자아가 화해하지 못하는 관계가 일련의 원체험 모티프로 반복과 변주를 거쳐 나타나게 된다. 다음은 『회색인』에 나타난 폭격의 묘사 부분이다.

---

37) 최인훈은 해방에서 6·25내전까지의 시기를 북한에서 지내면서 형성한 강렬한 기억과 그 사회의 권력이 억압하는 계급의 가정에 태어났다는 사정으로 인해 북한 생활에 대한 극적인 파악을 하는 자신을 발견한다.(위의 글, 74면)

찢어지는 듯한 쇳소리가 머리 위를 달려갔다. 뒤를 이어 또 또. 공습. 닫혔던 문이 열렸다. 준의 누님 또래의 여자가 나타났다. 그녀는 달려나오면서 준의 팔을 잡았다. 준은 여자가 끄는 대로 달렸다. 어디서 나왔는지 그들의 앞뒤에는 사람들이 달리고 있었다. Jet기들은 낮게 날면서 총을 쏘았다. 준과 여자가 가까운 방공호에 다다랐을 때에는 와랑거리는 폭격기의 엔진 소리가 하늘을 덮었다. 방공호에는 이미 사람들이 있었다. ㄱ자로 구부러진 호(壕) 속은 캄캄했다.(『회색인』, 49면)

　전쟁이 벌어진 당시 북한에서 가장 큰 항구 도시인 W시에 살던 독고준과 사람들은 자신들의 삶의 터전에서 매번 이러한 형태의 폭격을 경험하게 된다. 전쟁의 폭격 체험은 독고준 개인을 통해 '자아비판회'와 두 가지 관점에서 연결된다. 일단 독고준이 가족들의 만류에도 불구하고 가족 몰래 학교에서 소집한 건설과 간호 사업에 참가하기 위해 학교에 갔을 때 폭격이 발생했다는 것에 주목할 필요가 있다. 그것은 학교로 대표되는 사회 체제에서 거부당한 어린 학생이 지도원 선생님에게 다시 한 번 인정받아 보려는 시도였다. 그럼에도 불구하고 현실은 역시 그런 개인의 소망을 외면하고 만다. 준이 학교에 도착했을 때 폭격으로 부서진 학교는 텅 비어 있었고 학교에서 나와 시가지의 골목으로 들어선 순간 시가지 전체에 폭격이 시작됐던 것이다. 따라서 폭격은 자아비판회와 환유적 연결고리로도 묶여 매우 밀접한 관계를 갖는 사건이 된다. 다른 한편으로 당시 정부와 군대가 일으킨 전쟁이 북한의 일반 시민들은 전혀 예고도 듣지 못한 상태에서 발발했다는 점에서 독고준을 포함한 개인들은 북한에 거주하고 있을 뿐, 북한의 정치 이데올로기와 무관한, 아니 오히려 소외된 이들이었으며 이데올로기와 전쟁과 폭격의 일방적인 피해자로 드러난다는 점에서 또한 연관되어 읽힌다. 이와 같이 작가는 학교로부터 소외당하는 독고준과 정치로부터 소외당할 뿐 아니라 생명을 위협받는 독고준을

포함한 W시 시민들이 전쟁의 폭력성 앞에 무방비 상태로 드러나 있음을
고발한다. 그리고 개인에 대한 정치 체제의 철저한 무관심과 폭력성을
학교 소집일의 폭격 체험이라는 구체적인 묘사로 형상화해내고 있다.

　이날 독고준이 본 학교와 시내의 모습은 폭격 당해 형편없이 부서져
있었다. 하루아침에 파괴되어 어제와 달라진 도시가 눈앞에 펼쳐지면서
독고준은 전쟁이 가진 무서운 모습을 직접 보는 경험을 하게 된다. 부러지고
꺾인 전봇대들, 새카맣게 탄 석유 공장의 벽돌 부스러기, 건물의 절반만
남아 있는 학교 등에서 독고준은 도시의 다른 얼굴을 접하고 낯선 감정을
느끼게 된다. 그리고 폭격의 충격은 「구운몽」에서 미로처럼 얽혀 있어
아무리 달아나려 해도 달아날 수 없는 거리 이미지, ‘미궁’의 이미지로
형상화되어 나타나기도 하고,38) 어린 독고준의 뇌리에 강하게 남은 불에
탄 전봇대의 이미지는 『서유기』에서 불에 탄 숯기둥 같은 나무들의 풍경39)
과 「囚」에서의 빳빳한 숯토막 같은 사람이 타 죽은 시체의 모습으로
형상화되기도 한다.40) 그리고 전쟁의 폭격으로 부서진 거리의 낯섦에
대한 강렬한 인상은 또한 『서유기』에서 독고준이 다시 회귀하게 되는
고향 W시에서 이동한 후마다 건물들이 무너진다는 상상 기법으로 처리되
기도 한다. 과거로의 여행 끝에 W시에 도착한 독고준은 ‘시 운동장’→
‘극장’→ ‘역 구내’→ ‘천주교당’→ ‘빈 거리’→ ‘토치카’→ ‘학교’의 순시로

---

38) “전번에 들어선 골목을 지나치고 될수록 낯선 쪽으로 골라서 달린다. 그런데
　　어떻게 된 일일까? 마치 궤도에 올라앉은 기관차처럼, 벗어나서 달리려고 기를
　　쓰면 쓸수록, 민은 점점 낯익은 길로 자꾸 빠져든다. 분명히 전에 헤매던 그
　　거리를 그날 순서대로 달리고 있는 저를 본다.”(최인훈, 「구운몽」, 『광장/구운몽』,
　　222면)
39) “야산에는 드문드문 나무가 서 있는데 한결같이 불에 타서 숯기둥처럼 보인다.”(최
　　인훈, 『서유기』, 94면)
40) “이번에는 폐허다. 벽돌. 부러진 전봇대. 깨진 기왓장. 그 속에 재미있는 물건이
　　있다. 나는 들여다본다. 사람이 타 죽은 시체다. 꼭 통나무 같다. 빳빳한 숯토막이
　　다.”(최인훈, 「囚」, 『우상의 집』, 111면)

이동한다. 각 장소를 떠나는 순간 건물들이 무너지고 폐허로 변하는데, 이는 폭격 전후의 강렬한 인상이 남긴 이미지의 표출에 해당한다. 이와 같이 전쟁의 폭력성은 폭격의 다양한 형상화를 통해 최인훈의 여러 소설에 걸쳐 나타난다.

한편 그날 독고준이 경험한 것은 폭격으로 무너져 내린 도시의 모습만이 아니었다. 어린 소년이 철저히 공포에 맞서야 하는 그 절망적인 순간에 방공호 안의 독고준 가까이에는 그를 폭격으로부터 피신시킨 한 여인이 있었고 그녀를 통해 독고준은 처음으로 성에 눈뜨게 된다.

> 그때 부드러운 팔이 그의 몸을 강하게 안았다. 그의 뺨에 와 닿는 뜨거운 뺨을 느꼈다. 준은 놀라움과 흥분으로 숨이 막혔다. 살 냄새. 멀어졌던 폭음이 다시 들려왔다. 준의 고막에 그 소리는 어렴풋했다. 뺨에 닿은 뜨거운 살. 그의 몸을 끌어안은 팔의 힘. 가슴과 어깨로 밀려드는 뭉클한 감촉이 그를 걷잡을 수 없이 헝클어지게 만들었다. (중략) 폭음. 더운 공기. 더운 뺨. 더운 살. 폭음.(『회색인』, 50면)

전쟁의 폭격은 역설적으로 개인의 육체에 생명성을 각인시키는 '방공호 성체험'의 모티프를 형성한다. '방공호 성체험'은 전쟁의 폭격이 보여준 도시의 파괴, 생명의 박탈이라는 일련의 죽음 이미지와 상반되는 강한 육체의 느낌, 자궁을 가진 여성이 주는 강렬한 생명성으로 대비되어 나타난다. 그리하여 어른이 된 후에도 독고준은 세상의 폭력성을 경험할 때 그것의 대안으로서 여성, 사랑을 찾고자 한다. 『회색인』에서 구체적으로 독고준의 입을 통해 혁명 대신 주장되었던 것이 "시간과 사랑"이었다면 『서유기』에서는 그것이 한 여인의 운명적 부름으로 형상화된다. 폭격 체험과 '자아비판회'의 환유적 연결은 '방공호 성체험'과도 이어져 '여성-폭격-운명'의 이미지를 연결짓는다. 즉 폭격은 '자아비판회'의 슬픈 운명

을 상기하게 하면서도, 여성과의 사랑과 생명성이 주는 구원의 희망을
갖게 한다.

> 나의 운명을 만난 날. 폭음의 여름. 저 강철의 새들이 잔인한 계절의
> 장막을 열고 도시의 하늘에 날아온 그날을 오 나는 얼마나 사랑하는가.
> 그 아름다운 파괴를. 때 묻은 시간을 떼내기 위한 그 폭력을 나는 얼마나
> 사랑하는가. 나의 생애의 자북(磁北)을 알리던 그 바늘의 와들거림을 나는
> 생각힌다.(『서유기』, 274면)

이러한 강렬하면서도 상반되는 이미지의 연결은 일련의 소설에서 변주되
어 나타나는데 『회색인』에서는 남자 주인공을 세상으로 불러내는 여자의
목소리로 나타난다. 그것은 탈문맥적 대안세계 기법을 통해 형상화된다.
꿈 장치를 통해 그날의 운명이었던 여자는 독고준을 부른다.

> 어디선가 들려오는 목소리. 여자다. 이리 오세요. 그 방에서 나와야
> 해요. 누굴까. 생소한 목소리다. 이리 오세요. 그 방에서 나오세요. 당신은
> 누구요? 저요? 어머, 다 아시면서. 모르겠어, 누구야? 뭐라구요, 아시겠다구
> 요? 그러실 테죠.(『회색인』, 299면)

여자의 부름은 곧이어 연작으로 쓰인 『서유기』에서는 신문 광고로
변주되어 나타난다.

> '이 사람을 찾습니다. 그 여름날에 우리가 더불어 받았던 계시를 이야기하
> 면서 우리 자신을 찾기 위하여, 우리와 만나기 위하여. 당신이 잘 아는
> 사람으로부터.'(『서유기』, 16면)

현실 세계에서는 여자를 알아보지 못하던 독고준이 꿈이라는 환상적 공간이 설정되자 바로 폭격이 있었던 그날의 W시와 운명을 떠올린다. 그리고 여자의 부름에 따라 운명을 찾기 위한 여행을 시작하게 된다. 꿈속이라는 설정 하에 독고준의 운명을 찾기 위한 여행을 기술해 놓은 것이 『서유기』이며 여기저기 헤매 다니던 독고준은 결국 W시의 폭격 장소를 다시 찾아가고 궁극적으로 '자아비판회'가 열리는 교실에 다시 서게 되는 것이다. 세계로부터 배척당하는 개인의 냉혹한 운명에 다시금 맞서게 되고, 변주를 통한 텍스트의 이동은 독고준을 '자아비판회'의 원체험으로 돌려놓는다.

이렇게 사랑의 달콤함이면서 동시에 개인을 폭력적인 세상으로 나오게 만드는 여성의 부름은 「구운몽」의 시작을 알리면서 바다에 빠져죽은 「광장」의 이명준을 다시 세상으로 소환해낸다.[41]

> 똑똑. 누군가 관 뚜껑을 두드리고 있다. 누구요? 저예요. 누구? 제 목소릴 잊으셨나요. 부드럽고 따뜻한 목소리. 많이 귀에 익은 목소리. 빨리 나오세요. 그 좁은 곳이 그렇게 좋으세요? 그리고 춥지요? 빨리 나오세요. 따뜻한 데로 가요. 저하고 같이. 그는 두 손바닥으로 관 뚜껑을 밀어올리고 몸을 일으켰다.(「구운몽」, 193면)

이명준은 「구운몽」에서 독고민이라는 인물로 변주되어 다시 이 세상에

---

41) 최인훈은 초기작에서 「광장」의 작중인물 이명준을 죽인 것에 대해 깊은 책임 의식을 갖고 있음을 여러 대담을 통해 토로한 바 있다. 그리고 그 후의 작품에서 기회가 될 때마다 이명준을 되살리려는 시도를 했었다고 밝힌다. 가령 「하늘의 다리」에서 김준구가 부산 바다에서 올라와 남한 사람으로 새로 거듭났다거나, 『태풍』에서 이명준을 오토메나크로 환생시켰다고 진술하고 있다. 따라서 「광장」의 후기작인 「구운몽」에서 관 속에서 죽은 채 있던 사람이 환생하는 시작은 이런 맥락에서 독고민이 이명준의 환생이라는 해석이 가능한 것이다.

나온다. 꿈과 환상적 기법과 다층 서사를 통해 독고민은 죽은 후에도 외부 서사에서 계속 다시 살아나는 불사조의 이미지를 얻는다.42) 그리고 세상의 폭력에서 구원되는 것은 여성과의 사랑을 통해서 가능하다. 이와 같이 '방공호 성체험' 모티프에서 비롯된 여성의 존재는 강렬한 구원의 이미지로 굳어져 여러 텍스트에서 변주되어 나타난다. 즉 최인훈의 소설에서 남성 인물들은 세상의 냉혹함과 세상과의 불화를 경험하면 그 대안으로 사랑, 여성을 찾는 일을 반복한다. 「광장」의 이명준이 남북 어느 체제에도 적응하지 못하는 자신을 은혜와의 사랑에 안주시키려 했던 것, 「가면고」의 민이 화가 미라에게서 발견하지 못한 따뜻한 여인의 사랑을 발레리나 정임에게서 발견한 것, 그리고 「구운몽」의 민이 왼쪽 볼에 까만 점이 있는 여인들에게서 사랑과 구원을 찾은 것이 바로 그 예에 해당한다.43) 이와 같이 전쟁의 폭력성은 '방공호 성체험'이라는 역설적인 모티프를 형성하여 최인훈의 일련의 소설에서 '자아비판회'와 연결된 사회와 불화한 개인의 운명을 자각하게 하는 한편 여성의 생명성으로 인한 구원의 메시지를 부여하기도 한다.

　전쟁은 다른 한편에서는 피난의 기억과 연결되어 또 하나의 모티프인 'LST 피난 체험'으로 나타난다.44) 『회색인』에서 독고준은 LST의 줄사다리를 오르면서 W시를 바라보는 꿈을 꾼다.45) 여기에서 LST란 정든 고향을 등지고 낯선 곳으로 이동해야 하는 운명을 나타낸다. 개인들에게 세상은

---

42) "피닉스는 다시 날까요?" "사랑이 있는 한 날 것입니다."의 대화가 그것을 암시한다. (최인훈, 「구운몽」, 282면)
43) 전쟁의 폭력에 대한 여성의 구원은 '자아비판회' 체험을 학교와 연결시켜 변호인을 내세운 일련의 전략과 유사해 보인다.
44) LST는 야밤에 엄청난 인구의 피난민을 싣고 W시에서 부산으로 향했던 큰 배의 이름이다.
45) "준은 LST의 줄사다리를 오르고 있었다. 난간에 기대서 바라본 W시는 어슴푸레한 안개 속에서 낯선 도시처럼 싱싱했다."(최인훈, 『회색인』, 299면)

일방적으로 힘을 행사하는 거대한 존재로 나타난다고 하였다. 아무 대비나 마음의 준비도 없이 세상은 갑자기 바뀌어 사람들에게 엄청난 영향을 끼친다.[46] 정치 체제나 이데올로기는 중요한 것이 아니었다. 단지 계속되는 폭격을 피하기 위해서, 전쟁 통에 살아남기 위해서 사람들은 피난을 결심한다. 그 피난지는 남한이었다. 왜냐하면 당시 "전쟁은 북쪽에서 내려오고 있었고 안전은 남쪽에 있었"[47]기 때문이었다. 달밤, 원산 항구에는 도시를 빠져나가기 위한 피난민의 행렬이 아수라장을 이루었고 그 가운데 배에 탈 수 없는 사람이 생겨났으며 온 가족이 함께 승선하지 못하고 헤어지기도 부지기수였다. 승선 인원을 초과한 선상은 난리통의 바로 그런 모습이었고, 배가 심하게 흔들리면서 토하는 사람들, 왁자지껄 떠드는 소리, 냄새와 시끄러운 소리의 뒤범벅이었다. 이러한 피난의 경험은 'LST 체험'으로 모티프화 되어 소설에서 다음과 같이 형상화되고 있다.

> 준구는 홀에 가득찬 사람들이 그릇 위에 낯을 수그리고 끼니를 들고 있는 모습을 바라보았다. 피난 올 때 탔던 LST가 떠올랐다. 사람들은 갑판에서 밥을 지었다. 깡통에다. 그러고는 서로 한치라도 자리를 더 차지하느라 애를 쓰면서 보따리로 벽을 쌓는다. 삽시간에 벌어지는 유목민(遊牧民)의 야영(野營) 모습이다. 전체를 통솔하는 지도자도 없거니와 통반장도 없다. 핵(核)가족 핵개인만 있는 사람의 무리. 사정없고 매정스럽고 아귀 같고.(「하늘의 다리」, 49~50면)

「하늘의 다리」의 김준구는 원산에서 부산으로 피난 온 실향민이다. 서울에 살면서도 그는 사람들이 가득 모여 있는 모습을 보고 LST를 타고

---

46) "해방될 때도 어느 날 갑자기 세상이 바뀌더니 이번에도(전쟁) 그렇게 되었다."(최인훈, 『화두』 1권, 240면)

47) 위의 글, 241면.

오던 때를 떠올린다. 수용 인원을 초과하여 싣고 오던 배 위에서 준구는 극한 상황에서 먹을 것과 자리 차지에 혈안이 된 채로 본능만 남아 있는 이기주의로 치닫는 개인들의 극단을 본다. 전쟁 후에도 경쟁이 난무한 살기 힘든 세상살이에서 준구는 곧잘 LST에서 봤던 사람들의 무시무시한 생존 본능을 떠올리게 된다. 전쟁으로 말미암아 생존권마저 위협당한 채 극한에 몰린 개인들은 질서와 도덕을 상실하고 이기주의라는 본능을 내보인다. 한편 흔들리는 선상에서의 음식과 오물과 사람들이 마구 뒤섞인 혼돈의 기억은 멀미라는 육체적 경험으로 체화되어 나타난다. 그 지독한 멀미의 기억에서 불쾌감과 동시에 공포가 찾아온다. 밀미가 수반하는 구토는 '자아비판회'의 기억으로 다시 회귀하기 때문이다.[48]

이와 같이 정치 이데올로기와 무관한 사람들이 전쟁이 발발하면서 생존권을 박탈당하고 영문도 모른 채 고향을 잃어야 하는 체제와 시대의 폭력성은 폭격 날의 '방공호 성체험' 이외에도 또 하나의 구체적 장면, 즉 'LST 피난 체험'이라는 모티프로 굳어져 반복되어 형상화되고 있다. 그리하여 전쟁으로 나타난 북한 체제의 폭력성은 최인훈의 여러 작품에 다양하게 변주되어 그려진다. 그리고 전쟁과 관련하여 형성된 이 모티프들은 각각 '자아비판회'의 연결 고리를 가지면서 개인에 대한 세계의 일방성과 폭력성을 되새기게 한다. 최인훈의 소설에는 개인이 사회와 맺는 관계의 근원에 '자아비판회'의 원기억이 도사리고 있다. 다른 원체험들과의 연관 관계를 통해 가능한 다시 쓰기와 그 원기억으로 회귀하게 되는 글쓰기의 과정을 통해 작가는 자신의 유년 시절의 원체험이 세계 역사의 축소판이라는 사유의 확장을 경험하게 된다.[49] 개인은 역사와 사회의 미니어처라는

---

48) "W에서 나올 때 LST 안에서도 지독한 멀미를 했었다. (중략) 그때 나는 아까처럼 속이 약간 올라오는 착각을 느끼면서 어떤 광경을 떠올렸다. 오랜 기억이었다. W의 중학교에서 그 일로 자기비판회를 마치고 돌아오다가 학교 옆 숲길에서 토하던 기억이다."(앞의 글, 459면)

생각, 개인의 체험이 인류사의 상징이라는 파악은 작가에게 자신의 정체성을 더듬어 가는 글쓰기가 역사를 기억하는 글쓰기의 다른 방법이라는 소명의식을 심어주고 있다.

3. 역사의식과 문학사의 연속성

최인훈의 소설 창작에 있어서 역사는 쓰기의 원동력이 되며 그 변화에 따라서 형식에도 현저한 변화를 가져오는 등 창작의 소재이자, 이유로서 작용해 왔다. 그의 소설은 역사적 사건을 소재로 삼거나, 역사적 인물을 등장시키는 등의 방법으로 역사에 대해서 진술한다. 최인훈은 작가라는 자격으로 역사의식을 문학사 의식으로 획득해 내려 하였다.50) 그것은 소재와 주제 면에서 당대의 시대뿐 아니라 과거의 역사를 그 대상으로 삼고 있다는 점에서도 나타난다. 즉 그의 소설은 역사적인 글쓰기라 해도 과언이 아니다. 최인훈의 주제의식이 언제나 당대 민족의 당면 과제에 닿아 있고, 그것은 식민지와 전쟁 등을 겪은 남다른 역사에 그 배경을 두고 있다는 데에서 출발한다는 점에서도 그러하다. 그중에서도『회색인』,『서유기』,『소설가 구보씨의 일일』,『태풍』의 계보를 잇는 소설들은 소재와 주제 두 측면 모두에서 직접적으로 역사에 닿아 있는 주요 작품들로서 다루어질 것이다.51)

---

49) "나의 사(私)적인, 마음속의 재판과 축복의 의식을 20세기의 지구 규모에서 벌어지고 있는 현실의 드라마의 미니어처라는 형식으로, 작가로서, 의식하는 생활의 영위자로서의, 나 자신의 생애의 상징이라고 파악하게 되는 나를 발견한다."(위의 글, 2권, 88면)

50) "문학자의 경우에 고유한 역사의식이란 것은 문학사의식이다."(앞의 글, 48면)

51) 『태풍』, 「총독의 소리」, 『화두』에서는 역사적 소재가 주요 알레고리로서 기능하고 있으며, 『회색인』, 『서유기』, 『소설가 구보씨의 일일』, 『화두』에서는 역사상

여기에서는 역사 계보 소설의 최종작인 『화두』에 담겨 있는 위의 소설들을 다시 읽는 관계적 독서를 전제로 하고, 특히 패러디를 통해 선대 작품과 대화적 관계를 형성해나가는 과정을 통해 역사와 문학의 관계를 규명해 볼 것이다.

1) 과거 인물과의 조우와 역사의 당대성

『회색인』에서는 작중인물들의 토론이나 고민거리의 주제가 역사와 관련되어 있음으로 해서 직접적인 소재로서 역사를 다루고 있다. 소설가로 등단하고자 하는 국문학도 독고준은 정치학과 동인지에 가상 식민지 소유에 대한 글을 씀으로써 근대사에 대해 비판적 시각을 드러내기도 하고, 정치학도인 김학과의 토론을 통해 자신의 역사의식을 토로하기도 한다.

"한국 문학의 문제도 역시 한국적 상황 일반의 부분적인 형태라는 게 내 생각이야. 한국의 문학에는 신화(神話)가 없어. 한국의 정치처럼 말야. (중략) 그들의 경우 과거와 현재는 이어져 있으나 우리는 끊어져 있다. 전위(前衛), 보수(保守)란 말은 우리들의 경우 이중의 뜻을 가지고 있어. 우리들에게도 전위란 여전히 서양적인 것일 수밖에 없지만, 정작 그 상대는 보수적 서양과 동양이라는 두 겹의 얼굴을 가지고 있다는 거야. 저들은 단단한 벽돌 위에 얹힌 풍차와 싸우고 있으나 우리는 허공 중에 거꾸로 매달린 허깨비와 싸우고 있어. 우리는 동 키호테도 될 수 없어. 저들은 낡은 신화를 부수고 새 신화를 세우기 위해 시를 쓰지만, 우리에게는 부술 신화가 없고, 서양의 그것은 서양 시인들이 부술 것이며 동양의

실존 인물이 등장하거나 인물에 대한 평가를 하고 있다. 그리고 「광장」, 「구운몽」, 「열하일기」, 「크리스마스 캐럴」, 『소설가 구보씨의 일일』, 『화두』에서는 실제 발생했던 역사적 사건을 언급하고 거기에 대한 의견을 제시하고 있다.

그것은 이미 폐허가 돼버렸으니 부술래야 부술 수 없어. 우리들은 패배한
종족이야."(『회색인』, 15~16면)

국문학도와 정치학도의 만남이 암시하듯, 이들은 정치와 그것을 담고
있는 문학이 불가분의 관계이므로 한국문학을 논하자면 우선 정치를
알아야 한다고 말한다. 그리고 정치의 결과는 후대에 역사로 남고, 동양에
위치한 한국의 근대사는 서양의 역사와는 다르게 인식해야 한다고 말한다.
이에 대한 대답으로 독고준은 당대 뿌리 없는 한국 민족의 문제점을
역사의식의 부재로, 그리고 역사의식은 민족의 '문화형'52)을 찾아내는
데에서 발견할 수 있다고 진술한다. 독고준의 입을 빌려 최인훈은 역사를
문화의 발전, 그 중에서도 문학을 기술하는 것과 관련해서 이해하고자
하였다.53) 그리고 한국 민족의 올바른 문학사 정립을 위해 우선 역사를
다시 보는 데에서 문제의 실마리를 풀어 볼 것을 제안한다.54) 이와 같이
『회색인』에서는 역사의식과 문학사 의식 간의 긴밀한 관계를 설정하고
문학을 통해서 역사에 접근하고자 한다. 『회색인』은 역사와 문학의 관계에

---

52) 최인훈은 기존의 '민족성'이라는 생물학적 차원의 개념을 문화사적 차원으로
옮겨 '생각하는 방식'을 뜻하는 '문화형(文化型)' 개념을 새로 수립해야 함을 주장한
다.(최인훈, 『서유기』, 112면)

53) 최인훈은 자신의 산문을 통해서 문학과 역사의 관계를 "역사와 소설은 성미가
다른 형제지간으로 생각한다"고 그 둘의 밀접한 관계를 밝히고 있다. 그가 생각하
는 소설이란 "역사, 혹은 삶의 내용을 되도록 원형에 가깝게 그 생생한 느낌을
죽이지 않고 인식하는 그러한 인식의 형태"인 것이다.(최인훈, 『문학과 이데올로
기』, 26, 189면)

54) 최인훈은 한국의 근대사가 서구와 달리 사실적 민주주의를 이루지 못했음을
간파하고, 지속적으로 "적 치하의 '조선'은 이족(異族)의 노예로서 문명의 찌꺼기를
얻어먹고 지냈을 뿐이며, 그 '문명'이 한국 지식인에게 '문화'로 비치고 개명으로
보였다는 것은 가슴 아픈 일"로 파악한다. 따라서 서구의 사실주의를 그대로
답습하려는 당대의 문단 풍경을 비판하면서 문학하는 사람들이 우선 자신의
역사를 똑바로 알고 한민족만의 올바른 문학사를 정립한 후 그 토대에서 창작
활동을 해야 한다는 생각을 갖고 있다.(최인훈, 「미학의 구조」, 위의 책, 52~54면)

화두를 던지는 텍스트가 되고, 여기에서의 패배한 역사의식과 문학사 의식이 향후 일련의 소설 쓰기를 통해 극복되어 가는 과정을 살필 수 있다.

역사와 문학의 화두를 푸는 과정은 먼저 역사의식이 담긴 문학을 한 작가를 찾는 데서 시작된다. 김학은 시공(時空)의 좌표가 부재한 현대의 문학에 문제의식을 표명하고 한국인의 정신 풍토를 반영하는 문학은 역사적인 시간과 공간에 맞닿아 있어야 한다는 자신의 문학관을 표명한다. 그러면서 그는 전시대의 유명한 문인인 김동인과 이광수를 비교하여 역사의식의 소재 측면에서 그들의 소설을 평가한다.

> 문학사에서의 평가는 어떻게 돼 있는지 모르지만, 난 김동인보다는 이광수가 훨씬 좋더군. 김동인한테서는 역사 감각이란 걸 조금도 찾아볼 수 없어. (중략) 그의 소설은 역사의 비명(碑銘)이 아니라 자연의 가락이야. (중략) 그에 비하면 이광수는 훌륭해. 다른 작품은 다 말고 『흙』 하나만 가지고도 그는 한국 최대의 작가야. 그 시대를 산 전형적 한국 인텔리의 한 사람을 무리 없이 그리고 있잖아? 그는 시대의 큰 줄기가 무엇인지를 보는 눈이 있었어.(『회색인』, 12~13면)

김동인은 심지어 역사 소설을 썼음에도 불구하고 그의 인물들은 어느 시대에 있어도 상관없는 인물들이라는 점에서 자연과 역사를 혼동한 작가, 역사가 무엇인지 모르는 작가로 폄하하고 있다. 반면 이광수는 『흙』한 편만 보더라도 그 시대를 산 가장 전형적인 한국 인텔리의 모습을 무리 없이 그려냈다는 점에서 시대의 큰 줄기가 무엇인지를 볼 줄 아는 눈을 가진 한국 최대의 작가라는 평가를 내리고 있다. 김학을 통해 작가는 이전 시대의 문학에 빗대어 현대 한국문학의 문제점을 제시하고 있다. 즉 현대 한국문학은 역사의식이 없기 때문에 절실함이 느껴지지도 않고 미래에 대한 비전을 제시할 수도 없다는 것이다. 그는 문학이 가져야 할 근본적인 것으로 역사의식을 들고 있으며 역사의식이란 시대의 가장 전형적인 모습을 그려내는 문학적 작업으로 설명한다. 그리고 무국적, 무시대의 문학이 발생한 원인을 앞서 말한 바대로 서양과 달리 과거의 전통과 단절된 특수한 근대의 시작에 두고 있다. 그리고 식민지라는 특수한 역사를 겪은 작가 이광수는 문학 안에 역사의식을 녹이기는 했을망정 자신의 글에 위배되는 친일 행각을 한 점에서 신랄한 비판을 당한다. 이렇게 최인훈이 생각하는 역사의식이 담지된 문학이란 작가의 사상과 행동이 자신의 글에 정직하게 드러남을 의미하는 것이다. 그리고 그런 역사의식이 담긴 문학을 하려 했던 자신의 문학 일생은 녹녹한 것이 아니었다.

현대문학뿐 아니라 식민지 시대에 이광수 같은 대단한 작가조차도 실현하지 못한 역사의식이 부재한 문학의 문제를 최인훈은 역사의 문제로 환원시킨다. 한국의 근대가 전통과 단절된 원인을 전시대인 조선시대에서 찾아보자는 것이다. 최인훈은 조선시대를 유교 체제 하에서 내부적 합리성에 충실했던 세계관으로 파악하고 그것을 대표하는 인물로 이순신을 떠올린다.[55] 그러나 이순신은 왜적의 침략을 물리친 민족의 영웅이기는 했지만 한편으로는 족보와 가족주의에 갇혀, 명분을 중시하는 유교적 세계관 안에서 빠져나오지 못한 인물이었다고 평가한다.

가족이 없는 나는 자유다. 신은 죽었다. 그러므로 인간은 자유다, 라고 예민한 서양의 선각자들은 느꼈다. 그들에게는 그 말이 옳다. 우리는 이렇다. 가족이 없다, 그러므로 자유다. 이것이 우리들의 근대 선언이다. (중략) 우리들의 신은 '집안'이요 '가문'이었다.(『회색인』, 110면)

---

55) 최인훈, 『회색인』, 252면.

족보 찾기에 실패함으로써 가족이 없음을 확인한 독고준은 근대인으로 서의 자유를 선언한다. 이와 같이 작중인물 독고준이 자신의 뿌리를 찾고자 하지만 실패한다는 설정은 근대가 전 시대인 조선의 역사와 단절되었다는 의미뿐 아니라 근대인들이 조선 유교의 가치관, 가족주의에서는 희망을 찾기 힘들다는 의미를 비유적으로 제시한 것이다.

단절된 역사의 바로 전 시대에서 희망을 찾지 못한 작가는 역사를 좀더 거슬러 올라가 본다. 고향이 경주인 김학 형제가 불국사를 찾아가는가 하면, 현자(賢者)로 등장하는 황 선생은 불교에서 한민족이 잃어버린 역사 적 뿌리를 찾고자 한다. 그러나 중세를 지나 근대에 다다른 인류에게 과거의 종교는 해결책이 되기에는 시대착오에 해당한다.[56] 이제 마지막으로 독고준은 다시 문학으로 돌아가 희망을 보려고 한다. 그러나 소설가 지망생으로서 그의 머릿속은 소설 쓰기와 역사와의 함수 관계에 대한 고민이 난립할 뿐, 한 줄의 글로도 표현되지 못하고 있다. 제대로 된 역사의식을 갖지 못한 상태에서 소설적 표현이 불가능하다는 각성을 하고 현실과 이상의 괴리에 괴로워하는 독고준의 모습에서 『회색인』은 끝나고 있다. 이와 같이 『회색인』은 최인훈의 본격적인 역사 탐구 소설의 시작편으로서 역사와 문학과의 긴밀한 관계를 설정하고, 단절된 역사를 가진 한국문학사의 불구적인 모습을 통해 역사의식을 복구하자는 문세의 식을 제공한다.

『회색인』에서 제기한 문제의식의 해명을 위해서 쓰인 것이 『서유기』다. 꿈과 환상 등 추상적 기법의 설정으로 인해 가능해진 몇 백 년의 시간차를 뛰어넘는 과거와 현대 인물들의 만남을 통해 최인훈은 형식의 한계에

---

56) 최인훈은 역사 변화에 따라 (1)원시를 신화의 시대로, (2)고대와 중세를 종교와 전설의 시대로, (3)근대를 문학의 시대로 인식한다. 그에 따르면 근대는 종교가 권위를 잃은 세계이므로, 종교와 신화가 하던 역할을 문학이 맡게 되었다고 한다.(최인훈, 「작가와 현실」, 『문학과 이데올로기』, 111~112면)

122

부딪혀 풀지 못했던 문제의식을 풀어보려 한다. 독고준은 시간 혼재 기법을 통해 이광수와 이순신, 논개, 조봉암 등의 역사적 인물과 조우하고 대화를 시도한다는 새로운 전략을 세운다. 『회색인』의 후속편으로서 『서유기』는 『회색인』에서 등장인물이 대화 중 언급했던 역사상의 인물들을 직접 만나본다는 설정을 통해 문제의식을 해명한다는 점에서 상호 텍스트적이다.[57] 작가는 『서유기』에서 추상적 형식을 사용하여 과거의 역사를 현재시간으로 끌어올려 이해해보려 한다.[58]

문학하기와 역사의식 사이에 설정된 화두를 풀기 위해 독고준은 추상적 틀을 빌려 시간 여행을 떠난다. 그가 첫 번째로 만난 역사적 인물은 논개이다. 독고준은 일본 헌병에게서 고문 받는 논개를 만나고 논개로부터 청혼을 받지만 끝끝내 거절한다. 『서유기』에서 논개는 애국주의와 민족주의의 상징이다. 상식적으로 뼈아픈 침략의 역사를 경험한 한국인이라면 누구든지 논개와의 결합을 통해 애국주의자가 되어야 한다고 생각할 것이다. 그래서 심지어 논개의 고문을 담당하던 일본인들까지도 논개의 청혼에 머뭇거리는 독고준을 비웃는다. 그러나 독고준이 논개의 청혼을 거절한 것은 역사의식이 단순한 애국이라는 감상주의로 흘러서는 안 된다[59]는

---

57) 최인훈은 『서유기』가 『회색인』의 속편으로 쓴 소설이며, 월남 이후 10년 동안의 마음의 혼돈을 해결하기 위해 하나의 같은 계열의 작품을 자꾸 쓰게 되었다고 말한다. "『서쪽으로…』를 쓴 것은 전편인 『잿빛의자…』를 마친 몇 해 후였다. 그때까지 뒤를 어떻게 이어가야 할지 몰라서였다. 아무튼 『서쪽으로…』를 쓰면서 나는 소설을 쓰게 된 이후로 가장 정직하게 내 마음이 움직인다는 믿음을 가졌다." (최인훈, 『화두』 2권, 177면)

58) 고대 로마는 현재시간에 의해 충전된 과거이며, 프랑스 혁명은 스스로를 다시 태어난 로마로 이해하듯이, 벤야민은 역사를 현재시간에 의해 충만된 시간으로 이해한다. 즉 과거는 현재에 복구됨으로써 의미를 갖는다.(발터 벤야민, 앞의 글, 353면)

59) "그 기분은 국민학교 시절에 국경일 예식에서 애국가를 부를 때에 가슴을 찡하게 하던 그런 것이었다."(최인훈, 『서유기』, 43면)

작가의식의 반영에 해당한다. 여기에서 독고준의 여행이 '그 여름날의 여인'의 부름에서 시작되었다는 것을 상기할 필요가 있다. 세계와 자아의 관계에 대한 해명이 절실한 독고준에게 역사의식이란 역시 단순한 상고주의가 아니라 현재의 자신의 문제와 동일화를 이룰 때 비로소 갖게 되는 대상이다. 즉 현대인이 논개를 보는 시각은 왜장을 안고 물에 뛰어든 과거의 죽은 애국적 인물로 묻어두는 데 그쳐서는 안 된다는 것이다. 따라서 독고준은 현재 자신과 세계와의 관계를 풀지 못하면서 논개와 결혼하여 과거에 묻히는 것을 거부하고 길을 떠난다. 독고준은 현재에 살아 있는 역사의식을 자신의 글에서 실현시킬 방법을 찾기 위해 기존의 죽은 역사소설 쓰기와 결별한 것이다. 이와 같이 최인훈은 논개와의 만남을 통해 역사의식이 현재 개인의 자아의식에 합치되어 이해되어야 하고, 그러기 위해서 애국주의를 가장한 또 다른 거대 권력이 되어서는 안 된다는 시각을 갖는다.

논개를 뒤로하고 길을 가던 독고준은 사학자의 방에서 이순신과 원균을 만나게 된다. 『회색인』에서 조선시대 유교 체제의 대표자로 지목했던 이순신을 직접 만나 이야기를 듣게 되는데, 이 부분에서는 희곡 장르의 형식적 틀을 차용한 사학자와 이순신의 대담 형식을 통해 이순신에게 궁금했던 것을 묻고 진솔한 대답을 얻어내는 방식으로 처리되어 있다. 사학자는 "이조의 정치 감각은 동양 3국의 현상을 자연적이고 합리적인 균형 상태로 보았"기 때문에 밖으로의 관심이나 영토 확장의 꿈을 갖지 않았던 것의 설명을 해 줄 증인으로 이순신과 원균을 자신의 방에 초대한다.

임진왜란 당시에 대한 이순신의 상세한 증언에 의하면 당시 조선의 수군은 매우 우수했으며 침략한 왜군을 격퇴하고 오히려 그들을 추격하여 왜국의 본토를 손에 넣을 수 있는 능력이 있었음에도 불구하고 유교의 충(忠) 사상을 받들어 그것을 거두었다는 것이다.

124

이순신 (낯을 찌뿌리면서) "원래 왜란의 근본이 풍신수길이가 글이 없어, 국제 정세에 어두웠기 때문에 일어난 것입니다. 그는 명(明)을 쳐서 천하를 얻겠다는 것이 소원이었습니다. (중략) 중원의 인심이 왜국의 수길이를 부르지 않는데 가겠다 함은 무명지사(無名之士)요 패도가 아니겠소. 동양 3국은 오랫동안 국경이 안정되고 종족이 안정되어 풍습이 서로 달라서 자연의 안정을 얻은 지 오래요." (중략)

이순신 "선왕지도(先王之道)가 하나인데 무슨 명분으로 천하를 빼앗는단 말이오."(『서유기』, 118~119면)

이순신의 말에서 조선시대 유교 사상의 한 단면이 드러나고 작가는 뒤늦은 개화와 식민지의 원인을 유교 사상에서 찾는다. 최인훈은 유교가 중세 체제 내에서는 논리적이고 완결성을 갖는 훌륭한 사상이었으나[60] 기술이 발전하고 재화의 양이 불어나서 근대라는 새로운 시대가 도래해야 했던 조선 후기에 와서도 사회 변화에 생각의 변화가 뒤따르지 못하고 유교 안에 갇혀 있었기 때문에 결국은 타국의 식민지를 면할 수 없었음을 이순신의 진술을 통해 역설적으로 설명한다. 이제 독고준은 근대 사상에 맞지 않았던 유교의 가족주의, 명분주의가 서양 기독교가 위기 때마다 선교라는 공간적 확대를 통해 위기를 극복해온 것에 질 수밖에 없는 원인을 제공했으며, 그 결과가 오늘에 이르고 있다는 것을 확실히 알게 된다. 조선시대의 대표 인물인 이순신에게서 유교적 세계관에 대한 상세한 진술을 듣는 장치를 통해 조선시대 당시의 합리성을 확보하는 한편, 역사의 단절과 식민지 상태를 초래한 늦은 근대의 원인까지도 파악할 수 있게

---

60) 최인훈은 유교(儒敎)를 부족사회에서 이탈한 사회가 찾은 더 큰 공동체의 모습이며, '공동체적 이성'과 '공동체적 감정'이 통합된 실천 존중의 이성체계였다고 판단한다. 그리고 조선이 1910년에 망하면서 유교적 세계관인 감정과 이성의 통합은 무너지고 20세기의 한민족은 정신적 피난민이 되었다고 말한다.(최인훈, 『화두』 2권, 360~370면)

된다. 그러면서 작가는 과거의 늦은 역사적 감각에 대한 사실을 거울 삼아 현대인들에게 역사 감각과 시대 감각을 가질 것을 요구한다.[61] "어느 것이 가장 바람직한 형(型)인가? 이것이 우리 시대가 꼭 치러야 할 일"이라고 현재에 맞는 역사의식, 즉 문화사 의식을 찾을 것을 독고준에게 문학적 과제로 부여하고 있다. 이와 같이 최인훈은 과거의 역사에 대해서 감정적인 접근이 아니라 냉철한 판단으로 잘잘못을 따지고 원인을 규명하고 오늘의 거울로 삼을 것을 촉구한다. 이렇게 과거의 역사는 현재에 부활하여 옳은 역사적 선택을 하도록 하는 원동력이 되어야 한다는 것이 조선시대의 인물을 만나 대화를 나눈 하나의 이유이다.

한편 이전의 잘못된 선택으로 인해 고난 상태에 처했을 때는 어떻게 대처해야 하는가를 과거 식민지 시대의 대표적 문인이었던 이광수를 통해 알아보기도 한다.[62] 기차가 멎고 독고준은 일본 헌병과 농담을 나누고 있는 이광수를 만난다.[63] 이광수와 친분 관계에 있는 일본 헌병이 『흙』의 내용을 비판하자 이광수가 변명하는 식으로 대화가 오간다. 허숭은 고등문관 시험에 패스해 금의환향한 새로운 식민지 조선의 한 전형이고, 김갑진은 정치적 패배자 후손의 절망을 보여준다는 것, 이런 인물 설정이 당시 식민지 인텔리의 뛰어난 전형을 보여주었다는 점에서 이광수를 진정한 리얼리스트로 보고 있지만, 바로 이 지점에서 『흙』은 "총녹부에 충성을

---

61) "역사에 대해 징징 울어봤자 쓸데없다. 역사가 아픈 술수로 우리를 때릴 때, 맞은 바에야 아픔을 잊지 말자. 다음에는 맞지 말기 위해서. 잘하면 다음에는 때리는 쪽이 되기 위해서. 우리는 착한 내림이니까 설마 남을 때리지는 않겠지만." (앞의 글, 1권, 371면)

62) 이순신과 마찬가지로 이광수도 전편인 『회색인』에서 비판 대상으로 언급된 바 있다.

63) 작가는 『서유기』에서 "아따, 가야마상, 집안 같은 사이에 뭘 그러십니까?"(151면)라는 일본 헌병의 말과 친분 관계의 설정으로 친일 행각을 한 이광수를 비유적으로 비난하고 있다.

맹세한 충실한 보고서"[64]가 되어 버린다.『회색인』에서 김학이 지적했듯이 이광수는 문학을 통해 역사의식을 표현할 줄 아는 대단한 작가였으나, 당시의 식민지 상황에서 작가로서 그가 해야 했던 것은 허숭이 상해로 가서 독립운동을 하는 모습을 그린『흙』의 속편을 쓰는 일이었다는 것이다. 하지만 그러기는커녕 이광수는 창씨개명하고 조선인들이 살 길은 제국 신민이 되는 길밖에 없다고 젊은이들을 선동하여 전쟁터로 보냈으며, 결국 친일 행각을 한 작가로 역사에서 평가받게 되었다.

　이 지점에서 작가가 잘못된 역사의식을 가지고 그것을 문학에서 실천하는 것에 대해서 경계하려는 의도가 보인다. 그리고 소설적 대화의 과정에서 이광수 스스로 과거 자신의 과오를 밝혀내고 반성하게 함으로써 잘못된 행위에 대해 비판한다.

　　아시아의 대부분이 서양 사람들에게 강점돼 있던 무렵에 그들 서양 사람들에게 싸움을 걸고 나선 일본의 모습이 그만 깜박 나를 속인 거요. 나는 잊어버렸던 거요. 바로 그 일본이야말로 우리 조선에 대해서는 서양이었다는 사실을 말이오. (중략) 또 잘못이 있소. 두 나라가 한 나라가 되는 것이 역사의 길이라는 생각은 민족이라는 것을, 과거라는 것을 너무나 얕본 탓이었소. (중략) 나는『흙』의 속편을 쓰는 것이 옳았소. 허숭이 왜경의 등쌀에 배겨나지 못하고 결국 상해로 가는 이야기를 썼어야 옳았소. 그곳에서 새로운 운명과 싸우는 모습을 그려야 했소. 그런 사람들이 실지로 있었으니. (중략) 나는 3·1만세 당시에 망명했어야 옳았을 것이오. 그것을 나는 하지 못했소. (중략) 국내에 있었더라도 죽은 듯이 있었으면 나는 명예는 건졌을 것이오. 민중에게 아편은 주지 않아도 되었을 테지. 가만히 있기는커녕 나는 설교하고 예언하고 가르치려고 했소. 왜 그랬을까? (중략) 오 벌하소서, 악한을 벌하소서. 영겁의 지옥 속에서 이 몸은 헤매어지이다.

---

64) 위의 글, 160면.

(『서유기』, 169~172면)

최인훈은 식민지 시대의 작가로서 이광수가 취해야만 했던 행동을 하지 않은 것을 스스로 뉘우치게 하는 소설적 형상화의 방법을 통해 맘껏 비판하고 바라는 바를 투영하고 있다. 그를 통해 과거 역사에 대한 진중한 시각을 가질 것과 위기의 시대에 작가로서 해야 할 바를 다짐하고 있다. 또한 역사적 고난을 진정한 사실주의로 승화시키기 위한 방법으로 망명 작가가 되는 길과 같은 공간 안에서라면 민중의 고단한 삶을 형상화시키는 방법을 제안한다.[65] 그러면서도 작가가 『회색인』에서부터 이광수를 근대의 중요한 작가로 반복하여 언급하는 이유는 그가 잘못된 방법일지언정 역사의식을 갖고 문학 행위를 하려 했다는 점에서 식민지 당시 다른 작가들이 탐미로, 복고로, 은둔으로, 풍월로, 서민 취미로 비켜선 것에 비해 논의의 가치가 있다고 본 데 기인한다.[66] 당시 어려운 상황에서 이광수는 유일하게 역사의식을 갖고 근대문학으로 향했었다는 점에서 그러하다.[67] 결국 이광수는 당시 우리의 토양에 뿌리내린 역사의식을 갖고 제대로 된 근대문학을 한 점에서 긍정적인 평가를 받을 만하지만

---

65) 최인훈은 식민지 시대의 작가들이 국내에 있었느냐, 국외로 나갔느냐의 분세를 중요한 요인으로 본다. 만일 그때 수많은 문인이 망명했었다면 당대 한국의 현실이 유보 없이 풍부하게 다루어진 방대한 작품들을 가지게 되었을 것으로 여긴다.(최인훈, 『화두』 2권, 68면)

66) 최인훈은 식민지 때 국내의 합법 공간에서 문학을 한 경우, 체제 내의 개량운동의 선에서 머물거나, 산업화의 과정을 겪는 갈등을 심리적으로 분석하는 쪽으로 나갔고, 많은 경우에 심리적 탐구는 체제와는 무관한 도시인 풍속을 감각적으로 설명하는 기계적인 장치가 되고 말았다고 비판한다.(위의 글, 2권, 68면) 그 예로, 한국의 신문학이 당대성을 획득하지 못하면서 '야학당'이나 '성황당'파로 설명되는 현실이 아닌 환상을 보여주는 농촌문학 계열이나 신시로 표현되었음을 제시한다. (최인훈, 「신문학의 기조」, 『꿈의 거울』, 17~21면)

67) 최인훈, 『서유기』, 177면.

잘못된 판단을 한 점에서 비판받아야 한다. 이렇게 하여『회색인』에서 『서유기』로 이어지는 과정에서 정점을 이룬 작가 이광수에 대한 논의는 최인훈의 이후 작품에서는 그 비중이 감소된다.

역사적 인물을 현재에 위치시키고 대화를 통해 역사의식과 문학사 의식과의 관계를 해명해보려 한『서유기』의 시도는 그 의도를 충실히 실행에 옮긴 것으로 보인다.[68] 자칫 피상적인 견해에 그칠 수 있는 등장인물의 평가는『서유기』에서 추상적인 형식의 힘을 빌려 소설 안에서 과거의 인물을 직접 만나고 직접 대화하면서 내용적으로 구체성을 획득해 나간다. 과거의 인물을 직접 만나는 일이 현실에서는 불가능한 일이지만 반대로 그것은 바로 문학이 할 수 있는 일이다. 역사적 인물의 현재화를 통해 조선시대와 식민지 시대의 일면을 부활시켜 현재에 살려냈으며, 글쓰기에 있어서 작가의 엄격한 역사 다루기에 대한 견해를 형식적 낯섦을 통해 비유적으로 녹여내었다. 이와 같이『서유기』를 통해 최인훈은 현재 정치, 즉 세계와 관계 맺기에 대한 작가적 의욕을 불어넣는 계기를 마련하게 된다.

2) '빙의(憑依)' 체험과 가상 역사

문학은 역사의식의 현재화여야 하며 그것을 위해 역사를 제대로 자기화해야 한다는 취지에서 역사의식과 문학사 의식의 화두를 풀기 위한 최인훈의 노력은『회색인』과『서유기』를 거쳐『소설가 구보씨의 일일』로 이어진다. 앞선 소설들을 쓰는 과정에서 식민지 치하의 극한 현실적 상황에서 역사의식을 가진 작가라면 그 환경에 가장 잘 대응하는 방식으로 작품을

---

68) "소설에서 나는 되레 과거와 현재, 사실과 기억이 뒤섞여 있는 의식의 그런 방식을 선호하였고 마침내는 그쪽이 예술로서는 정당한 화법이라고 생각하게끔 되었다."(최인훈,『화두』 1권, 443면)

써야 한다는 결론을 얻은 바 있다. 그리고 자신이 글을 쓰던 1960년대의 지형도에서 현실에 대응하려는 작가적 모습이 식민지 때와 비슷하다고 보고,[69] "식민지체제에서 살았던 선배 문학자들을 거울삼아 나를 짐작하는 일이 가장 실감나는 자기파악일 것 같다는 생각"에 이르게 된다. 최인훈은 그 대표적 선배 작가로 박태원을 들고 있다. 박태원의 소설에 나오는 사람들은 일반 민중에 해당하며, 특히 그 인물들에게서 가난, 우울, 권태에 눌린 사람들, 저항할 힘조차 빼앗긴 사람들임을 보게 된다는 것, "적들이 점령한 땅에서 발행되는 자리에서 쓸 수 있는 한계와 싸우고 있는 긴장이 보이"는데 그것은 나라 밖으로 나가지 않고, 문학 활동을 하는 과정에서 굴절된 것으로 해석한다. 마침내 자기가 살고 있는 사회의 본질을 잘 꿰뚫어 보는 그런 글쓰기를 실현시킬 가장 적절한 틀로서 박태원의 「소설가 구보씨의 일일」을 발견하고, 자신의 글을 거기에 들어앉히는 데 성공한다.[70]

최인훈은 시대의식의 동질감으로 엮인 선배 작가의 작품을 패러디하는 기법을 통해 문학 안에서 역사의식을 구현하고자 한다. 그러한 선대 작품과 자기 작품 사이에 상호 텍스트적 대화를 통해 문학사의 연속성을 획득할 수 있다고 생각하였다. 문학사의 연속성에 대한 화두는 이미 『서유기』에서 인식된 바 있으며, 또한 1920~30년대 지식인들과 가진 작가 스스로의

---

69) "60년대, 그런 판국에 글을 쓴다는 일. 「소설가 구보씨의 일일」 시대와 아무 다름이 없었다. 박태원, 이상의 시대가 그렇게 오래 계속됐다."(앞의 글, 2권, 188면)

70) 「구보씨의 별볼일 없는 하루」라는 이름으로 모작을 씀으로써 나는 우리 문학의 연속성의 단절에 항의하고, <민족의 연속성>을 지킨다는 역사의식을, 문학사의 식의 문맥에서 실천하고 싶었다. 그것이 나의 구체적인 역사의식이었다. 그뿐만 아니라, 일련의 고전 명칭 차용 작품들을 쓴 나의 미학적 문제의식과도 관련된 표현행동이었다. 문학사의 연속성이라는 것은 선후 작품들 사이에서 부르고, 받고, 그렇게 대화하는 관계─하나하나의 문학작품들이 등장인물이 된 드라마의 형식으로 존재한다는 믿음이다.(위의 글, 51면)

동질감 형성을 통해서도 입증된다. 최인훈은 '식민지-해방 후-전후'의
세 시기를 북새통에 휘말린 마음들을 지니고 살아야 하는 시기, 엄청난
사건을 겪었으면서도 그 사건의 내력을 붙잡지 못하던 시기로 비슷하게
파악한다.[71] 이런 파악에서 작가는 1960년대 초에 작품 활동을 하면서
자신의 내력과 닮아 있는 박태원, 이태준 같은 선배들에게서 동질감을
느낀다. 작가로서의 자신을 선배 작가들과 동일시하는 근거로는 우선
이러한 시대적 동질감을 연유로 하며, 다른 한편으로는 지식 종사자로서의
유사성을 들고 있다. 군대 시절 작가는 고본점에서 구해 읽은 일본말로
된 서양 저자들의 인문과학 책을 통해 작가 정신을 형성했다고 밝히고,
1920~30년대 지식인 선배들과의 지식 습득의 유사성을 근거로 하여 당시
작가들의 지적 방황과 인간적 고뇌를 계승하고 있다고 느낀다. 그리고
직업적 동질성을 토대로 한 패러디 작업으로 "그들의 육체가 소실되었기
때문에 미처 못다한 방황, 고뇌, 인생과 세월의 역사를 그들의 정신의
맥박을 지니면서 자신의 육체 속에 자리잡아 오는"[72] '빙의(憑依)'[73]를

---

71) 해방에서 전쟁이 일어난 50년대까지 사이에 한국 사람들의 생활은 대격변을
겪었다. 좌우대립의 소용돌이 속에서 영향을 받지 않은 집안은 한 집도 없을
지경이었을 것이다. 정부가 서자 곧바로 전쟁을 치르면서 생활은 말그대로 쑥밭이
되었다. (중략) 연속성이 있는 사회도 전쟁을 치르고 난 다음에는 허무요, 퇴폐요
하는 말이 예술의 세계를 휩쓸게 된다. 우리 경우는 그런 정상 사회와도 다르다.
식민지-해방 후-전후, (중략) 60년대 초는 아직 그런 시절이었다.(앞의 글,
189~190면)

72) 위의 글, 208면.

73) "1920, 30년대의 식민지 지식인들이 인생을 던져 풀려고 그렇게 몸부림쳤던,
자기 머리로 확인한 확실한 앎을 지니고 이 세상을 살고 싶다는 몸부림, 그
<몸부림> 자체가 나의 몸으로 알아진 상태-라기보다 나 자신이 그 몸부림이
되는 실감이 있어온다는 사정을 나는 <빙의(憑依)>라고 표현해 본다."(위의
글, 209면) 이렇게 『화두』의 화자는 '빙의(憑依)'라는 용어를 찾음으로써, 이전
소설에서 사용했던 '역사의식'이라는 용어를 번역 용어가 일으키는 바 구두를
신은 채 가려운 데를 긁는 것 같은 미진한 구석이 해결되는 느낌이라고 진술하고
있다.(위의 글, 209면)

경험한다. 이와 같이 1920~30년대 작가들과 동질감에서 형성된 육체적 빙의는 『소설가 구보씨의 일일』의 패러디로 나타난다.

　최인훈에게 다시 쓰기를 실천하는 창작 원리로서 사용된 패러디 전략은 낯설게 하기를 통해 과거 문학의 상투적이고 관습적인 것에서 탈피하면서도 문학 전통을 당대까지 끌어내림으로써 독자로 하여금 문학체계와 역사체계와의 관련성을 알게 한 것이었고,[74] 상호 텍스트적 대화를 시도하려는 적극적인 방편이었다. 시대와 문명이 조화롭지 못할 때 문학은 패러디라는 형식으로 응전하게 된다는 자각에서 비롯된[75] 최인훈의 패러디 기법 사용은 고전과 현대의 단절을 과격하게 재편성함으로써 발생하는 소격효과의 측면에서 형식적 일탈인 한편 주제 면에서는 문학을 통해 역사의식을 실천하고자 한 시도였다는 의의가 부여되는 것이다.

　최인훈은 지금까지 상당히 많은 패러디 소설을 써 왔으며,[76] 원전이나 차용 경로도 다양하다. 「놀부뎐」, 「춘향뎐」, 「옹고집뎐」은 인물의 명명이나 성격, 제목과 기본 모티프를 고전에서 직접 차용한 경우에 해당하며, 구시대의 인물을 현재에 투영하여 그들이 처한 공간의 폭력성과 한계성의 유사성을 짚어내고 그에 저항하는 의지적 개인의 모습을 담아내고 있다.[77] 한편 「구운농」, 『서유기』, 「열하일기」, 「금오신화」, 「크리스마스 캐럴」은 제목과 구조나 모티프를 부분적으로만 차용하고 있어서 원전과의 판련'성

---

74) 퍼트리샤 워, 앞의 글, 92~93면.

75) 어떤 시대의 예술이 패러디의 성격을 갖고 있다면 소극적으로는 그것이 전통적인 예술적 관념의 풍속적 부분에 대하여 그 당대 사회의 현실 감각으로 비판을 가하고 있다는 징후이며, 적극적으로는 아직 현실감각에 어울릴만한 풍속적 부분을 방법화하지 못하고 있다는 징후이다.(최인훈, 「신문학의 기조」, 『꿈의 거울』, 22~23면)

76) 최인훈의 소설 중에서 내용과 구조뿐 아니라 제목이나 모티프 패러디까지 포함시 켰을 때, 「구운몽」, 「열하일기」, 「금오신화」, 「크리스마스 캐럴」, 「놀부뎐」, 「춘향 뎐」, 「옹고집뎐」, 「온달」, 『서유기』, 『소설가 구보씨의 일일』이 이에 해당한다.

77) 연남경, 앞의 글.

이 거의 없어 보이지만[78] 이러한 일련의 패러디 소설은 선대 소설이나 설화를 근간으로 하고 있다는 공통점을 갖고 있다.[79] 원전 관련성의 정도와 관계없이 이러한 일련의 패러디 창작은 작가에게 적절한 형식적 틀을 제공하고 과거를 현재로 끌어올려 역사의식을 실현하기 위한 반복 쓰기의 과정으로 이해해 볼 수 있다.[80]

그 중『소설가 구보씨의 일일』은 등장인물이 소설가라는 점, 그것도 일방적 권력 하에 놓여 있어서 자유롭게 창작하지 못하는 환경이라는 점,[81] 그런 시대에 소설가의 일상을 세밀하게 담고 있다는 점에서 나무랄 데 없이 맞춤한 틀이 되어 1960년대의 모습을 담아내게 된다.[82] 최인훈은 박태원의「소설가 구보씨의 일일」이 분위기나 주제나 구조 면에서 한 편으로 끝나기 아쉬운 형식으로 보고, 총 15편의 연작으로『소설가 구보씨의 일일』을 써 낸다. 그럼으로써 1930년대의 구보 씨는 1969년에서 1972년

---

78) 기존 연구에서는 원본의 제목을 빌렸으나 작가의 상상력에 따라 원본의 서사와 완전히 다른 서사가 진행되어 표면적으로 상관성을 발견하기 어려운 이런 계열을 '내재 패러디'라 칭하고 있다.(조선희,「최인훈 패러디 소설의 시간적 특성 연구」, 충북대학교 박사논문, 2007, 11면)

79)「크리스마스 캐럴」은 외국 작품의 제목과 구조의 차용으로서 예외에 해당하나 5편의 경우 이상의「날개」모티프를 차용하고 있음을 알 수 있다.

80) "패러디를 통해 현대적 감각을 유지할 수 있었고, 고전을 논리적으로 미학의 방법론에 도달하기 위한 나침반으로 삼을 수 있었던 것이지요. 논리적으로 미학의 방법론을 터득하는 것보다 실제로 있는 고전을 현대적으로 변용시켜보는 것은 훨씬 쉬운 일이었지요."(김인호 대담, 앞의 글, 288면)

81) 최인훈은 식민지 체제와 현재의 삶을 동일시하고 있다. "모든 시대의 기득권 세력은 그들의 기득권에 제일 해가 안 될 부분에 대해서는 약간의 자치를 허락하고, 자기들의 기득권을 내놓아야 할 부분에서는 언제나 폭력적으로 독점을 유지하고 그 부분에서는 자기들만 자치하고, 그 밖의 구성원들에게는 그 부분을 금기(禁忌)로 선포한다. 그 선포에 항의하면 주기적으로 <광주>를 실시한다. 이것도 식민지 체제를 살면서 그때 작가들이 알게 되었던 일이었다."(최인훈,『화두』2권, 60면)

82) "특히「소설가 구보씨의 일일」이 대뜸 그 안에 나를 들여앉히고 싶은 그릇으로 좋았다."(위의 글, 48면)

사이의 서울 거리를 똑같이 걸어 다니게 된다. 게다가 주인공인 구보 씨의 직업, 나이, 일상생활 등이 실제작가 최인훈과 흡사하다는 점, 장소명과 주변 인물들의 이름을 조금씩 변형했을 뿐 대부분 실제로 존재했다는 점, 특히 당대의 신문이나 전시회 등의 실제 자료를 그대로 묘사하고 있다는 점 등에서 논픽션 소설의 초기 형태를 이루며,『화두』로 연결된다.[83] 주인공 구보 씨가 소설가이고 소설가가 주로 만나서 대화를 나누는 인물들 역시 시인이나 극작가 등의 문인들인데다가,[84] 소설가 주인공이 그들과 더불어 소설 창작에 대해 생각하고 대화를 나누면서 본격적으로 소설 쓰기에 대해서 이야기하고 있다. 특히 패러디를 통해 1930년대의 역사까지 빙의를 통해 체화한 작가는 자신의 소설 안에서 당대의 역사를 구체적으로 기술하기 시작한다. 구보 씨는 선대 문인들인 이광수, 이상, 임화에 대해 평가하고, 작가의 입장에서 당대의 사회적·정치적 사건들에 관심을 표명하고, 이중섭이나 샤갈 같은 당대 예술인들의 작품을 감상하고, 단테, 발자크, 포우, 스티븐슨 같은 외국 작가들의 글 쓰는 자세에 대해 관찰한다.

우선 구보 씨는 작가의 신분에서 선대 작가의 작품 세계에 대해 논한다. 이번에는 박태원에 빙의하여 시기적으로 이광수에게 좀 더 근접한 상태에서 비판적 평가를 내리고 있는 것이다.『흙』의 허숭을 외국으로 보내서 독립운동하는 모습을 보여주어야 했다고『서유기』에서 보인 입장은 다시 "문학은 '허숭'의 입장을 넘어서는 데서 오는 운명을 그리는 것만이 정직한 길이야"라는 구보 씨의 말로 정리된다. 즉 식민지 현실에서 요구되는

---

83) 이런 점에서 필자는『소설가 구보씨의 일일』을『화두』의 형식이 무르익기 바로 전 단계로 본다.

84) 가령 오적 씨는 김지하 시인, 시인이자 평론가로 등장하는 이동기 씨는 이형기, 평론가인 김관 씨는 김현으로서 실제 문학에 몸담고 있었던 인물과 동일하다. 그리고 김광섭 시인의 「성남동 까치」는 「성북동 비둘기」로 대체하여 읽을 수 있다.

작가의 태도란 당시의 모습을 사실적으로 그냥 그려내는 데서 그치는
게 아니라 민족이 나아가야 할 바람직한 방향을 제시해야 한다는 것이다.
그러나 실상은 그렇게 할 수 없는 현실이라는 사실을 누구보다도 잘
알고 있는 당대 작가로서, 구보 씨는 이광수와 이상을 나란히 신문학
시대의 낭만파로 치부해 버린다. 이광수의 문학을 평민 계급의 가락으로서
황국신민이 될지언정 기득권에의 애착을 보이는 "민족 없는 계급주의"라
비판하고, 이상의 문학을 "일제하에서 가장 절망이 깊은 몰락 양반 계급에
빙의하여 노여움을 토로한 것"으로 본다. 즉 식민지의 억압적 체제 아래에
서 작가가 역사의식을 갖고 정직한 문학을 한다는 것은 애초부터 불가능하
다는 입장으로 다시 돌아가고 있다.[85)]

　역사와 문학하기에 대한 해명을 위해 구보 씨는 이번에는 꿈의 형식을
통해 외국 작가의 상황에 처해 본다. 구보 씨는 단테의 『신곡』을 읽으면서
피난민이라는 처지에서, 다시 말해 비슷한 역사적 상황에 처한 작가적
동질성이라는 측면에서 자신을 단테와 동일시한다. 꿈속에서 구보 씨는
단테가 되어 이탈리아의 한 지방민인 자신의 처지가 로마 시대부터 시작된
것이라는 사실, 당대의 지방감정이 오랜 역사를 가진 것임을 알게 된다.

　　여기서도 도깨비며 귀신들이 아직도 시민들과 같이 살고 있는 것이었다.
　귀신들은 아직 죽지 않았다. 단테는 자기 공부가 모자란 것이 적이 부끄러웠
　다. 그렇다면 귀신들의 나라로 가보지 않으면 안 되겠다. 단테는 이렇게
　깨달았다.(『소설가 구보씨의 일일』, 92면)

따라서 작가로서 현실과 맞닿은 제대로 된 소설을 쓰려면 역사를 거슬러

---

85) 이광수에 대한 비판적 시각은 『흙』 대신, 망명 작가인 조명희의 「낙동강」을
　　대안으로 제시하는 것으로 나타나 허숭과 박성운, 유순과 로사를 나란히 두고
　　개작하는 시도를 보인다.(최인훈, 『화두』 1권, 86면)

올라가는 접근이 필요함을 깨닫게 된다. 역사에 남아 있는 잘못을 따져가며 "근원의 근원부터 시작해서 그릇됨의 뿌리를 밝혀야겠다"는 사명감을 갖는다. 역사에 대한 천착은 『회색인』의 독고준의 근대 선언을 상기시키며 다시 족보가 단절된 한국 근대를 민족사의 단절이라고 규정하고,86) 동물원의 모든 짐승들이 자기 몸짓을 되풀이하는 것을 보고 "사자형의 되풀이, 한국형의 되풀이, 한국 예술형의 되풀이"87)에서 기억을 불러일으키는 몸짓으로서 되풀이되는 역사의 굴레 속에서의 문학성의 반복을 찾아내고자 한다. 그리하여 그동안 자신이 이광수며 이순신을 비판해 온 것이 필수적 작업이었다는 정당성을 확보하고, 이전 역사를 모두 습득하고 비판한 후에 제대로 역사의식을 담지한 문학을 해 보자고 다짐한다. 이와 같이 패러디 틀을 통해 선대 역사에 빙의한 최인훈은 그와 동시에 꿈의 장치를 통해 국경을 초월하여 동시대 외국 작가와 공시적 빙의에 이른다. 그리고 『회색인』에서 『서유기』로 이어진 일련의 역사와 소설의 화두 풀기 작업의 정당성과 성과를 확인하고, 조선시대와 식민지 시대의 역사를 현재로 끌어와 이상적인 소설을 써야 한다는 작가적 소명의식을 확인하는 것이다.88)

당대에 늘 과거 역사를 살고 있는 작가로서, 되풀이되는 한국형 역사의 굴레에 얽혀 있는 구보 씨는 1971년에 일어난 역사적 사건들을 차례로 나열하면서 소설 안에 역사를 적어 나간다. 구보 씨가 정리해 놓은 바는 (1) 4월과 5월에 있었던 국회의원과 대통령 선거에 대한 것, (2) 공주에서

---

86) "족보가 유지된 사회에서는 족보만 연구하면 그 사회의 모든 것을 알 수가 있어. 역사학은 형태론으로 줄이면 족보학이 된단 말이야. (중략) 민족사의 단절이란 족보의 신빙성의 단절이란 말이야."(최인훈, 『회색인』, 57~58면)

87) 최인훈, 『소설가 구보씨의 일일』, 44면.

88) "우선 소설을 써야 했고 소설도 그것의 형식을 기성품 아니라, 없던 데서 발생해서 무엇인가가 되기 위해서 운동하는 과정에 있는 사물이라고 파악하는 입장에서는 순간 수수께끼가 되고 보면, 다루기에 결코 만만치 않았기 때문이었다."(최인훈, 『화두』 2권, 270면)

천오백 년 전의 백제왕 무령의 굴무덤이 발견된 사건, (3) 미국 대통령이
중공을 다녀가게 되리라는 뉴스이다. 당대의 실제 사건을 당대를 살고
있는 작가의 입장에서 비판적으로 받아들인다는 점에서, 그리고 실제
역사를 소설 안에 기록하는 방법을 취한다는 점에서 소설의 형식적 전통을
포기하는 대신[89] 역사적 공유점을 찾은 문학을 해내려는 시도로 볼 수
있다.

과거 역사적 인물의 행동을 비판하고 반성해 온 일련의 작업은『태풍』을
통해 알레고리 기법으로 현재와는 다른 역사를 써 내는 것으로 귀결된다.
『태풍』은 1941년의 동아시아를 배경으로 하고 있다.『태풍』은 실제 현실에
서의 지명을 거꾸로 읽는 방법으로 명명하고 있다는 점이나 서문의 지리
묘사가 실제 동아시아와 동일하다는 점[90] 등을 통해 역사에 대한 풍자와
우의성이 짙은 작품임을 알 수 있다. 가령 '애로크(AEROK)'는 한국을
나타내는 'KOREA'를 거꾸로 읽은 것이고, 이런 아나그램으로 아이세노딘
(인도네시아), 아니크(중국), 나파유(일본), 니브리타(영국), 아키레마(미국)
에 해당하는 지역을 배경으로 하여 2차 대전 말엽 식민지와 서양 열강들을
둘러싼 힘의 구도가 펼쳐진다.

소설이 시작되는 시점에서의 주인공 오토메나크는 애로크인이면서도
나파유 장교로 일하고 있는 자신을 나파유인이라 믿으려 한다. 그의 부친은

---

89) 소설에 나타나는 실재 사람과 사건들은 현실세계에 존재하고 있는 사람과 사건들
   에 연결될 수도 있지만, 이러한 사람과 사건들은 역사를 쓰는 행위 속에서 항상
   재문맥화된다. 비록 역사가 물질적인 리얼리티일지라도 언제나 텍스트의 경계
   안에 존재한다는 점에서 역사는 '허구적'이다.(퍼트리샤 워, 앞의 글, 141면)
90) "이 지역에는 아니크, 애로크, 나파유라고 불리는 세 나라가 모여 있다. 아니크는
   지구 표면의 4분의 1을 차지하는 큰 대륙이고, 애로크는 그 동쪽 끝에 붙은
   반도이며, 나파유는 이 반도를 활 모양으로 바라보는 몇 개의 섬으로 이루어져
   있다."라는 서문의 진술은 이 소설이 중국, 한국, 일본의 동아시아를 배경으로
   하고 있음을 알 수 있게 한다.(최인훈,『태풍』, 7면)

친나파유주의이며 '마야카'[91]와 친분이 깊은 사람이다. 이런 설정은 1941년 당대 식민지 조선에 충분히 존재했을 친일파의 전형으로 읽을 수 있다. 오토메나크는 아이세노딘에 파견되어 근무하면서 여러 사건을 겪는데, 그 과정에서 정신적 지주로 여겨왔던 마야카의 허위와 위선을 발견하고 개심의 계기를 맞게 된다. 이광수를 형상화한 마야카는 "알면서 애로크 청년들을 죽음의 싸움에 나가라고 하셨단 말입니까?"라는 오토메나크의 질문에 "나 같은 사람이 뭐라 하건, 세상은 움직일 대로 움직이는 것이야"라는 대답으로 자신의 친일 행각을 시대의 흐름으로 정당화하려는 무책임한 태도를 보인다. 이로써 최인훈은 이 작품에서도 이광수로 대표되는 식민지 당시의 무책임한 역사적 지도자들을 비판하고 있다. 그리고 이것을 계기로 애로크 청년 오토메나크는 스물 몇 해 동안의 인생의 태도를 버리고 새로운 인생을 살게 된다. "로마 철학에 미친 게르만 추장의 아들이었던"[92] 오토메나크는 개심을 통해 세상의 전모를 파악하고 역사를 다시 새로 쓰는 주인공의 역할을 맡게 된다.

　　한 남자가 지구 위에 태어난다. 그의 나라는 식민지다. 식민주의자들의 교육 때문에 그는 지배자들의 나라를 자기 나라로 잘못 안다. 지배자들이 전쟁을 시작한다. 다른 압제자들과. 그는 이 싸움에 기꺼이 참가한다. 피부 빛깔이 다른 압제자들만이 눈에 보였기 때문에. 싸움터에 온다. 야자나무 우거진 늘여름의 나라다. 여기서 그는 이 세상의 참모습을 알게 된다. 겉보기에 뒤에 숨은 이 세상의 저쪽 얼굴들. 스물 몇 해의 삶이 모두 잘못이었다는 것이 드러난다.(『태풍』, 238면)

오토메나크는 자신이 식민지 교육의 피해자이며 서구 제국을 적으로

---

91) 이광수를 빗대어 형상화한 인물.
92) 위의 글, 139면.

몰아세우는 과정에서 똑같은 압제자인 나파유의 정체를 알지 못하고 오히려 애로크를 식민지로 삼은 나파유를 위해 싸우고 있었음을 깨닫는다. 이후 그는 친나파유주의를 청산하고 자신이 감시를 담당한 포로 아이세노딘 지도자 카르노스와 의기를 투합하여 결국 식민지 아이세노딘을 해방시키고, 애로크의 통일에 기여하기에 이른다.

한편 초기의 오토메나크가 보여주는 니브리타 백인들에 대한 배척은 다음의 두 가지로 해석해 볼 수 있다. 하나는 세계를 가해자인 서양과 피해자인 동양의 이분법으로 인식하면서 일본을 간과하고 있다는 부정적인 면과 다른 하나는 아시아 대부분을 식민지로 삼았던 유럽 공동체 및 미국, 즉 서양에 대한 강도 높은 비판과 탈식민주의 시각의 획득이라는 긍정적 측면이다. 그러면서도 소설 마지막에 오토메나크가 니브리타 여인과 결혼하여 카르노스의 아이를 키운다는 설정은 세계에 대한 이분법이나 대립적 시각에서 벗어나 인종과 국경을 넘은 화해의 역사에 대한 제안에 해당할 것이다.

최인훈은『회색인』에서 고민하던 문학과 역사의식에 대한 관련성에 대한 해답을『태풍』에서 역사를 다시 쓰는 행위를 통해 보여주고자 했다. 그는 오늘의 역사는 지금의 모습일지언정 식민지 경험과 전쟁 후, 강대국들의 등쌀에 시달리면서도 약소국들이 뭉쳐 슬기롭게 새로운 국제 질서의 본보기를 만들어내야 했었다고 주장하고 그것을 소설로 그려내어 제시하고 있다. 동시에 친일파나 제국주의 앞잡이에 대한 처벌 문제도 엄하게 해야 했다고 주장한다.『태풍』에서 카르노스를 중심으로 한 아시아 식민지들이 힘을 합쳐 서구 열강에 대항하는 모습과 "전 게르마니아 비밀경찰의 간부이자, 사람 백정이었던 만하임을 재판에 붙여 사형한 사건"을 친일파 처벌 문제로 비유하여 다루고 있다는 점이 그를 입증한다.

「광장」의 이명준이 죽을 수밖에 없었던 역사적 상황에 의문을 갖고서,

『회색인』에서 보여주기 시작한 역사의식과 문학사 의식과의 관계에 대한 화두, 즉 문학은 삶을 어떻게 담고 있어야 하는가에 대한 문제의식은『서유기』에서 꿈과 시간 혼재 등의 추상적 기법을 통해 탐구되었고, 『소설가 구보씨의 일일』의 패러디를 통해 해답에 근접한다. 그리고『태풍』에서 최인훈은 실제 역사와 다른 가상적 상황을 만들어 낸다. 작가는 정치적 좌절로 비극적 결말을 맞이했던 이명준을 오토메나크로 부활시켜 그 시대인으로서 해 봄직한 정치적 바람을 새로운 역사로 실천할 기회를 주었다. 그리고 그 결과 현재와는 다른 역사를 상상하고 미래의 대안을 제시할 수 있게 되었다. 이와 같이 문학 안에서의 개인과 역사의 관계 규명 과정은 소설의 틀을 바꾸어 가며 진행되었다. 추상적인 틀에 담아서는 과거의 당대성을 획득하고, 패러디를 통해서는 내용적으로 전통과 현재를 잇고 소설 형식적으로는 전통 형식을 쇄신한다는 역설적 성과를 거둔다. 그리고 대항 역사 기술을 통해 현재 역사를 비판하고 있다. 그 저변에는 「광장」, 『회색인』, 『서유기』, 『소설가 구보씨의 일일』, 『태풍』의 상호 텍스트적 관계와『화두』와의 대화가 내재되어 있었다. 이러한 일련의 대화 과정을 통해 최인훈은 자신의 소설을 선대의 작품과 잇고, 소설 쓰기의 역사적 전통을 회복하고, 나아가 역사적 개인의 모습이 담긴 이상적 문학의 모습을 찾고자 한다.

IV. 자기 응시성과 메타 글쓰기

　최인훈의 소설 쓰기 과정은 형식적 실험의 연속이었다. 특히 소설 쓰기라는 글쓰기 자체의 정체성에 의문을 품고 소설 안에서 소설 쓰기 과정을 탐구하는 면모는 초기 소설에서부터 조금씩 드러나며 진행되어 왔다. 자신의 소설 쓰기에 대해 쓰고 있는 새로운 소설 『화두』는 어느 날 갑자기 튀어나온 변종 텍스트가 아니라 메타픽션으로서의 완성본이 나오기까지 그 형식적 실험 결과의 누적에 해당하는 것이다. 등단작 「그레이 구락부 전말기」부터 『화두』에 이르기까지 최인훈의 소설은 많은 형식적 변화를 겪어왔는데, 특히 한국적 현실에 맞는 소설 장르를 탄생시키려는 작가의 고충이 다양한 형식적 실험으로 드러나 왔다.[1] 그리고 그런 소설을 발생시키려는 의도는 초기의 사실주의적 외연을 갖고 있는 소설에서까지도 소설 안에서 소설 자체를 보고, 또 소설에 대해 말하려는 자기 반영적

---

1) "소설에서 고전을 면치 못했다고 볼 수가 있겠죠. 소설이라고 하는 그 자체를 또 생각하려고 그랬으니까. 비유적으로 말한다면 자동차 운전하는 사람이 운전하면서 기어를 뽑아가지고 좀 관찰하다가 다시 집어 넣구서 또 운전한다고 하는 것은 있을 수 없는 얘기잖아요. 그런데 그런 식으로 주행을 했다는 얘기예요. (중략) 그런 식으로 나는 소설을 60년대 전반에 걸쳐서 쓴 것 같아요."(진형준 대담, 앞의 글, 213면)

시각이 내포되어 있다는 사실을 발견하게 한다. 그리고 초기에서 후기로 올수록 소설 쓰기에 대한 자기 지시적 발화의 비중이 커지고 분명해진다. 따라서 본 장에서는 최인훈 소설의 다양한 형식적 특성을 글쓰기의 자기 반영적 측면에서 통시적으로 바라보고『화두』로 연결되는 지점을 찾고자 한다. 이 과정은 최인훈이 문제의식을 품었던 당대 사실주의 전통에 대한 재검토의 과정이자, 시대의식과 더불어 소설 형식을 찾는 자기 성찰의 과정에 해당한다.

이러한 최인훈 소설 전반의 형식적 궤적 추적을 통해 소설 형식에 대한 작가관의 변모 양상도 함께 고찰할 것이다. 이것은 Ⅲ장의 작가 의식과 관계를 갖고 다음의 순서로 진행된다. 1절에서는 자아 정체성 찾기라는 작가 의식과 관련하여 인물과 서술자의 시점 변이와 관계 양상을 살필 것이며, 2절에서는 정신적 피난민으로서의 민족의식이 문학 텍스트라는 대안세계의 허구성 안에서 점차 상상적 해방으로 나아가는 과정을 볼 것이며, 3절에서는 역사의식의 당대 전유를 위한 소설 장르 확장 과정과 메타 글쓰기를 다각적으로 살필 것이다. 여기에서 최인훈 소설의 자기 반영적 형식의 특성과 추이를 고찰하는 데는 Ⅱ장에서 도출한『화두』의 상호 텍스트적 시각을 메타 층위에서 적용함과 동시에 작품들 간에 통시적인 관계 맺기를 전제로 한다.

1. 나르시스적 서사 구성

여기에서는 인물과 서술자, 작가와의 관계 고찰이 이루어지므로 텍스트의 층위 분석과 용어 통일을 위해 서사 이론을 개략적으로 정리해 볼 필요가 있다. 소설을 비롯한 모든 서사물은 재현예술이면서 동시에 담론의 시학이다. 특히 현재의 서사학은 주네트의 시점의 초점화와 서술로의 분화라는 업적으로 인해 텍스트와 서술 자체로 관심이 옮겨 오고 있음을 보여준다.[2] 우선 토도로프는 시학적 관심이 조망에서 담론으로, 초점자로부터 서술자의 문제로 옮겨와야 함을 밝혔다.[3] 따라서 서사물은 이야기 층위에서 담론 층위로 관심이 이동한다. 서사 수준을 구분해 놓은 채트먼의 서사소통 모형은 '(실제)작가-내포작가[서술자→ (이야기)→ 수화자]내포독자-(실제)독자'라는 여러 수준의 대화적 상호관계성이 작용하는 모형으로 제시되어 왔다.[4] 그리고 주네트는 층위가 분리되는 서사를 광의의 액자 구조로 보고 '겉 이야기(extradiegetic)'와 '속 이야기(intradiegetic)'의 층위를 구분하여 이차적 수준에서의 서사를 '두 겹 속 이야기(metadiegetic)'라 설정하고 있다.[5] 그리고 액자소설에서 서사수준과 메타서사수준을 설명한다. 액자소설의 서술태의 특징은 핵심되는 속 이야기 외측에 수준을 달리하는 또 하나의 목소리가 있다는 점이다. 그리고 '부텍스트(paratexts)'라는 용어를 통해 제목, 제사(epigraphs), 목차, 헌정사, 저자명 등에서까지 서사텍스트성을 검토하고 있다.

본 장에서는 최근까지 누적된 서사이론을 취합하여 최인훈 소설을 읽을 때의 용어를 다음과 같이 통일한 후 분석을 시작하려 한다. 이야기 층위에서의 인물을 '작중인물', 담론 층위에서 말하는 자를 '화자', 그리고 텍스트 너머 서술 층위에 내포되어 있는 작가를 '총서술자', 그 외부에 위치한 실제작가를 '작가(최인훈)'라 부르기로 한다.

---

2) 김종구, 앞의 글, 34면.
3) 위의 글, 16면.
4) 위의 글, 20면.
5) 제라르 주네트, 앞의 글, 218면.

1) 작가의 인물 투영과 시점 변이

최인훈의 소설을 통시적으로 살펴봤을 때 점차적으로 3인칭에서 1인칭으로 발화자의 시점이 변화하고 있음을 발견할 수 있다.[6] 일련의 초기 소설들은 「그레이 구락부 전말기」의 현, 「광장」의 이명준, 『회색인』·『서유기』의 독고준, 「구운몽」의 독고민, 「라울전」의 라울, 「가면고」의 민 등의 인물의 눈을 통해 세계를 보여주는 3인칭 인물 화자가 설정되어 있다. 인물 화자는 자신이 처해 있는 공간과 역할에 한정되어 있기 때문에 정보 수급에 제한을 받거나 세계의 지식에 대한 일정한 거리를 갖기 마련이다. 소설을 구성하는 위치에 있는 작가와 달리 작중인물들은 시야의 제한성을 갖기 때문에 가까운 미래나 운명을 예측할 수 없고 세계의 이치를 꿰뚫어볼 수 없다. 그럼에도 불구하고 최인훈 소설의 인물들은 빈번하게 작가의 목소리를 대변하고 작가와 오버랩되는 경향을 갖는다. 인물들은 외부 서술자의 빈번한 개입으로 인해 작가와의 거리가 일관성 있게 설정되어 있지 않다. 이렇게 작중인물에게 지나치게 많은 지식을 발화하거나 설명할 기회를 제공한 덕에 최인훈 소설은 관념적이라고 평가받아 온 것이다.[7] 최인훈은 초기 소설에서 주로 3인칭 시점 인물 설정을 통해 인식 주체의 모습을 객관화시키려고 노력한 것으로 볼 수 있지만,[8] 그럼에도 불구하고 이미 작가가 인물에 속속들이 개입하고 있었다는 점에서 객관적 거리 유지의 의도가 실현되지 못한 것으로 보인다.

---

6) 「그레이구락부 전말기」(1959)의 현, 「광장」(1960)의 이명준, 「구운몽」(1962)의 독고민, 『회색인』(1963)과 『서유기』(1966)의 독고준의 3인칭 서술자가 『크리스마스 캐럴』(1966)에서 시점의 혼란을 보이다가 『화두』(1994)에 와서 1인칭 서술자인 '나'로 바뀐다. 단, 『소설가 구보씨의 일일』(1971)에서는 3인칭 서술자이지만 작가 서술자로서 직접 서술의 단계로 접어듦을 시사한다.

7) 염무웅, 「상황과 자아」, 『최인훈』, 은애, 1979.

8) 김인호, 「최인훈 소설에 나타난 주체성 연구」, 동국대학교 박사논문, 1999, 184면.

여기에서 3인칭 인물 화자 설정 자체에 모순이 내포되어 있다는 사실을 발견할 수 있다. 이후 소설 창작 과정에서 조금씩 변모되면서 후기로 오면서 본격적인 소설가 화자가 등장함으로써 합치점을 찾게 된다. 사실 초기 소설에서부터 작가의 자의식이 과잉되어 나타난다는 점에서 이미 1인칭 화자의 등장을 예고하고 있다고 봐야 할 것이다. 최인훈 소설에 등장하는 3인칭 작중인물들은 다음의 공통되는 속성을 갖고서 작가의 이후 소설의 형태를 예비한다.

우선 주인공들은 독서량이 많은 박학다식한 인물이 주로 설정되어 있다. 그들은 보통 한두 페이지를 넘어서는 긴 분량으로 세계의 이치나 부조리함이나 역사에 관해 논한다.9) 「그레이 구락부 전말기」의 현과 '그레이 구락부' 회원들은 미네르바의 부엉이를 그들 회원의 상징물로 삼고 있는 지식인들이다. 철학을 전공하는 대학생 '현'과 화가인 K, 음악에 빠져 사는 M 등, 모두 철학, 문학, 그림, 음악 등의 사상 및 예술을 추구하는 이들로서 집단을 형성하고 있다. 「가면고」의 민은 무용극의 극본을 담당하는 극작가이며 심령 연구소 출입을 통해 전생에는 진리를 탐구하는 다문고 왕자였음이 밝혀진다. 「라울전」의 라울은 지고의 종교적 진리를 얻고자 하는 구도인이며, 『회색인』과 『서유기』의 독고준은 국문학을 전공하는 소설가 지망생으로서 정치학과 친구인 김학과 늘 한국 정치 및 사회 문제에 대해 토론한다. 이와 같이 초기 소설의 인물들은 지식인에 속하며 그들이 가진 해박한 지식을 통해 자신이 처한 상황에 대해 비판하고 해결책을 찾고자 노력하는 인물군이다. 이렇게 작가는 지식인 인물을 설정하여 그들에게 세상을 꿰뚫어보고 세상의 이치를 설명하게 하고 있다. 이런

---

9) 가령, 「광장」의 이명준은 남한의 정치에 대해서 3면(55~57)에 걸쳐 자신의 견해를 토로하고 있으며, 『회색인』의 황 선생은 장장 18면(160~164, 165~178면)에 걸쳐 역사에 대한 소신을 밝히고 있다.

시도는 인물마다 유사하게 적용되면서 작가의 존재가 내비치는 결과를 갖고 온다. 지식인 인물 설정은 직업에 있어서도 공통점이 보인다.

최인훈 소설의 인물들은 주로 문학과 예술 계통에 종사한다. 「가면고」의 민은 극작가이고, 「광장」의 이명준은 북한에서 신문기자였으며 「구운몽」의 독고민과 「하늘의 다리」의 김준구는 화가이다. 『회색인』과 『서유기』의 독고준은 국문과 대학생이자 작가 지망생이며, 『소설가 구보씨의 일일』에 이르면 본격적인 소설가 화자가 등장한다. 인문학적 소양을 갖춘 이러한 인물들은 예술과 문학에 대해서 본격적인 이야기를 펼칠 준비가 되어 있다. 특히 『소설가 구보씨의 일일』의 소설가 화자는 소설가로서의 직업의식이라든가, 소설가의 위상, 소설 쓰기에는 어떤 것이 필요하고 무엇을 어떻게 써야 하는가 등에 대해 본격적으로 언급하기 시작한다. 그리고 구보 씨는 소설가로서 처해 있는 시대적 상황을 돌아본다. 그리고 다른 예술가들의 예술 작품을 감상하고 다른 나라 작가의 소설 작품을 읽는 독자가 됨으로써 예술 장르로서의 소설의 정체성에 대해서 질문을 던지기 시작한다.10) 지식인이자 예술인으로서 세계의 모순과 이원론을 인지하고 이제 글쓰기가 준비된 인물들11)은 예술인과 작가 화자로 거듭난다. 이와 같이 소설 안에서 소설 자체의 이야기를 한다는 설정은 근본적으로 최인훈의 소설이 근본적으로 자기 반영적인 시각을 갖고 있으며, 향후 메타픽션으로 나아가게 될 것임을 예고한다.

지식인이자 문학과 예술 종사자로서 최인훈 소설의 인물들은 많은 발화를 소화하기 위하여 주로 그들의 지식을 설명한다. 최인훈은 소설적 재현 방식에 있어서 '보여주기'보다는 '말하기' 방식에 치중함으로써 다시

---

10) 메타픽션 작가들은 작중인물을 배우나 작가, 화가 등의 전문 예술인으로 설정하여 소설의 형식적 문제를 자의적으로 탐색한다.(퍼트리샤 워, 앞의 글, 156면)
11) 지식인 인물군에 대해서는 Ⅲ장 1절을 참조하기 바람.

한 번 객관화 유지에서 멀어진다. 사변적인 지식인 인물들은 동료와 더불어 세상과 예술에 대한 그들의 견해를 요약 제시한다. 그리하여 최인훈 소설은 상황의 묘사와 대화가 적은 반면 주인공의 생각과 일방적인 진술이 많은 비중을 차지하고 있다는 특징을 갖는다. 그는 일상에서 접하는 대상이나 타인과의 관계에서도 항상 자신이 머릿속에 갖고 있는 현실이나 역사에 대한 고민을 끄집어내어 연결 짓는다. 그리고 세상에 대한 비판, 예술에 대한 의견을 장황하게 토로한다. 가령 「광장」에서 북한으로 간 이명준은 처음 접한 북한 사회에 대해서 묘사를 통해 객관적으로 보여주는 방법이 아니라 자신의 예상과 다른 점에 대해서 설명하는 주관적인 방법을 사용하고 있다. 다음은 명준이 북한 사회에 대해 처음 진술하는 부분과 아버지에게 처음 자신의 의견을 말하는 부분이다.

> 명준이 북녘에서 만난 것은 잿빛 공화국이었다. 이 만주의 저녁 노을처럼 핏빛으로 타면서, 나라의 팔자를 고치는 들뜸 속에 살고 있는 공화국이 아니었다. 더욱 그를 놀라게 한 것은, 코뮤니스트들이 들뜨거나 격하기를 바라지 않는다는 일이었다.(「광장」, 111면)

> "이게 무슨 인민의 공화국입니까? 이게 무슨 인민의 소비에트입니까? 이게 무슨 인민의 나랍니까? 제가 남조선을 탈출한 건, 이런 사회로 오려던 게 아닙니다. (중략) 북조선의 공산당원들은, 치사하고 비굴하고 게으른 개들입니다. 양들과 개들을 데리고 위대한 김일성 동무는 인민공화국의 수상이라? 하하하……"(「광장」, 114~118면)

남한 사회에서 발견하지 못한 희망을 사회주의 체제의 북한 사회에서 찾고자 했던 이명준에게 북한 사회의 모습은 실망을 안겨주었다. 그는 북한 사회에 대해 객관적으로 묘사하는 대신 자신의 예상에서 빗나간

실망스러운 부분에 대한 개인적 감상을 통해 한 사회의 모습을 설명한다. 그리고 북한에서 만난 아버지에게 그러한 실망스러운 감정을 마구 쏟아내어 말하는데, 한 인물의 말이 끊김 없이 발화되는 이 일방적인 말하기는 장장 다섯 면에 걸쳐 있다. 남한에서 철학과 대학생으로서 세상에 대한 앎을 가져보겠다는 일념 하에 북한까지 망명 온 지식인 청년은 마르크스 이론을 오독하여 거짓된 사회주의 사상이 펼쳐지고 있는 북한 사회의 허점을 남한 사회와의 비교를 통해 논리적으로 공격하고 있다. 이렇게 묘사를 통한 '보여주기'보다 주인공의 생각과 의견 내에 수렴된 형태를 일방적으로 전달하는 '말하기'를 통해 진행되고 있는 최인훈의 소설은 허구의 인물이 설정되어 있음에도 불구하고 작가의 현존이 의식되는 자기 반영적인 속성을 갖는다.[12]

이렇게 최인훈 소설에서 설정된 인물들은 사회와 정치 등의 현실 세계의 문제점을 직시하고 그에 대해 고민하는 바를 직접 토로한다는 공통적인 특징을 갖는다. 이런 작중인물들은 직업 면에서나 생각이나 행동 면에서 작가 최인훈을 중심으로 동심원을 형성한다고 말할 수 있겠다. 물론 허구의 인물들이 설정되어 있지만 인물의 직업과 성격과 사상 등이 유사하다는 점에서 인물들을 통한 소설적 구성은 작가 자신의 이야기로 소급된다. 관념가 내지 지식인 주인공들이 소설마다 다른 이름으로 나타나고 있다는 점에서 최인훈 소설은 반복적이고 자기 동일성이 잘 구현되어 있는 것으로 보인다. 작가의 목소리를 내고 있는 인물 설정을 통해 작가는 시대와 개인의 불화를 해소해 보려 여러 가지 시도를 한다. 인물을 통해 각각의 상황을 자기 스스로 체험해 보고, 그 배경과 인물을 바꾸어 가며 비슷한 주제의식을 반복적으로 변주하는데, 이러한 과정을 통해서 작가는 시대를

---

12) 메타픽션 작가들은 미메시스의 단순한 개념을 거부하는 방편으로 '보여주기' 대신 '말하기'를 화술로써 취한다.(앞의 글, 173면)

사는 한 개인인 자기 스스로의 문제를 파악하고 문제를 해결해 보고자
한다. 즉 모든 소설마다 유사한 인물들의 배열은 인물을 창조하는 작가의
존재를 은연중에 암시하는 것이고, 인물 행동의 반복적 누적을 통해 작가의
세계관이 공고해지는 한편 실제작가의 현존으로 인해 소설의 허구성이
드러나게 된다.

　지식인이거나 예술인으로서 작가와 공통점을 형성하고 있는 일련의
인물들에 대해 이번에는 명명(命名)의 문제에 주목해볼 필요가 있다.[13]
최인훈 소설에서는 이름 붙여진 대상과 인물이 은유적이거나 형용사적인
관계에 놓여 있는데 이는 자기 반영적 서술의 전략에 해당한다.[14] 가령
「구운몽」의 인물인 독고민과 『회색인』과 『서유기』의 인물인 독고준은
'독고(獨孤)'라는 동일한 성을 갖는다. '외롭다', '고독하다'는 형용사적 의미
를 갖는 이 성씨는 이 인물들의 성격을 대변한다. 사회의 부조리를 알아버린
후 내면 세계로 점점 침잠하는 인물들이기 때문이다. 『서유기』는 『회색인』
의 후속편으로 의식적으로 쓰여졌기에 같은 인물이 등장했다고 하더라도
「구운몽」이라는 전혀 다른 내용의 소설에서 유독 '독고'라는 성씨를 가진
인물이 등장한다는 점은 의식적으로 인물의 이름을 부각시키려는 지극히
의도적인 기교에 해당한다.

　한 걸음 더 나아가서 자기 반영적 경향이 짙어지면 『소설가 구보씨의

---

13) 고유명사의 명칭은 열린 기저 의미를 가진 기호-운반체이고, 마치 우리가 들어본
　　적이 없지만 정확한 무엇에 상응함이 틀림없다고 믿을 그런 난해한 과학 용어를
　　해독할 때처럼 해독할 수 있게 된다. 따라서 독자들은 그러한 인물들이 할 행위항에
　　관심을 가지며, 동시에 작가에게 받은 인명의 수수께끼를 푸는 행위, 즉 독서를
　　하게 된다.(김현숙, 「표제언어의 기호론적 접근」, 『한국현대소설론』, 학연사,
　　1993, 133~134면)
14) 전통적인 사실주의 소설에서는 보통 이름과 대상 인물 사이에 아무런 관련도
　　없는 듯이 이름을 사용하는 것과 달리 메타픽션에서는 지칭의 문제에 관심의
　　초점을 둔다.(퍼트리샤 워, 앞의 글, 126면)

일일』의 '구보 씨'가 등장한다. 전대의 박태원의 동일 소설의 제목을 그대로 패러디한 작품으로 이미 박태원의 소설을 읽은 독자는 '구보'라는 이름만 들어도 인물의 성격을 짐작할 수 있게 된다.[15] 폭력적인 사회 체제에 잘 적응하지 못하면서도 언제나 사회에 관심을 갖고 있는 소설가이며, 그다지 돈벌이가 되지 못하는 소설 쓰는 일을 그만두지 못하는 양심적인 소설가 인물로서의 성격을 공유한다. 패러디를 통한 동일한 인물 이름의 차용은 인물의 성격을 암시하는 동시에 명명의 과정을 통해서 작가에게서 창조된 피조물이라는 사실을 의식하게 한다.

비교석 후내에 창작된 장편 『태풍』의 경우[16] 인물 서술자가 등장하며 가상의 세계를 재현하려 하였다는 점에서 형식적인 면에서는 다소 최인훈의 초기 소설에 가깝다고 볼 수도 있다. 그렇지만 『태풍』은 소설 자체가 알레고리의 원리에 의해 진행되며 특히 인물뿐만 아니라 지역의 명명법이 희화화되어 가볍게 처리되고 있다는 점에서 일반적인 사실주의 계열의 소설들과는 그 흐름을 달리한다. 특히 그 지명에 있어서 실제 존재하는 지명을 글자 끝에서부터 거꾸로 읽거나 자음 모음을 섞어 읽음으로서 현실과의 상관성을 짙게 하여 우의성을 강조한다. 가령 제2차 세계대전 당시의 아시아 지역의 정세를 풍자적으로 보여주고자 한 의도에서 명명된 지명인 '아니크(ANIHC)', '애로크(AEROK)', '나파유(NAPAJ)', '이기레마(ACIREMA)' 같은 국가명은 순서대로 중국, 한국, 일본, 미국에 해당한다. 중국의 영어 표기 China를 거꾸로 읽으면 '아니크'가 되고, 한국의 영어식

---

15) 최인훈은 박태원의 「소설가 구보씨의 일일」을 읽고, 인물 구보 씨에 대해서 "젊음에도 불구하고 이미 인생에 지쳐 있는 자기와 자기 주변의 사람들 속에서 무엇인가 찾아헤매는 사람"으로 보고 있다.(최인훈, 「박태원의 소설 세계」, 『문학과 이데올로기』, 312면)

16) 장편소설 『태풍』은 1973년에 창작되었다. 이 작품을 마지막으로 도미한 최인훈은 1959년 등단에서 시작된 14년에 걸친 소설 창작의 전반부를 마감한다.

이름 Korea를 거꾸로 읽으면 '애로크', 일본도 같은 원리에 따라서 '나파유', 아메리카는 '아키레마'가 된다. 이렇게 사실은 실제로 존재하는 국가명을 가볍게 변형하여 명명하고 실제 역사적 배경과 사건을 소설 안에 끌어들이되 역사의 결과를 변형시켜 이상을 구현하고자 한 이 소설은 작가가 상상적 '대안세계'의 구축이라는 소설의 모습과 기능을 의식하고 있음을 나타낸다.

한편 「크리스마스 캐럴」에서의 화자의 시점 변이는 초점 화자 설정을 의식한 작가의 의도적인 형식 실험을 보여주는 부분이다. 총 5부작으로 구성되어 있는 「크리스마스 캐럴」 연작은 1~3편까지의 서술자 '나'가 4편에서 '그'로 바뀌었다가 다시 5편에서 '나'로 돌아오는 시점의 변화를 보이는 작품이다.[17]

아버님이 부르신다기에, 나는 읽던 책을 덮고 사랑방으로 건너갔다.(「크리스마스 캐럴」 1부, 9면)

그는 앉아 있는 책상에서 일어서지 않은 채, 고개를 들었다.(「크리스마스 캐럴」 4부, 86면)

실제로 소설에서는 시점의 이동에 따른 공간의 이동이 연관되어 나타난다. 시점이 3인칭으로 되어 있는 4편만이 주인공이 유럽의 한 대학에 다니던 때의 이야기고, 나머지는 모두 서울에서 벌어지는 이야기에 해당한다. 소설 형식 면에서도 차이가 드러나는데, 4편은 전통적 사실주의의

---

17) 서술자가 '나'에서 '그'로 인칭을 바꾸거나 주인공의 인칭이 '그'에서 '나'로 바뀌는 예처럼, 현대소설은 서술자와 등장인물 사이에 변화무쌍하고 유동적인 관계, 보다 자유로운 논리와 보다 복합적인 인성 개념과 걸맞게 현란한 대명사의 놀이를 설정한다.(제라르 주네트, 앞의 글, 236면)

규범을 충실히 지키는 반면, 나머지 네 편은 좀 더 자유로운 형식을 취하고 있다. 가령 속담을 사용한 부자간의 언어유희가 지나치게 드러난다든지, 밤만 되면 겨드랑이에 가래톳이 돋아난다거나 밤거리에서 시체들의 집회 장면을 목격한다든지 하는 환상적 기법이 사용되고 있다. 4편에서 사실주의 수법과 3인칭 인물 사용을 통해 작가는 유럽의 전통에서 시작된 사실주의가 유럽이라는 공간에서 구체성을 갖고 형상화되는 것을 의도적으로 보여주고 있으며, 이에 반해 1~3편과 5편에서는 전통과 단절된 한국의 공간에서 타국의 사실주의라는 소설 형식이 뿌리내릴 수 없다는 사실을 추상적 형식을 동원하여 보여주고 있는 것이다. 그리고 오랜 기독교적 종교 전통을 생활의 일부분으로 체화하고 있는 유럽의 크리스마스와 그것을 마치 카니발처럼 받아들인 기형적인 한국의 크리스마스를 대조하는 주제적 측면에서의 접근도 형식적 측면과 그 궤를 같이 한다.

여기에서 보이는 '서술하는 나(담론 층위)'와 '서술되는 나(스토리 층위)'가 1인칭에서 3인칭으로, 그리고 다시 1인칭으로 변화를 거듭하는 장치는 스토리와 담론 사이의 관계를 유희하는 실제작가의 정체를 드러내고, 자신의 담론에 나오는 등장인물로 자신에 대해 서술하게 함으로써 결과적으로 자신을 전적으로 타인화하여 텍스트와의 거리를 유지하는 결과를 가져온다.[18] 이와 같이 최인훈 초기 소설의 3인칭 시섬은 점차 사실주의 수법에서 벗어나면서 후기로 오면서 1인칭으로 대치된다. 그리고 지식인, 예술가 화자들이 『소설가 구보씨의 일일』에 와서 소설가 화자로 귀결되면

---

18) 스토리와 담론 사이의 관계를 유희하는 메타픽션 소설들이 증가하고 있으며, 일반적인 전략의 하나는 일인칭으로 시작한 소설이 삼인칭 서술로 변환되었다가 다시 일인칭으로 되돌아오는 것이다. 담론의 개성적인 형식 '나'로부터 스토리의 몰개성적인 형식 '그'로 변환하는 메타픽션 소설들은 독자들에게 서술하는 '나'는 담론의 주체이고, 스토리의 주체인 '나'와는 구별된다는 사실을 상기시켜 준다.(퍼트리샤 워, 앞의 글, 178면)

152

서 본격적으로 문학 안에서 문학에 대해 이야기하는 자기 반영적 시각이
표면으로 그 모습을 드러내게 된다.19)

2) 다층적 서사 층위의 설정

최인훈의 소설은 중편과 장편의 경우 여러 겹의 이야기가 겹쳐진 액자
구조20)나 겉 이야기에 속 이야기가 삽입된 형태의 두 겹 속 이야기21)의
구조를 취하는 경우가 많다. 층위를 달리하는 이야기들은 내용 전개에
밀접한 관련을 갖기도 하고 연관성 없이 배치되어 있기도 하다. 하나의
이야기가 또 다른 이야기를 지시하고 동위성을 가진 채 다층적으로 구성된
이야기들의 관계를 통해서 구조 면에서도 자기 반영적인 작가의 소설
쓰기 특성을 발견할 수 있다.

「가면고」는 극작가 민의 서사, 심령술사를 통해 전해듣게 되는 민의
전생인 다문고 왕자의 서사, 그리고 민이 창작한 발레극 「신데렐라 공주」
서사의 세 층위로 이루어져 있는 액자 구성을 취한다. 민을 주인공으로

---

19) 『화두』에 이르면 마침내 1인칭 소설가 화자가 등장하고, 본격적인 메타픽션을
   기술하게 된다.
20) 일반적으로 액자소설의 서술태의 특징은 핵심되는 속 이야기 외측에 수준을
   달리하는 또 하나의 목소리가 있다는 점이다. 본 장에서는 주네트의 서술 수준을
   달리하는 '두 겹 속 이야기'라는 광의의 개념을 따라 다층적 액자 구조도 그
   안에 포함시키기로 한다.(제라르 주네트, 앞의 글, 217~218면)
21) 주네트의 용어 '두 겹 속 이야기(metadiegetic)'는 '겉 이야기'와 '속 이야기'를 갖는
   이중적 서사를 지칭한다. 두 겹 속 이야기는 세 가지 유형을 갖는데, 첫 번째
   유형은 겉 이야기와 속 이야기 사이에 직접적 인과 관계가 있는 경우로 속
   이야기는 설명적 기능을 갖는다. 두 번째 유형은 주제와 관련되지만 두 이야기
   사이에 공간적 시간적 연속성이 없다. 따라서 대조나 유추의 관계를 갖는다.
   세 번째 유형은 두 이야기 사이에 전혀 관계가 없는 경우이다. 주네트는 첫
   번째에서 세 번째 유형으로 나아가면서 서술자의 중요성이 점차 늘어간다고
   설명한다.(위의 글, 221~224면)

하는 겉 이야기는 다음과 같이 민을 중심으로 다문고 왕자 서사와 신데렐라 공주 서사를 품는 구조를 갖는다.

〈표 2〉「가면고」의 서사 구조

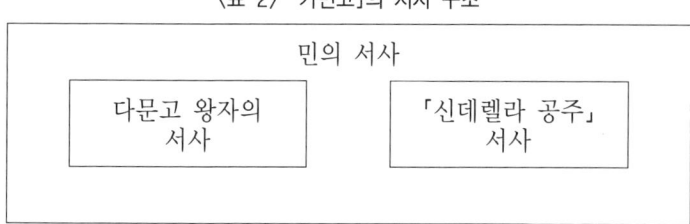

무용극의 대본을 부탁받은 극작가 민은 현대인의 여러 개로 분열된 자아가 아닌 행복한 자아의 합일을 꿈꾼다. 민은 언제나 "표정과 감정 사이에 한 치의 겉돎도 없는 그런 얼굴의 소유자였으면 하는 욕망"을 품고 산다. 자아의 합일이 행복하게 드러난 한 개의 얼굴만 갖고자 하는 그의 욕망은 인형을 수집하거나 그런 표정의 여성과의 사랑을 이루려는 시도로 드러난다. 그러던 중 심령학회라는 단체를 통해 민은 전생체험을 하게 된다. 심령학회를 방문할 때마다 이루어지는 전생체험의 연결되는 이야기는 한 편의 속 이야기가 된다. 옛날 다문고 왕국의 왕자였던 그는 현대의 민과 같은 소망을 갖고 있있고, 미기녀 왕녀와의 사랑을 통해 깨달음을 얻는다. 한편 민은 어렵게 극본을 완성하는데, 극본 「신데렐라 공주」는 마술사의 저주로 얼굴에 탈이 씌워진 왕자가 신데렐라의 진정한 사랑의 힘으로 탈이 떨어지고 행복해진다는 스토리를 갖는 또 하나의 속 이야기가 된다. 겉 이야기와 민을 중심으로 연결되어 있는 두 편의 속 이야기는 현대인의 분열과 소외를 사랑으로 극복하려 한다는 점에서 주제적 동위성을 갖는다. 그리고 민은 두 편의 속 이야기의 인물들이 구원받는 결과의 암시에 힘입어 겉 이야기에서도 정임과의 사랑을 통한 구원의 결말을 예고받게 된다. 이와 같이 하나의 겉 이야기와 두 편의 속 이야기로 구성되어 이중의 서사 구조를 취하고 있는 「가면고」는 세 서사가 시공간을 달리 함으로써 직접적이지는 않지만 속 이야기 두 편이 겉 이야기와 알레고리 관계에 놓여 주제 구현에 도움을 준다는 점에서 그 관계가 밀접하게 설정되어 있다고 하겠다. 속 이야기는 겉 이야기를 지시하고, 겉 이야기는 속 이야기와의 관계를 통해 그 주제의식이 뚜렷해진 다는 점에서 세 서사는 서로가 서로를 지시하는 자기 반영적인 성격을 갖는다.

　「구운몽」의 서사는 더 복잡한 양상을 띤다. 소설의 시작부터 대부분의 지면을 차지하는 독고민의 서사는 여러 겹 이야기 중 가장 속 이야기일 뿐이다. 그 겉에는 김용길 박사의 서사, 고고학자의 서사, 그리고 영화를 보고 나오는 연인의 서사가 층을 이루며 에워싸고 있다. 그리고 각각의 이야기 사이에 유기적인 연관성이 없는 서사들의 연결은 꿈이나 환상 같은 장치를 통해서 이루어진다.

〈표 3〉「구운몽」의 서사 구조

영화를 감상한 연인의 서사
고고학자의 서사
김용길 박사의 서사
독고민의 서사

　「구운몽」은 가장 내부에 위치한 독고민의 서사에서 시작하여 김용길

박사와 고고학자의 서사를 각각 거쳐 가장 외부 이야기인 연인의 서사로 끝나는 구조를 갖는다. 독고민의 서사가 김용길 박사의 서사로 바뀐 후, 김용길 박사의 꿈으로 처리된다는 점, 김용길 박사의 서사가 끝난 후, 고고학자가 등장하여 내부의 두 서사가 영화였다는 것을 밝히고 그 영화를 감상하는 인물들의 존재가 나타난다는 점에서 각 내부 서사는 다음 외부 서사로 옮겨진 후에야 그 정체가 드러나는 구조로 이루어져 있다. 그리고 광장에서 총살당한 독고민이 김용길 박사의 병원에서 동사체로 발견된다는 점과 그 이야기에 대해서 해설하는 고고학자, 그리고 그것을 영화로서 감상하고 나오는 연인, 그리고 그 연인 중 남자의 이름이 '민'이며 독고민의 연인이었던 숙처럼 여자의 왼쪽 볼에 까만 점이 있다는 것과 같은 표지를 통해서도 다층의 서사를 연결시키고 있다. 특히 겉 이야기의 남자 이름이 속 이야기 주인공과 동일하다는 점과 김용길 박사의 이력 사항이 속 이야기 독고민의 경우와 거의 같다는 점에서 시간적 연결고리를 갖지 못하는 이들 서사는 환생의 연결로 묶일 수 있다. 현대 사회의 모순과 부조리를 고발하고 그 세계와 불화한 자아가 사랑을 통해 구원을 받으려는 주제의식은 독고민의 서사나 김용길 박사의 서사, 연인의 서사 등 어느 시대에든 연결되며 작가는 이야기마다 독고민을 환생시킴으로써 그것을 실현시키려 하는 것이다. 이와 같이 「十운몽」은 위계적으로 연결된 네 편의 이야기들이 직접적 연결고리를 갖지 못하면서도 주인공의 환생이나 표지를 가진 인물들의 재등장 같은 장치를 통해 속 이야기에서 겉 이야기로 나아가는 과정 중 주제를 강화하는 전략을 갖고 있으며, 외부 이야기가 내부 이야기를 지시하고 설명하는 관계에 있다는 측면에서 역시 자기 반영적 특성을 갖는다.

「가면고」, 「구운몽」과 같은 본격적인 액자 구성을 취하지 않더라도 최인훈의 소설들은 겉 이야기와 알레고리적 관계를 갖고 있는 속 이야기를 포함하고 있는 경우가 많다. 『서유기』의 경우, 독고준이 발견한 이야기책에 실린 네 편의 이야기와 구렁이로 변신하는 꿈 이야기, 그리고 독고준이 썼다고 추정되는 「공간론」이라는 논문 등 다양한 형태의 속 이야기가 실려 있다. 이야기책의 이야기들은 1편부터 4편까지 역사적 주제의식을 공유하는 연결된 이야기로 해석할 수 있다. 첫 번째 이야기는 원시에서 현대에 이르는 역사의 진행 과정을 지시하며 소외와 갈등이 발생하는 불안한 현대사회의 특징을 알려준다. 두 번째 이야기 역시 첫 번째 이야기와 알레고리 관계에 있다. 세 번째 이야기는 식민지 체험, 전쟁, 분단, 서구화로 인한 전통 단절 등으로 이어진 한국의 가슴 아픈 근대화 과정을 짚어내고 있다. 그리고 마지막 네 번째 이야기에서 역사와 세계의 가운데 내던져진 불행한 개인의 모습이 담소아와 학빈의 이야기로 구성되어 있다. 이야기책의 이야기 네 편은 서로 관계없는 듯하지만 인류 역사의 진행과 그것의 결과인 현대 사회, 그리고 그 안에서 불화하는 개인의 모습이라는 작가관 전체가 녹아 있다. 그러므로 이야기책 속 이야기는 결국 세계와 불화한 에고, 독고준 개인이 그 원인을 찾기 위해 과거 역사로 여행을 하는 겉 이야기의 주제의식과 동궤를 형성하고 있다. 다음으로 구렁이 변신 꿈의 경우, 주인공 독고준과 흡사한 일생을 살아왔기에 독고준이라고 추정되는 인물이 어느 날 갑자기 자고 일어난 후 구렁이로 변한다는 내용이다. 구렁이가 된 독고준은 할 수 있는 것이 생각하는 것밖에 없게 되고, 바쁜 일상에 쫓겨 하지 못했던 자기 자신의 유년 시절을 되돌아보게 된다. 변신 꿈에서 구렁이가 된 독고준은 가족과 자기 자신과 세계와의 관계에 대해서 생각에 생각을 거듭하는데, 변신 꿈 이야기는 겉 이야기의 결론을 미리 암시하는 기능을 한다. 겉 이야기에서 독고준은 결국 자신의 고향을 찾고 유년기의 원체험 장소에서 세상과 화해해 보려는 시도를 하게 되는데, 유년 시절 자아비판회와 관련한 기억을 되살려낸다는 점에서 두 이야기는 동위성을 형성한다. 「공간론」은 간단히 요약하자면 문학과 예술론에 해당하는데, 문학과 예술에 대한 논의가 사회에 놓인 개인의 정체성을 밝히자는 데에서 역시 겉 이야기의 주제의식을 뒷받침한다고 볼 수 있다.

『회색인』에는 독고준이 정치학과 학술 동인지에 투고한 글이 실려 있다. 그 내용은 한국이 가상 식민지를 가져 본다는 것인데, 식민지를 '나빠유(NAPAJ)'라 부른다는 것과 근대역사를 뒤집어 본다는 의미에서 같은 시대에 대한 우의적 소설『태풍』과 상호 텍스트적으로 연결된다.

「囚」에서는 「목신의 아내」가 속 이야기로 들어 있다. 밤만 되면 돌이 되는 아내를 눈 PAN의 이야기다. 이내와 소통 불화를 겪는 주인공의 이야기와 속 이야기는 알레고리적 관계에 있다. 한편 속 이야기로 설정되어 있는 PAN 신화를 통해 상호 소통 불가능한 문학 세계와 현실 세계의 관계에 대한 성찰을 하는 겉 이야기 화자의 내면 세계 이해를 돕는다.

이와 같이 최인훈의 소설들은 다층적 구조 배치를 통해 겉 이야기와 속 이야기가 긴장 관계를 갖고 주제를 중심으로 알레고리적 연결 관계를 형성한다. 이때 대부분 속 이야기가 겉 이야기의 주제를 암시하는 관계에 놓이는데, 다른 층위의 이야기를 설정하여 원래의 이야기를 지시한다는 점과 다른 층의 이야기의 인물들이 동일 표지를 소유하게 하는 설정 등에서 자기 지시적인 속성을 찾아볼 수 있다.

겉 이야기가 속 이야기를 품고 있는 액자 구조는 겉 이야기 밖에서 겉 이야기를 지시하는 부텍스트[22]의 설정으로 변이되어 나타나기도 한다. 『서유기』는 마치 서문(부텍스트)처럼 보이는 겉 이야기를 설정하여 본텍스트를 설명하는 메타적 기능을 갖는다. 이렇게 부텍스트의 기능을 의도하여

---

22) '부속적 텍스트(paratextuality)'라고도 하는 부텍스트란 문학 작품 전체 속에서 텍스트 본체와 부속 텍스트 − 제목, 머리말, 책의 속표지, 표제어, 도안 등 − 의 관계를 말한다. 부속 텍스트란 주텍스트를 둘러싼 모든 부속 메시지 및 논평을 가리킨다.(로버트 스탬, 앞의 글, 59면)

메타성을 획득함으로써 텍스트의 언어적 상황을 암시한다. 『서유기』에서는 속 이야기 시작 전에 한 페이지를 설정하여 소설에 대해 다음과 같이 의도적인 혼란을 가중시킨다.

> 이 필름은 고고학 입문 시리즈 가운데 한 편으로, 최근에 발굴된 고대인의 두개골 화석의 대뇌 피질부에 대한 의미론적 해독입니다. 이 화석은 분명히 상고 시대 어느 기간에 산 인간으로 짐작됩니다. (중략) 이 필름은 피사체 자신의 성질상, 그리고 전기한 제작 방침에 따라 비교적 느린 템포를 썼으며 클로즈업을 끊임없이 삽입하였고, 동일 장면의 반복 및 심지어는 영사기의 회전을 중단시키고 중요한 화면을 정물 사진으로 볼 수 있게 운용하였습니다. 그러면 곧 필름을 감상하시겠습니다.(『서유기』, 7면)

우선 소설을 영화 필름이라고 함으로써 장르에 대한 혼동을 야기한다. 그리고 소설을 쓴 작가의 의도를 은유적으로 설명하고 있는데 작가는 자신을 고고학자로 비유하고 당대 소설이 갖추어야 할 것에 대해 언급하고 있다. 당대 한국인의 전형을 보여주기 위해서는 과거 역사에서 그 접점을 찾아야 한다는 것에서 주제적 측면을, 그리고 다양한 기법들을 사용할 것임을 예고하면서 형식적 측면을 노출한다. 이는 독자를 염두에 두고 의식한 태도로 해석할 수 있다. 이러한 『서유기』겉 이야기의 내용 및 기술 방식은 한편으로 「구운몽」의 서사 중 하나와 상호 텍스트적 관계를 갖기도 한다.

> 오늘 여러분이 보신 영화는, 고고학 입문 시리즈 가운데 한 편으로, 최근에 파낸 어느 도시의 전모입니다. (중략) 이 영화는 피사체(被寫體) 자신의 성질 탓에, 그리고 말씀드린 만들게 된 뜻에 따라, 비교적 느린 걸음을 썼으며, 클로즈업을 쉴새없이 끼워넣었고, 같은 장면의 되풀이

및, 심지어는 영사기의 돌림을 멈추고, 중요한 화면을 정물 사진으로
볼 수 있게 다루었습니다.(「구운몽」, 309~310면)

「구운몽」은 독고민의 서사와 김용길 박사의 서사, 고고학자의 서사,
그리고 영화 시사회의 외서사 등 여러 겹으로 복잡하게 이루어진 서사
구조를 갖고 있다. 두 개의 내서사의 진행이 이루어진 후 그 스토리가
사실은 <조선원인고>라는 제목의 영화였다는 것을 설명하는 것이 위의
인용 부분이다. 소설 속 화자의 설명으로 인해 소설의 서사가 갑자기
영화의 서사로 바뀌는 장면이다. 곧이어 영화를 감상한 한 연인의 서사가
이어지면서 영화 서사는 다시금 소설 내서사로 판명된다. 소설 속 화자로
인해 독자들은 지금까지 읽은 것이 소설이 아니라 영화의 시나리오였다는
것을 알게 되는데 이것은 독서의 맥락에 혼선을 초래하면서 내용마저
낯설게 만들어 버린다. 「구운몽」의 영화 필름이 고고학 입문 시리즈 중의
하나이며 지하에 묻혀 있던 것의 발굴에 해당하는 것이었다는 유적 발굴에
대한 내용은 다른 한편으로 「열하일기」에서 외국인 고고학자가 한국에서
화석을 발굴한다는 내용과 상호 대화적 관계에 놓이기도 한다.

「광장」은 지속적인 개작을 통해 누적된 총 6개의 서문이 본텍스트
앞에 붙어 있어 소설 내용을 지시한다.[23] 본텍스트에 대한 소개를 담고
있는 서문이 늘어남에 따라 후대의 독자가 작가의 목소리를 통한 안내를
받는 기회 역시 증가한다.[24] 1973년판 서문의 경우, <이명준의 진혼을
위하여>라는 부제를 달고 있다.

---

23) 서문은 1960년판, 1961년판, 1973년판, 일역판, 전집판, 그리고 1989년판을 위한
것들로 총 6편이다. 이는 2009년의 최종 개정판의 경우도 마찬가지다.
24) 본텍스트와 상호 교류적 관계에 있는 부텍스트는 독자의 책 읽기에 관여하거나
결정적인 지침이 될 수 있다.(김종구, 앞의 글, 31면)

나는 12년 전, 이명준이란 잠수부를 상상의 공방(工房)에서 제작해서, 삶의 바닷속에 내려보냈다. 그는 '이데올로기'와 '사랑'이라는 심해의 숨은 바위에 걸려 다시는 떠오르지 않았다. (중략) 이명준 이후로 나는 연이어 적잖은 수의 잠수부를 같은 해역에 내려보냈다. 말할 것도 없이, 지금이라면 이명준이 혹시 목숨을 보전하는 데 도움이 되지 않을까 싶은 만큼의 심해 정보를 가지게 되었다.(「광장」, 15~16면)

최인훈은 서문이라는 부텍스트의 지면을 이용하여 대안세계를 만드는 작가의 존재를 드러내고 있다. 동시에 작중인물을 언어적으로 구성한다는 작가의 전지전능한 역할을 과시한다.[25] 그러면서 12년 전 창작했던 소설에서 주인공을 죽인 것에 대한 책임감을 느끼고, 그때까지의 일련의 소설들은 바로 인간이 대면한 세계에 대해서 알아보려던 시도였음을 밝힌다. 이 지점에서 「광장」 이후 작품의 작중인물들이 자신이 죽였던 이명준의 환생에 해당한다는 언질과 그동안의 소설 창작이 같은 주제의식의 실천이었다는 정보를 독자에게 준다. 이와 같이 서문 내용의 변화를 통해 다시 한 번 작가의 창작 태도가 점점 자기 반영성을 노출시키고 있음을 발견할 수 있다.[26]

2. 허구적 '대안세계'의 의도적 조작

현실 세계를 그대로 재현한 것 같은 전통적인 사실주의 경향의 소설들이 사건들의 인과적 진행, 있음직한 인물들의 성격 등을 통한 '배역연기'에

---

25) 퍼트리샤 워, 앞의 글, 43면.
26) 이후 메타픽션 『화두』도 1994년 초판 당시의 서문 <독자에게>와 2002년 개정판의 <21세기의 독자에게>라는 두 편의 서문을 갖추고 본텍스트를 지시하고 있다.

몰입하여 총체적인 해석을 의도했었다면 이와는 달리 자기 반영적 시각을
가진 최인훈의 소설들은 소설 언어 조작을 통해 픽션은 단지 '언어게임',
즉 언어의 구성물에 지나지 않음을 보여준다. 「구운몽」이나 『서유기』
등의 난해한 형식을 가진 소설들은 꿈이나 환각 등의 탈문맥화 장치들을
통해 상식적인 해석을 거부하고, 텍스트는 단지 단어들과 구절들의 병치에
지나지 않는 언어게임의 장이라는 의식을 심어주고자 한다. 「구운몽」에서
의 꿈과 현실의 혼재, 죽은 독고민의 부활, 늙은 댄서의 회춘이나 『서유기』에
서의 아무리 가도 떠날 수 없고 회귀하는 공간인 석왕사 역, 몇 백 년의
시간 이동을 통한 과거 인물들과의 조우, 책이나 요괴로 변신하는 인물들과
같은 비논리적인 장면은 과거의 배역연기식 패러다임으로는 해결할 수
없는 당황스러운 소설적 상황이 되는 것이다. 소설적 대안세계는 현실
담론의 인용을 통해서 두드러지게 나타나기도 한다. 그리고 신문, 문학
작품, 영화 등의 실자료가 소설 내에 원래 모습 자체로 들어옴으로써
소설 창작 당시의 역사적 상황을 있는 그대로 엿보게 하는 기능을 함과
동시에 소설 장르의 전통적 모습을 파괴하고 소설의 허구성을 드러내
주는 역할을 하기도 한다.

1) 언어 조작과 탈문맥 장치의 사용

소설은 실제로 있었던 세계 자체는 아니지만 언어로 구성된 또 다른
세계, 즉 '대안세계'[27]라는 시각에서 최인훈이 초기 소설에서 시도한 소설

---

27) 메타픽션 작가들은 픽션과 현실 세계의 유일한 차이를 전자가 '언어'로 구성되어
　　있고, 이로 인해 완전한 자유가 허용된다는 점에서 찾고 있다. 이런 의미에서
　　픽션의 세계를 '대안세계'라 구별해 부른다.(퍼트리샤 워, 앞의 글, 122면) 문학
　　텍스트는 작가와 독자의 육체가 만나서 생산적, 구체적 즐거움이 창출되는 공간이
　　며, 일체의 권력이나 유산을 거부하고 사회적 유토피아의 성질을 띤다는 점에서
　　바르트의 문학 텍스트도 대안세계를 지칭한다고 볼 수 있다.(롤랑 바르트, 앞의

적 세계는 마치 실제 세계처럼 잘 짜여 있다. 최인훈은 이미 문학을 '대안세계'로 인지하고 있었지만[28] 초기 소설은 당대의 사실주의 문단 형식에 부응한 채 그 징후가 다음과 같이 조금씩 드러날 뿐이다.

> 그때다. 또 그 눈이다. 배가 떠나고부터 가끔 나타나는 허깨비다. 누군가 엿보고 있다가는, 명준이 휙 돌아보면, 쑥, 숨어버린다. 헛것인 줄 알게 되고서도 줄곧 멈추지 않는 허깨비이다. 이번에는 그 눈은, 뱃간으로 들어가는 문 안쪽에서 이쪽을 지켜보다가, 명준이 고개를 들자 쑥 숨어버린다. 얼굴이 없는 눈이다.(「광장」, 21면)

> 자기 방에 들어섰을 때였다. 자기를 따라오던 그림자가 문간에 멈춰 섰다는 환각이 또 스쳤다. 박의 침대 머리맡에 놓인 양주병이 언뜻 보였다. 그는 팔을 뻗쳐 병을 잡으면서 돌아섰다. 흰 그림자가 쏜살같이 저만치 날아가는 것이 보인다. 따라가면서 힘껏 병을 던졌다. 그림자는 멀리 사라지고 병은 문지방에 부딪혀서 박살이 되어, 깨어진 조각이 사방으로 튀었다.(「광장」, 181면)

「광장」의 시작 부분과 끝 부분에서 제시되어 있고, 내용상으로는 소설 마지막 부분에서 남한도 북한도 아닌 중립국을 선택한 후 이송되어 가던 전쟁 포로 이명준이 보는 환각은 그를 끝내 죽음으로 몰고 가는 기능을 한다. 이것은 한편 궁지에 몰린 한 개인이 정신 이상적 병증을 보인다고 소설 내부의 완결성을 강조하는 시각에서 해석할 수도 있겠지만, 다른

글, 16~22면)

28) 최인훈은 기술이 발달한 근대에 와서 문학의 꿈조차도 요술이 아닌 기술로 만들어 보자는 것을 '리얼리즘' 문학으로 보고, 문학은 근본적으로 상상력을 안에서 이루어진다는 시각에서 근대 리얼리즘적 기술예관을 비판한다. 즉 불가능한 한계를 지닌 현실 상황을 소설적 환상 안에서 극복할 수 있다는 입장이다(최인훈, 「기술과 예술에 관하여」, 『꿈의 거울』, 149~151면)

한편으로는 구상적 형식에서 추상적 형식 세계로의 입문, 다시 말해 소설적 세계가 마치 실제 세계처럼 오인될 지도 모른다는 작가의 우려 하에 독자가 소설 세계에 몰입하지 못하도록 방해하는 전략으로 환상적 요소를 개입한 것으로 볼 수도 있다. 전체적으로 사실주의 구성을 따르면서 대안세계를 구상적으로 전개하던 『회색인』에서도 언어게임을 시작하려는 단초가 보인다.

> 목쉰음성그대없이는이세상없네나정말몰라또그소리야말했잖아염려없다고그래도미스터리난미스터리의성질을믿어커피둘홍차하나얘커피하나는설탕넣지마라이리줘전표는왜자꾸빠뜨리니그런것도아냐소집단속에서인간행위의미시적진실을발견한다는거야미국사회학은세균학이돼가는건가(중략)차라리나라망하는걸보겠다어쩔수없어이건우리힘으로움직이는사회가아닌담에야미칠듯이사랑해그대없이는……(『회색인』, 269~270면)

이 부분은 독고준이 들어간 시끄러운 재즈바 여기저기서 들리는 소음과 재즈 가수의 노래 가사와 옆 테이블의 이야기 소리가 모두 섞여 들린다는 것을 강조하기 위해 여러 소리를 일부러 섞인 그대로 적어 놓은 것으로써 단어 순서의 재배치와 미분리의 기법을 통해서 언어게임의 한 단면을 보여준다. 낯선 언어의 재배치를 통해 내용은 멀어지고 언어 자체만 생경하게 남게 된다. 그러면서도 그 내용이 정치에 대한 관심과 사회 현실에 대한 걱정, 그리고 사랑이라는 주제를 강조하고 있다는 점에서 소설 전체 주제를 형식 조작 내에서 다시금 부각시킨다. 한편 소설의 마지막 부분에서의 독고준의 사색은 기존의 띄어쓰기가 무시된 채 다음과 같이 제시되어 있다.

> 동키호테는되지않겠다는것선교사부인을흉내내는원주민아가씨는되

지말자는것이내결심이아니었나-빌어벅을이놈의세상을살자면함정투성
이구나그런데나는그걸할뻔했으니천만의말씀이나드라마여안녕난그런
각본에끼지않는다.(『회색인』, 285면)

위에 제시된 『회색인』의 마지막 부분은 작가가 배역연기 구성을 포기하
고 언어게임을 본격적으로 시작하는 작품인 『서유기』로 연결될 것을
암시한다. 의도적으로 띄어쓰기를 무시한 문장들은 익숙한 여백 주기를
낯설게 하는 방법으로 메타픽션 전략 중 '여백조작'[29]에 해당하는데, 이를
통해 독자의 관심을 내용에서 책의 형태로 옮겨오게 함으로써 문학 내용의
허구성을 드러낸다.

이와 같이 최인훈 초기 소설 단계는 '대안세계'에 대한 작가의 의식이
싹튼 시기라고 할 수 있다. 전체적인 내용 구성 면에서나 텍스트 전개에
있어서 전통적인 배역연기의 단계에 해당하는 최인훈의 초기작인 「광장」
과 『회색인』의 일부분에서 찾아볼 수 있는 탈문맥의 단초는 이제 「구운몽」
과 『서유기』에 이르면 본격적인 '언어게임'의 단계로 넘어간다.

소설 세계를 실제 세계와 변별되는 것으로서 언어로 구축된 허구의
세계로 보고, 그렇기 때문에 언어적 자족 구조를 통해 실제 세계에서는
이룰 수 없는 유토피아가 가능한 '대안세계'가 드러난다. 이러한 대안세계에
대한 인식, 즉 소설적 세계가 현실 세계와 영원히 동일시될 수 없다는
인식은 최인훈으로 하여금 본격적인 언어를 이용한 소설적 형식 실험의
단계로 접어들게 한다. 그는 의도적으로 소설 언어를 생경하게 만들고
비틀고 왜곡한다. 그리고 독자의 상식적 기대를 무너뜨린다. 그리고 이렇게
소설 언어를 낯설게 하는 것은 현실의 언어가 바로 그러하기 때문이다.

---

29) 인쇄상의 여백을 조작하는 행위는 독자의 주의를 내용에서 인공물인 책으로
옮겨가게 한다.(퍼트리샤 워, 앞의 글, 130면)

최인훈이 생각하는 예술은 기호행동이며 비현실을 현실로서 통용시킨다는 상상이라는 약속 아래 이루어지는 인간 행동이므로, 문학을 지시하는 차원에서의 문학 언어는 상상이며 유희에 해당한다. 한편 현실을 지시하는 차원에서의 문학 언어는 시대적 문제의식을 반영해야 한다. 최인훈은 이렇게 복합적인 층위를 갖는 문학의 언어를 규명하고, 문학자들을 '말'을 지키는 사람들이라 칭하며 문제적 시대에 언어를 다루는 그들의 역할을 강조한다.30) 그리고 이러한 인식에서 문제 있는 현실에 대한 대응으로서의 그의 소설 세계에서는 의도적인 언어의 혼란과 비규범적인 언어가 드러난다.

> 언어의 혼란이란 것은 생활의 혼란을 다른 말로 한 것이기 때문이다. 말과 상황의 이 '보통 상태'라는 살아 있는 모습이 그대로 통하지 않는 경우가 있다. 하나는 말을 재료로 예술을 만드는 작가의 경우고, 다른 하나는 시대가 변환기에 있는 그 당대를 사는 사람들의 경우다. 두 경우가 모두 비교적으로 설정해본 이른바 '보통 상태'가 아닌 '이상 상태'에 있다고 봐야 하겠다. (중략) 말을 닦는다는 것이 문학의 전부다.31)

시대 인식과 더불어 비롯된 소설 언어에 대한 유별난 관심은 최인훈에게 있어 독특한 언어 실험으로 드러난다. 그에게는 전통이 단절되고 비정상적인 역사적 굴곡을 겪어온 당시 한국 사회에 있어서 정상적인 근대화가 진행된 유럽의 문학 사조인 사실주의 경향이 그대로 수입되어 따르던

---

30) 말에 대한 지난날의 협잡과, 지금의 협잡과, 미래의 협잡을 막기 위한 자기의 희망과, 지혜의 무게를 말에 보탬으로써, 말을 닦는 것이 작가가 할 일이다. (중략) 바르고 착하고 아름다운 삶에로 이웃을 청하고 자기 스스로에게 다짐하기 위한 '깨어남', 그것이 문학이다.(최인훈, 「소설을 찾아서」, 『문학과 이데올로기』, 205면)

31) 위의 글, 203~204면.

한국 문단은 이해하기 힘든 것이었다.[32] 최인훈은 이를 신랄하게 비판하면서 한국문학이 형식에 있어서 추상성을 담보해야 함을 역설하게 되고 소설 언어 사용의 재해석과 재배치를 통해 형식의 추상성에 접근하기 시작한다.[33] 여기에서는 특히 소설 언어 사용면에 주목하여 최인훈 소설의 형식적 추상성에 대해 살펴보기로 한다.

「구운몽」, 『서유기』와 같은 작품은 꿈이나 환각 등의 장치를 통해 평범한 해석을 거부하고 문맥을 낯설게 만든다. 다음은 「구운몽」의 시작 부분이다.

관(棺) 속에 누워 있다. 미이라. 관 속은 태(胎)집보다 어둡다. 그리고 춥다. 그는 하릴없이 뻔히 눈을 뜨고 누군가를 기다리고 있다. 몸을 비틀어 돌아눕는다. 벌써 얼마를 소리 없이 기다려도 아무도 찾아오지 않는다. 몇 해가 되는지 혹은 몇 시간인지 벌써 가리지 못한다. 혹은 몇 분밖에 안 된 것인지도 모른다. 똑똑. 누군가 관 뚜껑을 두드리고 있다. 누구요? 저예요. 누구? 제 목소릴 잊으셨나요. 부드럽고 따뜻한 목소리. 많이 귀에

---

32) 우리 역사가 사실적 민주주의를 이루지 못했는데 문학이 '사실주의'를 이루라고 한다면 그것은 미친 사람이거나 생각이 모자란 사람이다.(최인훈, 「미학의 구조」, 앞의 책, 52면)

33) 구상적인 상황성을 보는 작가적 시력의 구축을 위한 실험의 길을 열어주고 정보의 자유로운 유통 구조가 열려가는 데 따라 구상적인 풍속적 심벌로 대체해갈 수 있다는 이점도 있다. 그렇게 구상화된 심벌은 클리셰(cliché)가 되고 오락이 되고 이윽고 다시 무너진다는 과정이 건강한 예술의 움직임이 아닐까.(최인훈, 「추상과 구상」, 앞의 책, 294면) ; 어느 장르의 예술이건, 그 예술에서 약속된 저항의 극복이 곧 작품인데, 저항이 크면 극복에 쓰이는 힘이 크며, 그 힘이 곧, 작품의 힘이다. 어떤 예술이 스스로 저항에 대면하지 않고 저항의 산물인 스타일(기성의)이라는 모의 저항에만 의지하면 동은 줄게 마련인데, 생활이란 모사 대상을 매개로 하는 문학의 경우에는 이 원칙은 치명적이다. 문학에서 약속된 저항이란, 어떤 밖의 사물이든 그것은 언제나, 반드시 작가의 의식 속에 의식으로서 들어온 다음에, 상징으로서 표현되어야지 물건을 들어다 옮기는 것처럼 일상의 생활에서의 전달이어서는 안 된다는 규칙이다.(최인훈, 「소설을 찾아서」, 위의 책, 207면)

익은 목소리. 빨리 나오세요. (중략) 그는 몸을 일으켜 관에서 걸어나왔다.
캄캄하다. 두 팔을 한껏 앞으로 뻗치고 한 발씩 걸음을 떼놓는다. 한참
걸으니 동굴 어귀처럼 희미한 곳으로 나선다. 계단이 있다. 두리번거리면서
한 계단 밟아 올라간다. 캄캄한 겨울 밤 독고민은 아파트 계단을 올라간다.
지난밤 꿈을 골똘히 생각하면서.(「구운몽」, 193면)

꿈과 현실의 정확한 구분 지점을 어디로 봐야 하는지 불분명하지만
독고민은 자신이 관 속의 미이라였던 꿈을 꾼다. 그리고 이후의 스토리는
꿈인지 생시인지 구분지어 주는 장치 없이 긴박하게 전개된다. 밤거리를
헤매는 독고민은 시인들에게서 '선생님'이란 호칭으로, 은행 간부들에게서
는 '사장님'이란 호칭으로 불리며, 무용수들과 술집 여급들에게 쫓겨 다닌
다. 이러한 한 인물의 신분 변경은 꿈 속 이야기가 아니고서야 불가능하며
소설 시작 부분의 암시에 힘입어 밤마다 신분이 바뀌며 서로 다른 집단들로
부터 쫓기는 것은 독고민의 악몽이라고 이해하게 한다. 즉 「구운몽」의
스토리는 꿈과 생시의 반복으로 구성되어 있다고 볼 수 있다.
　여러 겹의 액자로 구성되어 있으며 비합리적인 연결 장치뿐 아니라
각 서사 내부의 스토리 전개는 훨씬 더 짙은 환상에 기대고 있다. 독고민의
서사에서 독고민이 몇 차례에 걸쳐 신분이 다른 사람으로 분하다거나,
광장에서 총살당하나 금세 환생하는 것, 그리고 독고민을 환생시킨 늙은
댄서가 젊은 여인으로 변신하는 것 등 꿈이나 환각이 아닌 현실의 논리에서
는 일어날 수 없는 사건들이 「구운몽」이라는 소설적 '대안세계'에서 형식상
의 장치를 통해 형상화되고 있다. 한 번의 꿈으로 하고 넘어가기에는
문맥의 진행이나 일반적 해석이 불가능한 탈문맥적 서사 구성에서 독자들
은 소설의 내용적 실체에 대한 미몽을 버리고 소설적 대안세계란 것은
작가가 언어를 가지고 구성해낸 것일 뿐이라는 자각을 하게 된다. 형식의
낯섦으로 인한 '배역연기'의 총체적 해석의 거부는 『서유기』에서도 독특한

'언어게임'을 통해 이루어지고 있다.

> 무테안경이 아까 술을 내온 상자로 가서, 봉지에 든 가루약을 가져다가
> 세 사람의 술잔에 쏟아넣었다. 김간호원이 제일 먼저 마셨다. 두 사람도
> 따라마셨다. 한참만에 세 사람은 거의 동시에 입으로 피를 쏟으며 의자에서
> 굴러떨어졌다. 그들이 마루에 쓰러지는 순간에 그들의 형체는 간 데 없고,
> 그 자리에는 세 권의 팸플릿이 놓여 있었다.(『서유기』, 27~28면)

> 독고준은 천장에서 눈길을 옮기면서 몸을 일으키었다. 싸늘한 무서움이
> 그의 심장을 꽉 틀어쥐었다. 이것은 어떻게 된 일인가. (중략) 그의 몸은 정말
> 변해 있었다. 구렁이가 된 그의 몸에는 네 개의 발이 달려 있다. 다섯 손가락과
> 발가락이 있는 손과 발이, 팔과 다리는 어디다 잃어버리고 몸통에 달려 있다.
> 혹시 뱃속에 들어가 있는 것이 아닌가 싶어서 그는 움직여보았으나 손발이
> 꼬물거릴 뿐이었다. 흡사 도마뱀이었다.(『서유기』, 183면)

> 역장이 벌떡 일어서는 것을 보니 어느새 그의 낯빛은 검푸르고 입에서는
> 실오리 같은 피가 흐르는데 날카로운 덧니가 입술 밖으로 내밀렸다. 두
> 부하들을 돌아보고 독고준은 놀란다. 그들도 변모하고 있었던 것이다.(『서
> 유기』, 87면)

> 그때 갑자기 비행기의 엔진 소리가 은은히 들려온다. 그러자 역장과 두
> 부하가 귀를 막으면서 비실비실 물러난다. 그들의 모습이 변하고 있다. 역장은
> 얼굴 피부가 주홍빛이 되면서 털이 수북이 자라 있다. 키가 큰 검차수는 주둥이가
> 한 자 가량 내밀리고, 두 귀가 모자 위로 비쭉 솟았다가 개털모자의 귀처럼
> 더펄 접어진다. 그는 꿀꿀 하고 낑낑 신음한다.(『서유기』, 128면)

인물이 죽고 팸플릿으로 변한다든지 사람이 도마뱀이나 드라큘라, 돼지를
닮은 요괴 등으로 변신하는 것은 현실 세계에서는 불가능하다. 단지 꿈이나

환상 안에서만 가능한 능력이다. 위의 여러 인용에서와 같이 『서유기』에서는
인간이 동물이나 괴물로 또는 사물로 변신하는 변신의 상상력이 동원된다.
비단 소설의 서사가 해독 불가능하고 문맥을 벗어나서가 아니라 이와
같은 인물의 변신은 소설이 단지 '언어게임'의 장이라는 사실을 일깨워준다.
『서유기』의 인물들은 상식적인 '배역연기'를 해내지 못한다. 인간 종을
유지하는 일반적인 인물의 기능을 거부하면서 소설 속 인물은 사실은
정말 사람이 아니라 작가가 언어로 구성한 묘사체일 뿐이라는 사실을
알려준다.[34] 최인훈은 있음직한 인물의 배역연기를 통한 전통적 소설
쓰기를 거부하고 언어게임을 시작함으로써 독자에게 작가가 아무리 노력
해도 언어를 갖고서 실제 인간을 만들 수 없다는 성격묘사의 실체를
일깨운다.

> 거기서 잠이 깬다. 깨는 순간에 그는 내가 다시 꿈을 꾸기 시작하는구나
> 하는 생각이 든다. 꿈에서 기차를 타고 가면서 죽은 나무들을 보고 있구나
> 하는 생각인데, 생시가 생시 같지 않다니 하는 생각은 하면서도 이것도
> 꿈이구나 하고 생각하는 것이다.(『서유기』, 144면)

언어적 구성물로 환원될 뿐인 신뢰할 수 없는 작중인물이 하는 말은
현재 쓰이고 있는 스토리조차도 꿈속의 꿈, 꿈을 깨도 다시 꿈속, 즉
꿈일 뿐이라는 애매모호한 진술로서 소설의 허구성을 배가시킨다.[35] 이런

---

34) 허구적인 인물의 정체는 어떤 실체이기는 하지만, 실재하지 않는 상상의 존재이다.
가령, 보르헤스의 『타인』(1975)의 화자는 벤치에서 자신이 젊었을 때 모습을
한 자신의 분신이 자기 옆에 앉아 있다는 것을 알고는 젊은 자기 분신이 꿈을
꾸고 있다고 결론짓는다. 『폐허가 된 둥근 터』(1964)에서는 어떤 인물이 꿈속에서
다른 인물로 존재하게 된다. 이렇게 많은 메타픽션 소설에서 등장인물은 자신은
존재하지 않고, 죽을 수도 없고, 태어난 적도 없으며, 행동할 수도 없다는 것을
갑자기 깨닫는다.(퍼트리샤 워, 앞의 글, 123~124면)

탈문맥적 장치들로 인해 독자는 소설 내용을 이해할 수 없고 몰입할 수 없게 된다. 작가의 의도는 소설이 더 이상 있음직한 현실을 재현하려는 시도가 아니라 만들어낸 허구의 장르라는 사실을 보여주려는 데 있다. 그래서 독자가 소설의 내용이 아니라 소설이 쓰이고 있는 과정 자체에 주목하게 만든다. 그리고 그러한 과정은 내용이 아니라 언어의 배열일 뿐이라는 자각을 통해 이루어지게 된다. 이제 소설은 언어로 나타내는 현실도 언어의 게임에 지나지 않을 뿐임을 시사하는 문맥의 급진적인 변환들과 모순과 불연속성의 형식들로 대체된다.36)『소설가 구보씨의 일일』에서도 비슷한 현상이 발생한다.

> 어느덧 구보씨는 깜박 잠이 들었다. 구보씨는 나폴리인지 플로렌스인지 그런 거리를 걸어가고 있었다. 그의 눈에는 이 도시의 서로 싸우는 당파의 사람들이 모자람은 너무도 뚜렷하였다. 단테는(구보씨가 단테였다) 그들에게 결점을 고쳐야만 이길 수 있다고 일러줬다.(『소설가 구보씨의 일일』, 91면)

구보 씨는 꿈을 꾸고, 꿈에서 다른 사람―자신이 읽던 책의 주인공 단테가 된다. 그리고 구보 씨는 자신이 꿈에서 다른 사람이 되어 있다는 사실을 깨닫는다. 소설에서 실제 인물을 만들 수 없다면 위와 같이 한 인물이 다른 인물로 바뀔 수 있으며, 존재하지 않을 수도 있다는 진실을

---

35) 초현실주의자들은 인간 정신의 단절성을 꿈을 통해 나타냈다. 꿈은 공간적으로 시간적으로 단절적이다.(로버스 스탬, 앞의 글, 37면)

36) 특히 모순과 역설이 그 대표적인 형식이다. 메타픽션은 극도로 이질적인 이미지들과 대상들의 초현실주의적 병치보다는, 언어 선택의 과정을 전면에 드러내는 모순적인 단어들과 구절들의 병치에 더욱 관심을 둔다. 역설도 모순의 한 형식인데, 역설은 오직 무한성만이 해결할 수 있는 유한한 진술을 제공한다.(퍼트리샤 워, 앞의 글, 181~187면)

오히려 부각시켜 보여주자는 것이 메타픽션의 전략이다. 이렇게 되면
작가는 물론 독자들도 인물의 운명이나 향후 행위라는 내용적 측면에서
관심을 거두게 된다. 왜냐하면 인물이란 존재하지 않는다는 사실을 알게
되었기 때문이다.

또 다른 특징적 언어의 환상적 조작 기법으로 '방송의 소리' 형식을
들 수 있다. 「구운몽」에서 시도된 '방송의 소리'의 형식적 실험은 뒤이어
『서유기』와 『태풍』 등에서 재시도된다.

> 여기는 정부군 방송입니다. 도대체 이렇게 된 깃인가. 질서를 되찾아라.
> 시민들은 무기를 버리고 시민들의 집으로 돌아가라. 평화적인 사태 수습을
> 도우라. 반란 지도자는 곧 근위사단 사령부에 나타나라. 그대의 요구를
> 들어주겠다. 그대들과 더불어 명예스런 휴전을 맺을 뜻이 있다. (하략)
> (「구운몽」, 228면)

> 여기는 혁명군 방송입니다. 여러분은 그들의 방송을 들었을 것입니다.
> 압제와 굶주림에 못 이겨 빵과 자유를 달라며 일어선 사람들에게 그들은
> 농담과 음담패설로 맞받았습니다. 농담이란 악마의 것. 그들은 우리를 놀려
> 주고 있는 것입니다. 시민 여러분 무기를 잡으십시오. 전투 가능한 모든
> 시민은 무장하고 거리로 나오십시오. (하략) (「구운몽」, 234면)

일반적인 의사소통이 쌍방향적인 것이라면 그것과 대비되는 것으로
일방향적인 방송의 소리 형식은 「구운몽」에서 각각 정부군과 혁명군의
담론을 대변하여 그들의 메시지를 집약적으로 전달하는 기능을 한다.
다층적인 겹구조를 갖고 있는 「구운몽」에서 일방적인 언어 메시지의
전달로 구성되어 있는 방송은 하나의 작중 화자로서 여러 층위의 청자를
대상으로 발화하여 궁극적으로 모든 층위의 청자에게 전달을 가능하게

하는 형식적 장치이다. 이번에는 인물의 형체조차 보이지 않는 방송의 목소리라는 화자의 설정으로 구상적인 인물 구성을 포기하고 언어만으로 구성된 목소리로 인물의 기능을 대체함으로써 '소설의 인물=허구적 언어 구성물'이라는 인식을 강화한다.

한편『서유기』에서는 스피커를 통해 일방적으로 전달되던 '방송의 소리' 가 전화를 통해 일방적으로 듣게 되는 '전화 목소리'나 라디오를 통해 들리는 '라디오 방송 소리', 그리고 확성기를 통해 나오는 소리 등으로 변주된다. 특히 전화라는 매체는 일반적으로 쌍방향적이라는 상식을 깨고 전화 수화기에서 일방적으로 방송을 듣게 설정되었다는 점에서도 기존의 틀을 깨는 형식적 시도에 해당한다. 이러한 방송 소리의 형식은 궁극적으로 「주석의 소리」와 「총독의 소리」에서 인물은 없고 소리만으로 이루어진 독특한 소설 형식으로 나타나기도 한다. 그리고 문학적 대안세계 구성이 완전히 파괴된 급진적 형식은 위기의식의 산물을 의식적으로 드러내려는 작가의 시도에 해당한다.[37]

일반적인 소설적 재현을 거부하고 일방적인 방송의 한 요소를 부각시켜 형식적 새로움을 시도한 '소리 형식'은 형식을 통해 내용면에서의 강조를 꾀하고 있다. 방송의 소리의 어투는 다소 희화화되어 있지만 그 내용은 매우 직설적이고 강력한 메시지를 담고 있다. 이러한 형식적 실험은 작가의 메시지를 직접적으로 강조하는 기능을 한다. 특히 라디오 방송으로 대표되는 방송의 소리는 개인의 의지를 넘어선 영역의 것이며, 한국 근현대사를 증언하는 방식에 해당한다.[38] 나아가 일방적으로 비대해진 권력층의 목소

---

37) "나는 이 소설에서 문학의 형식을 파괴하면서라도 온몸으로 부딪쳐야 할 위기의식을 느꼈다는 일이다."(최인훈, 「원시인이 되기 위한 문명한 의식」,『길에 대한 명상』, 청하, 1989, 39면)

38) 김동식은 라디오 방송 형식이 단순히 기법실험의 차원에 그치는 것이 아니라, 작가 최인훈이 라디오 방송을 접했던 세대라는 점에서 라디오 방송은 한국 근현대

리를 상징하는 이러한 형식을 두드러지게 표현하는 '언어게임'은 메시지를 강조하면서 한편 소설 자체의 허구성을 다시 한 번 상기시킨다.

이렇게 한동안 추상성에 경도되어 언어게임에 심취되어 있던 최인훈의 소설적 세계는 다시 구상의 세계로 빠져 나오는 단계에 이른다. 그러나 이후의 소설 세계는 초기의 사실주의적 '배역연기'식 소설의 세계와는 그 국면을 달리한다.『소설가 구보씨의 일일』에서부터 보이는 새로운 구상적 소설 세계는 이제 본격적으로 소설 안에서 소설에서 사용되고 있는 언어 그 자체에 대한 이야기를 시작하기 때문이다. 그러나 형식 장치에 있어서 추상에서 구상으로 넘어가는 이 과도기적 작품은 독자가 잊을 만하면 소설은 단지 언어적 조작일 뿐이라는, 즉 '언어게임'이라는 것을 상기시킨다.

『소설가 구보씨의 일일』에서는 언어를 갖고 놀면서 의미를 재해석하고 새로운 의미를 생산하는 소설가 화자가 등장한다. 소설가로서 화자는 언어 그 자체에 집요한 관심을 보인다.

> 미꾸라지처럼 잡히지 않는 삶의 비밀을 새삼 생각하였다. 프로메테우스 같은 삶. Mikurazi 같은 삶. Mikurazi라고 표기를 해보니 그 말은 Taboo라든가 Totem 같은 말의 친척이 되는 것이었다.(『소설가 구보씨의 일일』, 55면)

본문에서의 해석 없는 영어 표기와 게다가 미꾸라지라는 한글 어휘를 영자로 표기하니 마치 대단한 의미를 가진 개념어가 된 양 생각하는 등의 언어 유희에 해당하는 이런 기법은 독서를 하던 독자를 스토리 전개의 미몽에서 빠져 나오게 하여 언어 그 자체의 문제로 끌어들인다.

사를 증언하는 방식으로 본다.(김동식, 「「총독의 소리」와 「주석의 소리」에 관한 몇 개의 주석」, 『『최인훈 전집』 발간 기념 심포지엄 – '최인훈 문학 50년을 읽다'』, 2008, 6면)

언어를 이용한 장난은 소설의 내용까지도 가볍게 인식하게 한다. 동시에 소설 어휘, 모국어와 외국어의 관계, 말에 대한 의식적이고도 비판적인 사고를 드러낸다. 이러한 어휘에 대한 엄정성은 다음 단계에서는 외국어 개념어를 직접 사용함으로써 나타나기도 한다.

> 단 하나의 그 손, 단두대의 끈을 잡아 당긴 손이 생물학주의와 물리학주의를 고집하면서 Shadow hand들을 관념론자라고 몰아칠 때 역사의 위조(僞造)가 생겨. 자신이 그 현장에 있었던 것은 동등한 권위를 가진 여러 Alternatives들 가운데 하나였다는 상황의 문맥(文脈)을 단순화시켜서, 모든 사회적 제력(諸力)이 자신을 중심으로 움직였다고 주장하면서, 감옥에 있던 노예도 그의 지령하에 있었다고 기록하는 것이지.(『소설가 구보씨의 일일』, 62~63면)

구보 씨가 직접 말하는 대목이고 그가 다소 현학적인 사람이라는 것을 의식한다 할지라도 인물이 발화한 영어 단어를 표음 문자인 한글로 표기하지 않고 음독이나 해석 없이 바로 영어로 표기한 것은 언어 사용에 대한 작가의 의식적인 표출이다. 그것은 한자어 옆에 한자를 병기한 언어 사용이 음독과 의미를 동시에 제시해 준 것과 대조를 이룬다. 영어를 모르는 독자는 음독뿐 아니라 의미조차도 이해할 수 없는 순간이며, 작가가 의도적으로 한글 음독을 표기하지 않은 것은 이런 당황스러운 상황을 의도한 것에 해당한다. 이것은 어휘에서 나아가 문장으로 확대되기도 한다.

> 'ハラガヘッテハイクサガデキナイ'라는 말은 이 전쟁에서 왜군이 만들어낸 말입니다.(『서유기』, 116면)

『서유기』에서는 한 문장 전체가 일본어로만 제시되어 있다. 위의 문장은 배가 고파서 못 싸우겠다는 의미로 일본 사람들이 한 말을 직접 인용하면서 한글 뜻풀이를 직접 하지 않음으로써 일본어를 모르는 독자를 소외시키고 내용까지 낯설게 만든다. 물론 이 짧은 길이의 일본어 한 문장을 해석할 수 없어도 전체 내용 이해에는 거의 지장이 없다. 그렇지만 소설을 읽다가 모르는 외국어가 해석 없이 본문에 그대로 나오는 생경함은 독서에 장애를 주고 외국어라는 언어 뭉치로 인식되면서 해석의 의지를 감소시킨다. 다음 예에서는 의미 없는 기호와 같은 표기법을 나열함으로써 언어와 의미가 갖는 관계, 즉 기표와 기의의 체계에 대해서 생각하게 만든다.

　　말하자면 - ㉮ 351·GH6·신 118·B상1-7·☆-9·◎·△·S5 - 이런 표지들을 발견하게 될 것이다. 이들은 전기 회사·수도국·TV·가스 회사의 요금 수집 원들·신문배달·월부장수들이 그들의 업무의 필요로 인하여 적어놓은 것들 이다.(『소설가 구보씨의 일일』, 97면)

　이러한 암호 같은 낯선 표지들을 굳이 책의 지면에 적어놓은 것으로 인해 독자들은 다시금 내용 몰입을 방해받게 된다. 이렇게 작가는 실제 자신이 소설을 쓰면서 사용하는 소설 언어에 대한 이야기를 구보 씨라는 소설가 화자를 통해 대신 말하게 한다. 구보 씨라는 소설가는 특히 언어 자체에 큰 관심을 표명하는 작가로 나타난다. 소설 언어는 단지 스토리를 전달하는 것이 아니라 하나하나의 개념어 속이나 무심코 사용하는 외국어 나 외래어 안에 보이지 않는 문명의 줄 세움이 새겨져 있을 수도 있다는 예감, 그래서 아무렇지도 않고 중요하지도 않은 '미꾸라지'라는 단어를 'Mikurazi'라고 문명국의 언어인 영어로 표기하니 마치 'Taboo'라든가 'Shadow Society' 정도의 중요한 개념을 갖는 단어처럼 느껴진다는 것을 소설의 한 지면을 할애해 독자에게 직접적인 방법으로 알리고 있는 것이다.

176

언어에 대한 작가의 특별한 관심은 언어 사용에서 나아가 언어 생산의
단계를 향한다.

> '文樂'사에 들러서 구보씨는 단편소설 한 편을 건네주고 원고료를 받았다.
> '文樂'이란 뜻은 '音樂'의 '音' 대신에 '文'을 쓴 것으로도, '文學'의 '學' 대신에
> '樂'을 쓴 것으로도 해석할 수 있는데 아무튼 뜻은 '文學'이란 말이다.(『소설
> 가 구보씨의 일일』, 98면)

이 본문 인용에서는 작가가 뜻을 갖고 있는 한자 자체를 표기함으로써
한자로서 뜻을 전달하도록 하였다. 지금까지 한자어가 나온 경우에 한글로
읽고 한자를 병기했던 표기법과 달리함으로써 그 차별성을 드러내는
부분이다. 여기에서 '文樂'이란 한글에 없는 신조어에 해당하므로 작가는
의미에 따라 조어한 의도를 밝히고자 한자만을 강조하여 표기해 놓은
것이다. 그러한 의도와 더불어 표기 방식을 달리함으로써 주목을 얻는
효과도 같이 발생한다. 무의식적으로 사용하는 일상 언어의 한 단어에
대해서도 소설가 구보 씨는 그것을 해부하고 다른 글자와 결합해보고
의미를 다시금 곱씹어본다. 독자에게도 그럴 기회를 주기 위하여 한글
음독을 의도적으로 삭제했다. 그러면서 소설 안에서 '문학'의 글자 그대로의
의미를 다시금 생각해볼 기회를 갖고 나아가 구보 씨가 추구하는 문학의
방향을 새로운 글자를 붙인 '文樂'이라는 말로 탄생시킨다. 즉 소설가
구보 씨가 생각하는 문학이란 학문의 세계가 아니라 즐거움 또는 상상적
유토피아가 가능한 세계라는 의미이며, 이는 작가 최인훈이 추구하는
문학적 세계의 반영에 해당한다.39)

---

39) "예술은 그것을 감상하는 동안에 경험하는 기쁨 자체가 본질적 가치이다. 예술은
　　자기가 환상임을 잘 알면서, 이 환상의 한계 안에서 충분히 연구된 기술을 가지고
　　인간이 꿈꿀 수 있는 최고의 꿈을 꾸게 한다."(최인훈, 「예술이 추구하는 길」,

이번에 구보 씨는 공산 진영과 자유 진영의 이해관계 때문에 동족끼리의 전쟁까지 치뤄야 했던 휴전국인 국가의 국민의 입장에 서서 두 진영, 즉 미국과 중국의 화해 기운에 대한 신문 기사를 읽고 놀라움을 금치 못한다. 바뀐 정치 정세에 대한 놀라움은 다음과 같이 언어 유희를 통해 표현되어 있다.

> 며칠 전 이 뉴스를 처음 대했을 때 구보씨는 참을 수 없이 웃음이 터져나왔 었다. 그것은 하하하, 하는 너털웃음도 흥, 하는 비양웃음도 아니고, 햐햐햐, 풍, 혹은 뱌뱌뱌, 퉁퉁퉁-이런 표기에 해당하는 웃음이었고, 끝내는 구보씨 의 마음은 가나다라를 옆으로 미끄러지는데 갸냐댜랴먀뱌샤, 겨녀뎌려며 벼셔, 이런 방향으로 나가는가 하면 요죠쵸쿄툐표효, 기니디리미비시-이렇 게도 풀리는 요컨대 의식의 혼란 상태가 국어 자모의 혼란이란 형식으로 나타났던 것이다.(『소설가 구보씨의 일일』, 100면)

절대로 바뀌지 않을 것 같던 세상이 하루아침에 바뀐 현실에 대해 어안이 벙벙하고 힘이 빠질 수밖에 없는 약소민족 소설가는 자신의 감정을 실소를 통해 표현하는데, 이때에도 역시 비정상적 언어 표기법을 통해 비정상적 현실에 대한 허탈감을 나타내고 있다. 하루아침에 바뀐 세계 정세, 도저히 믿을 수 없는 장면에 대처할 아무런 힘도 없는 소설가 구보 씨는 자신의 심정을 소설 안에서 언어 조작을 통해 표현한다. 이성적으로 납득되지 않는 현실의 논리에 맞서 소설가는 기존의 표기법을 포기하고 해독 불가능한 외계어를 창출하는 방법으로 맞선다. 그리고 현실에 대응하는 소설 표현에 대한 부분을 소설 지면을 할애하여 메타 단계에서 명확하게 언급한다. "의식의 혼란 상태가 국어 자모의 혼란이란 형식으로 나타났다"는 구보 씨의 언급은 소설가는 부조리한 현실에 대응하는 방편으로 소설

『꿈의 거울』, 157면)

언어를 탈문맥화시킨다는 직접적 언질에 해당한다.

이러한 언어 유희라든가 기존 언어 사용에의 틀을 깨는 표기법을 통해 작가는 소설 세계가 현실의 재현을 위해 존재하는 것이 아니라 소설은 단지 언어 배열의 통합체일 뿐이라는 것을 알리고, 형식의 일탈을 통해 내용에서 권위를 빼앗고자 한다. 이러한 언어게임의 흔적은 '샤갈 특별전'을 '蛇蝎 特別展'으로 적으면서 희화화하는 등 다양한 국면으로 드러난다.

한편『소설가 구보씨의 일일』에서는 시점의 변화와는 또 다른 문체의 변화가 언어게임의 한 측면으로서 드러난다. 총 15장으로 구성되어 있는 이 소설의 제7장은 다른 장과는 다르게 '각설'로 시작하는 고소설의 문체를 따라 변이를 이루고 있다. 고소설체처럼 구보 씨에 대해서 아주 잘 알고 있는 듯한 총서술자가 특별히 설정되어 있다.

> 이때로 말할 것 같으면, 제2차 대전이라고 불리는 큰 싸움이 끝난 후에 크게 맞서서……(『소설가 구보씨의 일일』, 142면)
>
> 각설, 그래서 지금 경복궁 담을 끼고 올라가는 남자도 그럴만해서 이 길을 걸어가고 있을 것만은 틀림없는 일이었다. 이 사람으로 말할 것 같으면……(『소설가 구보씨의 일일』, 144면)
>
> 또 어떤 이는 혹 반박하여 가로되,……(『소설가 구보씨의 일일』, 145면)

이렇게 일반 소설적 기술에서 마치 타령조 같은 구어체의 문제로 변이를 꾀하는 형식적 기법은 과거 문체를 모방하는 형식상의 패러디 전략이라 할 만하다.[40] 그리고 이러한 문체 전환과 그로 인해 동시에 발생하는 서술자 태도의 전환은 독자들의 편안한 독서를 방해함으로써 소설 내용에

---

40) 제임스 조이스가 수많은 소설의 형식적 실험을 했던 소설『율리시즈』의 제14장이 과거 문체들의 패러디로 이루어져 있으며 문체의 박물관이라 일컬어진다는 사실과 유사한 기법에 해당한다.

서 한 발짝 물러나서 언어와 형식 자체를 보게 한다.

여기까지 살펴본 대로 최인훈의 소설들은 탈문맥적 효과를 가져오는 언어게임으로 상당 부분 구성되어 있는데, 작가의 의도적인 언어 조작으로 만들어 낸 소설적 대안세계는 실제 세계와 소설 형식의 투철한 관계 맺기를 증명해 낸다. 부조리한 현실 세계를 묘사함으로써 그려진 소설 세계도 그와 동일해야 한다는 작가적 인식이 언어게임을 통한 탈문맥적 형식으로 소설을 구성해 내었다. 따라서 독자에게는 새로운 지평이 요구되는데, 이는 픽션은 현실의 재현이 아니라 언어로 구성된 허구라는 점을 소설이 언어 조작을 통해 봄으로써 알게 된다는 사실이나. 이러한 선략을 통해 리얼리티는 재현될 수 없으며 '대안세계'는 언어로 만들어져 있다는 것을 보여주면서 소설의 허구성이 드러난다. 소설에 대한 몰입이 불가능해진 독자는 이제 소설에 거리를 두고 내용이 아니라 소설이 쓰이고 있는 과정을 보게 된다. 이렇게 최인훈이 보여 주는 소설 세계는 사실상 초기부터 소설 쓰기를 통해서 소설 쓰는 방법을 탐구하는 지극히 자기 반영적인 특성을 갖고 있었다.

2) 현실 담론의 혼재와 타장르 삽입

최인훈은 소설 안에서 미처 형상화되지 않은 현실의 조각들-신문 기사, TV 방송, 책 등-을 그대로 삽입하여 보여준다. 이러한 일상생활의 담론들이 소설을 읽다가 그대로 튀어나오는 생경한 경험은 소설이 허구의 장르라는 사실을 강조하는 기능과 동시에 당시의 역사를 있는 그대로 기술하려는 작가의 의도를 암시한다. 『회색인』에서는 초기적 형태의 인용이 삽입되어 있다. 콜라주의 초기적 형태란 기교적으로는 현실 담론이 삽입된 듯이 보이지만 인용된 자료들이 작가에 의해 의도적으로 쓰인

180

가공물이라는 것이다. 가령 『회색인』에는 주인공 독고준이 쓴 글이나 메모들, 성경 구절, 영화 내용 소개, 라디오 방송 등 다수의 인용문들이 배치되어 있다.

> (가) '또 내가 보매 개구리 같은 세 더러운 영이 용의 입과 짐승의 입과 거짓 선지자의 입에서 나오니 저희는 귀신의 영이라 이적을 행하여온 천하 임금들에게 가서 하나님 곧 전능하신 이의 큰 날에 전쟁을 위하여 그들을 모으더라. (후략)'(『회색인』, 96~97면)

> (나) V, 드라큘라백작의 계보 / 검푸른 하늘에는 을씨년스런 조각구름이 빠르게 흘러갔다. 금방 한 줄기 비바람이 몰아칠 것 같은 어느 첫 여름의 해질녘, 마차 한 대가 고성(古城)의 성문 안으로 들어갔다. (중략) 비틀거리며 쓰러지는 드라큘라…… 벨이 울리고 불이 들어왔다. (『회색인』, 265~268면)

> (다) 배를 깔고 엎드리면서 라디오 스위치를 넣는다. 여러분이 듣고 계시는 것은 대한민국 서울에서 북한 동포 여러분에게 보내드리는 심야 방송입니다. 이번에는 음악을 들으시겠습니다.(『회색인』, 299면)

(가)는 준의 하숙집 주인인 영숙 어머니가 읽고 있는 성경의 한 구절에 해당한다. 본문 13장은 'V, 드라큘라백작의 계보'라는 제목과 함께 (나)의 인용문, 즉 영화 줄거리로 시작되고 있다. 급전환된 소설 내용에 당황하던 독자는 4쪽 분량의 영화 줄거리를 읽고 난 후, "독고준은 흘러나가는 사람들을 따라 영화관을 나섰다"라는 지시문을 발견하고 주인공 독고준이 영화를 봤으며 방금 읽은 것이 영화의 줄거리였음을 알게 된다. 이것이 삽입 서사였음을 후에 밝힘으로써 탈문맥적 낯섦을 느끼게 하는 이런 전략은 작가가 후에 쓴 소설로 갈수록 빈번해진다. (다)는 라디오 방송이

뒤따를 것임을 간접적으로 지시하고 있다. 그리고 단락 구분이나 인용표지 없이 라디오 방송 부분이 삽입되어 있다.

초기작 「광장」에서는 작중인물 이명준이 적은 수첩의 내용과 그가 쓴 시 두 편이 인용되고 있으며 인용문이라는 것을 확실히 지시하고 있다. 그리고 「구운몽」에서는 시 단체의 대표가 낭독하는 시, 형무소 소장이 받게 되는 공문, 술집 여급이 부르는 노래 가사, 어디에선가 들려오는 밤의 노래 소리, 라디오에서 흘러나오는 뉴스 해설 등이 인용되어 있다.

> (가) 극비(極秘). 당신을 만나고 있는 독고 민 박사를 그 자리에서 체포하라. 그의 죄명은 '풍문인(風聞人)'. 그는 인생을 살지 않았으며 살았으되 마치 풍문 듣듯 산 것임. 즉 흉악범(凶惡犯)이므로 밖에 새지 않는 한 어떠한 학대를 가해도 묵인하겠으며 서서히 살해하는 방향으로 취급 요. 본 명령은 집행 후 태워버릴 것.(「구운몽」, 264면)

> (나) 돌아오지 않은 그 배는
> 외로운 내 마음을 싣고 떠난 배
> 카드 점을 치며
> 페퍼민트 마시던 그 밤
> 사랑하는 그대 언제 오려나(「구운몽」, 267면)

> (다) 검은 비둘기를 낳은
> 어머니들이 울고 있었다
> 애기들던 날 밤
> 그녀들은 왜 그토록 음란했을까 (후략) (「구운몽」, 269~272면)

(가)는 도망치던 독고민이 우연히 소장실로 들어간 후 감옥의 소장에게 배달된 공문의 내용이다. 서사 전개상 이런 형태의 공문이 전달된다는

것도, 호의적이던 소장이 갑자기 독고준을 체포하여 감옥에 넣는다는 것도, 앞의 시인 집단, 무용수들, 은행 간부들의 행위를 통해 보여진 비논리적 전개의 계보를 답습하고 있지만 인용문임을 지시하는 방식은 전통적인 기법으로 되어 있다. 그것은 (나), (다)의 경우에도 마찬가지이다. 인용문 (나)는 술집 여급 명숙의 노래 소리이다. (다)는 라디오에서 흘러나오는 뉴스 해설이라고 지시되어 있으나 그 해설은 전체 11연에 걸친 긴 시의 형태로 은유적으로 제시되어 있다. 앞서 살펴본 대로 꿈과 환상 등으로 서사 문맥이 해체되어 있는 『서유기』의 경우에도 이야기책에 실린 옛날이야기 네 편, 노래 가사, 책의 내용, 편지, 법정 증거문 등의 외부 서사가 인용되어 있다.

(가) 대동강변 부벽루 산보하는
　　　이수일과 심순애의 양인이로다
　　　악수론정하는 것도 오늘뿐이라
　　　보보행진 산보함도 오늘뿐이라 (후략) (『서유기』, 63~64면)

(나) 전략하옵고,
　　　이렇게 당돌하게 편지 쓰는 것을 용서해주십시오. 저는 이 편지를 몇 번이나 찢고 다시 쓰고 또 찢고 했습니다. 오히려 이런 덜된 짓을 하지 않으면 저 혼자만은 흐뭇할 수 있는 것을 다칠까보아 그랬던 것입니다. (중략) 행복을 빕니다.
　　　어떤 바보로부터(『서유기』, 189~191면)

(다) [가설 1] 세계는 내적(內的)·외적(外的)의 두 얼굴을 가진다. '밖'은 이른바 자연계이며 '안'은 정신을 말한다.
　　　[가설 2] '안'과 '밖'은 총량은 같고 부호(符號)를 달리한다. (후략) (『서유기』, 201~222면)

(라) 불타는 다알리아 한 송이
　　불수레같이
　　핑그르 핑그르르
　　돌고 돌라 (후략) (『서유기』, 287~291면)

　　(가)는 논개가 부르는 <장한몽>이라는 노래의 가사로 전체 4연 각 4행의 형태로 인용되어 있다. (나)는 독고준의 꿈으로 추정되는 내부 서사, '구렁이 변신담'에서 구렁이로 변한 독고준이 여동생의 방에서 발견하는 편지의 시작 부분이다. (다)는 『공간론』이라는 제목을 갖는 책의 시작 부분으로 독고준이 자기 발 밑에 떨어져 있는 노트 한 권을 주워 올려 읽는 데에서 그 내용이 소개되고 있다. 그 내용은 장장 20쪽 분량에 걸쳐 있으며 본 서사와 완전히 단절된 채로 제시되어 있다. 제시 기법보다는 그 내용이 특이한데, '가설→ 장치→ 설명→ 모형→ 결론'의 소제목의 순서로 펼쳐져 있고, '막(幕)'이라는 희곡 지문이 들어와 있는가 하면 그 다음에는 갑자기 대사가 이루어지기도 하고, 이론 설명을 돕는 그림도 제시되어 있다. 마치 인용문 안에 여러 개의 인용이 짜깁기되어 있는 식의 콜라주 형태는 그 내용의 난해함과 더불어 본 서사 읽기에 방해 요소로 작용한다. (라)는 법정 증거문으로 본문에서는 피고인 독고준의 일기라고 지시되어 있는데 그 형태는 「다알리아」, 「바람」, 「손님」, 「밤과 비」를 제목으로 하는 연이은 4편의 시이다. 앞서 「구운몽」에서 뉴스 해설이 시의 형태로 제시된 것과 그 맥락을 같이 한다. 이와 같이 최인훈이 쓴 일련의 소설에는 그 형식의 급진성을 불문하고 다수의 시가 인용되어 있다. 그러한 현상은 등단작인 「그레이 구락부 전말기」에서부터 나타난다.[41]

---

41) 「그레이 구락부 전말기」(33~35면)에는 주인공 현이 읊는 그레이 구락부를 위한

184

특히 선대 시인의 실제 존재하는 시를 인용한 것은 작가에 의해 가공되지
않은 현실 담론의 콜라주로써 이와 같은 현실 담론이 문학에 침투하는
바는 소설이 허구적 구성물임을 자각하게 하는 효과를 준다. 이같이 최인훈
소설에 있어서 여러 형태를 가진 현실 담론의 인용 중에서도 특히 시의
비율이 높다는 점이 특이할 만한데, 이러한 빈번한 시의 인용은 소설
장르 완성도를 무너뜨리면서도 한편으로는 장르의 확장을 가져온다. 『태
풍』에서는 극렬 나파유 무리의 일부가 아이세노딘인을 집단 학살한 사건을
묘사할 때 시의 형식을 취해 표현하고 있는데,[42] 소설에 비해 묘사의
치밀성이 떨어지는 비유적 어휘를 사용하는 시 장르를 통해 해당 사건의
잔인함을 희석시키고 있다. 이는 충격적인 현실에 대한 치밀한 묘사를
거부함으로써 잔인성을 직설적으로 말하지 않는 동시에 미처 드러나지
않은 행간의 의미에 대한 여지를 남기기도 한다. 최인훈 소설에 있어서
장르의 확장은 시를 통해 두드러지게 나타나지만 한편 희곡의 형태로도
나타난다.

그는 벽에 붙은 단추를 눌렀다. 벽이 열리면서 이순신이 들어섰다. 따라오

즉흥시가 실려 있다. 그 후, 「광장」에는 주인공 이명준이 대학 시절에 지은
6연으로 되어 있는 시, 「아카시아가 있는 그림」(31~32면)과 이명준이 포로 수용소
에서 지은 「슬리핑 백」(101~102면)의 총 두 편의 시가 실려 있다. 「구운몽」에도
「해전」(209~212면)이라는 제목의 총 15연의 꽤 긴 시 이외에도 시인인 빨간
넥타이가 읊는 시(288~292면)와 라디오 뉴스 해설(269~272면)이 시의 형태로
실려 있다. 한 정신병자의 독백으로 구성되어 있는 단편 소설 「囚」의 경우 본
서사의 길이(『우상의 집』, 최인훈전집8, 98~122면, 총 24면)에 비례해서 상당히
많은 분량의 시가 실려 있는 경우에 해당한다. 서술자 '나'의 사색의 상당 부분이
시로 표현되어 있는데, 그 분량은 총 11편에 해당한다. 앞서 인용한 것처럼
『서유기』에도 법정 증거문이 시의 형식으로 총 4편 나열되어 있으며, 『회색인』에
는 김학의 형이 낭독하는 정지용의 시 「향수」(135~137면)의 전문이 실려 있다.
42) 최인훈, 『태풍』, 177~180면.

는 사람을 보니 원균이다. 이순신은 여름을 타는지 좀 파리해 보이고 원균은 혈색이 좋다. 그들은 다정하게 서로 앉기를 권한다. 이 방의 주인이 자 사학자이자 죄수인 사람이 그들에게 인사하고 자리를 권한다.

　사학자 "일부러 나오시라고 해서 죄송합니다."

　두 사람, 약간 고개를 숙이어 괜찮다는 표시.

　사학자 "다름이 아니고, 임진왜란에 대한 증언을 부탁드리려는 겁니다."

　이순신 "기쁘게 응하겠습니다."

　(중략)

　이순신 퇴장. 원균 뒤처지면서 무슨 말을 할 듯싶더니 고개를 흔들면서 이어서 퇴장. 죄수, 독고준 일행을 향한다.(『서유기』, 114~119면)

　위의 인용문은 독고준이라는 인물을 화자로 한 소설인데, 갑작스러운 희곡 양식 차용으로 인해 과거의 인물인 이순신과 원균을 등장시키고, 임진왜란에 대한 토론식 증언을 직접 하게 만들었다. 그리고 그때까지 소설의 등장인물이었던 독고준과 그의 일행들은 연극을 감상하는 관객의 입장으로 바뀐다. 한편 앞서 인용문에 제시한 바와 같이 『회색인』에는 타장르에 해당하는 영화의 내용이 제시되어 있기도 하다.[43] 최인훈 소설 장르에 배치되어 있는 빈번한 시의 인용과 희곡, 영화라는 타장르의 삽입은 소설 형식 자체에 대한 비평적 논평에 해당한다.[44] 그리고 작가의 후기작인 『소설가 구보씨의 일일』의 경우, 작가가 구성한 인용문[45]뿐 아니라 본격적

---

43) 최인훈, 『회색인』, 265~268면.

44) 워는 브록로즈의 『시종』(1975)이라는 소설에서의 시의 형태로 인용되어 있는 비문의 예를 들어 장르 삽입의 경우, 담론이 전적으로 언어교류적이고 메타언어적 인 단계들에서 존재하므로 문맥화를 거부하며 자기 지시적이고 소설 형식 자체에 대한 논평이라고 평가하고 있다.(퍼트리샤 워, 앞의 글, 194면)

45) 『소설가 구보씨의 일일』에서는 <死者의 言>, <自殺主義>이란 제목의 시가 세 편 실려 있고 그것을 읽은 구보 씨의 해설이 간략하게 달려 있다.(최인훈, 『소설가 구보씨의 일일』, 220~227면)

으로 현실 담론이 인용되기 시작한다.

> 美, 韓國을 極東의 '홍콩'化 구상, 美評論家 주장, 對中共交易中 繼地役割,
> 朴-애그뉴會議 때도 議論-(워싱턴 21日同和) 美國의 노련한 時事評論家
> 폴 스코트씨는 닉슨 美國行政府가 中共과의 무역 확대를 설정하고, (후략)
> (『소설가 구보씨의 일일』, 116~117면)

> 옛날 네덜란드의 큰 도시 앤트워프 근처 마을에 한 소년이 살았다.
> 고아로서 할아버지와 살았는데, 할아버지는 마을의 우유를 모아 앤트워프
> 에 배달하는 우유 배달부였다. (중략) 가리개 보자기가 찢어진 그림틀
> 속에서 하느님의 엄마가 그들을 내려다보고 있었다.-이런 얘기다.(『소설
> 가 구보씨의 일일』, 287~289면)

위에 인용된 신문 정치면 기사 전문은 1971년에 실제 정치적 이슈에
해당한다. 그리고 두 번째 인용 부분은 작중인물이 읽었던 동화책의 내용을
요약하여 꽤 긴 분량을 제시하고 있는데, 실제로 존재하는 문학작품을
인용한다는 점에서 해당연도를 가진 신문기사와 맞먹게 현실 반영적이다.
최인훈의 후기 작품으로 올수록 빈번해지는 이러한 현실 담론의 직접
인용은 당대 역사를 직접적으로 기입하려는 작가의 의도이자 그럼에도
불구하고 그것이 허구 장르인 문학 안으로 들어옴으로써 궁극적으로
허구성을 갖게 된다. 이렇게 문학 장르의 범주를 벗어나는 일상생활의
자료들이 침투하기 시작하면서 최인훈의 소설은 전통적인 소설 장르의
위상을 벗어나 소설 장르의 허구성을 증명하고 장르의 확장을 이루고
있다.

3. 재귀적 진술과 자기 반영성 확대

문학 작품이란 근본적으로 나르시스적이라는 판단과 예술적 상상력은 무에서 나오는 것이 아니라 인류 기억의 총체에서 건져내는 것이라는 최인훈의 예술론도 역시 자기 반영적이다. 그는 문학이나 예술에 관련된 작중인물을 다수 설정하여 그들로 하여금 소설관, 문학관, 예술관 등에 대해 직접 의견을 피력하게 한다. 소설 장르 안에서 소설에 대해 언급하거나 일반 예술에 대한 의견을 피력하는 재귀적이고 자기 반영적인 진술은 예술가나 지식인, 소설가 작중인물을 통해서 이루어진다. 그리고 자기 반영적인 시각을 가진 작가의 소설 작품은 이제 인물, 모티프, 주제의식 면에서 이전 작품의 특정 요소를 이후에 쓰인 작품이 공유하는 방식으로 상호 대화성을 드러내기도 한다.

1) 문학과 예술에의 직설적 논평

현실 대응 의식에서 소설을 쓰기 시작했다는 최인훈은 작가로서 자신의 창작 과정 중에 지속적으로 소설이 무엇인지, 문학이 무엇인지, 예술이 어떠해야 하는지에 대해서 고민하고 있음을 표출한다. 그리고 그 고민의 흔적이 소설 안에 직접 드러나 있는 것이 특징적이다. 최인훈은 작중인물을 소설가 지망생, 극작가, 소설가 등으로 설정하고 그들의 입을 빌려 소설과 문학, 더 나아가 그것의 상위 체계인 예술의 정체성에 대해 논한다. 소설 안에서 소설 장르의 정체성에 대해 직접 이야기한다는 점에서 이 기법은 직설적이며 재귀적이다. 결국 이러한 자기 반영적인 기법은 『화두』라는 메타픽션을 탄생시키기에 이른다.

「가면고」는 현대 사회에서의 인간의 구원이라는 다소 무거운 주제를 액자 구조를 이용한 세 개의 이야기 배치를 통해 전달하고자 한 최인훈의 초기 소설이다.[46] 그 주제 안에는 예술 장르에 대한 작가의 진지한 고민이 또한 자리 잡고 있다. 그리고 예술의 하위 장르인 문학, 미술, 무용과 접해 있는 작중인물을 설정하고 그를 통해 진술하고 있다. 작중인물 민은 「신데렐라 공주」라는 발레극을 집필하는 극작가로서 심령술을 통해 전생을 체험하면서 진정한 구원에의 화두를 풀고자 한다. 각본을 어렵게 완성하는 과정에서 민은 무용과 문학, 예술의 정체성에 대해 고민한다. 국전에 입선하고자 그림을 그리는 화가 애인 미라의 그림을 통해서도 예술에 대한 견해를 드러낸다.

> (가) 평소에 무용이라는 예술이, 사람의 몸이라는 원시의 수단을 가지고, 공간의 조형에다 시간까지를 포함시킨 점에 예술 활동의 이상을 느껴오던 중, 그러한 무용의 상징성을 본으로 삼아 예술론을 펴보았다.(「가면고」, 176면)

> (나) 유럽 동화가 거듭거듭 채택하는 모티프―아름답고 선량한 공주가 나쁜 악마의 저주로 불행해진 다음, 씩씩한 기사의 힘으로 구원된다는 사상이 더 깊다. 더 합리적이다. 이것이 어쩌면 모든 예술의 원형이다. 모든 예술은 이 원형에다 때와 곳과 소재라는, 다를 수밖에 없는 옷을 입힌 변주곡이 아닌가.(「가면고」, 214면)

여기에서는 본격적인 소설론에 이르기 전 단계에 해당하는 예술에 대한 견해를 작중인물을 통해 범박하게 펼치고 있다. (가)에서 무용을 예술 중 이상적인 경우로 보는 작가의 견해는 발레리나 정임의 아름다운 육체와 이원론에 의해 분리되지 않은 사고에 사랑을 느끼는 민의 행동을

---

46) 「가면고」는 「광장」보다 앞선 1960년 7월에 쓰인 중편 소설이다.

통해 입증된다. 인간의 육체를 이용한 예술 장르인 무용을 최고의 예술로 여기는 작가의 사유는 다른 작품에서도 언급된 바 있다.

> 춤. 슬픈 모색. 몸짓. 움직이는 조각. 보이는 음악. 외공간과 내공간에 같이 요철을 만들어가는 최고의 시. 춤.(『서유기』, 217면)

최인훈은 여러 예술 장르의 상호 관련성과 공통점에 대해서 살펴보는데, 예술 장르 중에서 최고의 예술적 극치에 달한 것을 춤으로 보고 있다. 그리고 그 이유를 육체와 정신이 분리되지 않은 일원론의 상태, 가장 원시에 가까운 형태이기 때문이라고 파악한다. (나)에서는 예술은 원형을 공유하고 그 형태를 달리하는 변주곡이라는 민의 견해를 통해 문학, 미술, 무용 등의 모든 예술이 공통점을 갖는다는 예술론을 펼친다. 이와 같이 초기의 창작물을 통해 본 결과 최인훈은 문학의 상위 개념인 예술 일반에 대해서 관심을 갖고 언급하기 시작하고 있음을 알 수 있다. 한편 『회색인』의 경우 국문과 대학생이자 소설가가 되려는 작중인물 독고준을 통해 본격적으로 소설 장르에 대한 의견을 개진한다. 좋은 작품을 쓰고자 하는 독고준은 그러나 쉽게 펜을 들지 못한다. 좋은 소설이 무엇인가를 고민하면 할수록 해답에 이르는 길은 멀어지기 때문이다. 독고준의 소설 창작 자체에 대한 고민의 과정은 문학과 시대와의 함수 관계, 예술의 통시적인 발달 과정, 연극, 음악, 미술 등의 관련 예술에 대한 단상 등으로 다양하게 펼쳐진다.

> (가) "김동인은 일본의 침략을 독감 같은 걸로 알았던 모양이야. 그에 비하면 이광수는 훌륭해. 다른 작품을 다 말고 『흙』하나만 가지고도 그는 한국 최대의 작가야. 그 시대를 산 가장 전형적 한국 인텔리의 한 사람을 무리 없이 그리고 있잖아? (중략)" 준은 오징어 다리를 씹고 있다가 학의 말이 끝나자 박수를 쳤다. "자네 문학 평론으로 돌아보지

그래. 그리고 루카치한테 추천을 받아."(『회색인』, 13면)

(나) 옛날에는 권문세가(權門勢家)에서 가난한 예술가를 먹여주었다. 허술한 방 한 칸을 내주어, 있고 싶을 때까지 있게 해주고, 가끔 정사(政社)에 바쁜 주인이 어쩌다 틈이 있어 풍류의 마음이 일면 사랑에 불러들여 좋은 술과 안주에 인생과 자연을 담론하였을 것이다. (중략) 오늘날 매스미디어라고 부르는 전달 방법의 혁명이 사정을 근본적으로 바꿔놓았다. 결과로 옛적에는 아주 제한된 사람만이 즐기던 예술이 대중의 손으로 넘어간 것이다.(『회색인』, 202~203면)

(다) 문학에서의 순수란 한계가 있다. 좀더 선이 굵은 방식을 사용할 수도 있다. 그 점에서 준의 마음을 끄는 것은 카프카였다. 대상을 완전히 분해하지는 않으면서 거기서 '뜻'을 탈색해버리는 방법. 그러는 경우에는 리얼리즘의 모든 규칙을 지키면서 일상성과는 완전히 거꾸로 된 세계를 만들어낼 수 있는 것이다.(『회색인』, 206면)

(라) 그는 그림으로 하면 몬드리안을 키리코보다 더 좋아하였다. 더 순수하기 때문에. 손때 묻은 선입관을 너덜너덜 달고 나타나는 키리코나 달리의 그림보다 완전한 형식의 노름(도박)을 하는 몬드리안의 화면에 더 끌렸던 것이다. 그러나 몬드리안의 세계는 문학으로서는 만들어내기 불가능한 것이었다. 기하학과 같은 무조건의 보편성은 더욱이 산문의 경우에는 불가능한 일이다.(『회색인』, 208면)

(마) 연극만 해도 최소한 리얼리티의 환상을 줄 수 있다. 실물이 등장하니까. 그런 뜻에서는 연극이란 가장 저능한 예술이다. 한 발 잘못 디디면 그것은 예술이 아니라 정말이 되니까. 그러나 소설은 그럴 수 없다. 소설은 실물이 아니라 그림자—말을 써야 한다. 실물이 분열할 때 언어는 그것을 수습해야 하지만 그것은 어렵고 괴로운 일이다. 정직하려고 할수록 그렇다. 현실 자체가 너무나 소란스럽고 갈피잡을 수

없이 흔들릴 때 언어는 힘을 못 낸다. 그리고 가락을 없애버린 우리
시대의 말은 거짓말을 할 수도 없다.(『회색인』, 236면)

작가는 독고준 및 다른 작중인물을 통해 한국 근대문학에 대해 평가하고,
사회 변화에 따른 예술 및 예술가의 기능에 대한 견해를 밝히고 있다.
그리고 선대 문인의 작품 활동에 대해 평가하고, 미술이나 연극이 소설과
다른 점을 밝혀 소설의 특징과 비교하는 등의 다양한 방법을 통해 점차
소설론으로 집중하게 된다. 문학이나 예술에 관심을 갖고 있는 인물의
설정으로 예술 및 문학에 대한 의견을 밝히던 최인훈의 초기 소설은
후기로 오면서 소설가 화자를 설정함으로 인해 신뢰성을 얻기에 이른다.
『소설가 구보씨의 일일』에 이르면 작가는 소설가 인물을 설정하고
그를 통해 문학의 정체성에 대한 견해를 소설 내부에서 직접 진술하기
시작한다. 십 수 년간 한국 문단에서 창작 활동을 한 소설가를 화자로
설정함으로써 자연스럽게 문학 장르에 관한 진술이 늘어나고 빈도가
빈번해진다는 특징을 보인다. 구보 씨는 자광대학에서의 강연에서 자신의
문학관에 대해 강의한다. 문학의 미학적 구조는 문학이 몸담고 있는 환경에
대한 앎의 영향을 받으며, 그 환경의 정보를 익힌 후에는 문학의 미학적
구조에 맞는 형식으로 바꾸어 표현해야 한다는 것이 구보 씨의 의견이며[47]
동시에 구보 씨로 대변되는 작가 최인훈의 문학관에 해당한다. 한편 문학을
이루는 언어에 주목하는 최인훈은 자신의 소설에서 언어에 대한 견해도
밝히고 있다.

무서운 말이 빚어낸 그 어질머리와 섬뜩함. 구보는 그런 말들과 놀다가
이제는 꼼짝없이 그것들에게 잡혀버린 자기의 지난 십년을 생각했다.(『소

---

47) 앞의 글, 14~15면.

설가 구보씨의 일일』, 18면)

최인훈은 소설을 쓰면서 드러나는 소설 문체 자체에 대해서 자기 반영적인 방식으로 의식한다. 언어 생활에 대해서 혹은 문학의 문체에 대해서 작가의 자격으로 의견을 개진하거나 소설을 쓰고 있는 현재의 작가 자신의 언어 습관에 대해서 동시적으로 반성하기도 한다. 문학 언어에 있어서, 한자 사용 문제에 대해서 작가는 작중인물의 입을 빌려 다음과 같이 의견을 피력하고 있다.

> "현재처럼 혼합 표기를 하는 체제에서 한글만으로 표기하고 있는 소설 표기법은 일종의 '詩語'라든가, '암호' 같은 것이죠. 문장 표기법이 일반 문장과 문학 문장이 다르다는 것은 굉장히 사치스런 일이에요. 벌써 이것 하나만으로도 생활과 문학 사이에 거리가 있지 않습니까?" "선생님은 혼합 표기론이신가요?" "어느 쪽으로든지 통일되어야 한다는 말이지요.(하략)"(『소설가 구보씨의 일일』, 69면)

위의 인용은 소설 문체에 대해서 소설가로서의 반성을 적고 있는 부분으로서 소설가 화자를 주인공으로 내세웠기에 가능한 논의가 된다. 그리고 최인훈 스스로 「광장」을 여섯 차례나 개작하는 과정을 통해 한자어를 점차 고유어로 바꾸어 나갔다는 사실이 이러한 작가의식의 실천에 해당한다.48) 한편 작중 인물인 구보 씨는 <솔저 블루>라는 영화의 줄거리를 소개하면서 영화와 소설의 상관관계에 대한 시각을 정립하고 있다. 그는 영화의 남자 주인공을 포우나 스티븐슨의 소설과 비교하여 톰소여나

---

48) "나는 나의 작품 「밀실」을 개작하는 일을 시작하였다. (중략) 나는 첫 페이지 첫 단어부터 다시 새겨나가기 시작했다. 새겨나간다는 것은 말 그대로의 뜻이어서 첫 <단어>라고 되어 있다면 그것을 첫 <낱말>이라고 바꿔 새기는 것을 뜻했다." (최인훈, 『화두』 1권, 442면)

허클베리 핀과 같은 유형의 인간형이라고 규정짓는데, 여기에서 소설뿐
아니라 영화도 끌어들이는 장르 혼합의 시도를 발견할 수 있다.

> 신들린 말을 녹음한 기계 그것이 바로 책이다. 구보씨는 이 같은 탄식부터
> 가 모름지기 문필 노동자의 자기 선전이 섞인 넋두리라는 것이다. 독자여,
> 책 또한 믿어서는 안 된다. 그러나 이런 불리한 말을 하는 것도 역시
> 책뿐인 것도 사실이다. 구보씨는 이렇게 속으로 한탄하고 자문자답하면서
> 앉아 있었다.(『소설가 구보씨의 일일』, 135면)

소설 속 작가 화자는 소설 장르에 대한 이야기를 직접 독자에게 건넨다.
자신의 분신격에 해당하는 화자의 입을 빌려 작가는 소설의 정체성에
대한 이야기를 직접 독자에게 말해주는 메타픽션 전략을 가져온다. 재현을
넘어서 소설 속에서 소설에 대해 지시하는 메타 층위의 설정을 통해서
독자는 작가의 소설적 세계관을 일차적으로 엿볼 수 있게 된다.

소설가 화자는 소설과 인생, 예술과 삶의 관계에 대해서 생각한다.
그는 삶을 무대에 비유한다. "갈팡질팡하다가 징이 울리고 마는 삶이라는
무대. 이 알 수 없는 정글"이라고 한다. 진정 실제의 삶과 예술은 닮아
있다. "무대 위에서 왕이든 거지든, 그것은 많은 흉내일 뿐", 삶은 진짜이고
예술은 허구라는 것만이 다를 뿐이라는 인식이다. 그러면서 구보 씨는
예술이라는 허구보다 더 가짜 같은 뉴스가 판치는 삶을 의식할 수밖에
없다.

> 사람들은 분주히 지나간다. 그들만이 알고 있는 각본을 따라서. 그들이
> 등장할 장면에 늦지 않으려고.(『소설가 구보씨의 일일』, 309면)

한편 소설가 화자는 소설뿐 아니라 다른 장르인 희곡에 대해서도 관심을

갖고 의견을 내놓는다. 소설가이지만 총체적으로 상호 연관이 있는 모든 문학 장르에 대해서 말한다. 소설 안에서 소설가 주인공인 구보 씨와 그의 지인 극작가 배걸 씨의 대화로 구성되어 있는 희곡에 대한 작가의 견해를 정리해 보면 다음과 같다.

희곡 쓰기는 '내용'이라기보다는 '형식'이다. 연극은 제일 실물 크기의 예술이다. 연극의 경우 그 나라의 토착 지배 계급의 이데올로기가 살아서 풍속 속에 살아 있어야 한다는 조건을 갖는다. 연극은 인생에 대한 질문이라는 점에서는 소설과 같겠지만 사실주의 연극의 경우에는 무대에 나온 인물이 현실 속에서도 곧 연상이 될 수 있어야 한다. 소설처럼 연극에서도 리얼리즘 연극에 대한 압력이 있는 게 현실이지만 사실, 연극이 연극답자면 정치적 자유가 있어야 한다.(『소설가 구보씨의 일일』, 106~109면)

최인훈은 소설가 구보 씨의 입장을 빌려서 예술의 하위 장르인 소설과 연극을 비교하면서 그 속성에 대한 자신의 의견을 내놓는다. 소설과 마찬가지로 작금의 문단은 연극까지도 리얼리즘 일변도를 요구하고 있다는 것, 그러나 소설과 연극은 형상화 측면에서 구분되어야 한다는 것, 연극은 그 형식적인 특수성 때문에 예술로서의 지위를 잃을 염려가 없다는 것, 그리고 연극과 소설이 공통적으로 인생에 대한 질문이며, 한 나라의 전통이 풍속과 연결되어 반영되어야 한다는 점이다. 구보 씨는 발자크의 『追放者』 독서를 통해 근대문학 자체에 대한 사유를 펼친다. 요약해보면 다음과 같다.

작품의 인물인 '단테'가 찌라면 그 뒤에 있는 국제 정치 세력은 물밑에 있는 보이지 않는 고기에 해당한다. 찌를 잘 봄으로써 안 보이는 고기를 알아차리게 만들어놓은 것이다. 발자크 다음 세대의 작가들은 이런 대형급

인물을 다루기 즐겨하지 않는다. 그들은 평범한, 순전히 머릿속에서 지어낸 인물을 택하고 역사상의 대인물조차도 자연인으로서의 하찮은 동작에 흥미의 초점을 두는 경박한 것이 유행중이다. 인간을 개인주의적인 인간학의 집합으로 분해함으로써 근대문학은 사회라는 집단을 굽어볼 수 있는 관측 지점을 잃어버린 것이다. 그리고 후진국 ─ 한국 의식 ─ 의 골이 빈 비평가들은 그것을 리얼리즘이네 뭐네 하고 있다. 이들은 정치 음치들이다.(『소설가 구보씨의 일일』, 197~198면)

즉 근대 사실주의 문학의 팽배로 인해 리얼리즘 소설이 거대 담론인 사회나 정치의 문제를 더 이상 다루기 힘든 장르로 전락하고 있다는 것, 게다가 서구의 사실주의 문단 유행을 후진국인 한국 문단에서도 비판 없이 그대로 수용하여 사회에 맞지 않는 병폐가 발생하고 있다고 비판한다. 최인훈은 발자크 시대인 근대 프랑스에서 사실주의가 이루어졌다고 보면서 유럽의 사실주의란 귀족의 쇠약함과 부르조아의 건강함, 인간의 영원한 슬픔과 '돈'과 돈을 움직이는 사람들과 그들의 한계까지 이 모든 것을 숨김없이 드러내는 자유라고 보았다. 그리고 사실주의란 정치적 자유와 표현의 자유의 토양 위에서 꽃필 수 있는 장르라 하였다.[49] 그러므로 사실적 민주주의를 이루지 못한 한국의 역사와 정치의 토양에서 문학도 사실주의를 이룰 수 없다는 논지를 전개하며 한국 문단을 비판하고 있다.

최인훈의 예술론은 국적뿐 아니라 장르의 확장도 가져온다. 그는 문학 장르를 벗어나 미술 장르에 대한 해설을 통해 예술론을 펼친다. 구보씨는 이중섭 전시회를 보고 그의 그림에서 한국 예술의 가능성과 미래를 발견한다. 그가 말하는 바를 요약하면 다음과 같다.

이중섭의 그림은 형식적으로 서양 미술적 방법을 자신의 예술적 사상으

---

49) 최인훈, 「미학의 구조」, 『문학과 이데올로기』, 52~53면.

로 성공적으로 형상화한 경우에 해당한다. 서양 바람에 얼이 빠진 것이 아니라 얼을 살찌운 것이다. 특히, 좋은 한국 '소'를 그려냈고, 양담뱃갑 은종이에 그린 그림을 통해 이중섭의 예술가로서의 건강함과 시원스런 문명 비평력을 볼 수 있다. 문명 비평이란 풍속을 환골탈태해서 자기 밥주머니에 넣어버리는 뱃심이다. 이중섭의 그림은 홍수처럼 밀어붙이는 흙탕물 속에서 자기의 길을 잃지 않는다. 서양화의 껍질을 벗겨 던지고 그는 색채와 형태를 가지고 노래하는 것이 어떤 것인가를 손에 쥔다. 그는 자기 고향의 산천과 초목을, 짐승과 강가의 작은 동물을 통해서 노래한다. 그 모든 것을 자신의 생애라는 실존의 한 가닥 질긴 실로 꿸 수 있었다는 것. 가리지 않고 모두 한 가지 주제, 자신의 목숨의 걸음걸이 속에 끌어들여 그의 삶의 삽화로 만들었다는 것이 이중섭의 위대함이다. (『소설가 구보씨의 일일』, 289~294면)

구보 씨는 이중섭의 그림에서 서양의 틀을 이용해 전통의 얼을 회복한 한 화가의 위대함을 발견한다. 그리고 예술이라는 동질감 안에서 한국문학이 탈식민주의적 시각을 가져야 함을 주장한다. 서양의 것을 취하여 자신의 것으로 환골탈태하여 그 문명을 오히려 비판할 수 있는 뱃심을 키우는 것이 문학이 나아가야 할 길이라는 점, 그러면서도 고향, 전통과 같은 근본적인 자신의 풍속에서 떨어지지 않는 주제를 다루어야 한다는 점에서 역사적 당대성을 예술가 자신의 생애라는 실존의 한 가닥 질긴 실로 꿸 수 있어야 한다는 점, 삼라만상을 한 가지 주제, 자신의 목숨 안에 끌어들여 자신의 삶의 삽화로 만들 수 있어야 한다는 점에서 문학의 이상적 모습을 찾는다. 그러면서 같은 예술이면서도 장르적 특수성에 따른 차이를 짚어내는 것을 잊지 않는다.

"미술이나 음악은 자기가 왜 그런 기쁨, 그런 슬픔에 도달했는가를 설명할 거증책임(擧證責任)이 없다고 나는 생각해. 작품에 나타난 건 직접 기쁨이고 슬픔이지 육하원칙은 따질 필요가 없어. 그 점이 문학과 다르지."
(『소설가 구보씨의 일일』, 295면)

문학과 예술 분야에 종사하는 작중인물 설정을 통해서 지속적으로
예술론, 문학론, 소설론을 전개하고 또한 작가 스스로 그 비중을 늘려
오던 자기 작품을 지시하는 자기 반영적 기법은 메타픽션인 『화두』에
이르러 본격화된다.

2) 이전 작품의 반복 기술

최인훈은 소설 장르의 상호 텍스트적 본질에 주목하고 선대 작가들의
작품을 인용하거나 그 제목을 차용하거나 하는 등의 방식으로 패러디
기법을 사용해 왔다. 초기 작품 창작 원리로 패러디를 적극적으로 사용한
이유에 대해 최인훈은 예술에 대한 개념적인 정리가 덜 된 상태에서
패러디를 통해 현대적 감각을 유지하면서 고전을 미학의 방법론에 도달하
기 위한 나침반으로 삼을 수 있었다고 회고한다.50) 그의 지속적인 패러디
사용은 상호 텍스트의 적극적인 실천 행위였으며, 이제 패러디는 창작의
실제뿐 아니라 작품 안에 창작 기술로써 패러디 기법을 언급하는 것으로도
나타난다. 화자의 입을 빌려 문학 작품 안에서 상호 텍스트성에 대한
작가 자신의 견해를 자신의 소설에 기입하고 있는 것이다.

있다마다. 삼국지에 서유기·금병매·수호지·구운몽·춘향전·열하일기에
홍길동전에 없는 것이 없소.(『서유기』, 141면)

---

50) 김인호 대담, 앞의 글, 288면.

특히 「서유기」, 「구운몽」, 「춘향전」, 「열하일기」와 같은 고전 소설들은 최인훈의 패러디 소설 제목들과 일치한다. 작가가 의식적으로 자신이 패러디한 소설들을 드러내 놓는 이 경우는 '텍스트 과잉 침해' 전략에 해당하며 소설 형식 자체에 대한 비평적 논평 기능을 한다. 그리고 자기 작품에 대한 직접적인 지시 기능에 해당한다. 한편 작품 자체가 패러디 틀을 갖고 있으면서 소설가 화자가 소설에 대해 말하는 『소설가 구보씨의 일일』에서도 최인훈은 문학 장르 자체가 나르시스적이라는 직접 논평을 통해 예술과 글쓰기에 대한 자기 반영적 태도를 직설적으로 노출한다.

> 인류가 오랜 옛날에는 사용하였던 그 목의 힘살의 운동 기억을 상기하지 않으면 안 된다. 이 상기, 그것이야말로 가장 훌륭한 상상력이다. 상상력은 없는 것을 지어내는 힘이 아닌 것. 자기 자신을 기억의 바다에서 불러내는 것. 나르시스의 능력이다.(『소설가 구보씨의 일일』, 165면)

소설가 화자가 삶과 문학에 대해서 고민하는 소설 『소설가 구보씨의 일일』의 형식에 힘입어 문학의 역사성과 더불어 일반성을 획득해낸 최인훈은 예술 장르로서의 문학의 본질을 꿰뚫고자 한다. 그에 의하면 문학은 근본적으로 자기 자신을 지시하는 나르시스적인 장르이며, 예술적 상상력은 인류 기억의 총체에서 건져내는 것이다. 이렇게 현실 역사의 탐구는 이제 예술의 문제로 옮겨져 소설의 형식을 그 근원에서 찾는 자기 반영적 시각을 획득하기에 이른다. 그리고 이것은 향후 메타픽션 『화두』의 탄생에 대한 예고가 된다. 『화두』는 작가가 이전에 썼던 소설과 희곡 등 모든 문학 작품들을 다시 읽고 다시 쓰는 총 망라의 장이라고 말할 수 있다. 자기 반영과 다시 쓰기를 통한 자기 작품의 지시성은 이미 그 이전 다른 소설들에서도 조금씩 그 초기 형태가 노출되고 있었다.

『회색인』에서 독고준이 <갇힌 세대>에 투고한 가상식민지를 다룬 소설의 내용과 거기에 나오는 나라 이름인 '나빠유(NAPAJ)'국이 작가의 다른 소설『태풍』에 나오는 국명과 동일하며,『회색인』의 가상식민지설의 간단한 내용이『태풍』의 주제의식을 반영한다는 것에서 소설 간의 상호 지시적 관계를 설정할 수 있다. 그리고 김학의 친구 이름이『회색인』의 연작에 해당하는『서유기』의 원작자 이름인 오승은과 동명이인이라든가 <갇힌 세대>를 '수인(囚人)의 세대'라는 용어를 사용하고 당대의 젊은이들을 갇힌 세대로 인식하는 것이나 예술가를 마네킨에 비유하는 것등은 시대와 타협하지 못하고 갇힌 예술가를 형상화한 「囚」와의 유사성을 생각해낼 수 있다. 또한 독고준이 자신의 고향을 찾으러 갔던 일을 '서유기'를 갔었다고 말한 것은 연작 소설에 해당하는『서유기』가 민족의 역사 탐구라는 주제를 가진 점에서 연결된다.

『서유기』에서도 작가 자신의 소설을 언급하면서 주제를 강화하려는 작가의 의도를 파악할 수 있다. 가령 작가는 자신의 단편 소설 「라울전」의 인물인 라울을 언급하고 있으며, 자신의 분신에 해당하는 독고준의 인상을 말할 때 '패러디 감각선의 이상 분비'와 같은 말로 패러디 소설을 많이 쓴 자신의 저작 경향에 대해서 스스로 돌아보고 있다. 앞서 밝힌 바와 같이『서유기』의 유사 서분과 「구운몽」의 고고학자의 영화 시사회 서사에서 각각 본문과 속 이야기를 영화로 간주하고 그 기법을 소개한 점도 상호 지시적이다. 그 외에도 「囚」에서 불에 탄 마네킨의 상상력이『서유기』에서 불에 타서 숯기둥 같은 나무들의 풍경으로 연상 작용을 일으킨다거나, 「구운몽」에서 인물 독고민으로 하여금 기억을 되살려 행동하게 만들어 주는 '편지'가『서유기』에서는 신문 광고로 변이되어 나타나는 등 모티프에 있어서도 자기 반영적인 경향을 보인다.

『소설가 구보씨의 일일』의 구보 씨는 크리스마스를 기독교도인지의 여부와 상관없이 해방 후 모든 한국 사람들의 기념일이 되었다고 보고, 카니발과 같은 것으로 인식한다. 그리고 그 이유를 크리스마스 날만 유일하게 야간 통행 제한이 걷힌다는 데서 찾고 있다. 최인훈은 외국 문화가 토착 풍토와 기괴한 방식으로 혼합된 형태로서 크리스마스를 꼽으며, 「크리스마스 캐럴」은 야간 통행 제도를 실시하는 한국 정치의 압제를 주제로 하여 일년에 한 번 그것이 해제되는 것에 의의를 두고 한국식으로 카니발화된 크리스마스를 그 소재로 삼고 있다. 그리고 「하늘의 다리」에서도 김준구는 친구 한명기와 함께 한국의 크리스마스는 카니발과 짬뽕이 된 형태의 짬뽕 문화로 보고, 한국을 "역사가 휴머였던 나라 휴머랜드"로 명명한다. 한국을 '휴머랜드'라 부르는 명명은 최인훈의 다른 풍자적 소설 「열하일기」의 '루멀랜드'를 상기시킨다. 이렇게 전통과 단절된 현대 문화를 가진 한국 사회의 풍토를 비판하는 시각에서 크리스마스는 여러 소설에서 비슷하게 사용된다. 「하늘의 다리」에서의 대화 내용은 『소설가 구보씨의 일일』의 작중인물의 생각에 그대로 적용되고 「크리스마스 캐럴」의 소재로도 사용되는데, 이러한 작가의 자기 반영적 창작 태도는 일련의 작품을 읽는 독자들에게 주제의식을 강조함과 동시에 독서에의 몰입을 방해하는 작용을 하기도 한다. 『소설가 구보씨의 일일』의 구보 씨가 "밤중에 갑자기 거리로 나가고 싶은 가벼운 지랄병 같은 것"을 가지고 있는 이유는 야간 통행 제한 제도와 연결되어 「크리스마스 캐럴」에서 비밀스런 밤의 외출로 표현되어 있기도 하다.

「구운몽」에서 독고준은 감옥으로 안내되고 거기에서 여러 죄수들을 만나게 된다. 그들의 죄목은 '투시하려 한 죄', '결론을 내리려고 한 죄', '잊어버리지 않는 죄'인데, 이에 대해 『소설가 구보씨의 일일』에서 구보 씨가 정치에 대해서 생각하는 가운데 민중에게도 '알 권리', '비판할 권리', '의심할 수 있는 권리'가 필요함을 역설하는 장면과 상호 텍스트적으로 읽힌다. 이 사회를 살아가는 사람들이 권력층에 대해 자신들의 권리를 행사했을 때 제재 당하는 장면을 제시하고, 작가는 다른 작품의 작중인물을 통해 이를 비판하고 민중의 권리를 주장하는 것이다. 한편 「구운몽」의 감옥과 관련하여 단테를 감옥 제도 연구가로 소개하고 그의 저서 『신곡』을 소개하는데, 이것은 다시 『소설가 구보씨의 일일』에서 단테의 『신곡』을 읽고 그와 동질감을 형성하는 구보 씨를 통해 다시 한 번 지시되고 깊이 있게 조명된다는 점에서도 상호 텍스트적이다.

『소설가 구보씨의 일일』에서 구보 씨가 전통을 상실한 한국 땅에서 살아남아 보겠다고 애를 쓰는 피난민 같은 동족들에게서 "기독교의 신에게 쫓겨난 토착신 드라큘라의 눈초리"라는 은유적인 느낌을 표현해 내는 것은 『회색인』을 상기시킨다. <드라큘라 백작>이라는 영화를 본 독고준이 드라큘라한테서 기독교 신에게 자리를 뺏긴 토착신의 모습을 보고 나서 원주민이자 피난민의 처지인 자신과 동일시한다는 점을 발견한다면 구보 씨가 피난민의 처지를 느낀 대목에서 급작스럽게 드라큘라를 떠올린 것을 이해할 수 있고, 자기 지시를 통한 이중의 이해는 결국 그 상황과 주제의식을 더 강화하는 기능을 하게 된다.

이와 같이 최인훈의 소설들은 상호 텍스트적 관계에 놓여 있으며, 후대의 텍스트가 이전 텍스트의 여러 부분을 지시하는 특성을 갖고 있다. 전통과 단절된 역사의식을 조명하든, 시대와 불화하는 개인의 문제를 이야기하든, 최인훈의 소설은 역사와 시대라는 주제에 천착해 있으며 그것을 해명해 가는 과정에서 유사한 모티프나 소재나 인물들이 나타나 이전 텍스트를 지시하는 자기 반영적인 특성을 이루게 된다. 이 상호 텍스트적 관계는 『회색인』과 「囚」, 「구운몽」과 『서유기』, 「하늘의 다리」와 「크리스마스 캐럴」 등에서 다양하게 나타나는데 특히 여러 소설들이 대부분 『소설가 구보씨의 일일』과 상호 텍스트적 관계에 놓여 있다는 점에서 소설가 화자가 등장하여 문학과 예술에 대해서 직접 진술하는『소설가 구보씨의 일일』이 상당히 자기 반영적임을 입증한다. 그리고 최종적으로『화두』는 이전의 모든 소설들과 상호 텍스트적 관계에 놓여 있게 된다.

V. 최인훈의 자기 반영적 글쓰기의 문학사적 의의

1. 20세기 세계 역사에 대한 종합적 글쓰기

1) 떠돌이 지식인의 상상적 해방

『화두』의 '나'가 가졌던 운명적 떠돌이 의식은 Ⅲ장에서 논의한 바와 같이 「광장」, 『회색인』, 『서유기』, 『소설가 구보씨의 일일』, 「금오신화」, 「하늘의 다리」의 소설들에서 구체적으로 형상화되고 또 반복되어 왔다. 그리고 「그레이 구락부 전말기」의 현, 「광장」의 이명준, 『회색인』과 『서유기』의 독고준이 책으로 은둔하는 지식인 인물들로서 그려졌다. 이들은 세상에서 버림받은 실향민으로서 자아의 문제를 화두로 갖게 된 한편, 현실과 문학의 세계가 다르다는 이원화된 세상에 대한 인식을 갖게 되었다. 국문과 대학생, 기자, 화가 등의 다양한 역할을 가진 작중인물들은 각자의 입장에서 화두를 풀기 위한 노력을 보태 왔다. 그리고 『화두』에 오면 실향민이자 지식인이며 스스로 자기 자신의 처지와 글쓰기에 대해서 직접 이야기할 수 있는 1인칭 소설가 화자가 등장하여 소설 쓰기를 통해 해결책을 찾는다.

담론 층위의 '나'는 이야기 층위에서 학창 시절로 돌아가 당시 자신이

살았던 W시의 도서관에서 읽은 책들의 목록이며 그 책들을 읽고 했던
생각, 단상 등을 떠올린다. 그리고 메타 층위의 '나'는 "문학이란 무엇인가"
에 대해 직접 설명한다. 책에 대한 화자의 사유는 인류 지식의 저장고라는
추상적인 사고뿐 아니라 책의 장정이나 출판물의 유통 과정까지 점검하는
물질적인 사고로도 나타난다. 그러한 다양한 설명 단계를 거친 후 읽기와
쓰기의 차이를 통해 글쓰기의 감정 치유 효과에 대해 언급한다.

> 내가 만일 소설을 읽기만 하고 지내는 사람이었다면, 나는 잘된 소설을
> 즐기기만 하면서 평생을 보냈을 테고 읽을 만한 소설이라는 것이 있자면
> 어떤 과정이 진행되는가를 모르면서 지냈을 것이다. 이야기를 읽는 재미가
> 그런다고 조금도 다쳐지지는 않지만, 이야기라는 현상이 이루어지는 운동
> 의 한구석에는 아무래도 들어서지 못하고 만다. 쌀을 경작해 보지 못하고는
> <쌀>이라는 현상의 중요한 한구석을 모르는 채로 지낼 수밖에 없고
> 그렇다고 쌀을 소화시키지 못하는 것은 아닌 사정과 다를 바 없다. 나는
> 쌀을 만들어서 먹는 사람이고 싶었다.(『화두』 1권, 159면)

> 덴버에서 산으로 돌아가던 길에 차에서 겪었던 생리적 소외감, 내 몸이
> 얼른 뒤집어졌다 돌아오는 순간 같은 느낌은 삶과 하나가 되지 못하는
> 내 삶의 모습이었다. 내 소설들의 증상을 그것은 닮아 있었다. 소설이라는
> 형식으로 그 증상을 되풀이 진단하는 것은 진단 자체가 적어도 그 증상에
> 대한 공포를 조금은 진정시키는 효과가 있었다.(『화두』 1권, 469면)

대단한 독서광이자 작가인 화자는 자신의 경험으로 미루어 읽는 행위와
쓰는 행위의 차이점을 지각한다. 그에 따르면 '책' 자체의 이해는 작가
스스로 온몸을 투신하여 쓴다는 행위를 통해서만이 본질적인 이해가
가능하다. 그것은 읽기를 통한 배움과는 본질적으로 다른 글의 근원에
대한 접근을 말한다. 독자였던 화자는 작가가 되어 글을 직접 씀으로써

읽을 때는 경험하지 못했던 경지, 마음이 움직인다는 것을 체험한다. 책을 독자로서 접할 때에는 아무리 읽어내도 다 읽은 후 책의 세계로부터 나오면 달라진 것이 없다는 사실이 화자를 괴롭혔었는데, 반복적인 쓰기를 통해서 감정의 정화 작용, 마음의 위안이 조금씩 발생한다는 것이다. 완전한 정도는 아닐지라도 작가는 글쓰기를 통해서 상상 세계 속의 행복에 한걸음 다가서는 경험을 했다고 고백한다. 그리고 그동안 되풀이하여 창작했던 경험이 세상에서 버려진 떠돌이로서의 자신의 소외감에 위안이 되었노라고 밝힌다. 그리고 그 일련의 창작물들이 떠돌이 지식인의 문제에 천착했음은 물론이다.

『화두』의 화자는 가족들의 외국 이주와 그곳에서의 생활을 체험하면서 피난과 관련된 구체적인 기억을 되살리고, 새로운 정착과 이주의 화두를 풀어나간다. 그리고 피난과 관련한 이전 소설들과 상호 긴밀한 대화를 통해 「하늘의 다리」의 부산 앞바다는 『화두』에서 대서양으로 화하고 바다의 상상력은 인류 진화의 추체험과 정착의 의미를 전달하게 된다.[1] 그는 마침내 자신의 가족이 미국이라는 안정적 피난지에 정착했음을 알게 된다. 그리고 자신에게도 정착의 기회가 찾아오지만, 스스로 귀국을 선택함으로써 정착을 거부하고 떠돌이의 운명을 받아들인다. 이제 유랑은 자신의 신택으로 덜바꿈한다. 그 선택의 원동력은 그동안의 글 쓰는 행위를 통해서 글 안에서, 상상적 자유를 얻어가고 있었다는 깨달음에서 찾을 수 있다.

---

1) 『화두』에서는 대서양을 마주하고 앉아 있는 부자의 모습이 그려져 있을 뿐이지만, 「하늘의 다리」와의 상호적 읽기를 통해 정착의 화두가 풀린다. 「하늘의 다리」에서 LST를 타고 부산 바다로부터 상륙한 김준구는 바다에서 올라와서 남한에 정착한다. 인류의 조상이 바다에서 올라와 고등동물이 되었듯이, 생명의 근원인 바다의 상상력은 그 발생과 진화 과정의 곡절을 알려주고, 근원을 상실한 떠돌이 개인에게 정착의 기회를 부여하는 것이다.

나는 이제는 두렵지 않았다. 아니 두렵지 않은 것이 아니었다. 그러나, 그래도 돌아가야 할 만큼만 두려웠다. 왜냐하면 내게는 꿈꾸는 힘이 남아 있었다.(『화두』 1권, 470면)

몸은 아직 노예 상태지만, 자유민의 꿈을 유지하는 것이 글쓰기를 통해 이루어진다는 깨달음, 그 꿈꾸는 힘의 실천을 위해서 떠돌이의 운명을 스스로 선택함으로써 최인훈은 계속 글을 쓸 미래의 모습을 다짐한다. 이렇게 그동안의 창작 행위를 통해 글쓰기의 힘을 깨달은 '나'는 기억을 찾아가는 『화두』의 글쓰기를 통해 자신의 모든 과거와 더불어 자기 자신을 찾고자 한다. 그리고 거기에는 자기가 썼던 이전의 모든 창작물이 포함된다. 기억을 쓰는 과정 안에는 이전에 썼던 글을 모두 다시 쓰는 과정이 포함되고, 그 일련의 『화두』 창작 과정을 통해 '나'는 자신의 주인이 되고 주체적으로 글을 쓰고자 한다. 이와 같이 가족의 이주 지점은 생명의 탄생 지점인 바다와 연결되어 새로운 정착지로 화하고, 피난 체험을 돌아보고 민족적 피난의 역사적 사실을 되짚어보는 기억에 따른 글쓰기는 그때까지 자신을 묶어두고 있었던 '피난민 의식'에서 풀려나 자유와 해방감으로 나아간다.

그런 시간이 금지된 살림살이에 대한 불안을 그려내려고 한 소설을 나는 썼다. 나의 다른 소설은 줄곧 그런 종류의 느낌의 둘레를 되풀이해서 맴도는 그런 식이었다. 몸은 비록 노예일망정, 자유민의 꿈을 유지하는 것, 작품이란 것은, 꿈의 필름이 아니라 의식이 스스로 연기(演技)하여 꿈을 발생시키기 위한 연기 순서의 기록이다.(『화두』 1권, 468면)

이전 소설들은 전근대적 억압에 대항하기 위한 근대인의 저항 의식의 발현이었고, 따라서 떠돌이라는 처지에 놓이게 된 원인을 밝히려는 자아에 대한 강한 의지가 소설마다 드러났었다. 세상과 자아의 불화에 대한 강한

문제의식을 표명하고 인물의 고뇌나 상황의 설정으로 소설 전면에 주제의
식으로 드러났었고, 그것이 그때까지의 최인훈의 소설이 갖는 공통점이었
다. 그런데 쓰는 과정이 반복되고 누적되면서 점차 쓰기 자체에 대해서
바라보는 자기 반영적 시각을 갖게 되고, 글 안에 위치하면서 세계를
미학적으로 바라볼 수 있는 미적 주체가 탄생하게 된다. 그리고 그것은
그때까지 자아의 한계로 작용하던 떠돌이 의식이 오히려 자발적인 글쓰기
의 원동력으로 바뀜으로써 가능해진 것이다. 글쓰기를 통해 얻은 각성과
더불어 구소련의 멸망이라는 세계 패러다임의 변화도 자유로운 글쓰기의
주체 탄생에 영향을 미쳤다. 앞에서 『화두』의 '나'의 가족들이 고향을
등지게 되고 월남까지 하게 된 것은 이른바 "정치적 추방"2)이었다고 밝힌
바 있다. 당시 북한 사회주의 체제 뒤에는 구소련이 버티고 있었다는
점을 고려할 때, 구소련의 멸망은 무고한 개인을 추방시킨 가해자가 사라졌
음을 의미하기 때문이다. 멸망 일 년 후에 구소련을 여행하던 '나'는 여행에
서 문학의 속성을 보게 된다.

> 여행자의 신분일 때는 그 도시의 생활자에게 있어서처럼 도시가 생활일
> 수 있는 능력은 자동적으로 차단되므로, <생활>을 가장 닮았으면서
> <생활은 아닌 것>. 즉 생활의 환상을 즐기게 되는데, 이것이야말로 <예
> 술>이라는 현상의 성격이 아니고 무엇인가.(『화두』 2권, 427면)

여행을 통해 생활의 환상을 즐기고, 생활의 환상의 또 다른 이름, 자신이
평생 해 왔으며, 이제는 노예로서가 아니라 자유로운 주체로서 할 글쓰기를
보게 된다. 여행자를 통해 작가는 가장 자유로운 인간, 즉 지금까지도
그래왔고, 앞으로도 글쓰기를 통해 자유로워질 미적 주체로서의 떠돌이

---

2) 최인훈, 『화두』 1권, 108면.

지식인인 자신의 모습을 발견한다.

2) 트라우마의 치유와 자아 정체감의 회복

반복적 쓰기를 통해 가능했던 쓰기 안에서의 상상적 해방은 떠돌이 노예 의식뿐 아니라 '자아비판회' 체험과 관계있는 자아 정체성 형성 문제에 대한 해결책도 제시한다.

Ⅲ장에서 살펴본 것처럼 '자아비판회' 체험은 「광장」, 『회색인』, 『서유기』의 초기 소설에서 각기 다른 방법으로 형상화된 바 있다. 그리고 일련의 반복적 쓰기를 통해 원체험의 충격은 점차 완화되었고, 특히 『서유기』에서는 '자아비판회'를 추상적 형식을 빌려 깊이 있게 다룰 수 있었기에 작가 스스로 "마음이 움직인다는 믿음"3)을 가질 수 있었고 그 후로 『화두』를 집필하기 전까지는 이 모티프는 더 이상 등장하지 않게 된다. 그럼에도 불구하고 '자아비판회' 체험은 작가가 최초로 사회와 불화의 관계를 맺게 되는 중요한 원체험이었다. 소설들에서 반복적 모티프로서 드러났던 '자아비판회'는 『화두』에 오면 자신의 일대기를 집필하려는 의도를 가진 소설가 화자가 그것이 유년 시절의 원초적 트라우마로 형성되었음을 직접 고백한다. 소설 1권의 1장을 이 유년 시절의 원체험으로 시작하고 있는 데다가 이 체험이 '화두'로 굳어져 여러 차례에 걸쳐 반복 회고될 만큼 무게감을 갖는다. 그리고 화자는 기억의 회로가 그쪽으로 옮겨질 때마다 '자아비판회'와 동전의 양면처럼 맞물려 있는 '문학 시간'의 기억도 되풀이한다. 1960년대의 초기 소설에 썼던 '자아비판회'에 대해서 1994년의 『화두』의 화자는 다음과 같이 회고한다.

---

3) 앞의 글, 2권, 177면.

소설 속의 <박성운>을 긍정하면서도 그가 소설 밖의 인물인 지도원 선생에게 대항할 수는 없다고 「서쪽으로 가는 이야기」를 쓸 때의 나는 생각했던 모양이다. 그러나 이것은 우스운 이야기다. 실지의 지도원 선생은 W시에만 있는 존재였다. 「서쪽으로 가는 이야기」 속의 지도원 선생은 소설 속에만 있는 사람이다. 두 사람은 다 소설 속의 인물이 되었다. 나는 그들을 한 소설 속에서 만나게 해도 괜찮으리라고 지금은 보고 싶다.(『화두』 2권, 141면)

기억 속의 이전 경험이 현재에 와서 달라질 수 있다는 인식, 그리고 현실 세계와 소설 세계를 이원화하고 있는 사유가 보인다. 소설 속의 인물인 박성운과 현실의 인물이었던 지도원 선생, 그러나 자아비판회를 소설의 모티프로서 여러 차례 소설 속에 기술해 온 결과 이제는 둘 모두 소설 속의 인물로서 같은 위치에 있게 되었다. 그리고 최종적으로 『화두』에서 소설가 화자는 다시 그 둘을 불러내어 만나게 하고 있다. 실제 체험을 한 번이 아니라 여러 번 소설적으로 형상화하고, 그것도 매번 다른 방식으로 재현함으로써 원체험의 트라우마는 약화된다. 그리고 실제 세계의 인물을 소설 속에 그려넣음으로써 작가인 자신이 다룰 수 있는 대상이 되고, 『화두』라는 메타픽션에 들어옴으로써 소설 내용이 허구라는 것을 발견하게 되는 과정이다.

'자아비판회' 체험 외에도 전쟁에 관한 '방공호 성체험'이나 'LST 피난 체험'이 변주되어 「구운몽」, 「하늘의 다리」 등의 소설까지 확장되어 나타났다고 살핀 바 있다. 이 세 가지 원체험 모티프들은 사회주의라는 북한의 정치 체제가 개인에게 일방적으로 가하는 폭력적 의미를 갖는다는 점에서 서로 유기적으로 연결되어 나타나 왔다. 그리고 전쟁의 피난 체험은 떠돌이 '노예 철학자' 의식과 연결고리를 형성하고 모티프를 공유한다. 그럼으로써 사회에 대응하여 형성된 개인의 원체험이 과거와 현재의 도처에 포진하게 된다. 이렇게 소설마다 모티프로서 반복되고 변주되어 온 유년 시절의 원체험들은 『화두』에 와서 소설적 형상화의 틀을 벗고 기억 담론으로 돌아와 회고되고 재현된다. 소설가 화자는 현실을 살아가는 작가로서 소설 쓰기란 무엇인가에 대해서 이야기하면서 자신의 소설 쓰기는 20세기에 한국 사회에서 살아가기 위한 방편이었다는 점과, 삶의 화두이자 소설의 화두가 되었던 원체험 두 가지가 무엇이었는지에 대해 솔직하게 밝히고 있다.

작가로서, 한 개인으로서 화자는 고등학교 문학 교사와의 사이에 포석의 「낙동강」을 매개로 형성된 공감대를 되풀이하여 긍정하면서도 그 이면에서는 지도원 선생님의 비판에 대응하기 위해서 '공동체적 이성'4)에 아귀를 맞춰가는 일을 해야 했다. 화자의 생애와 글쓰기는 "생애를 통하여 W시의 그날과 그 밤의 교실에 시도 때도 없이 끊임없이 소환되어 그 장면을 계속해야 하는 최종심 없는 법정의 증인이자 피고처럼 살아왔다"고 회고되는 과정의 연속이었다. 그 과정이 계속 반복되면서 조금씩 더 준비된 원고를 가져간다고 생각하지만 상대 역시 또 다른 질문을 퍼부었고 결코 명쾌한 답변이 되지 않는 굴레 속에서 화자는 그 원인을 찾아내야 했다.

> 우리는 그때마다 그 시점까지 저마다 공부한 만큼 좀 수준이 달라진 응수를 했는데 우리는 여전히 같은 말을 하고 있는 환상을 가졌다. (중략) 내가 <공동체적 이성>에 대한 연구를 아무리 해가지고 가도 지도원 선생님과의 거리는 전혀 좁혀지는 것 같지 않은 것이, 그때나 지금이나 지도원 선생님의 뒤에는 현실로 존재하는 정치권력이 있었다.(『화두』 2권, 366면)

---

4) II장 1절의 용어 설명 참조.

문학이라는 상상의 세계에서 반복되어 온 <공동체적 이성>과 개인의
괴리를 해소하려는 몸짓은 그 원체험이 현실의 세계에서 실재했던 사건이
었고, 지도원 선생님으로 대표되는 사회주의 체제가 실제로 현존한다는
점에서 한계를 갖고 있었다. 상상의 세계에서의 해결은 글 쓰는 동안만
유효할 뿐, 현실의 세계로 돌아오면 그 사회체제는 건재하고 있었다.
이렇게 글쓰기의 힘보다 실재하는 현실의 힘이 더 세다는 믿음 때문에
반복적 글쓰기에도 불구하고 그때까지의 쓰기를 통한 트라우마의 치유는
완전하지 못한 것으로 비쳐졌다. 그런데 현실의 세계에 변화가 찾아왔다.
사회주의 체제의 상징적 중심이었던 소련이 사회주의를 버린 것이다.
구소련의 멸망으로 현실의 정치권력이 사라지고 지도원 교사와 문학
교사 사이에서 유일하게 소련을 방문하게 된 화자는 비로소 유리한 고지에
위치하게 된다. 문학에서 수차례에 걸쳐 시도되었으나 궁극적으로 풀리지
않았던 화해는 지도원 교사의 나라가 멸망하면서 지도원 선생의 패배로
판명되고 만다.

Ⅱ장에서 상술한 구소련의 멸망이 최인훈에게 미친 영향을 다시 한
번 살펴보면 다음과 같다. 구소련의 멸망이라는 역사적인 사건으로 인해
'공동체적 이성'의 구현이었던 사회주의의 허위성이 폭로되고 구소련
여행에서 소녕희의 분견을 찾음으로써 화자는 그때까지 자신의 존재를
거부했던 사회주의의 허상을 목도하게 된다. 실제 현실의 사회 체제에서
버림받은 개인이 문학 세계에서는 인정받았다는 것에 의미를 부여하고
문학적 경험을 정치적 신뢰로 전이하여 포석을 한평생 후견인이자, 변호인
으로 삼고 살았던 화자에게 소련 땅에서의 포석의 숙청이란 엄청난 충격으
로 다가온다. 이것은 궁극적으로 소설가 화자에게 문학 세계와 현실 세계의
괴리, 부조리한 현실 세계를 보게 한다. 따라서 구소련의 멸망이라는
20세기 말의 역사적 사건은 평생 풀리지 않던 집단과 개인의 화두가

풀리는 경험이자 다른 한편으로 현실 세계와 문학 세계에 대해서 새로운 패러다임을 갖고 글쓰기를 새로이 보게 하는 계기를 마련해 주었다.

이와 같이 세계 인식의 대응으로서의 최인훈의 소설 쓰기는 정치 이데올로기와 자아 찾기와 관련하여 형성된 모티프들의 반복과 변이를 통해 이어져 왔으며, 이 행위를 통해서 얽힌 실타래를 풀어오는 과정이었다. 그러던 중, 구소련 멸망이 가져온 세계 패러다임의 변동을 통해 역사적 기억으로서의 트라우마가 해소되고 자신의 정체감을 회복한 자아는 세계에 대해 새로운 자신감을 획득하게 된다. 그리고 그것은 새로운 형식과 비전을 가진 『화두』라는 메타픽션의 글쓰기 안에서 가능해졌다.

3) 역사의 외연 확장과 20세기의 종합

『회색인』, 『서유기』, 『태풍』에서는 주로 식민지 시기의 대표 작가로 이광수를 들어 그의 작품이나 행적을 비판하는 시각을 견지하고 있다. 특히 『서유기』에서는 환상성을 동원한 추상적 기법을 통해서 과거의 사실인 역사를 당대로 끌어와 재해석할 수 있는 조건을 마련하였다. 그러나 시간 이동을 통해 과거 인물을 직접 만나고 대화를 했음에도 불구하고 화자는 역사적 인물의 말을 듣기만 하는 수동적 자세를 견지한다는 점이나, 그 자리를 떠나 버린다는 행위를 통해서나 역사와 단절된 비극적 현 상태를 여실히 보여주고 있다. 그러므로 초기 소설의 화자가 인식하는 과거의 역사는 반성을 통해 극복되어야 하는 비판적인 대상으로 남는다. 『소설가 구보씨의 일일』에서는 선대 문인인 박태원의 틀을 적절히 활용함으로써 소설의 전통을 잇는 한편 한민족의 역사뿐 아니라 세계 역사로 시각이 넓어진다. 게다가 소설가 화자가 설정되어 다른 나라 작가들의 작품이나 예술의 타장르까지 직접적 논평을 행하면서 문학을 통한 역사적 외연을 넓혀간다.

『회색인』, 『서유기』, 『소설가 구보씨의 일일』, 『태풍』에서 빈번히 등장했던 역사적 인물들은 『화두』에서 그 시대와 공간을 확장하여 나타난다. 『화두』에는 '나'에게 작가가 될 숙명을 점지해 준 특별한 인연으로 다루어지는 작가 조명희를 비롯하여 신채호, 김사량, 김태준 같은 작가들을 망명을 통해 문학을 행동으로 옮긴 사람들이라는 측면에서 언급하고 있고, 박태원, 이태준, 이상, 이용악 같이 한국 땅에 남아서 문학 활동을 했던 작가들은 그 작품으로 접근하면서 화자 자신의 거울로 삼고자 한다. 『화두』에서 화자가 언급하고 있는 한국 작가들은 하나의 공통점을 갖는다. 그들은 이광수와 김동인 같은 작가들과 달리 글과 행동이 일치했던 작가들이라는 점이다. 『회색인』, 『서유기』, 『태풍』, 『소설가 구보씨의 일일』 등에서 일관되게 등장하여 중요하게 자리매김하던 이광수가 『화두』에서 직접 언급되지 않음은 그의 문학적 실천이 현실과 유리되어 있었기 때문이었고, 그래서 이전 소설들에서 비판의 대상이 되어 왔던 것으로 이해할 수 있다. 화자는 식민지 시대와 한국전쟁 후라는 외부의 폭압이 미처 극복되지 못한 시기가 갖는 유사성을 들어 선배 작가들이 활동한 1920~30년대와 자신이 소설을 썼던 1960년대의 시대적 동질성을 찾고, 또한 그들과 자신이 일본어로 번역된 서양 인문서적을 탐독한 동일한 독서 경험을 가졌다는 지식 공동체라는 동질성을 찾는다. 이러한 동질성을 토대로 소설가 화자는 선배 작가들에 '빙의(憑依)'하여 그들의 작품을 읽고 그 틀을 이용하여 글을 쓰고 하는 과정에서 이전 역사를 온 몸으로 체화하는 경험을 하기에 이른다.

화자는 서울의 어느 고서점에서 이용악의 『오랑캐꽃』을 구하게 된다. 독자로서 그는 책의 겉모습, 제본 모습을 꼼꼼히 살펴보고 서문부터 시 한 편씩을 천천히 읽어간다. 이러한 독서의 과정이 『화두』에 자세히 묘사된다. 그리고 시를 읽으면서 화자는 시의 세계에 들어와 있는 자신을 발견한다. 그것은 북쪽에 고향을 둔 화자 자신의 고향 풍경이었다. 두만강 유역의 이야기였던 것이다. 화자는 1939년부터 1942년 사이에 쓰인 그 시들에서 "일본의 여기저기 노동판도 흘러다닌 시 속의 인물. 북쪽 국경 가까운 어느 항구를 떠도는 가족. 해방 전 적군이 점령한 자기 땅에서 밀려나서 만주로, 러시아 땅으로 유랑길을 헤맨 민중의 현장이 이토록 눈에 밟히는 표현력에 의해 마술 같은 말의 힘으로 보존돼 있음"을 발견한다. 독자로서 화자는 온갖 어려움이 있었던 그 시기에 문학을 통해 단단히 자기 모습을 응시할 수 있었던, 사실적으로 그려낼 수 있었던 시인의 문학 외적으로 단단하고 내적으로 맞춤한 작품에 경의를 표한다. 그는 시가 유랑민을 소재로 삼은 것에서 식민지 당시 현실 전체를 전형적으로 표현한 것이라 평가한다. 여기에서 작가의 역할을 하고 있는 화자는 "식민지체제에서 살았던 선배 문학자들을 거울삼아 나를 짐작하는 일이 가장 실감나는 자기파악일 것 같다는 생각"에 이르게 된다.

그 대표적 선배 작가로 화자는 '박태원'을 들고 있다. 박태원의 소설에 나오는 사람들도 이용악의 시에 나오는 민중에 해당하며, 특히 그 인물들에서 보이는 가난, 우울, 권태에서 억눌린 사람들, 저항할 힘조차 빼앗긴 사람들임을 알게 된다는 것, "적들이 점령한 땅에서 발행되는 자리에서 쓸 수 있는 한계와 싸우고 있는 긴장이 보이"는데 그것은 나라 밖으로 나가지 않고 문학 활동을 하는 과정에서 굴절된 것으로 해석한다. 이와 같이 화자가 본받고자 하는 선배 문인들의 글쓰기는 자기가 살고 있는 사회의 본질을 알아내고 있다는 사실이 드러난다. 그리고 화자는 박태원의 소설 중에서도 「소설가 구보씨의 일일」을 작가적 동질성을 느끼게 하는 본보기로 삼고 동일한 느낌을 갖는 패러디 소설을 썼음을 회고한다. 그리고 동일한 제목의 자신의 패러디 소설을 『화두』의 2부 1장에서 다시 패러디하고 있다.[5] 근래에 이태준의 전집을 모두 읽었다는 독자로서의 화자는 그의 모든 단편에 나오는 인물들 역시 이용악 시에 나오는 인물들의 이웃이라 여긴다. 그리고 현실에 저항할 힘이 없는 사람들, 유독 그런 사람들만 골라서 그려내는 작가의 소재 선택의 탁월성을 발견한다. 이와 같이 이용악, 박태원, 이태준의 세 명의 선배 작가들의 작품을 읽으면서 후배 작가로서의 화자는 글쓰기가 어떠한 것인지, 어떻게 써야 하는지를 배운다. 이러한 빙의 체험은 화자 자신이 경험했던 자아비판회를 똑같이 받는 이태준의 모습이나 바로 옆자리에 붙은 상태로 러시아를 함께 여행하는 조명희의 모습이라는 환각을 통해 형상화되기도 한다. 빙의로 가능해진 패러디와 환상을 통한 추상적 기법을 통해 작가는 초기 소설에서부터 『화두』에 이르기까지 단절된 역사적 전통을 현대로 끌어와 잇고 있다.

『화두』에서는 한국의 역사뿐 아니라 세계의 역사, 특히 엄청난 변동이 휘몰아쳤던 20세기의 세계정세도 나타난다. 그래서 중요한 역사적 순간을 주도했던 정치적 인물들의 행적을 회고하면서 20세기 역사를 정리한다.[6] 그런데 그 방법은 한국의 한 소설가인 화자 자신의 유년 시절부터의 개인적 체험을 통해서 이루어진다. 그럼으로써 작가는 거대한 역사와 미미한 개인, 그리고 역사적 현실과 문학적 상상의 연결고리를 자신의 경험을 통해 찾아낸다. 그리고 『화두』에는 화자의 독서과정을 통해 다른 외국 작가들의 작품도 들어와 있다.[7]

이와 같이 『화두』에서는 역사의식을 갖지 못한 작가나 잘못된 역사의식

---

5) 앞의 글, 2권, 7면

6) 『화두』에서 언급하는 정치가 및 사상가로는 장개석, 주은래, 모택동, 솔제니친, 프랑코, 닉슨, 마르크스, 엥겔스, 빌리 브란트, 고르바초프, 레닌 등이 있다.

7) 『화두』에는 한국문학 외에도 「쿠오바디스」, 「죄와 벌」, 「니벨룽의 노래」, 「강철은 어떻게 단련되었는가」, 「대위의 딸」, 「예브게닌 오게닌」, 「흙」, 「우리 오빠의 화로」, 「아르바뜨의 아이들」 등의 다양한 국적의 문학이 열거되어 있다.

으로 인해 그릇된 행동을 했던 작가들을 비판하고 역사를 제대로 아는 것이 문학사 의식이며 제대로 된 문학을 하는 길이라는 사실을 알리고, 20세기의 세계 역사와 선배 작가들의 행적을 통해 그것을 찾고자 한다. 그리고 아무리 거대한 업적을 가진 인물이라도, 먼 나라의 역사라도 약소민족의 미약한 개인과 밀접한 관계에 있는 것임을 자신의 일생을 회고하여 알아낸다. 이전의 창작을 통해 여러 가지 시각과 시도로 역사를 보고, 반성하고, 나아가 이해하게 되었고, 그것을 『화두』에서 공시적·통시적으로 재조망함으로써 과거를 비판하던 시선은 과거의 역사와 화해하고 미래로 향한다. 이와 같이 문학 외적인 인물들을 언급하거나 한국문학을 넘어서는 다양한 역사적 결과물들을 기록하고, 문학 선배들의 작품과 자신의 이전 작품들을 인용함으로써 『화두』는 한국이라는 국경과 문학이라는 예술적 장르를 넘어서서 20세기 전체의 역사를 총 망라하는 종합적 텍스트로의 의의를 갖게 된다.

지금까지 『화두』를 시작점이자 종착점으로 하여 다른 소설들과의 상호 대화적 읽기를 해 보았다. II장에서 설명한 바대로 『화두』의 담론 층위에서는 소설을 쓰는 당시의 시점이 아니라 1973년부터 1992년까지의 10년에 걸쳐 회상하는 '나'가 설정되어 각 시점에 따라서 회상의 강도를 조절하고 있다. 이러한 서술 방법은 구소련 멸망 이전의 화자의 시각과 이후의 화자가 바뀐 패러다임에서 다시 보는 것과의 차이를 가져오게 한다. 그렇기에 패러다임 변동 이전 화자를 통해 이전 작품과의 대화가 가능하였고, 이후 화자를 통해 문제의식의 해명 또한 가능하게 된다. 한편 스토리 층위에서의 경험하는 화자가 설정되어 있어 과거 1938년까지의 기억을 담아내면서 현재의 떠돌이 작가로서의 '나', 과거의 원체험을 통해 세계와 불화한 '나', 그리고 자기 작품과 선대 문인들의 작품과 외국 문인들의

작품과 세계사적 사상가 및 정치가들과의 대화를 통해 역사를 기록하려는
메타 층위의 '나'가 유기적인 연관 관계를 가지면서 총체성을 획득한다.
즉 떠돌이 지식인으로서의 현재의 나는 세계에서 추방된 개인의 모습을
보게 됨으로써 현재 자신의 정체성에 문제의식을 형성한다. 그리고 현재의
불안한 정체성은 과거 개인의 체험과 불가분의 관계에 있음을 알게 된다.
현재의 모습은 유년 시절 북한의 사회주의 체제로부터 배척당하는 문화적
기억인 원체험의 트라우마를 불러오게 된다. 그리고 정치적 추방에 해당했
던 피난 체험과도 연결된다. 유년 시절에 형성된 후 어른이 되어 작가생활을
하는 현재까지 풀리지 않는 현실과 개인의 불화에 대한 문제의식은 오늘날
의 현실을 가져온 근대사에 관심을 갖게 한다. 글을 쓰는 작가로서 역사의식
을 찾는 방법은 선대 문학을 탐구하는 문학사 의식을 통해 획득된다.
이와 같이 최인훈이 평생을 두고 자신의 글을 통해 해명하고자 했던
이 세 가지 화두―'피난민 의식'과 '자아비판회' 체험의 의미, 그리고 근대사
의 규명은 상호 불가분의 관계에 놓여 있다.

> 나의 사(私)적인, 마음속의 재판과 축복의 의식을 20세기의 지구 규모에서
> 벌어지고 있는 현실의 드라마의 미니어처라는 형식으로, 작가로서, 의식하
> 는 생활의 영위자로서이, 나 자신의 생애의 상징이리고 파악하게 되는
> 나를 발견한다.(『화두』 2권, 88면)

이와 같이 『화두』의 화자는 개인의 문제에서 한민족의 역사, 나아가
방대한 20세기 세계사 전체를 보는 시각을 형성한다. 『화두』는 이 모든
것이 들어 있는 텍스트이자 이 주제와 관련된 다른 작품들과의 관계를
형성하고 기억 속 맥락을 찾아갈 수 있게 올바른 길을 제시해 주고 있는
텍스트이다. 그리고 소설들 간의 연대를 통한 상호 텍스트적 관계와 『화두』

에서 보이는 패러다임의 변동을 통해 세 가지의 문제의식은 해명된다. 반복적 쓰기를 통해 치유의 과정에 접어든 과거의 원체험들은 현실 세계의 허구성이 입증되면서 정치적 억압의 기제를 상실한다. 태생부터 작동해 온 정치적 억압 기제의 정체가 허구로 드러나면서 '노예 철학자'로서 글을 써 왔던 화자는 노예 의식에서 풀려나 자발적으로 글 쓰는 떠돌이의 운명을 받아들임으로써 진정한 미적 주체로 거듭나게 된다. 그리고 그동안 패러디 등의 기법을 통해 역사의식 획득에 근접해 왔던 화자는 『화두』에서 미적 주체로 변모하면서 한국문학뿐 아니라 20세기 세계사 전체를 총망라 하는 텍스트를 쓰게 된다. 이제 『화두』에 오면 이전의 쓰기를 통해 드러났던 거대한 현실 권력에 맞서 투쟁하는 외로운 자아의 모습은 사라지고, 역사와 화해한 자유로운 자아가 다양한 양상을 통해서 하고 싶었던 모든 이야기를 담아내게 된다.

2. 고정적 의미 생성에 대한 비판적 글쓰기

1) 다원적인 의미를 생산하는 미적 자아

Ⅳ장 1절에서 최인훈 소설의 서술적 측면을 통시적으로 살펴본 결과 점차 3인칭에서 1인칭으로 화자가 변동하고 있다는 사실을 발견하였다. 그리고 다수의 소설이 구조 면에서 겉 이야기 안에 속 이야기를 품고 있거나 다층적인 액자 구조로 이루어져 있음도 밝혔다. 이와 같이 최인훈의 소설은 화자가 소설 자체를 들여다보고, 다층적 서사가 서로를 지시하게끔 설정된 자기 반영적인 글쓰기의 형태를 갖는다. 소설의 형식을 발명하려 했던 최인훈은 소설 형식을 탐구하는 과정에서 소설의 자기 정체성인 나르시스적인 속성을 찾아내게 되었다.[8] 그리고 점진적인 변이 과정을

거쳐 최종작 『화두』는 소설 자체를 반성하는 메타픽션으로 나타난다.

최인훈 소설의 화자가 1인칭 소설가 서술자로 변이를 겪고 있다는 사실은 최근의 자기 반영적 소설 경향에서 1인칭 인물의 발달과 일치한다.[9) 그리고『화두』의 1인칭 소설가 서술자의 설정은 자신의 경험을 기억하고 회상하는 동시에 소설 쓰기 자체에 대해 직접 진술하는 것을 가능하게 하였다. 이렇게 내가 나에 대해 고백하는 마치 자서전과 같은 성격의 소설은 '서술하는 나'와 '서술되는 나'의 분리를 초래하고[10) '서술되는 나'의 "나는 생각했다"는 '서술하는 나'의 "나는 알고 있다"와 수준을 달리하면서도 거리를 좁혀가려 한다.[11) 즉 '서술하는 나'는 '서술되는 나'보다 훨씬 많은 것을 알고 있고, 따라서 한 층위 위에서 '서술되는 나'에 대해 쓴다는 것이 가능해진다. 따라서 과거의 '나'와 과거를 회상하고 서술하고 있는 화자 '나'는 구별되고 소설 쓰기에 대해 기술하는 '나'와 더불어 세 겹의 층위를 이루게 된다. 『화두』의 소설가 서술자는 유년 시절과 학창 시절의 자아들과 서술 행위에서의 '지금'을 연결시키려 한다.

『화두』에서 밝히는 소설 쓰기란, '자기-연기'를 통한 상황의 자기화와 되풀이를 통해 그 자기화에 근접함을 의미한다. 소설가 화자는 그때까지의

---

8) 린다 허천은 물에 비치는 모습밖에 볼 수 없는 나르시스 신화와의 알레고리를 통해 소설 역시 언어라는 매개를 통해 세상을 비춰 볼 수밖에 없으므로 둘 다 현실의 실체를 붙잡을 수 없다는 점에서 근본적으로 나르시스적이라고 본다. '나르시스적'이라는 말은 이와 동시에 실체에 집착하여 물에 빠져 파멸에 이르고 마는 나르시스 신화를 통해 소설 장르의 자기 형식적 파괴를 시사한다.(L. Hutcheon, *Narcissitic Narrative : The Metafictional Paradox*, 8면)

9) 메타픽션과 관련된 양식 중에서 '자기 증식적 소설(self-begotting novel)'은 1인칭 인물의 발달을 보인다. 이러한 종류의 소설은 텍스트 속에 공공연한 화자의 개입을 그 특징으로 한다.(퍼트리샤 워, 앞의 글, 29면)

10) Ⅱ장 1절의 <표 1> 참조.

11) 자서전 형식에서 늘 나타나는 두 가지 '행위자'는 '서술하는 나'와 '서술되는 나'이다. 서술자는 주인공보다 경험상 그저 좀 더 알고 있는 게 아니라 절대적인 의미에서 다 알고 있고 진리를 이해한다.(제라르 주네트, 앞의 글, 243~244면)

자신의 소설 쓰기가 다른 사람이 되어 보거나 생각하던 것을 재현해
봄으로써 '자기의 본질'을 분명히 알자는 것이었다는 점을 밝힌다. 소설마다
조금씩 다른 역할을 해 보거나 사실이 아니지만 사실인 듯이 흉내를
내 보자는 것이 지금까지의 소설 창작의 과정이었다. 그렇게 소설을 쓰면서
소설이라는 틀에다가 소재와 인물을 달리하여 '자기-연기'를 반복하다
보면 가장 '나' 자체에 가까운 자아를 찾는 데 근접할 수 있다는 것이다.
화자는 자신의 희곡이 공연되는 과정을 지켜보면서 문학의 본질에 대해서
생각한다.

> 무대에서 빈 그릇에 숟갈질을 하면서 밥을 먹는다고 할 때, 그는 마음밥을
> 먹고 있다. 무대에서 실지로 밥을 먹을 때도 그는 마음의 밥을 먹고 있는
> 것이며 말하자면 마음속의 장면을 흉내를 내고 있다는 말이다. 이렇게
> 해서, <밖><물질>은 지워지고(마치 밑그림을 지우듯), <마음>이 선명
> 하게 보이게 된다. 그렇게 해서 무엇하자는 것인가? <자기의 본질>을
> 그렇게 해서 분명히 알자는 것. 그래서 연극은 <마음의 거울>이다.(『화두』
> 1권, 201면)

> 아무튼 「서쪽으로…」를 쓰면서 나는 소설을 쓰게 된 이후로 가장 정직하
> 게 내 마음이 움직인다는 믿음을 가졌다. 나는 마음속의 괴물들과 얽혀서
> 싸웠다. 중국 소설 「서유기」의 틀을 사용한 그 소설에서 나는 내 마음속
> 갈피와 동굴 속에서 저희들대로 살고 있는, 내 안에 있으면서 내 힘 밖의
> 힘이기나 하듯이 대항해 오는 그림자들과 싸웠다. (중략) 나는 그것들을
> 정복할 수는 없었다. 그러나 그들과 얽혀서 싸우는 동안에 그들의 몸
> 냄새, 그들의 허우대, 그들의 머리칼이며 털, 그들의 눈동자 속에 들여다보
> 이는 어두운 빛깔－그런 것들의 생김생김이며 버릇을 몸으로 다루어볼
> 수 있었다.(『화두』 2권, 177~178면)

대학시절에 쓰다만 「머나먼 강」이나 「밀실」에서처럼 아무튼 자기 바깥
의 틀에다 마음을 끼워 넣는 일을 해본 다음에도 가라앉지 않는 혼돈을
해결하는 길은 두 갈래가 있기는 하다. 하나는 같은 계열의 작품을 자꾸
쓰는 일이다. 한 번 썼다고 해서 그 틀을 바꿔야 하지 않을까 하는 강박관념을
갖지 말고 한 틀에다 자꾸 속만 바꿔넣는 일이다. 그렇게 하는 것이 아주
건강한 일이라는 짐작은 있었다. 틀이라지만 한 번 썼다고 해서 저절로
벽돌 찍듯 해줄 리가 없고 새 소재마다 잘 다스릴 때에야 틀이 틀 노릇을
한다는 것도 반드시 모를 일은 아니었다.(『화두』 2권, 177면)

『화두』의 소설가 화자는 자기 연기와 그것의 반복적 재생이라는 그때까
지의 자신의 소설 쓰기 경험을 반추하면서 문학의 본질에 접근하려 하고
있다. 진짜 자신이 아니라 작중인물을 설정해서 자기 연기를 시키는 과정이
문학이라는 것, 즉 문학은 실제가 아니라 놀이이고 가짜라는 것, 그렇지만
실제의 흉내를 내는 동안 '자기의 본질'을 들여다보게 된다는 것, 그것은
한 번의 흉내 내기로는 부족하고 자꾸 써 봐야 안다는 것이다. 그리고
그 소설 쓰기에 대해 직접 논평하고 있는 소설가 화자의 역할이 비중
있게 설정되어 있다. 소설가 화자는 자신의 창작 경험에 대해서 회상하여
말하고, 자신의 실제 경험이 소설 쓰기로 어떻게 구현되고 있는가에 대해
설명하고 있다. 이러한 일련의 과정을 통해서 자신의 시대에 소설을 쓴다는
행위를 반성하고 소설의 주제의식이나 내용보다는 쓰기 행위 자체로
독자들의 관심을 이동시킨다. 의식보다는 쓰기 자체가 주요한 관심 대상이
되면서 메타픽션은 작가의 전지전능한 역할을 과시한다.[12] '누군가'가
대안세계를 창조하고 스토리를 말하고 있다는 것을 인정하며, 그 누군가가
작가라는 것을 강조한다. 그러나 그 '누군가'가 텍스트의 관계를 통해
생산된 구성 자체로 인정되면서 세계와 텍스트와 작가는 모두 언어의

---

12) 퍼트리샤 워, 앞의 글, 43면.

문제로 귀결된다.13)

> 불행한 주인공과 그를 만들어낸 작가의 자리는 결코 같지 않으며, 작가가
> 아무리 주인공을 동정하고, 전적으로 주인공의 입장이 되고, 말하자면
> 1인칭 소설인 경우에도 소설에 나타난 <나>는 결코 쓰고 있는 작가가
> 아니지 않을까?(『화두』 1권, 271면)

메타픽션 안에서 최인훈은 텍스트의 층위에 따라서 나누어지는 다원적
인 '나'를 설정함으로써 텍스트 내부와 외부를 나누어 작중인물과 작가의
존재를 분리한다. 그리고 궁극적으로 작중인물인 '나'와 작가 모두를 실체가
아닌 언어적 기표로 보고 있다. 이제 작가의 목소리는 약해지고 뒤로
후퇴하며 독자에게 기표로서의 언어의 움직임이 포착되는 텍스트만이
남게 된다. 이렇게 보통 1인칭 작가 화자가 등장하여 자신과 소설에 대해서
직접 말하는 메타픽션은 작가의 현존이 드러나는 동시에 '나'는 책에
쓰인 언어로 인지되면서 텍스트 안의 하나의 기표로서 작동하는 하나의
코드가 된다.14) 소설 작품의 내용보다는 소설 쓰기 자체의 과정에 주목하면
서 '나'는 단지 언어의 움직임이 포착되는 기표로서 독자에게 인지된다.
이제 텍스트는 더 이상 저자의 권위적인 목소리가 지배하는 공간이 아니라
수많은 기표가 부유하여 독자가 탐험하는 공간으로 변모하고, 작중인물
'나'는 저자나 실체가 아니라 책에 쓰인 언어일 뿐이다.15)

---

13) 앞의 글, 172~173면.
14) 위와 비근한 예로 제임스 조이스의 「율리시즈」(1922)는 계속되는 서술적 개입을
    통하여 독자로 하여금 작중인물들이 자신들의 리얼리티를 언어적으로 구성할
    뿐 아니라 그들 자체도 존재가 아니라 언어의 구성물인 단어들에 불과하다는
    것을 깨닫게 된다는 점을 지적한다.(위의 글, 43면)
15) 바르트는 소설의 화자의 존재에 대해서 "말하는 것은 언어이지 저자가 아니다"라고
    저자의 죽음을 선포하고 "언어는 인간이 아닌 주어를 알 뿐이다"라고 하여 작중인

텍스트는 여러 다양한 글쓰기들이 서로 결합하며 반박하는 다차원적인 공간, 즉 수많은 문화의 온상에서 온 인용들의 짜임이라는 시각에서, 작가는 문화라는 거대한 사전에서 글쓰기를 길어올리는 역할을 할 뿐이다.16) 다시 말해 전통적인 의미에서 작품을 계획하고 의도하는 절대적 주체로서의 작가는 『화두』에서 사망하지만, 자기 반영적인 상호 텍스트성의 입체적 그물망 속에서 움직이며 끊임없이 자신의 정체성을 만들어 나가고 이를 통해 또한 소설을 생산해내는 작가는 위상을 달리하여 존재한다. 이와 같이 『화두』에서의 '나'는 자신의 이전 작품들과 선대 문인들의 작품, 그리고 외국 문인의 작품과 가공되지 않은 채 인용된 현실 담론을 포함한 모든 20세기의 역사와 문화의 산물 사이에서 부유하며 새로운 의미를 만들어낸다. 『화두』를 통해 작가는 소설적 형식을 독창적으로 고안해내야 하는 책무를 짊어질 의무를 벗어던진다. 소설의 형식조차도 자신 스스로 만들어내려 했던 일련의 글쓰기를 통해 최인훈은 소설 자체의 나르시스적인 본질을 보게 되면서 그 책임감에서 오히려 자유로워지게 된 것이다. 이제 그는 상호 텍스트성의 그물망 위에 위치하며 다른 텍스트들과 관계하는 가운데 새로운 텍스트를 창조하며 경계를 넘나드는 유동적인 주체가 된다. 따라서 『화두』를 구성하는 무수한 '나'들은 텍스트 사이를 떠돌면서 새로운 의미를 생산하는 개방적이고 다원적인 미적 주체로 화한다.

2) 역사 기술의 허구성과 '대항 역사'를 통한 저항

전적으로 재현되어 마치 사실처럼 보여주려 했던 초기의 사실주의

물 또한 언어 자체일 뿐이라고 말한다.(롤랑 바르트, 앞의 글, 29~30면)
16) 위의 글, 32~33면.

계열의 소설에서부터 시작하여, 재현적 질서 안에서 낯설게 하기를 시도하는 방법으로 대안세계의 허구성을 드러내기 위해 형식 실험 단계의 소설을 거친 최인훈은 메타픽션『화두』에 와서는 본격적으로 소설적 대안세계에 대해서 상위 담론으로 설명한다. 여기에서는 소설 내용을 구성하는 언어 층위와 소설을 설명하는 상위 언어 층위가 설정되어 있으며 그것이 작품 내에서 순서 없이 복잡하게 얽혀 있다. 소설가 화자 '나'는 자신이 썼던 소설과 현재 쓰는 소설에 대해서 이야기한다. '서술하는 나'는 '서술되는 나'의 구상적 세계를 구성하면서 소설가로서 과거에 이미 구성한 대안세계로서의 소설들에 대해 진술한다. 표층적으로는 과거와 현재, '서술하는 나'와 '서술되는 나'가 뒤섞여 있는 것처럼 보이는 소설『화두』는 그 내부를 들여다보면 (1) 화자가 구성하는 구상적 '대안세계'와 (2) 소설가 화자가 과거에 구성한 구상적이거나 추상적인 '대안세계'인 소설들과 (3) 이것들에 대해 쓰고 있는 소설가 화자인 '나'의 소설 쓰기에 대한 층위로 나뉘어 있다. 소설 내부에 이러한 메타 서술 층위를 설정하고 내용과 형식에 대한 의도적인 분리를 취함은 허구적 장르로서의 소설의 본질을 드러나게 한다. 그리고 특히 과거에 쓴 소설 중에서 서술자 자신이 의도적으로 '언어게임'을 통해 추상적으로 구성했던 작품 의도에 대한 언급은 소설이라는 '대안세계' 구성법에 대한 이중적인 설명이 된다.

(가) 군사반란 다음 해에 쓴, 「밀실」의 다음 작품이 된, 「아홉겹의 꿈」은 「밀실」과는 달리 내란이 벌어진 어느 가공의 도시에서 헤매는 영문 모르는 개인의 희극적인 모습이 사실주의의 규칙을 벗어버리고 혼돈과 당혹감만이 두드러지게 그려져 있다. 그것은 환상도 아니고 비사실주의도 아니었다. 내게는 작품 속에서 강조된 그 풍경의 느낌이야말로, 그 환상성과 부조리야말로, 현실의 가장 사실주의적이고 조리 있는 반영이었다. 이 현실에 대해서 사실주의적으로 그려낸다는 것은 진실로

부터의 도피이기 쉽고 밤을 흰 물감으로 묘사하려는 태도처럼 느꼈다. 사실주의를 거부하는 것이 예술가로서는 이 세계에 대한 육체적 저항에 맞먹는 본질적 저항처럼 느꼈다. 세상도 아닌 것을 세상처럼 그려서는 안 되지 않는가. 예술의 마지막 메시지는 그 형식이다. 괴기한 사물을 단아하게 그리는 방법을 나의 감정이 허락지 않았다.(『화두』 1권, 346~347면)

(나) 원고지를 꺼내놓고 마주앉는다. 첫 문장을 적는다. —낙동강 칠백 리, 길이길이 흐르는 물은 이곳에 이르러 곁가지 강물을 한몸에 뭉쳐서 바다로 향하여 나간다……/ 이 소설은 이느 가을밤에 그렇게 시작되었다.(『화두』 2권, 546면)

(가)는 '서술하는 나'인 소설가로서의 화자가 과거 자신의 소설에 대해서 언급하고 있는 메타 층위의 지시 담론에 해당한다. 여기에서 소설가 화자는 자신이 과거에 쓴 소설들을 인용하고 「광장」을 사실주의 계열의 작품으로, 「구운몽」을 그와는 다른 비사실주의 계열의 작품으로 구분 짓고, 구상과 추상의 소설 형식에 대해서 설명한다. 현실의 부조리함을 소설 언어 사용의 탈문맥적 형식으로 표현하려 했다는 설명은 '소설 창작'='대안세계 구성'이라는 등시과 그 방법은 구상적일 수도 있고 추상적일 수노 있다는 소설 창작에 관한 진술을 소설 안에서 하고 있다는 결과를 낳는다. 최인훈은 이번 소설에서는 탈문맥적 형식 조작을 직접 하지 않고 앞서 설명했던 추상적 계열의 소설, 「구운몽」에 대해서 메타적으로 설명함으로써 '대안세계'를 직조하는 소설 쓰기에 대한 작가로서의 자의식을 표출한다. 이런 방법을 통해 이 소설들을 포함한 이전 작품들이 모두 다양한 형식으로 시도된 대안세계들이었다는 것을 밝히고 있다. 한편 (나)는 현재 쓰고 있는『화두』 자체에 대한 언급이다. 서술자는 자신이 소설 쓰는 행위를

끊임없이 의식함으로써 소설 장르의 허구성을 드러내고 소설 텍스트란 만들어지는 장소라는 것을 깨닫게 한다. 이러한『화두』의 다층적 서술의 설정은 다시 말해 하나의 소설에서 실제 같은 현실을 창조해내는 한편 그것이 실제가 아니라 단지 언어 구성물이라는 것을 동시에 지적한다.

초기 소설에서부터 지속적으로 시도했던 현실 담론의 인용은『화두』에 오면 작가가 인위적으로 구성한 자료가 아닌 본격적인 실자료의 인용으로 더욱 빈번하게 드러난다.

(가) 소련의 당서기장 고르바초프의 정치적 앞날을 어떻게 생각하는가?—
고프바초프하고는 네 번 만났다. 그는 지금 경제 문제, 소수민족 문제를
해결하려 하고 있다.(후략)(『화두』2권, 148~150면)

(나) 창가에 앉아 밖을 내다보는 발렌치나 조
창 밖에는 비
블라디보스또크에서 국경 마을 하산으로 가는 열차 안
아버지가 건너왔을 국경마을을 찾아보고 싶다는 희망에 따른 여행
(중략)
절하는 포석의 딸 발렌치나와 손자 안드레이
묘비명을 읽는 내레이션
여기 법 없던 시대에 억울하게 죽은……당신들을 잊지 않으리
(『화두』2권, 273~278면)

(다) 준비물
1) 기호식품 : 담배, 술, 고추장, 라면(컵라면), 밑반찬, 과자, 마른 오징어
등.
2) 비상약품 : 소화제, 아스피린, 멀미약, 변비약, 해열제, 연고 등
(중략)

7) 기타 : 운동화나 슬리퍼도 준비하십시오.(『화두』 2권, 348~349면)

(가)는 1989년 가을 TV에서 방영된 전 서독 수상 빌리 브란트와의 대담 내용 중 일부를 화자가 정리하여 기술해 놓은 것의 일부분이고, (나)는 1991년 12월 16일 SBS TV에서 방송한 "카레이츠의 딸"을 보고 역시 화자가 순서대로 기술한 것이며 (다)는 화자가 구소련으로 여행가기 전에 여행사로부터 전해 받은 준비물이 적혀 있는 종이의 내용을 그대로 인용한 실제 여행안내문이다. 이것으로 소설의 본문은 문학 장르를 벗어나 신문, TV 등의 대중 매체, 여행안내문 같은 실생활 담론을 포함하기에 이른다. 작가에 의해 가공되지 않은 현실 담론이 소설 내부에 혼재되어 있는 것은 소설 장르에서 나아가 문학 장르를 벗어난 장르 확장을 의미한다. 이러한 장르 확장 현상은 한편으로는 소설 장르의 정체성을 위협하는 것으로 보일 수도 있지만 다른 한편으로는 다른 장르의 포섭을 통한 정체성의 재수립에 해당한다고 평가할 수도 있을 것이다. 전통적인 장르의 관습을 고수하는 것은 이미 고루하며 존립 자체의 위기설까지 언급되고 있으므로 장르 확장을 통한 소설 장르의 변형은 소설 장르의 미래를 향한 일종의 생존 전략이라 할 것이다.[17]

역사 다시 쓰기의 시도는 『화두』에서 장르의 확장뿐 아니라 이전 작품의 콜라주 현상으로도 나타난다. 이전 작품은 선대 문인들의 글과 소설가 화자 자신이 이전에 썼던 자기 작품의 두 부류로 나누어 볼 수 있다.

(가) 오른쪽 페이지에 <[오랑캐꽃]을 내놓으며>라는 제목으로 <여기 모은詩는 一九三九年부터 一九四二年까지 新聞 혹은 雜誌에 發表한

---

17) 워는 현대의 급진적인 메타픽션적 쓰기가 소설에 그 본질을 가르쳐 주며, 따라서 소설의 미래는 전통적인 소설 관습들의 포기가 아니라 변형(transformation)에 의해 좌우될 것이라고 전망하고 있다.(퍼트리샤 워, 앞의 글, 195면)

228

作品들이다. 초라한대로 나의 셋쨋번 詩集인 셈이다. (중략) 끝으로 원고 모으기에 애써주신 辛夕汀兄과 金光現·柳모 兩君에게 感謝하여 마지 않는다.- 一九四六年 겨울 著者>라는 글이 실려 있다. / 책은 이 무렵의 다른 책들처럼 아주 원시적인 제본으로서 두 개의 제본용 쇠침으로 묶여 있다.(『화두』 2권, 42면)

(나) 여기 사시던 분이 지은 글은 W시의 고등학교 교실에서 배웠었다. <영월영감>은 거기서 말하고 있었다. <'······넌 너의 아버질 너무 닮는구나! 전에 너의 아버지께서 고석을 좋아하셔서 늘 안협으로 사람을 보내 구해 오셨지.······그런데 난 이런 처사취미엔 대반대다' '왜 그러십니까?' '더구나 젊은이들이······우리 동양사람은, 그중에도, 우리 조선 사람이지, 자연에들 너무 돌아와 걱정이야.' (후략)> (『화두』 2권, 111면)

(다) 1989년 초여름의 어느 날 아침, 나는 잠에서 깨었다. 잠에서 깨는 참에 내 머리 속에 무엇인가 두루마리 같은 것이 두르르 펼쳐졌다가 곧 사라졌다. 나는 그것을 대뜸 알아보았다. 그것은, 오늘 하루 내가 치러야 할 일과였다. 다른 누구도 알아보랄 것 없고 나만 알면 그만이었던 만큼 그 두루마리는 눈 깜박할 사이에 사라졌다. 나는 잠에서 깬 다음에서 그대로 침대에 누워 있었다. 까치까치 하고 까치가 운다. (후략)[18](『화두』 2권, 7면)

---

18) "1969년이 다 가는, 동짓달 그믐께를 며칠 앞둔 어느 날 아침, 소설가 구보씨는 잠에서 깼다. 잠에서 깨는 참에 그의 머릿속에 무엇인가 두루마리 같은 것이 두르르 펼쳐졌다가 곧 사라졌다. 구보씨는 그것을 곧 알아보았다. 그것은, 오늘 하루 그가 치러야 할 일과였다. 다른 누구도 알아보랄 것 없고 구보씨만 알면 그만이었던 만큼 그 두루마리는 눈 깜박할 사이에 사라졌다. 구보씨는 잠에서 깬 다음에도 그대로 침대에 누워 있었다. 쨱쨱쨱 하고 까치가 운다.(후략)"(최인훈, 『소설가 구보씨의 일일』, 11면)

(가)는 작중 화자가 고서점에서 구한 이용악의 『오랑캐꽃』 판본을 소개하며 거기에 있는 서문을 그대로 인용한 부분이다. 작가는 문학 텍스트의 내용만 주목해 왔던 전통적인 시각에서 벗어나 출판된 책의 판형이나 저자의 서문 혹은 책의 간행과 관련한 글도 소중하게 생각하며 문학의 테두리를 확장해 나가려는 시도를 보인다. (나)는 화자가 고등학교 때 배운 이태준의 소설 「영월영감」의 한 부분을 배우던 당시를 회상하며 동시에 인용하고 있는 부분이다. 『화두』에는 이외에도 박태원, 조명희 등의 선대 문인들의 문학 작품의 일부분이 곳곳에 인용되어 있는데 이러한 선대 문학 작품의 인용은 작가 자신이 쓰고 있는 새로운 형태의 소설이 문학 전통을 배반하는 것이 아니라 과거의 전통을 수용하고 변형하여 나가는 과정이라는 것을 암시하려는 의도에 연유한다. 이러한 선대 문학 작품의 인용은 작가의 패러디 전략과 연결되어 역사의식을 반영하기도 한다.[19] 한편 (다)는 박태원의 소설을 패러디한 작가 자신의 이전 소설을 다시 패러디하고 있는 이중 전략에 해당한다. 예술 대학의 교수 생활을 하고 있는 『화두』의 화자 '나'의 일상적인 하루를 그리는 데 대학에 특강을 나가는 것으로 하루를 시작하고 있는 『소설가 구보씨의 일일』의 한 장을 그 틀로 이용하고 있다. 이러한 이중의 패러디는 자신의 이전 작품의 매개를 통해 30년내와 60년대를 90년대의 텍스트에 다시 불러옴으로써 과거 문학 전통을 잇는 역할을 한다. 동시에 상투적인 것을 버리고 자기 반영적인 형식으로 낯설게 함으로써 새로운 인식을 획득한다. 이렇게 패러디가 갖고 있는 양면성은 문학 전통을 노출시키고 그 중 생존력이 있는 성분들을 재편성하여 최근 문화의 합리성을 부여한다.[20] 『화두』의 다양하고 급진적인 현실 담론의 콜라주, 선대 작품이나 작가의 이전 작품

---

19) 역사의식과 관련한 내용적 측면에 대한 것은 V장 1절 3항 참조.
20) 퍼트리샤 워, 앞의 글, 91~92면.

간의 상호 텍스트적 대화 상황을 보여주는 위의 인용문들은 소설 전통과의 연결을 통해 자신의 소설적 세계를 반성하고 확장하려는 발전적 나아감의 과정을 진술하는 것에 해당한다.

『화두』는 앞서 밝힌 바대로 내용상 20세기 전체에 해당하는 역사적 지도를 그리고 역사와 문학과의 관계를 규명하려는 방대한 내용을 가진 작품이다. 『화두』에서 언급되는 역사적인 인물들의 예만 다시 정리해 봐도, 정치 관련 인물로 장개석, 주은래, 모택동, 솔제니친, 프랑코, 닉슨, 마르크스, 엥겔스, 빌리 브란트, 고르바초프, 레닌이 있고, 작가로서 조명희, 김사량, 김태준, 이용악, 박태원, 이상, 이태준, 임화, 도스토예브스키, 똘스또이, 고골리, 체홉 등으로 다수가 등장한다. 정치적 사건들도 식민지 경험 및 한국전쟁과 피난, 군부 독재와 같은 국내 상황뿐 아니라 유럽의 근대화 과정에서 생긴 자본주의와 사회주의, 소련 혁명의 성공 및 구소련의 멸망, 독일 통일 등의 20세기의 굵직굵직한 세계정세도 다루고 있다. 이렇게 20세기 전체 역사를 기록하고 있는 『화두』는 텍스트로서의 역사, 즉 개인이 재구성해 낸 역사에 해당한다. 역사를 말하는 또는 해석하는 사람이 늘 현재에 살고 있는 사람이라는 점에서 기억이란, 역사에 대한 역사, 역사 기술의 역사, 요컨대 메타 역사의 개념을 불러온다.[21] 기억이 상기시킨 역사의 허구성에 대한 접근은 다음 단계로 감추어진 역사, 조작된 역사에 대한 의문을 불러온다. 기억된 역사란 대부분 지배 권력의 담론이 구성한 승리자의 역사였다는 점에서 새로운 역사 기술 방법이 제안된다.[22]

---

21) 김영목, 「기억과 망각 사이의 역사 드라마와 과거 구상」, 『기억과 망각』, 144면.
22) 메타 역사를 주장하는 이들은 '대항 역사(counter-history)'라는 개념에서 이제 역사는 여성이나 동성애자, 약소민족에 의해 다시 쓰여야 하며 기술 횟수나 방법에 있어서도 새로운 방법을 제안한다.(Ann Heilmann and Mark Llewellyn, 앞의 글, 5면) 김미현은 역사의 약소 주체로서 한국 근대여성 작가들의 글쓰기를 연구하면서 여성의 언어 사용 특징을 억압의 상태에서 벗어나기 위한 반항의 언어로 규정하였다. 은유적인 남성 언어에 대항하여 여성의 언어를 환유적 언어라

이런 의미에서 떠돌이 약소민족 작가가 쓴 『화두』 안에 담긴 역사 기술은 지극히 개인적이고 주관적이며 불연속적인 '대항 기억'[23]으로서의 지위를 갖는다. 따라서 『화두』에서 지극히 사적 체험으로서 기억되는 역사 기술은 기존 담론으로서의 역사적 기억을 재구성하려는 시도로 보일 수 있다. 이렇게 『화두』로 종합되는 최인훈의 문학적 시도를 통해서 이미 고정되고 공식화된 기억들, 즉 이데올로기로 고착된 '역사적' 기억들에 대한 하나의 잠재적 저항 가능성이 암시될 수 있다.

이와 동시에 역사는 언어로 구성되어 있다는 점에서 그 자체가 허구적 구성이 된다.[24] 따라서 소설 안에 실제로 일어난 역사적 사건이나 역사상의 인물들을 허구적인 문맥 안에 삽입시키는 전략[25]은 역사 기술도 소설

규명하고, 동시적으로 존재하는 복수적·복합적인 '나'를 드러내는 환유의 언어는 일원적이고 절대적인 남성의 언어를 부정하면서 그에 대한 저항의 방식이 된다고 밝혔다. 지배 언술을 해체시키기 위한 전략으로서 환유적 언어는 '반언술(counter-discourse)'에 해당하는데, 반언술은 권력과 지식이 조작한 공식적 역사나 저작을 다시 읽고, 다시 해석하고, 다시 쓰는 언술행위이다. 이와 같이 역사의 약소 주체인 한국 여성의 반언술 행위 연구는 약소민족의 피난민 작가의 '대항 기억'으로서의 글쓰기와 밀접한 관계를 갖는다.(김미현, 「한국 근대 여성소설의 페미니스트 시학―여성적 글쓰기를 중심으로」, 이화여자대학교 박사논문, 1995, 208~210면)

23) 푸코는 '대항 기억'이라는 개념을 통해 지배 권력의 기억된 역사를 재구성하고자 하였다. '대항 기억'이란 사회적 연속성의 기억에 맞서 오히려 우연적 요인들로 간구된 미세한 일날늘이 만들어내는 불연속적, 단층적 출발점들에 대한 기억이다.(김영목, 앞의 글, 198면, 각주 재인용)

24) 최근 문학연구에 있어서 문학텍스트 자체로서뿐 아니라 비평이론으로서도 '역사'는 중요한 주제로 급부상하고 있다. 특히 린다 허천은 '역사기술적 메타픽션(historiographic metafiction)'이라는 용어를 문학비평에 있어서 유행시켰다. 이 개념은 역사가 사실이라는 시각을 거부하고, 역사와 픽션이 모두 인간이 쓰고, 언어로 구성하는 담론이라는 점에서 역사기술의 근본에 대해 의문을 제기하는 것이다. 즉, 역사와 픽션은 모두 내러티브에 기초를 두고 있으므로 상호의존적이라고 보고, 역사에 대한 픽션 쓰기에 주목한다.(Ann Heilmann and Mark Llewellyn, 앞의 글, 3~4면)

25) 실재 사람과 사건들을 도입하는 메타픽션 텍스트에 나타나는 사람과 사건들은 현실 세계에 존재하고 있는 사람과 사건들에 연결될 수도 있지만, 이러한 사람과

쓰기만큼이나 허구적이라는 근거를 제시하는 것이다. 이러한 '논픽션 소설'의 경향은 역사란 궁극적으로 허구이며 역사기술도 대안세계들의 복합체일 뿐이라는 역사쓰기의 환상을 폭로하는 기능을 한다. 나르시스적 속성을 보여주는 '논픽션 소설'은 전통적인 사실주의 소설이 자연스럽게 변화한 모습으로서 근본적으로 자기 반영적인 픽션의 본성이 최근에 와서 발현된 것이다.[26] 이제 소설의 내용은 사라지고 언어 과정이 현현하여 언어의 메아리만 남는다. 그럼으로써 자기 반영적 소설은 전통적인 현실 재현 방식이 아니라 구성되는 과정과 텍스트 자체를 지시하게 된다. 따라서 역사와 일상과 여러 문학 장르가 소설 안에서 복합적으로 어울려 있는 양상을 연출하는 작가의 전략은 전통 소설 양식에서 벗어나 소설 장르 확장에의 꿈을 진술하는 것에 다름 아닐 것이다. 원래의 모습에서 점점 더 멀어져가는 소설의 변화는 나르시스적 본성이 지시하는 바대로 형식적 변화를 거부하면 파멸한다는 근본적인 아이러니의 표출에 해당하는 것이 기도 하다.

3) 상호 텍스트 관계와 최종적 의미 유보

문학과 예술 분야에 종사하는 작중인물 설정을 통해서 지속적으로 예술론, 문학론, 소설론을 전개하고 또한 그 비중을 늘려 오던 최인훈의 자기 반영적인 작품론 논평 기법은 『화두』에 이르러 메타층위가 설정되면서 본격화된다. 『화두』의 '나'는 소설가로서의 자신의 평생을 회고한다. 그 중에는 소설 쓰기에 대한 생각이 비중 있게 자리 잡고 있다.

사건들은 역사를 쓰는 행위 속에서 항상 재문맥화된다. 역사가 물질적인 리얼리티 (현존)일지라도 언제나 '텍스트'의 경계 안에 존재하는 것으로 보인다. 역사는 이렇게 '허구적'이며 또한 '대안세계'의 집합체이다.(퍼트리샤 워, 앞의 글, 141면) 26) L. Hutcheon, 앞의 글, 16면.

(가) 예술이라는 것은 현실을 모사하기 위하여 창작자의 마음이 동원되는
것이 아니라 창작자와 감상자의 마음의 평화를 위하여 현실이 동원되는
것이라는 생각과도 일치하였다.(『화두』 1권, 125면)

(나) 희곡이 악보라면 공연은 연주다. 그렇게 따지자면 글자는 악보고
<읽기>는 연주이니 구조가 다른 것은 아니지만 희곡의 공연에서는
그 <읽기>가 연기며, 무대장치라는 형태로 나타나고 작가인 내가
그것을 본다는 절차를 따른다. 말하자면 희곡을 극단 사람들이 읽고(공
연하고), 나는 그 읽기(공연)를 읽는다는, 두 겹의 읽기를 한꺼번에
하게 된다. 나처럼 산문만 써온 사람에게는 연극의 이런 구조는 인간의
기억을 위한 구원같이 보인다.(『화두』 1권, 224면)

(다) 등단 이후 10년 남짓한 그 동안에 쓸 만한 것은 모두 써본 상태에
있었다. 글쓰기라는 것을 자기를 알아내는 일이라고 정의하든, 세계를
파악하는 일이라고 정의하든, 아니면 나나 세계를 뛰어넘어 어떤 신명
에 취해 보는 기술을 부리는 생업이라고 정의하든 (중략) 내 마음은
어딘지 허한 벌판에 선 듯 그런 느낌이었다.(『화두』 1권, 381~382면)

소설가 화자는 자신의 경험을 통해 (가)에서 예술이란 무엇인가에 대한
답을 환상의 체험이라는 견지에서 정리하고, (나)에서는 희곡의 득성을
정리하고 소설과의 차이를 비교하고 있다. 특히 화자는 작가로서 자신이
두 장르를 모두 집필해 본 경험을 토대로 문학의 장르적 특질을 정리하고
있다. (다)에서는 문학 향유자를 작가와 독자로 나누고 독자였던 자신이
굳이 작가가 되어야만 했던 이유를 밝히고 있다. 이와 같이 소설가 화자인
'나'는 자신의 오랜 글쓰기 경험에서 우러나온 문학과 예술에 대한 진지한
문제의식을 표면에 내세우고 메타 층위에서 지시 담론을 통해 정리하고
있다. 이러한 회고를 통한 정리의 과정은 자신이 이전에 쓴 작품을 하나하나

다시 보는 과정을 동반하여 구체적으로 이루어진다.

한편『화두』는 작가가 이전에 썼던 소설과 희곡 등 모든 문학 작품뿐 아니라 산문27)까지도 모두 다시 읽고 다시 쓰는 과정을 통해 이전 작품을 총망라하는 공간이라고 할 수 있다. 개별 문학 작품이 쓰인 배경이며 작품의 의도 등이 기술되어 있고, 실제의 작품들이 인용되어 있다. 이러한 자기 작품의 지시는『화두』에서 총망라되어 있지만 Ⅳ장 3절에서 살펴본 바대로 이미 그 이전 다른 소설들에서도 이러한 자기 반영과 자기 지시성이 초기 형태를 보이고 있었다.

> (가) 나도 그 해 ≪새벽≫이라는 잡지에 「밀실」이라는 소설을 발표한다. 등단 이듬해의 일이었다. 역사의 조명탄이 크게 밝히고 있는 시간에는 아구맞는 글을 쓴다는 것은 어려운 일만은 아니었다. 집단적 이성이 환히 밝히는 사물을 보이는 대로 적으면 그만이었다. 그러나 그 환한 세상은 잠깐이었다. (중략) 그 세월이 십여 년째 이어져온다. 내가 소설가라는 이름으로 살아오는 이 세월. 이런 세월 속에서 소설을 쓴다는 것은 무엇을 어찌한다는 뜻을 지니는가. 「밀실」「잿빛걸상에 앉아서」「서쪽으로 헤매면서 걸어가는 이야기」「제멋대로 부는 바람」 「소설가 구보씨의 별볼일 없는 하루」―그 동안 발표한 소설들의 제목은 한결같이 처량하다.(『화두』1권, 334면) / 내가 맨 처음 희곡을 쓴 것은 온달 얘기를 소재로 삼은 70년의 「다시 만날 때까지」였다.(『화두』 1권, 164면) / 미국에서 돌아온 70년대 후반을 희곡을 쓰는 일로 보내고,

---

27) 80년대에 쓴 문학 원론에 대한 글들을 말한다. 이 글들을 쓴 이유가『화두』에 다음과 같이 언급되어 있다. "나는 귀국 후 몇 편의 에세이를 쓸 수 있었는데 그것들은 대개 문학이란 무엇인가, 예술이란 무엇인가를 생각해 본, 예술 원론이라고 분류할 수 있는 글들이다. 어느 시기 이후로 나는 기존의 그런 유(類)의 글들의 문맥을 따라가는 일을 그만두고 나 자신의 창작의 경험을 반성하고, 그 새김질의 결과를 되도록 기존의 문학 이론에서 쓰이는 개념에 기대지 않고 기록하는 방법에 기댔다."(최인훈,『화두』2권, 21면)

80년대 모두를 지금 89년의 초여름까지 나는 한 편의 소설도 쓰지 않고 지냈다. 말 그대로라면 한 편을 쓰기는 썼다. 「소년병의 달」이라는 짧은 소설로서 그 한 편이 80년대의 오늘 현재의 소설 창작의 전부다.(『화두』 2권, 21면)

(나) 기척
　　귀를 기울인다
　　바람 소리
　　바느질을 다시 해나간다 (후략)(『화두』 1권, 139~141면)

(다) 『자본론』을 읽은 이런 느낌을 나는, 미국에서 틈틈이 고쳐 쓴 나의 소설 「밀실」의 어느 부분에다, <……그런데 이번에는 '나'에게 탓을 돌릴 수 없는 진짜 절망이 찾아왔다. 신문사와 중앙도서실의 책을 가지고 마르크시즘의 밀림 속을 헤매면서 이명준은 처음 지적 절망을 느꼈다. (중략) 목숨에 대한 사랑과, 오랜 시간이 있어야 할 모양이었다……>라는, 이전의 판에는 없는 대목을 새로 만들어 넣는 것으로 기록해 두었다.(『화두』 2권, 269~270면)

(가)에서 볼 수 있듯이 『화두』는 최인훈 자신이 썼던 그 이전의 모든 문학 작품들을 지시한다. 이 지시 담론은 한 층 위의 메타층위에 위치하며 화자 자신이 썼던 이전의 모든 작품에 대해 샅샅이 기억을 되살려 설명하고 평가한다. 그리고 그 중에서 몇몇 작품의 본문을 인용하고 있다. (나)는 작가 화자 자신이 이전에 썼던 희곡 작품의 일부분이다. 화자는 미국에서 자신의 공연이 이루어지고 그때 공연 연습에 참여한 기억을 떠올리며 희곡의 첫 부분을 적고 있다. 선대 문인의 문학 작품뿐 아니라 작가로서의 자신의 과거 문학 작품을 옮겨 싣는 것은 지극히 자기 반영적인 기법이다. 화자는 자신의 이전 작품과 현재 쓰고 있는 『화두』 간에 상호 텍스트적인

소통이 일어나게 하고 작가로서 자신 작품의 일대기를 기술하려는 욕망을 표출한다. 특히 (다)에서처럼 화자가 마르크스의 『자본론』을 읽은 후 자신의 이전 소설을 개작할 때 첨부한 부분을 따로 떼어 인용한 것은 소설과 희곡, 소설과 이론서의 상호 소통이라는 장르 간 넘나듦을 넘어서 자기 작품 중에서 과거의 것과 현재의 것이 상호 작용을 일으켜 변이가 이루어지고 있는 소설 쓰기에 있어서의 새로운 한 지점을 현재화하여 보여주는 것에 해당한다.

이와 같이 여러 텍스트가 혼재되어 상호 지시하는 장인 포스트모더니즘 소설 『화두』는 문학작품을 통한 문학의 성찰이라는 자기 지시적이고 자기 반성적인 성격을 갖는다. 자기 반영적인 메타픽션은 소설 쓰기를 통해서 소설 자체를 직접 해석하고 비평한다.[28] 『화두』에서 소설가 화자도 자신의 기존 창작물을 통해서 자아 정체성의 문제를 탐구한다. 소설들은 상호 텍스트적 관계에 놓여 있다. 『화두』 안에서의 상호 텍스트적 관계는 실제 현실 세계를 묘사하거나 구성의 소재로 삼는 것이 아니라 이미 존재하는 자신의 다른 텍스트의 세계와 그 속에 나오는 인물들을 소재로 해서 또 다른 허구의 세계를 만드는 것이다. 소설가 화자는 상상적 글쓰기를 통해 스스로의 경험을 만들어 나간다. 그럼으로써 글쓰기 자체가 작가에게 또 다른 중요한 경험으로 간주된다. 작가는 『화두』 안에 자신의 이전 텍스트를 포함한 여러 텍스트들을 인용하고, 이러한 인용의 그물망 속에서 새로운 텍스트를 만들어 낸다. 이때 인용된 텍스트는 단순히 내용의 반복적 제시에 그치는 것이 아니라 새로운 환경 속에서 주변 텍스트들과 역동적인 관계를 맺으며 재해석되고 이를 통해 새로운 의미를 얻게 된다.[29] 『화두』에

---

28) 이런 관계를 제임슨은 '메타비평(metacommentary)'이라는 개념으로 설명한다. 즉 주어진 비평적 쟁점의 현존하는 조건에 대해 자의식적으로 해설한다는 의미를 갖는다.(L. Hutcheon, 앞의 글, 15면)
29) 정항균, 앞의 글, 380면.

서 작가는 새로운 소재를 다루는 것이 아니라 자신의 기억 모두를 다루며, 글쓰기에 있어서는 이전 작품들에 기대어 글을 쓰면서 새로운 의미를 길어 올리려고 한다. 작가는 언어적, 예술적, 그리고 문화적 관습들을 통해서 글을 조직한다.30)『화두』의 상호 텍스트적이고 자기 반영적인 글쓰기는 텍스트가 수많은 문화의 온상에서 온 인용들의 짜임이라는 것을 알려준다.31) 이제 텍스트는 최종적인 의미를 갖지 않고, 그것을 읽는 독자에 의해서 매 순간 다른 의미가 생성되는 장이 된다. 텍스트는 작업이나 생산에 의해서만 체험할 수 있는 것이기 때문이다.32) 이것이 『화두』에서 자신의 이전 작품을 읽는 독자로서 새로운 의미를 생성하고, 그것을 다시 써넣는 작가로서 매번 다른 의미를 생성하는 과정으로 나타난 것이다.

포스트모더니즘 소설인『화두』는 자기 반영성과 역사성을 병치시키고 양자에 동등한 가치를 부여하는 텍스트이다.33) 내부 지향적이고 예술적 형식의 세계에 속하는 것-상호 텍스트성, 패러디-과 외부 지향적이고 현실의 삶에 속하는 것-역사-에 똑같은 가치를 부여하고 있다.『화두』는 화자의 기억과 이전의 글쓰기를 통해서 전 생애의 경험과 20세기 역사에 대해 진술하는 총체적인 텍스트이자, 자기 반영적인 메타픽션으로서 내용적 실체가 허구임을 끊임없이 입증하고 있다.『화두』에서 작가는 허구와 역사의 혼합을 통해 계급과 민족, 그리고 국적의 문제까지 다루고 있다.

---

30) 작가들 자신들은 언어적, 예술적, 그리고 문화적 관습들과 그밖의 것들을 통해
   활동하고 있는 '작가들'인 독자들에 의해 창조되어진 존재이다.(퍼트리샤 워,
   앞의 글, 178면)
31) 롤랑 바르트, 앞의 글, 32면.
32) 앞의 글, 39면.
33) 린다 허천,『포스트모더니즘의 이론과 전략』, 10면.

그러면서 메타픽션의 시각을 통해 허구 장르인 소설과 마찬가지로 그 안에 기록된 역사의 허구성을 증명하고, 기득권에 의해 쓰인 기존 역사쓰기를 비판하고 있다.34) 그 방법에 있어서『화두』는 1960~70년대의 작가 자신의 작품과 1920~30년대의 선대 문인들의 작품, 그 외의 현실 담론으로 이루어진 텍스트를 들여 놓음으로써 우리 시대의 역사성과 사회성을 남긴다. 이렇게 포스트모더니즘은 사회의 가치기준과 역사를 문제 삼으면서도 여전히 사회의 내부에 남아 사회와 의사소통하기 위해 과거를 재전유하는 형식을 취하는 것이다.35) 이와 같은 방법으로 최인훈은『화두』집필을 통해 기존의 자신의 작품을 다시 새롭게 해석하게 된다. 그리고 식민지 시대의 문학을 전유함으로써 근대 한국문학 전체를 다루는 텍스트가 된다. 거기에서 나아가 약소민족의 실향민의 정체성을 가진 작가가 20세기 세계 전체 역사를 자신의 소설에 들여 놓음으로써 서구세계의 지배문화와 사회가 만들어 놓은 기존의 역사와 이데올로기를 전복시키고, '대항 역사'로서의 의미가 생성된다. 즉 작가의 이전 작품이 모두 녹아 있는『화두』는 그 한 편으로 최인훈의 글쓰기의 전체를 읽을 수 있는 텍스트이자, 세계의 비주류였던 한국인 작가의 입장에서 20세기 세계 역사에 대한 새로운 시각을 제공하는 텍스트가 된다. 한국 사회와 역사를 벗어나 세계를 향하고 있는『화두』는 식민지와 한국전쟁, 분단 등으로 정상성을 상실한 현 한국 사회에 대한 책임을 제국주의 서구 사회에 묻고 있으며, 세계와 역사에 접근하는 다양한 시각의 한 가능성을 제안하고 있다.

최인훈은 일련의 글쓰기 과정을 통해 소설 장르가 근본적으로 자기 반영적이라는 속성을 간파함으로써 다양한 문학 작품과 역사, 문화, 생활이

---

34) 비판의식이야말로 포스트모더니즘을 정의하는 데 있어 결코 빼놓을 수 없는 요소이다.(위의 글, 23면)
35) 앞의 글, 27면.

혼합된 상호 텍스트의 공간을 만들어 냈다. 거기에서 독자이자 작가의 자격으로 매 순간 달라지는 다양한 의미 생성의 과정을 보여준다. 『화두』의 메타픽션적 글쓰기를 통해서 문학 작품은 정해진 단독의 주제의식을 갖는 게 아니라 거기에서 산출되는 의미가 생산의 한 과정이며, 매 순간 변화 가능한 것이고 역사적인 것이라는 점에서 독자의 적극적인 참여와 행위를 창출해 내는 것이다. 그것은 또한 언어적 기표로 화하여 텍스트를 부유하는 작가 실체의 허구성과 다원적인 자아의 개념에 의해서 뒷받침된다. 이런 과정을 통해 최인훈은 전통적인 사실주의 소설이 가졌던 현실 재현 가능성의 신화와 내용의 진지성을 탈각시키고, 소설을 다양한 담론과 형식적 혼종이 가능한 열린 장르로 변화시켰다. 『화두』에 이르러 이제 소설은 소설 외의 다른 예술, 비문학 담론, 생활의 편린을 모두 받아들여 장르적 확대를 꾀하고, 그 안에서 자유롭게 부유하는 작가와 독자가 만나서 새롭고 다양한 의미를 창출해 내는 열린 공간이 된다. 그리고 최인훈은 향후 소설 장르에서 더 다양하고 새로운 형식적 실험이 이루어지기를 전망한다.[36)]

이와 같이 다양한 형식적 장치를 통한 메타픽션적 글쓰기 『화두』는 기존 역사의 허구성을 끊임없이 인식하려는 작가의 세계 인식 시도와 소설 형식 자체에 대한 비평으로서 기능하며 소설이 현실을 재현할 수 있다는 믿음을 탈신비화하고 단지 언어 기표의 움직임으로 가볍게 함으로써 현재 소설을 반성하고 소설의 미래를 내다보는 문화에 대한 정치적 비전을 제안하는 반응으로 볼 수 있다.

---

36) "난 실험을 계속해야 한다고 생각합니다. (중략) 인간성이 완성되었다고 말할 수 없다면 그것으로 나아가기 위해서라도 끊임없이 실험하고 변모해야 하는 것이지요."(김인호 대담, 앞의 글, 280~281면)

VI. 결론

작가 인생 50주년을 맞아 최인훈은 자신의 문학에 대해 "실험실에 있는 기초 생물학자의 유전자 추출 실험 같은 것"이며 "40억년을 걸쳐 살아온 자신과 비슷한 미미한 단백질들의 이야기를 표현하는 것"이라고 밝혔다.[1] 작가 스스로 요약한 바와 같이 최인훈의 문학적 세계는 형식 실험이 가득한 실험실에서 이루어져 왔으며, 그 내용은 개인이 살아가는 현실과 인류가 살아온 역사에 맥이 닿아 있다. 최인훈은 가장 파격적인 소설 형식을 통해서 가장 현실적인 이야기를 해 온 작가였다. 그가 지속해 온 소설의 형식적 실험은 시대의식과 역사의식에 긴밀하게 연관된 지점에서 기인하며 식민지와 한국전쟁, 분단으로 이어지는 한국의 근대사는 작가에게 세계의 폭력에 처한 개인의 문제와 부조리한 세상을 담기 위한 급진적 형식 개발이라는 두 가지 화두를 형성하게 했다. 이와 같이 한국적 현실에 맞는 소설의 형식을 발명하려 했던 최인훈은 소설 형식을 탐구하는 과정에서 자기 반영적 글쓰기의 세계를 형성하게 되었고, 1994년에 발표한 메타픽션 『화두』로 형식과 내용 면에서 모두 새로운 국면으로 접어든다.

---

1) 최인훈, 『『최인훈 전집』 발간 기념 심포지엄 – '최인훈 문학 50년을 읽다'』, 인사말, 2008. 11. 21.

본서는『화두』가 메타픽션으로서 갖는 두 가지 특성에 주목하여『화두』
자체에서 방법론을 추출해 내고자 하였다. 우선 메타픽션으로서『화두』는
작가의 이전 작품들을 모두 그 안에 담고 있으므로 다른 텍스트들과
상호 텍스트 관계를 설정할 수 있고, 이를 통해 최인훈 소설 세계 전체를
다시 읽고 새로운 의미를 찾아볼 수 있다. 다음으로 메타픽션이 갖는
급진적 소설 형식의 다양한 특징들—특히 작가가 이전 소설들을 통해
보여주었던—이 소설 분석에 대한 구체적인 방법론으로 기능하게 된다는
점이다. 메타픽션이 갖는 특성으로 인해『화두』는 단지 최인훈 소설 중
후기작이라는 난순한 지위가 아니라, 작가가 평생 연구한 문학 및 사상이
총결산되어 있는 텍스트로서 작가의식을 해명할 수 있는 시각을 제공하고,
소설 쓰기의 맥락을 찾아볼 수 있게 함으로써 최인훈 문학 전체의 의의를
새로이 찾고 소설 장르에서 메타픽션이 가져온 변화를 규명할 수 있게
한다.

Ⅱ장에서는『화두』텍스트 안에서 다른 소설들과 대화를 시작할 수
있게 된 구체적인 방법을 찾고자 하였다. 그러기 위해서 우선『화두』라는
새로운 소설이 탄생하게 된 이유를 구소련 멸망으로 인한 세계관의 변동
하에서 찾고 새로운 패러다임 하에서 자아와 글쓰기 모두를 재규명할
필요가 있다. 따라서『화두』의 화자 '나'는 다원적이고 다층적으로 설정되어
있다. 경험의 총체로서의 '나', 이전 작품의 작중인물로서의 '나', 현재
서울과 미국과 소련 등 20세기 역사의 현장의 공간을 여행하며 글을
쓰는 '나', 이 모든 것을 설명하고 다시 보는 '나'로 분류하고, Ⅲ장에서
과거에 형성해온 작가의식을 해명하기 위한 토대로 삼는다.『화두』는
기억의 원리에 따른 서술 형태를 취하고 있는데, 기억을 통해 개인적
존재를 역사적 존재로 확장시킴으로써 개인의 기억과 인류 전체의 기억을
담아내게 된다. 한편 기억의 원리는 글쓰기의 원리와 접점을 형성하는데,

이를 통해 소설 쓰기의 허구성과 소설 장르의 성격 변동을 암시한다. 이러한 시각과 원리를 갖는『화두』는 다층적인 상호 텍스트가 발생하는 공간으로서 작가의 이전 작품과 다른 작가들의 작품과 문학 외 역사적 담론들과 상호 대화적 관계를 설정하고 Ⅲ장에서 대화적 읽기를 하게 된다.

Ⅲ장은 Ⅱ장의『화두』에서 찾은 세계와의 관계 맺음에서 발생한 자아 정체성에 대한 문제를 세 가지 측면으로 보고, 이전 소설들과의 대화적 읽기를 통해 해명하는 과정에 해당한다. 피난의 가족사에서 형성된 떠돌이 의식과 '자아비판회' 경험에서 형성된 세계에서 배척당한 개인의 자아의식은 그 원인을 역사에 두고 역사의식에 관심을 둠으로써 세 가지 문제의식은 밀접한 연관성을 갖는다. 이렇게 최인훈이 작가로서 평생 글쓰기를 통해 풀어보고자 했던 주제의식은 떠돌이이자 지식인 인물로 유형화되며, 그 인물의 과거 기억을 반복하여 회상하는 과정, 그리고 역사적 인물과 대화하고 패러디를 통해 전통을 잇는 면모를 통해 일련의 소설들에서 그 맥락을 찾아볼 수 있다. 「광장」,『회색인』,『서유기』,『소설가 구보씨의 일일』, 「금오신화」,「하늘의 다리」로 이어지는 일련의 소설에서 실향민 의식을 갖는 최인훈의 인물들은 그것을 개인의 처지에서 20세기 한민족 전체의 문제로 확장시킨다. 그리고 현재의 '정신적 피난민'으로서의 민족적 자각은 근대사에 그 원인이 있다는 것과 역사적으로 반복되어 온 사실임을 알게 되며 제국주의의 거대한 배후를 깨닫기에 이른다. 이 피난민 의식과 그것을 통해 형성된 역사의식은 「하늘의 다리」에서 허공에 떠 있는 다리의 환각을 보는 화가와 그 다리를 캔버스에 담을 수 없는 피난민 예술가의 처지로 드러난다. 즉 서구적 예술 형식의 틀로는 풍속과 단절된 정신사를 담을 수 없다는 사실을 형상화해낸 것이다. 전통과 단절된 예술의 형상화 불능 문제는 「그레이 구락부 전말기」,「광장」,『회색인』,『서유기』,「우상의

집」, 「囚」에서 지식인으로 유형화되는 인물들을 통해 책과 문학의 문제로 옮겨간다. 문학 외부의 현실과 내부의 환상의 세계를 이원론으로 인식하는 현대인들이 등장하여 문학과 현실의 관계를 고찰하는데, 이런 인물들이 가진 독서 편력이나 은둔자 취미나 정신병의 발현은 유토피아를 꿈꾸고 나아가 문학 안에서 희망을 찾으려는 작가의 의도 표출에 해당한다. 이와 같이 최인훈은 한국인의 현존으로 파악한 떠돌이 지식인 유형의 인물들을 통해 근대사의 문제를 문학 안에서 풀어보려는 시도를 한다.

 이렇게 떠돌이로서의 문제적 현존을 가진 개인은 그 근원을 '자아비판회' 라는 원체험에서 찾으려 하며, 그 방법은 기억의 반복으로 이루어진『화두』 의 글쓰기 원리에 따라 반복적 회귀로 나타난다. 자아비판회 체험은 중학 시절 북한 체제로부터 어린 개인이 배척당하는 최초의 경험으로서 작가에게 트라우마로 자리 잡아 「광장」,『회색인』,『서유기』에서 각기 다른 방법으로 반복 형상화된다. 특히『서유기』에서는 추상적인 기법을 통해 자아비판회 가 죄인으로서 심문받는 법정 장면으로 다루어짐으로써 「광장」과『회색 인』에서의 반복의 누적과 추상적 형식이라는 두 가지 작용을 통해 원체험의 트라우마를 완화시키는 결과를 가져오게 된다. 개인에게 가해지는 체제의 일방적 폭력은 그것을 대표하는 전쟁 체험을 '방공호 성체험'과 'LST 피난 체험'의 일련의 모티프로 바꾸어 반복하고 또한 변주하는 형태로 드러나 왔다. 폭격과 더불어 형성된 '방공호 성체험'은 구원의 여성상을 만들어 내고, 그것은『서유기』와 「구운몽」에서 여성의 부름으로 변주되어 나타난다. 그럼으로써 최인훈 소설에서 폭격은 여성의 사랑과 자아비판회 의 운명적 트라우마와 동시적인 연결고리를 형성한다. 성체험과 피난 체험으로 변주되어 나타나는 전쟁의 폭력성은 자아비판회 체험과 연결되 어 개인에 대한 세계의 일방적인 폭력성을 되살리는 기제로 작용한다. 이러한 모티프의 반복과 변주는 개인에 대한 세계의 일방성과 폭력성을 되새기게 하며, 원기억으로 회귀하게 되는 글쓰기 과정을 통해 개인의 체험을 인류사와 연결 짓는다.

최인훈의 소설은 주제의식 면에서 역사적인 글쓰기라 할 수 있다. 그의 주제의식이 언제나 당대 민족의 당면 과제에 닿아 있고, 식민지와 전쟁을 겪고 분단 상태에 있는 비극적 한국 근대역사에 그 배경을 두고 있다는 점에서도 그러하다. 역사와 문학의 관계는 「광장」, 『회색인』, 『서유기』, 『소설가 구보씨의 일일』, 『태풍』으로 이어지는 소설들의 연결을 통해 해명의 과정을 겪는다. 최인훈은 『회색인』에서 작중인물들을 통해 이광수에 대해 직접 비판적 발언을 함으로써 역사의식이 담긴 문학을 해야 한다는 문제의식을 제기하는 한편, 연작편인 『서유기』에서 이광수, 이순신, 논개 등의 과거 인물을 현재로 불러내어 대화함으로써 과거 역사에 대한 구체성을 획득한다. 『서유기』의 추상적 형식의 힘을 빌려 역사적 인물의 현재화를 가능하게 하고 과거 역사를 현재에 살려낼 수 있었다. 1920~30년대의 작가 박태원과 빙의한 최인훈은 『소설가 구보씨의 일일』의 패러디 기법을 통해서 당대의 역사의식과 사회의 본질을 꿰뚫어 보는 데 성공한다. 최인훈은 패러디를 통해 1920~30년대의 역사를 자기 작품에 담고 문학 전통을 당대로 끌어내린다. 그리고 선대 문인들뿐 아니라 외국 작가와 타장르 예술과의 대화를 통해 자신의 문학을 통시적, 공시적으로 확장하기에 이른다. 그리고 『태풍』에서 과거의 특정 시점으로 돌아가 역사를 다시 새롭게 씀으로써 현실을 비판하고 미래 역사의 대안을 제시한다.

Ⅳ장에서는 최인훈 소설이 근본적으로 자기 반영적이라는 전제 하에서 소설에서 나타나 온 다양한 형식적 특성을 자기 반영적 글쓰기의 측면에서 규명하고 통시적으로 변화 과정을 고찰하였다. 여기에서의 형식적 논의는 Ⅲ장의 세 가지 작가의식과 연관성을 갖는데, 과거의 원체험으로 반복 회귀하는 자아 정체성 찾기는 최인훈의 소설이 3인칭에서 1인칭으로

점차적으로 발화자의 시점이 변화한다는 사실과 관계를 맺고 나타난다. 초기 소설은 대부분 3인칭 인물이 설정되었음에도 불구하고 객관적인 거리 유지에 실패하고 작가의 목소리를 대변하는 경향이 짙다는 점에서 3인칭 인물 화자 설정에 근본적으로 내포된 모순을 발견하게 된다. 이런 경향은 향후 소설가 화자와 1인칭 화자로의 변이를 예상하게 하며, 서술 방식에 있어서도 '보여주기'보다 '말하기'를 통해 메타픽션적 서술로 자연스럽게 변화되는 과정을 증명한다. 그럼으로써 본격적으로 문학 안에서 문학에 대해 말하는 자기 반영적 시각이 표면화된다. 또한 최인훈 소설들은 액자 구조나 다층적 구성을 갖는데, 이때 '겉 이야기'와 '속 이야기'는 주제를 암시하는 알레고리 관계를 형성한다는 점에서 구조 면에서도 자기 반영적이라 할 수 있다. 한편 부텍스트를 이용하여 작가의 현존을 노출시키고 창작 태도에 있어서 자기 반영성을 강화한다는 사실을 발견할 수 있다.

정신적 피난민으로서의 민족적 현 존재의 자각과 관련하여 형식적 측면에서는 전통적 사실주의 소설이 갖는 현실 재현의 신화를 폭로하고 소설은 단지 언어의 구성물에 지나지 않음을 보여 주기 위해 꿈이나 환각 등의 탈문맥적 장치들을 활용한다. 즉 소설 텍스트는 무의미한 언어들의 집합체로서의 언어게임의 장이라는 의식을 심어준다. 언어게임은 비논리적 내용 전개, 띄어쓰기를 무시한 뒤섞인 담화, 개인어의 생성, 언어유희, 해석 없는 외국어의 배열 등의 다양한 경향으로 전개된다. 부조리한 현실 세계를 조리 있게 전달할 수 없다는 작가의 현실 인식이 이와 같은 언어 게임을 통해 리얼리티는 재현될 수 없으며 소설의 세계는 언어로 만들어져 있다는 것을 의식적으로 보여 줌으로써 소설의 허구성을 드러낸다. 그리고 최인훈의 소설 안에는 신문 기사, TV 방송, 영화, 책의 인용 등 실제 현실 자료들이 삽입되어 있는데, 이렇게 일상생활의 담론들이

소설을 읽다가 그대로 튀어나오는 생경한 경험은 소설이 허구의 장르라는
사실을 강조하는 기능을 함과 동시에 당대의 역사적 사실을 문학 텍스트에
기록하려는 작가적 의도에 해당한다.

최인훈은 단절된 역사적 전통을 자신의 문학 형식을 통해 문학 안에서
이어보려고 시도해 왔다. 그러기 위해 문학이나 예술 분야에 종사하는
작중인물을 설정하고, 소설관, 문학관, 예술관에 대해 직설적으로 의견을
피력하게 하는 재귀적이며 자기 반영적 진술을 택한다. 그리고 이런 시각은
인물, 모티프, 주제 면에서 이전 작품의 요소를 이후 작품이 공유하여
상호 대화하는 식으로 반복되어 나타나는데, 소설 안에서 타 장르의 예술이
나 문학 외적 담론과 활발한 토론의 장을 벌임으로써 소설 장르를 확장하고
역사와 예술에 대한 직접 비판이 이루어진다. 동시에 자기 작품 간에
상호 간섭과 반복적 기술을 통해 작가의식을 강조하고 메타픽션『화두』의
출현을 예고한다.

Ⅱ장에서『화두』의 10년에 걸쳐 회상하는 담론 층위의 화자 '나'를
밝힌 바 있고, 그에 의해 Ⅴ장에서는 기억하는 시점에 따라서 회상의
강도를 조절함으로써 구소련 멸망 전후를 각각 살필 수 있게 되었다.
즉 패러다임 변동 전의 화자를 통해 이전 작품과의 대화가 가능하였고,
변동 이후의 화자를 통해 작가의식의 해명이 가능하게 되었다. 한편 스토리
층위에서는 경험하는 화자가 설정되어 있어 과거의 기억을 담아내면서
현재의 떠돌이 작가로서의 '나', 과거의 원체험을 통해 세계와 불화한
'나', 그리고 자기 작품과 선대 문인들의 작품과 외국 문인들의 작품,
세계사적 사상가 및 정치가들과 대화를 통해 역사를 기입하려는 메타
층위의 '나'가 유기적인 연관 관계를 가지면서 총체성을 획득한다. 최인훈이
평생을 두고 자신의 글을 통해 해명하고자 했던 세 가지 화두ㅡ피난민
의식과 '자아비판회' 원체험의 의미, 그리고 근대사의 규명은 상호 불가분의

관계에 놓여 있다. 그리고 III장에서 초기 소설의 다양한 역할을 갖던 작중인물들이 각자의 직업과 처지에서 이러한 문제의식을 풀기 위한 노력을 보태왔던 사실이 이제 V장에서 『화두』와의 관계를 통해 드러난다. 이렇게 소설들 간의 연대를 통한 상호 텍스트적 관계와 『화두』에서 드러난 세계관의 변동을 통해 세 가지 문제의식은 해명되기에 이른다. 그동안의 반복적 쓰기를 통해 치유의 과정에 접어든 과거의 원체험들은 구소련이라는 사회주의 체제로 대표되던 현실 세계의 허구성이 입증되면서 정치적 억압의 기제를 상실한다. 태생부터 작동해 온 정치적 억압 기제의 정체가 허구로 드러나면서 '노예 철학자'로서 글을 써 왔던 화자는 노예 의식에서 풀려나 자발적으로 글 쓰는 떠돌이의 운명을 받아들이고 진정한 미적 주체로 거듭나게 된다. 그리고 빙의 체험과 패러디 기법을 통해 역사의식 기입에 근접해 왔던 화자는 『화두』에서 글쓰기의 미적 주체로 변모하면서 당대의 한국문학뿐 아니라 20세기의 한국 근대사와 나아가 세계사 전체를 총망라하는 텍스트를 쓰게 된다. 이와 같이 『화두』의 화자는 개인의 문제에서 방대한 20세기 세계사 전체를 보는 시각을 형성하고, 이전의 쓰기를 통해 드러났던 현실에 외로이 저항하는 개인의 모습이 아닌 역사와 화해한 자유로운 자아로 다시 태어나 다양한 이야기를 담아내게 된다.

한국의 특수한 역사를 반영할 수 있는 소설 형식을 창조하려 했던 최인훈은 소설 형식을 탐구하는 과정에서 소설의 자기 정체성인 나르시스적인 속성을 찾아내고, 궁극적으로 메타픽션 『화두』의 형식을 취하게 된다. IV장의 최인훈 글쓰기 형식을 자기 반영적인 시각에서 통시적으로 고찰한 것이 V장에서 『화두』의 글쓰기로 귀결되면서 새로운 의미를 찾게 된다. 『화두』에서는 전통적인 사실주의 경향의 소설 쓰기를 반성하고 소설 텍스트는 수많은 문화에서 온 다양한 글쓰기들이 결합하는 다차원적인 공간임을 증명한다. 『화두』의 글쓰기를 통해 최인훈은 소설의 형식을 독창적으로 고안해내야 하는 책무를 벗어던지고 비로소 자유로워진다. 『화두』의 자기 반영적 글쓰기는 메타 층위를 형성하여 구성되는 텍스트 자체를 지시한다. 이러한 구조를 통해 소설가 화자 '나'는 자신의 창작물을 통해서 소설 자체를 해석하고 비평하는 동시에 자아 정체성의 문제도 탐구할 수 있게 되었다. 즉 소설가 화자는 상상적 글쓰기를 통해 스스로의 경험을 만들어간다. 『화두』의 화자는 이전 작품을 읽는 독자로서 새로운 의미를 생성하고 그것을 다시 표현해 내는 작가로서 다른 의미를 생성하는 순환적 과정을 통해 궁극적으로 소설 텍스트를 최종적인 의미를 갖지 않고 매 순간 다른 의미를 생성하는 각종 문화적 인용의 짜임으로 인식하게 된다.

메타픽션『화두』는 형식적 측면에서 자기 반영성과 내용적 측면에서 역사성을 병치시키고 양자에 동등한 가치를 부여하는 텍스트다. 『화두』는 기억의 논리와 이전의 글쓰기를 통해서 작가의 전 생애의 경험과 20세기 역사를 기록하는 총체적 텍스트이자, 자기 반영적인 시각을 통해 소설 내용의 허구성을 끊임없이 입증하고 있다. 최인훈은 문학과 역사의 혼합을 통해 계급과 민족, 그리고 국적 문제까지 다루면서 그 안에 기재된 역사의 허구성을 증명하고 기득권의 기존 역사쓰기를 비판하고 있다. 『화두』는 1960~70년대의 작가 자신의 작품과 1920~30년대의 선대 문인들의 작품, 그 외의 현실 담론 등의 텍스트를 들여 놓음으로써 우리 시대의 역사성과 사회성을 남긴다. 나아가 약소민족의 실향민 정체성을 가진 작가가 20세기 세계 전체의 역사를 자신의 소설 안에 써 넣음으로써 서구 세계의 지배문화와 사회가 만들어 놓은 기존의 역사와 이데올로기를 전복시키는 '대항 역사'로서의 의의를 갖게 된다. 한편 최인훈은 일련의 글쓰기를 통해 소설 장르가 근본적으로 자기 반영적이라는 속성을 간파함으로써 다양한 문학 작품과 역사, 문화, 생활이 혼합되어 서로를 지시하는 상호 텍스트의 공간을 만들어 냈다.『화두』의 메타픽션적 글쓰기를 통해서 문학 작품은 정해진 하나의 주제를 가지는 게 아니라 매 순간 변화 가능하며, 역사적이며 의미 생산의 한 과정임을 보여준다. 이런 과정을 통해 최인훈은 전통적 소설이 가졌던 현실 재현의 신화와 내용의 진지성을 탈각시키고 소설 장르를 다양한 담론과 형식적 혼종이 가능한 열린 장르로 변화시켰다.

본서는『화두』의 성격을 규명하고 그를 통해 최인훈의 소설을 새롭게 읽는 시도였다는 의미를 갖는다. 그 최초의 시도로서 최인훈의 소설들 간에 새롭게 관계 형성을 설정하였다는 의의를 찾아볼 수 있으며, 관계적 맥락을 따른 독서 과정이 최인훈 소설 전체를 관통하는 옳은 술기가 되었기를 바란다. 그러나 접근하는 각도와 읽는 시기, 그리고 독자 등의 변인에 따라『화두』는 다른 작품과의 관계에서 매 순간 새로운 의미를 생성해 낼 수 있음을 이미 밝힌 바대로 이런 방법으로 이루어지는 다른 읽기를 통한 연구가 계속 진행될 것을 기대한다. 그리고 본서가『화두』 이후에 나온 소설과『화두』의 대화적 읽기를 시작할 수 있는 시금석으로 활용될 수 있기를 바란다.2)

---

2) 현재까지『화두』이후에 나온 소설은「바다의 편지」(2003)가 유일하다.

참고문헌

1. 기본 자료

최인훈,『광장/구운몽』, 최인훈 전집 1, 문학과 지성사, 1994.

_____,『회색인』, 최인훈 전집 2, 문학과 지성사, 1993.

_____,『서유기』, 최인훈 전집 3, 문학과 지성사, 1994.

_____,『소설가 구보씨의 일일』, 최인훈 전집 4, 문학과 지성사, 1994.

_____,『태풍』, 최인훈 전집 5, 문학과 지성사, 1992.

_____,『크리스마스 캐럴/가면고』, 최인훈 전집 6, 문학과 지성사, 1993.

_____,『하늘의 다리/두만강』, 최인훈 전집 7, 문학과 지성사, 1994.

_____,『우상의 집』, 최인훈 전집 8, 문학과 지성사, 1993.

_____,『총독의 소리』, 최인훈 전집 9, 문학과 지성사, 1994.

_____,『유토피아의 꿈』, 최인훈 전집 11, 문학과 지성사, 1994.

_____,『문학과 이데올로기』, 최인훈 전집 12, 문학과 지성사, 1994.

_____,『길에 관한 명상』, 청하, 1989.

_____,『꿈의 거울』, 우신사, 1990.

_____,『화두』 1, 2권, 문이재, 2002.

_____,「바다의 편지」,『황해문화』, 2003년 겨울호.

2. 국내 연구서 · 논문

강미옥, 「최인훈 소설 연구-고전소설의 패러디 양상과 그 의미」, 전북대학교 석사논문, 1996.

고인환, 「최인훈 초기 소설 연구」, 경희대학교 석사논문, 1996.

구재진, 「최인훈의 『회색인』 연구」, 『한국문화』 27집, 2001.

구중서, 「중요한 무엇」, 『현대문학』, 1966년 10월호.

권보드래, 「최인훈의 『회색인』 연구」, 『민족문학사연구』 제10집, 1997.

권봉영, 「개작된 작품의 주제변동 문제」, 『어문교육논집』 2, 부산대학교, 1997.

권영민 편저, 『한국문학 50년』, 문학사상사, 1995.

길경숙, 「최인훈의 서유기 연구」, 한양대학교 석사논문, 2000.

김 현, 『책읽기의 괴로움』, 민음사, 1984.

김경윤, 「최인훈 소설 연구」, 경북대학교 석사논문, 1985.

김기우, 「최인훈 『화두』의 구조와 예술론의 관계에 대한 연구」, 동국대학교 석사논문, 1998.

김기우, 「최인훈 소설 연구 : 최인훈의 예술론과 창작 이론을 중심으로」, 한림대학교 박사 논문, 2006.

김기주, 「최인훈 소설 연구」, 동국대학교 박사논문, 2000.

김동식, 「「총독의 소리」와 「주석의 소리」에 관한 몇 개의 주석」, 『『최인훈 전집』 발간 기념 심포지엄-'최인훈 문학 50년을 읽다'』, 2008.

김미영, 「최인훈의 소설가 구보씨의 일일 연구」, 한양대학교 석사논문, 1993.

김미영, 「최인훈 소설의 환상성 연구」, 한양대학교 박사논문, 2003.

김미현, 「한국 근대 여성소설의 페미니스트 시학-여성적 글쓰기를 중심으로」, 이화여자 대학교 박사논문, 1995.

김병익, 「'남북조 시대 작가'의 의식의 자서전」, 『문학과 사회』, 1994년 여름호.

김병익·김현, 『최인훈』, 은애, 1979.

김병익, 「사랑, 혹은 현대의 구원」, 최인훈 전집 6, 문학과 지성사, 1993.

김상태, 「근·현대 소설의 특징」, 『한국현대소설론』, 학연사, 1993.

김성렬, 「고전의 변용과 구원의 제도-최인훈의 「구운몽」」, 『어문논집』 27, 1987.

김송배, 「문학의 위기, 문단의 진실」, 『문학세계』, 2007년 5월호.

김신운, 「박태원과 최인훈의 소설가 구보씨의 일일 비교 고찰」, 조선대학교 석사논문, 1990.

김우창, 「남북조 시대 예술가의 초상」, 최인훈 전집 4, 문학과 지성사, 1994.

김욱동, 『「광장」을 읽는 일곱 가지 방법』, 문학과 지성사, 1996.

김윤식, 「어떤 한국인의 요나의 체험」, 『월간문학』, 1973년 1~2월호.

김윤식, 「유죄 판결과 결백 증명의 내력」, 『세계의 문학』, 1994년 여름호.

김윤창, 「한국 현대소설의 소외의식 연구」, 한양대학교 석사논문, 1984.

김인호, 「최인훈 『화두』에 대한 해체론적 읽기」, 동국대학교 석사논문, 1996.

김인호, 「최인훈 소설에 나타난 주체성 연구」, 동국대학교 박사논문, 1999.

김인호, 『해체와 저항의 서사』, 문학과 지성사, 2004.

김정민, 「최인훈의 금오신화, 구운몽에 나타난 시간구조 연구」, 이화여자대학교 석사논문,
     1992.

김종구 외, 한국소설학회 편, 『현대소설 시점의 시학』, 새문사, 1996.

김주언, 「우리 소설에서의 비극의 변용과 생성-최인훈의 『회색인』 『서유기』를 중심으로」,
     『비교문학』, 2002.

김주연, 「지식인의 행동」, 『한국문학』, 한국문학사, 1977.

김주연, 「분단시대와 지식인의 사랑」, 『변동 사회와 작가』, 문학과 지성사, 1979.

김충기, 「최인훈 문학에 나타난 소외의 문제의식」, 경희대학교 석사논문, 1977.

김치수, 「지식인의 망명」, 김병익 외, 『현대한국문학의 이론』, 민음사, 1972.

김현숙, 「이태준 소설의 이야기 공간과 행위어의 기능」, 『문학 상상력과 공간』, 창, 1992.

김현숙, 「표제언어의 기호론적 접근」, 『한국현대소설론』, 학연사, 1993.

김현자 외, 『한국 여성 시학』, 깊은샘, 1997.

류보선, 「책읽기를 통한 현실 읽기의 풍요로움」, 『문학사상』, 1994년 6월호.

박 진, 「최인훈의 소설가 구보씨의 일일 연구」, 고려대학교 석사논문, 1995.

박혜주, 「최인훈 소설의 사실성과 비사실성 연구」, 이화여자대학교 석사논문, 1984.

방민호, 「현실을 바라보는 세 개의 논리」, 『창작과 비평』, 1994년 겨울호.

방희조, 「최인훈 소설의 서사형식 연구」, 연세대학교 석사논문, 2001.

배경윤, 「최인훈 소설의 소외의식 연구」, 효성여자대학교 석사논문, 1989.

배미선, 「최인훈의 광장 연구」, 연세대학교 석사논문, 1994.

백 철, 「하나의 돌이 던져지다」, 『서울신문』, 1960. 11. 27.

서은선, 『최인훈 소설의 서사형식 연구』, 국학자료원, 2003.

서은선, 『최인훈 소설의 서사형식 연구』, 부산대학교 박사논문, 2003.

서은주, 「최인훈의 소설에 나타난 '방송의 소리' 형식 연구」, 『배달말』, 2002.

서은주, 「최인훈 소설 연구-인식 태도와 서술 방식의 상관성을 중심으로」, 연세대학교

박사논문, 2000.

송명진, 「최인훈 소설의 사실효과와 환상효과 연구」, 서강대학교 석사논문, 2000.

송승철, 「『화두』의 유민의식 : 해체를 향한 고착과 치열성」, 『실천문학』, 1994년 여름호

송현호, 「4·19혁명과 당대의 혁명문학」, 『문학이 있는 풍경』, 새미, 2004.

신동한, 「확대해석에의 이의」, 『서울신문』, 1960. 12. 14.

양 인, 「최인훈 소설의 서사형식과 사회적 담론 연구」, 서강대학교 석사논문, 1995.

양민숙, 「소설가 구보씨의 일일 연구─박태원, 최인훈의 작품 대비」, 경남대학교 석사논문, 1992.

양윤모, 「최인훈 소설의 '정체성 찾기'에 대한 연구」, 고려대학교 박사논문, 1999.

양윤모, 「지식인 작가와 현실에 대한 냉철한 분석─최인훈 론」, 『작가연구』, 2002년 하반기.

연남경, 「최인훈 소설의 기호학적 분석─춘향뎐, 놀부뎐, 옹고집뎐을 중심으로」, 이화여자 대학교 석사논문, 2001.

오생근, 「믿음의 세계와 창의 문학」, 『우상의 집』, 최인훈 전집 8, 문학과 지성사, 1993.

오생근, 「『화두』와 기억의 소설적 형식」, 『현대비평과 이론』, 1994년 가을·겨울호

오승은, 「최인훈 소설의 상호텍스트성 연구─패러디 양상을 중심으로」, 서강대학교 석사 논문, 1997.

오윤호, 「한국 근대소설의 식민지 경험과 서사 전략 연구─염상섭과 최인훈을 중심으로」, 서강대학교 박사논문, 2002.

우찬제, 「현실의 유형인·인식의 세계인, 그 가역반응」, 『세계의 문학』, 1994년 여름호

유종호, 「소설의 정치적 함축─「광장」과 『회색인』의 경우」, 『세계의 문학』, 1979년 가을 호.

유초선, 「최인훈의 반사실주의 소설 연구─가면고, 구운몽, 서유기를 중심으로」, 이화여자 대학교 석사논문, 1998.

윤미선, 「박태원과 최인훈의 소설가 구보씨의 일일 비교 연구」, 연세대학교 석사논문, 1996.

윤지관, 「상품인가 물건인가 : 국제경쟁력과 민족문학」, 『창작과 비평』, 1994년 여름호

윤충의, 「소설다운 소설쓰기와 읽기」, 『현대문학』, 1994년 6월호.

이대연, 「최인훈의 구운몽 연구─미궁 이미지를 중심으로」, 경기대학교 석사논문, 2006.

이동하, 「통행금지 시대의 문학 : 최인훈의 「크리스마스 캐럴」 연작」, 『한국문학과 비판적 지성』, 새문사, 1996.

이선영, 「지식인의 의식구조」, 『세계의 문학』, 1977년 가을호.

이연숙, 「최인훈 소설 연구-광장에서 화두까지 주체의 욕망을 중심으로」, 중앙대학교 박사논문, 2005.

이인숙, 「최인훈의 서유기, 그 패로디의 구조와 의미」, 『국제어문』, 1986.

이인숙, 「소설 속에 나타난 미궁 이미지 연구」, 『국제어문』 18, 1997.

이인숙, 「최인훈 소설의 담론 특성 연구-서술 층위를 중심으로」, 고려대학교 박사논문, 1998.

이정선, 「최인훈 소설 연구-내용과 형식의 상관관계를 중심으로」, 경희대학교 석사논문, 1999.

이창기 대담, 「『화두』는 내 정신과 삶이 빚어낸 자발적 구조입니다」, 『동서문학』, 1994년 가을호.

이창동 대담, 「최인훈의 최근의 생각들」, 『작가세계』, 1990년 봄호.

이창재, 『프로이트와의 대화』, 학지사, 2004.

이태동, 「문학의 인식 작용과 야누스의 얼굴」, 『세계의 문학』, 1978년 여름호.

이태동, 「역사의식과 작가적인 삶의 편력」, 『문예중앙』, 1994년 여름호.

장사흠, 「최인훈 소설의 정론과 미적 실천 양상-헤겔 사상의 비판적 수용과 극복 양상을 중심으로」, 서울시립대학교 박사논문, 2005.

정과리, 「모르기, 모르려 하기, 모른 체하기」, 『시학과 언어학』, 2001.

정과리, 「21세기에 다시 읽는 최인훈 문학의 문제성」, 『『최인훈 전집』 발간 기념 심포지엄- '최인훈 문학 50년을 읽다'』, 2008.

정대화, 「최인훈의 『서유기』 연구」, 서울대학교 석사논문, 1988.

정봉곤, 「최인훈의 패러디 소설 연구」, 부산대학교 석사논문, 1997.

정영훈, 「최인훈 소설에 나타난 주체성과 글쓰기의 상관성 연구」, 서울대학교 박사논문, 2005.

정은영, 「최인훈의 구운몽 연구-미궁만들기와 길찾기의 구성과 관련하여」, 서강대학교 석사논문, 1994.

정항균, 『므네모시네의 부활』, 뿌리와 이파리, 2005.

정혜영, 「최인훈 소설의 환상성 연구」, 숭실대학교 석사논문, 1992.

정호웅, 『한국의 역사소설』, 역락, 2006.

조갑상, 「최인훈의 『화두』 연구」, 『한국문학논총』 31, 2002.

조보라미, 「최인훈 소설의 환상성 연구」, 서울대학교 석사논문, 1999.

조보민, 「최인훈의 패러디 소설 연구」, 한국교원대학교 석사논문, 2004.

조선희, 「최인훈 패러디 소설의 시간적 특성 연구」, 충북대학교 박사논문, 2007.

진형준 대담,「기억을 찾아가는 소설의 길」,『상상』, 1994년 여름호.

차봉준,「최인훈의 패러디 소설 연구」, 숭실대학교 석사논문, 2001.

채정상,「최인훈 소설의 기호학적 분석」, 동국대학교 석사논문, 2001.

천이두,「밀실과 광장」,『문학과 지성』, 1976년 겨울호.

최문규,『기억과 망각』, 책세상, 2003.

최인자,「박태원과 최인훈의 소설가 구보씨의 일일 대비 연구」, 전북대학교 석사논문, 1995.

최창수,「최인훈 소설 연구—욕망의 흐름에 의한 사유운동 양상」, 중앙대학교 박사논문, 2002.

한혜경 외,『한국 패러디 소설 연구』, 국학자료원, 1996.

허영주,「최인훈 소설의 정신분석학적 연구」, 계명대학교 박사논문, 1996.

황 경,「최인훈 소설에 나타난 예술론 연구」, 고려대학교 박사논문, 2003.

황순재,「최인훈 소설의 환상기법 연구」, 부산대학교 석사논문, 1989.

3. 국외 연구서 · 논문

Ann Heilmann and Mark Llewellyn, *Metafiction and Metahistory in Contemporary Women's writing*, Palgrave Macmillan, 2007.

Franz Fanon,『검은 피부, 하얀 가면』, 이석호 역, 인간사랑, 1998.

Friedrich Wilhelm Nietzsche,『짜라투스트라는 이렇게 말했다』, 사순옥 역, 홍신문화사, 2006.

Gerard Genette, *Palimpsests : Literature in the second degree*, trans. by Channa Newman & Claude Doubinsky, Lincoln and London : Uni. of Nebraska Press, 1997.

Gerard Genette,『서사담론』, 권택영 역, 교보문고, 1992.

Georg Lukacs,『소설의 이론』, 반성완 역, 심설당, 1985.

Georg Lukacs,『역사소설론』, 이영욱 역, 거름, 1987.

Ian Watt,『소설의 발생』, 전철민 역, 열린책들, 1988.

Linda Hutcheon, *Narcissistic Narrative, The Metafictional Paradox*, NY & London : Methuen, Wilfrid Laurier Uni. Press, 1980.

Linda Hutcheon,『패러디 이론』, 김상구·윤여복 역, 문예출판사, 1992.

Linda Hutcheon,『포스트모더니즘의 이론과 전략』, 장성희 역, 현대미학사, 1998.

256

Linda Hutcheon, *A Poetics of Postmodernism : History, Theory, Fiction*, NY : Routledge, 1988.

Michel Foucault, 『감시와 처벌』, 오생근 역, 나남, 1994.

Michel Foucault, 『지식의 고고학』, 이정우 역, 민음사, 2000.

Patricia Waugh, 『메타픽션』, 김상구 역, 열음사, 1992.

Peter V. Zima, 『소설과 이데올로기』, 서영상·김창주 역, 문예출판사, 1996.

Rey Chow, 『디아스포라의 지식인』, 장수현·김우영 역, 이산, 2005.

Robert Stam, 『자기 반영의 영화와 문학』, 오세필·구종상 역, 한나래, 1998.

Roland Barthes, 『텍스트의 즐거움』, 김희영 역, 동문선, 2002.

Sean Homer, 『프레드릭 제임슨-맑스주의, 해석학, 포스트모더니즘』, 이택광 역, 문화과학사, 2002.

Walter Benjamin, 『발터 벤야민의 문예이론』, 반성완 편역, 민음사, 1983.

부록

최인훈 문학 연구서지 목록

1. 학위논문

1978~1980

김충기, 「최인훈 문학에 나타난 소외의 문제 연구」, 경희대 석사논문, 1978.

오경복, 「「심청전」과 「달아 달아 밝은 달아」에 나타난 재생원형연구」, 이화여대 석사논문, 1980.

오현일, 「소설 속의 에세이적인 것에 관한 연구 : Max Frish의 Men Name sei Gantenbein과 최인훈의 「가면고」를 중심으로」, 고려대 박사논문, 1979.

1981~1990

강경채, 「한국 희곡의 비극성 연구」, 부산대 석사논문, 1982.

권봉영, 「자아탐구의 양상과 문학의 구조 : 최인훈의 「가면고」·「둥둥낙랑둥」을 중심으로」, 부산대 석사논문, 1987.

김경윤, 「최인훈 소설 연구 : 작가의식의 내면화 문제를 중심으로」, 경북대 석사논문, 1985.

김도한, 「최인훈의 『광장』 연구」, 경기대 석사논문, 1990.

김성렬, 「최인훈의 「구운몽」 연구」, 고려대 석사논문, 1984.

김성수, 「최인훈 희곡의 연극성에 관한 연구」, 연세대 석사논문, 1990.

김영희, 「최인훈 희곡의 극적 언어 연구」, 부산대 석사논문, 1990.

김영수, 「한국소설의 연맥 연구」, 중앙대 박사논문, 1985.

김윤정, 「한국현대소설의 소외의식 연구 : 이상의 「날개」와 최인훈의 『회색인』을 중심으로」, 한양대 석사논문, 1984.

김홍연, 「최인훈 소설의 인물과 서술방법 연구」, 한양대 석사논문, 1988.

남진우, 「최인훈 희곡 연구」, 중앙대 석사논문, 1985.

박선경, 「『광장』과 『당신들의 천국』의 대비적 연구 : 서사구조와 세계인식의 두 결합양상」, 서강대 석사논문, 1989.

박혜주, 「최인훈 소설의 사실성과 비사실성 연구」, 이화여대 석사논문, 1984.

배경윤, 「최인훈 소설의 소외의식 연구」, 효성여대 석사논문, 1989.

송숙자, 「춘향전의 현대전 변용과 그 의미」, 한양대 석사논문, 1987.

안경숙, 「최인훈 문학의 장르비평적 연구」, 중앙대 석사논문, 1988.

유재철, 「희곡의 의미구조 분석」, 서강대 석사논문, 1981.

유진월, 「최인훈 희곡 연구」, 경희대 석사논문, 1988.

이명희, 「최인훈의 『소설가 구보씨의 일일』 연구」, 인하대 석사논문, 1987.

이의석, 「『회색인』에 나타난 인간의식」, 인하대 석사논문, 1988.

장혜전, 「설화 소재 희곡의 특성 연구 : 최인훈의 작품을 중심으로」, 이화여대 석사논문, 1981.

전윤숙, 「최인훈 소설 연구」, 경희대 석사논문, 1989.

정대화, 「최인훈의 『서유기』 연구 : 수용이론적 방법을 중심으로」, 서울대 석사논문, 1988.

정화혁, 「최인훈 작품연구」, 동아대 석사논문, 1982.

정은주, 「최인훈의 「구운몽」, 『서유기』 연구 : 창작기법과 상상력을 중심으로」, 고려대 석사논문, 1990.

지덕상, 「『광장』의 개작에 나타난 작가의식」, 고려대 석사논문, 1982.

최진우, 「최인훈 희곡 연구」, 중앙대 석사논문, 1986.

황순재, 「최인훈 소설의 환상기법 연구」, 부산대 석사논문, 1989.

1991~2000

강문석, 「한국 모더니즘 소설에 나타난 현대성 연구」, 숭실대 박사논문, 1998.

강미옥, 「최인훈 소설 연구 : 고전 소설의 패러디 양상과 그 의미」, 전북대 석사논문, 1996.

강애경, 「최인훈 희곡의 문학성과 연극성에 관한 연구 : 「둥둥 낙랑둥」을 중심으로」, 연세대 석사논문, 1995.

강은아, 「1960년대 소설에 나타나는 분단콤플렉스 양상 : 최인훈, 이호철의 작품을 중심으로」, 한성대 석사논문, 1998.

고양숙, 「춘향전의 현대적 수용과 문학교육적 활용방안 연구」, 인하대 교육대학원 석사논문, 2000.

고인환, 「최인훈 초기소설 연구 :『광장』, 『회색인』, 『소설가 구보씨의 일일』을 중심으로」, 경희대 석사논문, 1996.

곽용진, 「학습자 중심의 소설 교육 방법 연구」, 충북대 교육대학원 석사논문, 2000.

구재진, 「1960년대 장편소설 연구」, 서울대 박사논문, 1999.

김경욱, 「최인훈 소설의 이데올로기비판 담론 연구」, 서울대 석사논문, 1998.

김권수, 「최인훈의 「둥둥 낙랑둥」과 셰익스피어의 「햄릿」 비교 연구」, 동아대 석사논문, 1998.

김남웅, 「최인훈의 60년대 소설 연구 : '근대' 문제를 중심으로」, 경기대 석사논문, 1998.

김동향, 「최인훈 소설에 나타난 구원의 양상 : 「가면고」·「구운몽」을 중심으로」, 한남대 석사논문, 1994.

길경숙, 「최인훈의『서유기』연구」, 한양대 석사논문, 2000.

김기주, 「최인훈 소설 연구」, 동국대 박사논문, 2000.

김기우, 「최인훈『화두』의 구조와 예술론의 관계에 대한 연구」, 동국대 석사논문, 1999.

김명숙, 「『소설가 구보씨의 일일』을 통한 소설 쓰기의 의미 연구」, 경희대 교육대학원 석사논문, 2000.

김미영, 「최인훈의『소설가 구보씨의 일일』연구」, 한양대 석사논문, 1994.

김민수, 「1960년대 소설의 미적 근대성 연구 : 최인훈과 김승옥의 소설을 중심으로」, 중앙대 박사논문, 1999.

김병진, 「최인훈『회색인』연구」, 경희대 석사논문, 1998.

김상욱, 「소설 담론의 이데올로기 분석 방법 연구」, 서울대 박사논문, 1995.

김승옥, 「한국 현대희곡의 전통 수용 연구」, 단국대 박사논문, 1996.

김신운, 「박태원과 최인훈의 「소설가 구보씨의 일일」 비교 고찰」, 조선대 석사논문, 1991.

김옥란, 「최인훈 희곡작품에 관한 연구 : 극적 허구를 중심으로」, 한양대 석사논문, 1993.

김유미, 「판소리 「심청가」의 현대적 계승에 대한 일고찰 : 채만식의 「심봉사」와 최인훈의 「달아달아 밝은 달아」를 중심으로」, 고려대 석사논문, 1992.

김유미, 「한국 현대 희곡의 제의구조 연구 : 오태석·최인훈·이강백의 희곡을 중심으로」, 고려대 박사논문, 2000.

김인호, 「최인훈 소설에 나타난 주체성 연구」, 동국대 박사논문, 2000.

김인호, 「최인훈『화두』에 대한 해체론적 읽기 : 자끄 데리다의 해체이론을 중심으로」, 동국대 석사논문, 1996.

김주희, 「춘향전의 현대적 변용과 교육적 활용 : 패러디 작품을 중심으로」, 이화여대 교육대학원 석사논문, 2000.

김정관, 「한국 모더니즘 소설의 인식구조 연구」, 중앙대 박사논문, 1997.

김정민, 「최인훈의 「금오신화」, 「구운몽」에 나타난 시간구조연구」, 이화여대 석사논문, 1992.

김정혜, 「최인훈의 패러디 희곡 연구」, 숙명여대 석사논문, 1997.

김종수, 「최인훈 소설의 관념표출방법 연구」, 고려대 석사논문, 1999.

김태호, 「최인훈『광장』연구」, 계명대 석사논문, 1995.

김홍식, 「최인훈의『광장』연구」, 조선대 석사논문, 1995.

김희경, 「최인훈 희곡의 인물구조 연구 : 「옛날옛적에 훠어이 훠이」, 「둥둥 낙랑둥」, 「달아 달아 밝은 달아」를 중심으로, 신라대 교육대학원 석사논문, 1999.

남미영, 「한국 현대 성장소설 연구」, 숙명여대 박사논문, 1992.

박 진, 「최인훈의『소설가 구보씨의 일일』연구 : 패로디의 양상을 중심으로」, 고려대 석사논문, 1995.

박노학, 「「소설가 구보씨의 일일」 비교 연구」, 경남대 석사논문, 1997.

박승구, 「한국 소설 결말의 열린 공간 : 「홍길동전」, 『무정』, 『광장』을 중심으로」, 단국대 석사논문, 1994.

박옥진, 「최인훈 희곡의 비극성 연구」, 숭실대 석사논문, 1995.

박현주, 「최인훈의『광장』연구」, 숙명여대 석사논문, 1994.

반재진, 「비극적 신화와 창조의 꿈 : 최인훈 희곡 「옛날 옛적에 훠어이 훠이」 분석」, 한성대 석사논문, 1994.

배미선, 「최인훈의『광장』연구 : 실향의식과 자기동일성을 중심으로」, 연세대 석사논문, 1994.

변우호, 「최인훈 소설의 현실인식과 형식」, 안동대 교육대학원 석사논문, 1999.

서은주, 「최인훈 소설 연구 : 인식태도와 서술방식의 상관성을 중심으로」, 연세대 박사논문, 2000.

송경빈, 「한국현대소설의 패로디 연구」, 충남대 박사논문, 1997.

신영지, 「최인훈 패러디소설 연구 : 「구운몽」, 『서유기』의 서사구조를 중심으로」, 성균관대 석사논문, 1997.

안정택, 「최인훈의『광장』에 나타난 소외 의식 연구」, 관동대 석사논문, 1996.

양 인, 「최인훈 소설의 서사형식과 사회적 담론 연구」, 서강대 석사논문, 1996.

양민숙, 「「소설가 구보씨의 일일」 연구 : 박태원, 최인훈의 작품대비」, 경남대 석사논문, 1992.

양순아, 「최인훈의 『광장』 연구」, 전북대 석사논문, 1994.

양윤모, 「최인훈 소설의 '정체성 찾기'에 대한 연구」, 고려대 박사논문, 1999.

오송희, 「최인훈 소설 연구 : 『태풍』·『광장』에 나타난 공간의 원형의식을 중심으로」, 성신여대 석사논문, 1994.

오승은, 「최인훈 소설의 상호텍스트성 연구 : 패러디 양상을 중심으로」, 서강대 석사논문, 1998.

오창은, 「1960년대 소설의 4·19혁명 관련 양상 연구」, 중앙대 석사논문, 1998.

유인경, 「희생양 모티프를 통해 본 1970년대 희곡 연구 : 최인훈, 오대석, 이강백의 작품을 중심으로」, 고려대 석사논문, 2000.

유초선, 「최인훈의 반사실주의 소설 연구 : 「가면고」, 「구운몽」, 『서유기』를 중심으로」, 이화여대 석사논문, 1998.

윤미선, 「박태원과 최인훈의 「소설가 구보씨의 일일」 비교 연구」, 연세대 석사논문, 1996.

윤성희, 「최인훈 『회색인』의 공간상징 연구」, 한양대 석사논문, 1994.

윤소연, 「최인훈 소설에 나타난 소외의식 연구」, 명지대 석사논문, 1996.

윤지영, 「최인훈 소설 연구」, 성균관대 석사논문, 1998.

이봉일, 「전후소설과 이데올로기의 상관성 연구」, 경희대 박사논문, 2000.

이옥자, 「최인훈 희곡에 나타난 공간의 의미구조 분석」, 수원대 석사논문, 1993.

이양식, 「최인훈 소설의 인물 분석」, 충북대 석사논문, 1994.

이인숙, 「최인훈 소설의 담론특성 연구 : 서술층위를 중심으로」, 고려대 박사논문, 1999.

이성선, 「최인훈 소설 연구 : 내용과 형식의 상관관계를 중심으로」, 경희대 석사논문, 1999.

이평전, 「최인훈 소설에 나타난 유토피아 의식 연구」, 동국대 석사논문, 1997.

이혜정, 「『광장』에서의 '갈매기' 상징 고」, 동국대 석사논문, 1996.

이호규, 「1960년대 소설의 주체 생산 연구 : 이호철, 최인훈, 김승옥을 중심으로」, 연세대 박사논문, 1999.

임달환, 「『광장』에 나타난 갈등양상 연구」, 군산대 석사논문, 1998.

임정애, 「최인훈 풍자 소설의 양상 연구」, 경북대 석사논문, 1995.

장병호, 「한국 현대 소설의 소외의식 연구」, 한국교원대 박사논문, 1998.

장수라, 「최인훈 희곡의 특질 고찰 : 설화 소재 작품을 중심으로」, 조선대 석사논문, 1996.

정미숙, 「최인훈 희곡에 나타난 패러디 연구 : 「달아달아 밝은 달아」를 중심으로」, 경상대
　　　석사논문, 1998.
정봉곤, 「최인훈의 패러디 소설 연구」, 부산대 석사논문, 1997.
정은영, 「최인훈의 「구운몽」 연구 : '미궁 만들기'와 '길 찾기'의 구성과 관련하여」, 서강대
　　　석사논문, 1995.
정현주, 「「흥보전」의 현대적 계승에 관한 고찰」, 고려대 석사논문, 1996.
정혜영, 「최인훈 소설의 환상성 연구」, 숭실대 석사논문, 1992.
조보라미, 「최인훈 소설의 환상상 연구」, 서울대 석사논문, 1999.
조재희, 「한국 현대소설의 미로 이미지 : 최인훈 「구운몽」과 이청준 「소문의 벽」을 중심으
　　　로」, 충남대 석사논문, 1996.
조정애, 「협동학습을 통한 소설교육방법 연구 : 최인훈의 『광장』을 중심으로」, 강원대
　　　석사논문, 1999.
조희권, 「현대소설에 나타난 춘향전 패러디 연구」, 한양대 석사논문, 2000.
진선정, 「「소설가 구보씨의 일일」의 글쓰기 양상 연구」, 한남대 석사논문, 1998.
최영숙, 「최인훈 소설의 담론 연구 : 「가면고」·『회색인』·『소설가 구보씨의 일일』을 중심
　　　으로」, 계명대 석사논문, 1999.
최유진, 「최인훈의 『광장』에 관한 개작 연구 : 초간본과 개작본 간의 거리 양상을 중심으
　　　로」, 동덕여대 석사논문, 2000.
최인자, 「박태원과 최인훈의 「소설가 구보씨의 일일」 대비 연구」, 전북대 석사논문, 1995.
최창중, 「최인훈 소설 『서유기』의 모더니즘 성격 연구」, 한국교원대 석사논문, 1998.
최희선, 「최인훈 문학 연구」, 단국대 석사논문, 1992.
표란희, 「「심청전」 패러디 연구 : 채만식과 최인훈의 경우」, 청주대 석사논문, 2000.
하영미, 「최인훈 단편 소설 연구 : 현실 인식과 표현 양상을 중심으로」, 경희대 교육대학원
　　　석사논문, 2000.
한미혜, 「최인훈의 『광장』, 『회색인』 연구」, 성균관대 석사논문, 1998.
한채화, 「최인훈의 「춘향뎐」 「놀부뎐」 연구」, 청주대 석사논문, 1994.
한채화, 「「춘향전」의 생산적 수용 연구」, 청주대 박사논문, 2000.
허영주, 「최인훈 소설의 정신분석학적 연구」, 계명대 박사논문, 1996.
홍명숙, 「최인훈 소설의 공간 구조 연구 : 『광장』을 중심으로」, 부산대 석사논문, 1995.
홍진석, 「최인훈 희곡 연구」, 우석대 박사논문, 1996.
황순재, 「한국 관념소설의 재현방식 연구」, 부산대 박사논문, 1996.

2001~2010

강윤신, 「최인훈 소설의 죽음충동과 플롯의 상관관계 연구」, 명지대 박사논문, 2009.

강은아, 「최인훈 소설 연구」, 성균관대 교육대학원 석사논문, 2004.

구연수, 「소설 수용 교육 방법 연구 : 최인훈의 『광장』을 중심으로」, 한국외대 교육대학원 석사논문, 2010.

구연주, 「최인훈 문학의 탈식민성 연구」, 서강대 석사논문, 2006.

권선영, 「최인훈의 「구운몽」 연구 : 시·공간의 구조와 환상성을 중심으로」, 한양대 교육대학원 석사논문, 2008.

권정석, 「최인훈 소설에 나타난 노마드 의식」, 군산대 석사논문, 2009.

권혜선, 「패러디를 통한 소설교육 방안 연구 : 최인훈의 『소설가 구보씨의 일일』을 중심으로」, 홍익대 교육대학원 석사논문, 2006.

기도연, 「최인훈의 '지식인 소설' 연구 : 지식인의 현실 대응 방식을 중심으로」, 경희대 석사논문, 2010.

김   향, 「최인훈 희곡 「둥둥 낙랑둥」 구조 연구」, 연세대 석사논문, 2002.

김기우, 「최인훈 소설 연구 : 최인훈의 예술론과 창작이론을 중심으로」, 한림대 박사논문, 2006.

김기을, 「『광장』의 공간성 연구 : 서사 주체의 욕망과 공간성을 중심으로」, 연세대 교육대학원 석사논문, 2005.

김동환, 「1960년대 모더니즘 소설에 나타난 주체의 현실 대응 양상 : 최인훈의 『광장』을 중심으로」, 아주대 교육대학원 석사논문, 2009.

김미영, 「최인훈 소설의 환상성 연구」, 한양대 박사논문, 2003.

김석열, 「「소설가 구보씨이 일일」 계열 작품에 나타닌 패러디 양상 언구」, 국민대 교육대학원 석사논문, 2003.

김선주, 「최인훈 『회색인』 연구」, 덕성여대 석사논문, 2004.

김성수, 「최인훈의 『광장』 연구 : 구조분석을 중심으로」, 아주대 교육대학원 석사논문, 2007.

김성열, 「최인훈의 『광장』 연구」, 대구가톨릭대 교육대학원 석사논문, 2002.

김영주, 「최인훈 희곡의 무대 기호와 연극적 특성」, 인하대 교육대학원 석사논문, 2003.

김영찬, 「1960년대 한국 모더니즘 소설 연구 : 최인훈과 이청준의 소설을 중심으로」, 성균관대 박사논문, 2003.

김윤정, 「1970년대 희곡의 전통 활용 양상과 극적 형상화 연구」, 서울대 박사논문, 2005.

김은아, 「박태원, 최인훈, 주인석의 「소설가 구보씨의 일일」 비교 연구」, 홍익대 석사논문,

2003.

김재란, 「최인훈 소설에 나타난 작가 의식 연구 : 정체성 위기 인식과 그 대응 양상」, 안동대 교육대학원 석사논문, 2003.

김정화, 「최인훈 소설의 탈식민주의적 연구」, 서울대 석사논문, 2002.

김주언, 「한국 비극소설 연구 : 1960년대 최인훈·서정인·김승옥을 중심으로」, 단국대 박사논문, 2001.

김지은, 「『춘향전』의 현대적 변용과 문학교육적 가치 : 제7차 교육과정 국어 하를 중심으로」, 아주대 교육대학원 석사논문, 2006.

김지혜, 「최인훈·김승옥·이청준 소설의 몸 인식과 서사 구조 연구」, 이화여대 박사논문, 2010.

김학현, 「분단체제 소설 연구 : 해방이후 60년대 소설 주체의 세계 인식을 중심으로」, 성균관대 박사논문, 2003.

김희주, 「최인훈 소설의 다중자아 연구 : 「가면고」를 중심으로」, 고려대 석사논문, 2009.

남경민, 「『심청전』의 현대적 변용과 문학교육적 활용 : 패러디 작품을 중심으로」, 한국외대 교육대학원 석사논문, 2004.

노지혜, 「최인훈 희곡에 나타난 설화 변용에 관한 연구 : <어디서 무엇이 되어 만나랴>, <둥둥 낙랑둥>, <달아 달아 밝은 달아>를 중심으로」, 한양대 교육대학원 석사논문, 2008.

문윤창, 「전후 소설에 나타난 지식인의 갈등양상 연구 : 최인훈의『광장』,『회색인』을 중심으로」, 대전대 석사논문, 2009.

문지현, 「최인훈 소설의 미적 근대성 연구 :『구운몽』,『서유기』를 중심으로」, 단국대 교육대학원 석사논문, 2010.

박소영, 「셰익스피어의『태풍』(The Tempest)과 최인훈의『태풍』비교 : 탈식민주의 시각을 중심으로」, 한국외대 석사논문, 2008.

박수현, 「김승옥·최인훈 소설에 나타나는 '내적 분열' 양상 연구」, 고려대 석사논문, 2006.

박순아, 「1960년대 소설의 '밀실' 연구 : 최인훈의『광장』과 김승옥의 「무진기행」을 중심으로」, 한양대 교육대학원 석사논문, 2006.

박순아, 「최인훈의『광장』연구 : 순례의 길을 통한 유토피아 지향」, 단국대 석사논문, 2002.

박정하, 「최인훈 희곡의 공간 연구」, 계명대 석사논문, 2001.

박진희, 「최인훈의 설화 소재 희곡 연구 : 설화의 수용 양상을 중심으로」, 상명대 석사논문, 2006.

박해랑, 「최인훈 『광장』의 분석적 고찰」, 동국대 석사논문, 2010.

박현숙, 「최인훈 희곡에 나타난 연극기법 연구 : 서사극적 특성을 중심으로」, 강원대 석사논문, 2010.

방희조, 「최인훈 소설의 서사형식 연구」, 연세대 석사논문, 2001.

배옥희, 「최인훈의 『광장』 연구 : 주인공 죽음의 의미 고찰을 중심으로」, 대진대 교육대학원 석사논문, 2003.

백 훈, 「최인훈 소설의 환상성 연구」, 인천대 석사논문, 2006.

백수진, 「최인훈의 『광장』 개작 연구 : 개작의 변모 양상을 중심으로」, 단국대 교육대학원 석사논문, 2001.

백주현, 「최인훈의 「가면고」에 나타난 실존주의의 영향」, 고려대 석사논문, 2007.

백흥진, 「최인훈 희곡 연구 : 전통 소재의 희곡적 수용을 중심으로」, 세명대 석사논문, 2002.

서동희, 「연극치료의 극작술Dramatrugy 연구 : 최인훈 희곡을 중심으로」, 이화여대 석사논문, 2005.

서미진, 「최인훈 희곡의 결말구조 연구」, 고려대 석사논문, 2001.

서은선, 「최인훈 소설의 서사 구조 연구」, 부산대 박사논문, 2003.

성지연, 「최인훈 문학에서의 '개인'에 관한 연구」, 연세대 박사논문, 2003.

손미순, 「최인훈의 『태풍』에 대한 탈식민주의적 연구」, 한국교원대 석사논문, 2007.

손유경, 「최인훈·이청준 소설에 나타난 텍스트의 자기반영성 연구」, 서울대 석사논문, 2001.

송명진, 「최인훈 소설의 사실효과와 환상효과 연구」, 서강대 석사논문, 2001

송선덕, 「최인훈의 『소설가 구보씨의 일일』에 나타난 현실인식 연구」, 군산대 교육대학원 석사논문, 2006.

송수경, 「페미니즘 관점에서 본 최인훈의 『광장』 연구」, 세종대 석사논문, 2004.

송혜영, 「최인훈 소설에 나타난 나르시시즘의 정신구조 연구」, 서울시립대 석사논문, 2001.

송효정, 「1960년대 소설의 환상성 : 최인훈, 김승옥, 박상륭 소설을 중심으로」, 고려대 석사논문, 2003.

안성희, 「문학교과서에 수록된 장편소설의 교수·학습 방법 연구 : 최인훈의 『광장』을 중심으로」, 부산외대 교육대학원 석사논문, 2004.

양미옥, 「최인훈 희곡 연구」, 서남대 교육대학원 석사논문, 2001.

양선영, 「최인훈 단편소설 「웃음소리」·「만가」 연구 : 서술 양상과 환상성을 중심으로」,

한남대 석사논문, 2001.

양윤의, 「최인훈 소설의 주체 연구」, 고려대 박사논문, 2010.

양현석, 「최인훈의 『서유기』 연구 : 환상성을 중심으로」, 한양대 석사논문, 2002.

엄예빈, 「공연을 통해 본 최인훈 희곡의 무대지시문 연구 : <옛날 옛적에 훠어이 훠이>의 김정옥 연출과 루트켄홀스트 연출을 중심으로」, 서울과기대 석사논문, 2010.

연남경, 「최인훈 소설의 기호학적 분석 : 「춘향뎐」, 「놀부뎐」, 「옹고집뎐」을 중심으로」, 이화여대 석사논문, 2001.

연남경, 「최인훈 소설의 자기 반영적 글쓰기 연구」, 이화여대 박사논문, 2009.

오윤호, 「한국 근대 소설의 식민지 경험과 서사 전략 연구 : 염상섭과 최인훈을 중심으로」, 서강대 박사논문, 2003.

옥광복, 「『심청전』의 패러디 양상 연구 : 채만식, 최인훈, 오태석의 희곡을 중심으로」, 경주대 교육대학원 석사논문, 2002.

이내관, 「한국 분단소설에 나타난 공간의 양상 연구」, 단국대 교육대학원 석사논문, 2005.

이대연, 「최인훈의 「구운몽」 연구 : 미궁 이미지를 중심으로」, 경기대 석사논문, 2006.

이미경, 「최인훈 소설에 나타난 주체의 소외 연구」, 군산대 교육대학원 석사논문, 2002.

이미영, 「판소리계 소설 지도 방안 연구」, 신라대 교육대학원 석사논문, 2004.

이선영, 「실존, 부조리 그리고 죽음 : Albert Camus의 L'Etranger와 최인훈의 『광장』을 중심으로」, 중앙대 석사논문, 2004.

이선희, 「최인훈 희곡 연구」, 수원대 교육대학원 석사논문, 2007.

이수경, 「상호텍스트성을 활용한 소설 읽기 지도 방안 연구 : 최인훈 『소설가 구보씨의 일일』을 중심으로」, 한국외대 교육대학원 석사논문, 2005.

이수경, 「최인훈의 『광장』 연구」, 한양대 석사논문, 2007.

이숙자, 「독자반응비평이론을 적용한 학습자 중심의 소설교육 방법 연구 : 최인훈의 『광장』을 중심으로」, 공주대 석사논문, 2004.

이승미, 「최인훈 희곡 <둥둥 樂浪둥>의 공간 연구」, 서강대 교육대학원 석사논문, 2007.

이연숙, 「최인훈 소설 연구 : 『광장』에서 『화두』까지 주체의 욕망을 중심으로」, 중앙대 박사논문, 2005.

이영미, 「최인훈 희곡 「둥둥 낙랑둥」에 나타난 반사실주의 기법 연구」, 단국대 석사논문, 2006.

이영월, 「『소설가 구보씨의 일일』에 나타나나 소설가상 및 창작 기법 연구 : 박태원·최인훈·주인석의 작품을 대상으로」, 건양대 교육대학원 석사논문, 2006.

이윤빈, 「최인훈 소설에 나타난 가면의 무의식 : 「가면고」에서 『태풍』까지」, 연세대 석사논문, 2006.

이자화, 「근대성의 변화양상 연구 : 세 편의 「소설가 구보씨의 일일」을 중심으로」, 중앙대 석사논문, 2006.

이정민, 「현대소설의 탈억압적 상상력 연구 : 『광장』, 『당신들의 천국』, 『난장이가 쏘아올린 작은 공』을 중심으로」, 서강대 교육대학원 석사논문, 2004.

이정연, 「현대 문학에 수용된 '호동설화'의 변용과 의미 : 「왕자 호동」과 「둥둥 낙랑둥」의 서사 구조를 중심으로」, 성균관대 교육대학원 석사논문, 2004.

이주라, 「최인훈 소설의 반복기법 연구」, 고려대 석사논문, 2003.

이효정, 「최인훈 희곡 「옛날 옛적에 훠어이 훠이」의 오브제 연구」, 서강대 교육대학원 석사논문, 2006.

임경순, 「1960년대 지식인 소설 연구」, 성균관대 박사논문, 2001.

장 현, 「1960년대 한국 소설의 탈식민적 양상 연구 : 이호철·최인훈·남정현의 소설을 중심으로」, 가톨릭대 박사논문, 2005.

장사흠, 「최인훈 소설의 정론과 미적 실천 양상 : 헤겔 사상의 비판적 수용과 극복 양상을 중심으로」, 서울시립대 박사논문, 2005.

정수진, 「최인훈 희곡의 탈식민성 연구」, 서울예술종합학교 석사논문, 2008.

전영선, 「고전소설의 현대적 전승과 변용」, 한양대 박사논문, 2001.

정영훈, 「최인훈 소설에 나타난 주체성과 글쓰기의 상관성 연구」, 서울대 박사논문, 2005.

정원채, 「1960년대 소설에 나타난 모더니티 지향성의 서사화 양상 연구 : 최인훈, 김승옥, 이청준의 소설을 중심으로」, 한성대 박사논문, 2008.

정주일, 「「소설가 구보씨의 일일」 비교 연구 : 소설 창작 방법론을 중심으로」, 공주대 석사논문, 2002.

성태규, 「한국 예술가소설의 전개 양상」, 부산대 박사논문, 2004.

정희진, 「『금오신화』의 현대적 계승 및 변용 연구 : 고전의 가치에 대한 인식의 일환으로」, 성신여대 교육대학원 석사논문, 2004.

조보라미, 「최인훈 희곡의 연극적 기법과 미학 연구」, 서울대 박사논문, 2007.

조보민, 「최인훈의 패러디 소설 연구」, 한국교원대 교육대학원 석사논문, 2004.

조선희, 「최인훈 패러디 소설의 시간적 특성 연구」, 충북대 박사논문, 2007.

조유미, 「최인훈의 『광장』 연구」, 청주대 석사논문, 2005.

조주옥, 「『광장』과 『파우스트』의 대비적 고찰」, 서울대 석사논문, 2003.

주소형, 「최인훈·오태석·이현화 희곡의 '연극성' 연구」, 상명대 박사논문, 2010.

차미령, 「최인훈 소설에 나타난 정치성의 의미 연구」, 서울대 박사논문, 2010.

차봉준,「최인훈 패러디 소설 연구」, 숭실대 석사논문, 2001.

채상훈,「분단소설 교육방법 연구 : 7차 교육과정을 중심으로」, 한국외대 교육대학원 석사
　　　논문, 2005.

채정상,「최인훈 소설의 기호학적 분석 : 단편소설「웃음소리」,「열하일기」,「금오신화」를
　　　중심테마로」, 동국대 석사논문, 2001.

최애순,「최인훈 소설에 나타난 연애와 기억에 관한 연구」, 고려대 박사논문, 2005.

최지선,「온달설화의 전승과 수용」, 성신여대 석사논문, 2005.

최창근,「최인훈 희곡 연구 : 작가의 세계관에 투영된 유토피아 상을 중심으로」, 경희대
　　　석사논문, 2003.

최창수,「최인훈 소설 연구 : 욕망의 흐름에 의한 사유운동 양상」, 중앙대 박사논문, 2003.

최현정,「온달설화의 현대적 변용 양상」, 아주대 교육대학원 석사논문, 2007.

최현희,「최인훈 소설에 나타난 '사랑'의 의미 연구」, 서울대 석사논문, 2003.

추선진,「최인훈 소설 연구 : 근대성의 성찰을 중심으로」, 경희대 석사논문, 2001.

한미숙,「한국과 독일의 분단문학 비교 : 크리스타 볼프의『나누어진 하늘』과 최인훈의
　　　『광장』을 중심으로」, 이화여대 석사논문, 2004.

한수정,「한국 전후소설의 시점변이양상 연구 : 제7차 국어과 교과서 소설을 중심으로」,
　　　단국대 교육대학원 석사논문, 2005.

한재연,「崔仁勳 戱曲 <한스와 그레텔>의 逼眞性 硏究」, 인하대 석사논문, 2010.

한희라,「소설학습에서의 국어과 수행평가 방법 연구 : 활동철 평가를 중심으로」, 한국교
　　　원대 교육대학원 석사논문, 2002.

황　경,「최인훈 소설에 나타난 예술론 연구」, 고려대 박사논문, 2003.

2011~2012

김동현,「최인훈 시극의 장르론적 연구」, 부산대 박사논문, 2011.

김효정,「독자 반응 이론을 통한 소설교육의 주제 내면화 방안 연구 : 최인훈의『광장』을
　　　중심으로 한 교수학습 지도안」, 동국대 교육대학원 석사논문, 2012.

박소희,「최인훈 소설의 난민의식 연구」, 명지대 석사논문, 2011.

배재훈,「최인훈 작 <둥둥 낙랑둥>의 공연사 연구 : 허규, 손진책, 이호중, 최치림의
　　　연출 작품을 중심으로」, 중앙대 석사논문, 2012.

설혜경,「1960년대 소설에 나타난 재판의 표상과 법의 수사학 : 최인훈과 이청준을 중심으
　　　로」, 한양대 박사논문, 2011.

엄예빈, 「공연을 통해 본 최인훈 희곡의 무대지시문 연구 : <옛날 옛적에 훠어이 훠이>의
　　　김정옥 연출과 루트겐홀스트 연출을 중심으로」, 서울과기대 석사논문, 2011.
우현철, 「최인훈 희곡세계의 신화원형적 고찰」, 상명대 박사논문, 2012.
유진화, 「학교 교육에서의 소설 수용 양상 연구 : 최인훈의 『광장』을 중심으로」, 동아대
　　　교육대학원 석사논문, 2011.
정영미, 「최인훈의 『광장』 연구」, 순천대 석사논문, 2011.
차미숙, 「최인훈의 『광장』 연구 : 모성회귀본능을 중심으로」, 원광대 석사논문, 2012.

2. 학술논문, 평론, 해설, 기사

1960

백　철, 「하나의 돌이 던져지다」, 『서울신문』, 11월 27일.
백　철, 「작품 의미의 콤플렉스」, 『서울신문』, 12월 18일.
신동한, 「확대해석에의 이의」, 『서울신문』, 12월 14일.
신동한, 「문학의 지도성」, 『서울신문』, 12월 28일.

1964

염무웅, 「에고의 자기점화 : 최인훈 론」, 『경향신문』, 1월 6일~1월 13일.
염무웅, 「망명자의 초상화 : 『회색의 의자』 론」, 『세대』 9월호.

1965

김　현, 「「총독의 소리」와 「강」」, 『현대문학』 5월호.

1966

구중서, 「중요한 무엇 : 『광장』」, 『현대문학』 10월호.
이형기, 「한국이라는 나라」, 『현대문학』 4월호.
천이두, 「한국의 두 가지 소설」, 『현대문학』 8월호.

1967

김영기, 「이인직·이광수·손창섭·최인훈 : 문제 작가의 문제 작품」, 『현대문학』 12월호.
김주연, 「상황의 접근과 포기」, 『현대문학』 9월호.

1968

김송현, 「종교에의 도전」, 『현대문학』 9월호.
김종출, 「읽기 어려운 만가」, 『현대문학』 1월호.
이철범, 「관념 세계의 설정과 그 한계」, 『사상계』 12월호.

1969

김병익, 「자유와 현실 : 최인훈 씨의 경우」, 『68문학』 창간호.
오생근, 「창의 이미지 분석」, 『대학신문』, 5월 5일.

1970

고 은, 「실내작가론 : 최인훈」, 『월간문학』 2월호.
김윤식, 「순수행위 ·운명 ·죄인 : 최인훈씨에게」, 『월간문학』 4월호.
김 현, 「헤겔주의자의 고백」, 『이헌구선생 송수기념논총』(『최인훈』, 은애, 1979; 『최인훈』,
        서강대학교 출판부, 1999).
김현종, 「최인훈 선배께 – 어떻게 문학을 할 것인가」, 『월간문학』 11월호.
조동일, 「「심청전」에 나타난 비장과 골계」, 『계명논집』 제6집.

1971

김치수, 「지식인의 망명, 『회색인』·『서유기』를 중심으로 : 최인훈저 『서유기』」, 『문학과
        지성』 가을호(『최인훈』, 은애, 1979).
이철범, 「전후 한국문학에 나타난 인간상 : 최인훈작 『광장』의 주인공」, 『세계』 7월호.

1972

김인환, 「서유기의 시론」, 『고대문화』 제13권.
김인환, 「소설가의 소설론 : 최인훈, 『소설가 구보씨의 일일』 외 <서평>」, 『문학과지성』
        가을호.

조남현, 「소설에 나타난 소리의 사상성과 도식성」, 『동아일보』, 1월 8일.

1973

김윤식, 「최인훈 론」, 『월간문학』 1~2월.
김　현, 「상황과 극기 : 최인훈 문학의 구조」, 『광장』 해설, 민음사.
이보영, 「최인훈 론」, 『문화비평』 5권 1호..
이　순, 「상황에서 괴리된 참여 문학의 오류 : 이광수와 최인훈을 중심으로」, 『연세어문학』
　　　　제4집.

1974

김영수, 「색채어를 통한 작가연구」, 『논문집』 제8집.
김윤식, 「개인과 사회 : 『광장』 고」, 『대학신문』, 5월 30일.
김윤식, 「어떤 한국적 요나의 체험」, 『한국근대작가론고』, 일지사(『최인훈』, 서강대학교
　　　　출판부, 1999).
김주연, 「지식인의 행동」, 『문학비평론』, 열화당(『최인훈』, 은애, 1979).
김　현, 「정신의 치유법 : 「가면고」」, 『최인훈 집』, 현대한국문학전집, 신구문화사.
박용숙, 「작가는 왜 과거로 향하는가」, 『문학사상』 6월호.
염무웅, 「망명자의 초상 : 『회색인』」, 『최인훈 집』, 현대한국문학전집, 신구문화사.
염무웅, 「상황과 자아」, 『최인훈 집』, 현대한국문학전집, 신구문화사(『최인훈』, 은애,
　　　　1979; 『최인훈』, 서강대학교 출판부, 1999).
이　순, 「최인훈론」, 『연세어문학』 제5집.
조동길, 「최인훈 론」, 『공주사대 국문학』 제8집.
천이두, 「나와 남들과의 관계 : 「구운몽」」, 『최인훈 집』, 현대한국문학전집, 신구문화사.
홍사중, 「탈출과 좌절 : 『광장』」, 『최인훈 집』, 현대한국문학전집, 신구문화사.

1975

이주동, 「단편소설 연구」, 『훼닉스』 제1집.

1976

김병익, 「사랑, 혹은 현대의 구원 : 「가면고」에 대하여」」, 최인훈 전집6, 문학과지성사(「최

인훈」, 서강대학교 출판부, 1999).

김우창, 「남북조시대의 예술과의 초상 : 「소설가 구보씨의 일일」」, 최인훈 전집4, 문학과지
　　성사(『최인훈』, 서강대학교 출판부, 1999).

김윤식, 「관념의 형식과 소설의 형식」, 『최인훈 단편집』 해설, 삼중당(『운명과 형식』,
　　솔, 1992).

김　현, 「사랑의 재확인 : 『광장』의 개작에 대하여」, 최인훈 전집1, 문학과지성사.

염무웅, 「관념의 모험」, 『한국문학의 반성』, 민음사.

오생근, 「믿음의 세계와 창의 문학」, 최인훈 전집8, 문학과지성사(『최인훈』, 서강대학교
　　출판부, 1999).

이인석, 「전설과 연극」, 『한국연극』 12월호.

천이두, 「밀실과 광장 : 최인훈 전집의 발간을 계기로」, 『문학과지성』 겨울호.

1977

권봉영, 「개작된 작품의 주제변동 문제 : 최인훈의 『광장』의 경우」, 『부산대 어문교육논집』
　　제2집(『최인훈』, 은애, 1979).

김인환, 「과거와 현재」, 『문학과지성』 여름호.

김주연, 「에세이소설의 안팎 : 「소리」 연작」, 『문예중앙』 가을호.

김치수, 「세 번째 희곡 「봄이 오면 산에 들에」 발표한 소설가 최인훈씨」, 『서울신문』,
　　9월 9일.

김치수, 「자아와 현실의 변증법 : 『회색인』에 대하여」, 최인훈 전집2, 문학과지성사.

송재영, 「분단시대의 문학적 방법 : 『서유기』에 대하여」, 최인훈 전집3, 문학과지성사.

송하춘, 「이상세계Utopia를 통해서 본 작가의식 : 「홍길동전」과 『광장』을 중심으로」, 『고
　　려대 어문논집』 제19·20집.

윤성희, 「『광장』의 이미지 구조물」, 『제대학보』.

이선영, 「지식인의 의식구조 : 『서유기』」, 『세계의문학』 겨울호(『최인훈』, 서강대학교 출
　　판부, 1999).

임헌영, 「『광장』론 시비」, 『문학논쟁집』, 태극출판사.

정현종, 「개인과 상황의 항로 : 『서유기』」, 『세계의문학』 여름호(『최인훈』, 은애, 1979).

진덕규, 「작가의 상상력과 현실」, 『세대』 1월호.

1978

김인관, 「현상학적 문학방법론 연구」, 『독일문학』 제20집.
김 현, 「반성적 언어의 작가 : 최인훈의 작품세계」, 『최인훈 작품집』 해설, 서음출판사.
신동욱, 「식민지시대의 개인과 운명 : 『태풍』」, 최인훈 전집5, 문학과지성사.
우남득, 「Lord Jim과 『광장』의 비교연구」, 『연구논집』 제7집.
이태동, 「문학의 인식작용과 야누스의 얼굴」, 『세계의문학』 여름호(『최인훈』, 서강대학교
　　　출판부, 1999).
이태동, 「오늘의 작가 최인훈씨」, 『일간스포츠』, 5월 12일.
정명환, 「전쟁과 한국작가」, 『한국작가와 지성』, 문학과지성사.
천이두, 「추억과 현실과 환상」, 최인훈 전집7, 문학과지성사.

　　1979

권오만, 「최인훈 희곡의 특질」, 『국제어문』 제1집.
김교선, 「관념소설론」, 『표현』 12.
김병익, 「분단 시대의 문학적 전개」, 『문학과지성』 봄호.
김우종, 「70년대 한국문학의 향방 : 『태풍』론」, 『세계의문학』 가을호.
김주연, 「말멀미에 이기기 위하여 : 최인훈 평론에 대하여」, 최인훈 전집12, 문학과지성사.
김주연, 「분단시대와 지식인의 사랑 : 최인훈 문학의 지향공간」, 『변동사회와 작가』, 문학
　　　과지성사.
김 현, 「전반적 검토」, 『최인훈』, 은애.
안혜성, 「한국연극 미국 무대에」, 『코리아헤럴드』, 4월 15일.
여석기, 「꿈을 현실로 만든 큰 힘」, 『뿌리 깊은 나무』.
유종호, 「소설의 정치적 함축 : 『광장』과 『회색인』의 경우」, 『세계의문학』 가을호(『최인
　　　훈』, 서강대학교 출판부, 1999).
이상일, 「극시인의 탄생」, 최인훈 전집10, 문학과지성사.
임헌영, 「증언과 예언 : 『태풍』」, 『문학과지성』 봄호(『최인훈』, 은애, 1979).
田中明, 「한국문학사에 등장한 새로운 인물」, 김병익·김현 편, 『최인훈』, 은애.

　　1980

김윤식, 「우리 시대의 작가 최인훈 : 어떤 세대의 자화상」, 최인훈 전집9, 문학과지성사.
김인환, 「완강한 사실과 정신의 부드러움」, 최인훈 전집11, 문학과지성사.
김인환, 「추악함의 미학 : 두 최인훈 작품의 무대」, 『대학신문』, 3월 24일.

정과리, 「자아와 세계의 대립적 인식」, 『문학과지성』 여름호.

1981

김윤식, 「관념의 한계」, 『한국현대소설사』, 일지사.
송상일, 「소설의 현상 : 최인훈의 『광장』 연구」, 『현대문학』 7월호.
송하섭, 「소설의 상징성에 관한 연구 : 최인훈의 작품을 중심으로」, 『배재실전논문집』
　　　제2집.
신형기, 「『광장』의 구조 분석」, 『연세어문학』 제12집.
이태동, 「전통과 개인의 재능 : 이상과 최인훈의 경우」, 『부조리와 인간의식』, 문예출판사.
임재걸, 「최인훈 씨의 희곡 「한스와 그레텔」」, 『중앙일보』, 10월 27일.
하동훈, 「혼돈 속의 질서 : 최인훈론」, 『느릅나무가 있는 풍경』 해설, 민음사.

1982

김인환, 「모순의 인식과 대응방식 : 최인훈론」, 『문예중앙』 봄호.
천이두, 「제재와 방법」, 『문학과 시대』, 문학과지성사.

1983

구창환, 「자유와 혁명의 명암」, 『광장』 12월호.
김갑수, 「최인훈 소설에서의 꿈과 리얼리즘의 관계」, 『동국대 국어국문학』 제12집.
김종순, 「최인훈론 : 소설에서 희곡으로의 이행」, 『예술계』 창간호.
성현경, 「성년식소설로서의 「심청전」」, 『서강어문』 제3집.
송하춘, 「전후소설의 심층심리 분석」, 『한국전후소설연구』, 일지사.
신동욱, 「분단시대 문학관의 분화사례 연구」, 『동방학지』 제38집.
신용림, 「이상과 최인훈에 나타난 '방'의 이미지」, 『홍익어문』 제2집.

1984

공덕용, "Social Justice Embodied in Literature", 『영미문화』 제3집.
김상태, 「최인훈의 광장 : 익사한 잠수부의 증언」, 『문학사상』 8월호.
김윤정, 「회색인에 나타난 소외의 양상」, 『현대문학』 5월호.
김치수, 「작가의 변모 : 「달아 달아 밝은 달아」」, 『문학과 비평의 구조』, 문학과지성사.

김 현, 「책읽기의 괴로움」, 『책읽기의 괴로움』, 민음사.
이종천, 「W시로의 여행」, 『문예중앙』 봄호.

1985

김방옥, 「탁월한 극적 고안과 아이러니의 효과」, 『객석』 8월호.
박인숙, 「사반세기 만의 베스트셀러 충격」, 『일간스포츠』, 5월 9일.
이동하, 「관념과 삶 : 최인훈의 『회색인』」, 『집 없는 시대의 문학』, 정음사.

1986

김주연, 「슬픈 한국인의 의지」, 『소설문학』 6월호.
김흥연, 「최인훈의 『회색인』에 대한 독서방법」, 『한양어문연구』 제4권.
박남훈, 「최인훈 소설에 나타난 극적 구조의지 : 그의 희곡장르선택의 해명을 위한 시론」,
        『한국문학논총』 제8·9집.
엄민영, 「최인훈과 황순원의 거리」, 『봉죽헌 박붕배 박사 회갑기념 논문집』, 배영사.
유인순, 「채만식·최인훈 희곡작품에 나타난 「심청전」의 변용」, 『비교문학』 제11집.
이동하, 「서문과 본문의 거리 : 최인훈의 광장에 대한 재고찰」, 『한국문학』 1월호(『현대소
        설의 정신사적 연구』, 일지사, 1989).
이인숙, 「최인훈의 「춘향뎐」 「놀부뎐」 : 풍속의 시대적 편차에 따른 고전의 해석」, 『봉죽헌
        박붕배 박사 회갑 기념 논문집』, 배영사.
이인숙, 「최인훈의 『서유기』 그 패러디의 구조와 의미」, 『미원 우인섭선생 회갑기념논문
        집』, 집문당.
정과리, 「지식인의 사회적 자리」, 『존재의 변증법 2』, 청하.
차응준, 「구원을 향한 항해, 그 좌초의 기록 : 최인훈 론」, 『경희어문학』 제7집.
한혜경, 「『광장』의 서사구조 분석」, 『이화어문논집』 제8집.

1987

강숙이, 「현대소설의 전통수용연구 : 최인훈의 「춘향뎐」과 「춘향전」을 중심으로」, 『문예
        창작연구』 제1집.
김성렬, 「고전의 변용과 구원의 궤도 : 최인훈의 「구운몽」」, 『고려대 어문논집』 제27집.
김영화, 「분단상황과 문학」, 『백록어문』 제3·4집.

박래부, 「최인훈『광장』」, 『문학기행』, 한국일보사.
진형준, 「두 욕망의 사이」, 『광장/태풍』, 오늘의 역사 오늘의 문학 21권 해설, 중앙일보사.

1988

권택영, 「해체론적 독서」, 『현대문학』 3월호.
김영수, 「한국 20세기의 소설사회학」, 『청주대학교 인문과학논집』 제7집.
서연호, 「「봄이 오면 산에 들에」 해설」, 『한국의 현대희곡』 2, 열음사.
서연호, 「「둥둥 낙랑둥」 해설」, 『한국의 현대희곡』 3, 열음사.
송 전, 「원초심성(源初心性)의 탐구 : 최인훈의 희곡세계」, 『외국문학』 여름호.
신중신, 「한국 명작을 찾아서 : 최인훈의 『광장』」, 『대우사보』 4월호.
원재길, 「문학에 대한 자기반성 또는 자의식」, 『한국문학』 6월호.
최정식, 「최인훈의 「웃음소리」에 나타난 상징구조」, 『동래여자전문대 논문집』 제7집.

1989

김치수, 「냉혹한 현실묘사를 통한 섬뜩한 아픔의 상처」, 『달과 소년병』 해설, 세계사.
박덕규, 「구원 없는 세대의 구원」, 『웃음소리』 해설, 책세상.
박해현, 「최인훈 문학의 재조명 활발」, 『중앙경제신문』, 4월 19일.
박 찬, 「10년 침묵 깨고 산문집」, 『스포츠서울』, 5월 18일.
배윤성, 「문학인생 30년 맞은 소설가 최인훈씨」, 『민주일보』, 12월 15일.
이남호, 「냉전상황에 대한 지적 반응」, 『웃음소리』 해설, 책세상.
이동하, 「한국현대소설과 기독교의 관련양상에 대한 한 고찰」, 『배달말』 제14집.
이소남, 「Jung의 존재의 개별화의 관점에서 본 인간적 성숙과 최인훈의 「가면고」의 독고민
    의 자아실현 과정의 비교」, 『심리연구』 제27집.
조남현, 「자아완성 혹은 구원에의 몸짓」, 『달과 소년병』 해설, 세계사.
조선희, 「함께 되물어야 할 변혁시대 글의 사명」, 김인숙과의 대담, 『한겨레신문』, 6월
    7일.
조우석, 「국내 창작극 최다공연 기록 : 「옛날 옛적에 훠어이 훠이」」, 『세계일보』, 10월
    13일.
채호석, 「최인훈론 : 『광장』의 창작방법에 대한 비판적 검토」, 『한국현대작가연구』, 민음
    사.
최예열, 「최인훈의 『회색인』 연구」, 『대전어문학』 제6집.

하재봉, 「작가정신의 본질 드러낸 단상집 : 『길에 대한 명상』」, 『출판저널』, 5월 20일.
한기(한형구), 「최인훈론 : 분단시대의 소설적 모험」, 『문학사상』 4월호(『전환기의 사회와
　　　문학』, 문학과지성사, 1991).
황순재, 「최인훈 소설의 환상기법 양상과 표현적 효과 : 60대의 소설에서」, 『문학과비평』
　　　제12집.

1990

권영민, 「정치적인 문학과 문학의 정치성」, 『작가세계』 봄호.
권오룡, 「이념과 삶의 현재화 : 1960년에서 1990년까지 『광장』의 변천사」, 『한길문학』
　　　가을호.
김영희, 「최인훈 희곡의 극적 언어 연구」, 『국어국문학』 제27집.
김종회, 「관념과 문학 그 고고한 지적 편력」, 『작가세계』 봄호.
김종회, 「최인훈 문학의 연구 현황」, 『작가세계』 봄호.
송재영, 「꿈의 연구 : 최인훈의 초현실주의 소설」, 『작가세계』 봄호.
양승국, 「최인훈 희곡의 독창성」, 『작가세계』 봄호.
윤성희, 「상징의 삼각공간, 그 초월 지향의 구조 : 최인훈의 『광장』」, 『문학과 비평』 제16집.
이동하, 「한국 현대소설과 기독교의 관련 양상 : 「목공 요셉」과 「라울전」의 경우」, 『한국문
　　　학』 3월호.
한기(한형국), 「『광장』의 원형성, 대화적 역사성, 그리고 현재성」, 작가세계 봄호(『전환기
　　　의 사회와 문학』, 문학과지성사, 1991).

1991

김　현, 「최인훈에 대한 네 개의 산문」, 『현대한국문학의 이론/사회와 윤리』 김현문학전집
　　　2권, 문학과지성사.

1992

권영민, 「연작의 기법과 연작 소설의 장르적 가능성」, 『소설과 운명의 언어』, 현대소설사.
김외곤, 「소설가에 의한 소설, 소설가의 존재방식에 대한 탐색 : 최인훈의 『소설가 구보씨
　　　의 일일』을 중심으로」, 『문학정신』 9월호.
김용성, 「「구운몽」의 순환적 시간 의식」, 『한국소설과 시간의식』, 인하대출판부.

278

김유미, 「판소리 「심청가」에 나타난 서사적 요소의 현대적 수용양상 : 채만식의 「심봉사」
와 최인훈의 「달아달아 밝은 달아」를 중심으로」, 『한국어문교육』 제5집.

김주연, 「관념소설의 역사적 당위 : 최인훈·이청준·박상륭 등과 관련하여」, 『문학정신』
6월호(『사랑과 권력』, 문학과지성사, 1995).

박찬부, 「문학과 정신분석학」, 『외국문학』 가을호.

우한용, 「'구보씨'네 자식들의 행로」, 『문학정신』 12월호.

우한용, 「허구적 상상력으로 역사 읽기 : 『태풍』, 『비명을 찾아서』, 『황제를 위하여』 등의
경우」, 『문학정신』 9월호.

윤정헌, 「『소설가 구보씨의 일일』에 나타난 패로디적 양상고」, 『영남어문학』 제22집.

이상구, 「최인훈 희곡 연구」, 『동국대국어국문학논문집』 제15집.

이지훈, 「'꿈과 생시' 최인훈의 「둥둥 낙랑둥」」, 『연극학연구』 제3집.

정영곤, 「최인훈 문학의 장르 변경의 본질」, 『부산사대 어문교육논집』 제11집.

조남현, 「『광장』, 똑바로 다시 보기」, 『문학사상』 8월호(『한국현대소설의 해부』, 문예출판
사, 1993).

한기(한형구), 「최인훈의 볼 만한 소설들」, 『남들의 지붕 밑에서』 해설, 청아.

1993

강승귀, 「도피 또는 무모한 기다림」, 『국어국문학 논문집』 제16집.

김종회, 「세태소설의 토양과 그 열매」, 『현대문학』 12월호.

나병철, 「분단의 상징적 해결과 관념적 서사담론 : 최인훈의 『광장』을 중심으로」, 『수원대
학교논문집』 제11집.

박혜경, 「고전문학의 현대적 수용양상」, 『작가세계』 여름호(『최인훈』, 서강대학교 출판부,
1999).

유진월, 「최인훈의 「웃음소리」 연구」, 『경희어문학』 제13집.

이상우, 「전통으로서의 비극과 경험으로서의 비극 : 최인훈 희곡의 비극성에 관한 고찰」,
『고려대 어문논집』 제32집.

이태동, 「'사랑과 시간' 그리고 고향 : 최인훈의 『회색인』 재고」, 『현대문학』 3월호 (『최인
훈』, 서강대학교 출판부, 1999).

장양수, 「『광장』 개작은 실패한 주제 변개 : 전집판의 경우」, 『국어국문학』 제30집.

홍진석, 「「달아 달아 밝은 달아」의 주제의식 고찰 : 「심청전」과의 서사구조 대비를 중심으
로」, 『한국언어문학』 제31집.

Cathy Rapin, "THEATRALITE EN QUETE DU DIRE : APPROCHE DE QUAND LE PRINTEMPS ARRIVE A LA MONTAGNE ET AUX CHAMPS DE CH'OE IN HUN", 『서울여대인문사회과학논총』 제8집.

1994

권오룡, 「소설가 구보씨의 생애」, 『동서문학』 여름호.

김경수, 「1994년, 다시 중편소설에 대하여」, 『소설과사상』 겨울호.

김대환, 「20세기의 정리와 기억의 스펙트럼 : 최인훈의 『화두』를 읽고 : 『화두』, 최인훈 저 <서평>」, 『영광문화』 제16·17 합본호.

긴병익, 「'남북조 시대 작가'의 의식의 자서전 : 최인훈의 『화두』를 보며」, 『문학과사회』 여름호(『새로운 글쓰기와 문학의 진정성』, 문학과지성사, 1997).

김성희, 「한국적 비극의 특성과 보편성 연구 : 최인훈의 비극을 중심으로」, 『한양여자전문 대학 논문집』 제17집.

김윤식, 「구보계 글쓰기의 기원과 그 변모 양상」, 『90년대 한국소설의 표정』, 서울대출판부.

김윤식, 「유죄 판결과 결백 증명의 내력」, 『세계의문학』 여름호.

김인환, 「파국의 의미」, 『비평의 원리』, 나남.

김주연, 「체제변화 속의 기억과 문학 : 『화두』, 최인훈 저 <서평>」, 『황해문화』 봄호.

김춘식, 「최인훈 「구운몽」의 패로디와 아이러니 : 고전적 세계관의 해체를 중심으로」, 『동국어문학』 제6집.

류보선, 「책읽기를 통한 현실 읽기의 풍요로움」, 『문학사상』 6월호.

송승철, 「화두의 유민의식 – 해체를 향한 고칙과 치열싱」, 『실전문학』 여름호.

오생근, 「『화두』와 기억의 소설적 형식」, 『현대비평과이론』 가을호.

우찬제, 「현실의 유형인·인식의 세계인, 그 가역반응 : 최인훈 장편소설 『화두』」, 『세계의 문학』 여름호(『최인훈』, 서강대학교 출판부, 1999).

윤충의, 「소설다운 소설 쓰기와 읽기」, 『현대문학』 6월호.

이창기, 「화두는 내 정신과 삶이 빚어낸 자발적 구조입니다」, 『동서문학』 가을호.

이철우, 「대립 속의 순환고리 드러내기 : 최인훈의 「둥둥 낙랑둥」의 서사담론적 접근」, 『한성어문학』 제13집.

이태동, 「역사의식과 작가의 비젼 : 『화두 1, 2』, 최인훈 저 <서평>」, 『서평문화』 봄호.

이태동, 「역사의식과 작가적인 삶의 편력 : 『화두』, 최인훈 저 <서평>」, 『문예중앙』 여름호.

장혜전, 「「봄이 오면 산에 들에」의 희곡언어 연구」, 『기전어문학』 제8·9집.

최용범, 「화두에 던지는 화두 : 소설『화두』를 둘러싼 쟁점과 그 비판」, 『고대문화』 40권.

Cathy Rapin, 강소영 역, "THEATRALITE EN QUETE DU DIRE : APPROCHE DE QUAND NE PRINTEMPS ARRIVE A LA MONTAGNE ET AUX CHAMPS DE CH'OE IN HUN", 『여성연구논총』 제9집.

1995

구재진, 「최인훈의 『광장』 연구」, 『국어국문학』 제115집.

권성우, 「근원 해체의 열망들」, 『리뷰』 가을호.

김인호, 「변화된 시대에 대응하는 새로운 담론 : 『화두』론」, 홍기삼·한용환 편, 『임꺽정에서 화두까지』, 문학아카데미.

김주언, 「아시아, 밤의 지형학 혹은 탈식민의 원근법 : 최인훈 소설의 '아시아' 계열체를 중심으로」, 『원형』 제15집.

김주현, 「이념 와해 시대의 진정성 찾기 : 최인훈의 『화두』론」, 『조선일보』, 1월 6일.

김춘식, 「구원의 양식으로서의 소설 쓰기」, 홍기삼·한용환 편, 『임꺽정에서 화두까지』, 문학아카데미.

박배식, 「최인훈의 <서유기>에 나타난 페로디 분석」, 『비평문학』 제9집.

사진실, 「「달아 달아 밝은 달아」의 구조와 의미 : 패로디의 구조와 '희생양'의 의미」, 『한국극예술연구』 제4집.

서연호, 「최인훈 희곡론」, 『고려대 민족문화연구』 제28집.

서은선, 「최인훈의 소설『화두』에 대한 서사론적 분석」, 『부산대 국어국문학』 제32집.

성민엽, 「최인훈, 혹은 남북조 시대의 소설」, 『한국소설문학대계』 42, 동아출판사.

심상교, 「호동설화 소재 희곡의 인물분석」, 『한국극예술연구』 제5집.

우한용, 「소설 문체의 사회시학적 궤적」, 『소설과사상』 여름호.

이광호, 「몽유의 형식과 의식의 고고학−최인훈 문학의 재인식」, 『웃음소리』 해설, 민음사 (『환멸의 신화』, 민음사, 1995).

이동하, 「통행금지 시대의 문학 : 최인훈의 「크리스마스 캐럴」 연작」, 『소설과 사상』 가을호.

이상우, 「최인훈 희곡에 나타난 '문(門)'의 의미」, 『한국극예술연구』 제4집.

이원희, 「두 희곡 작품에 나타난 「심청전」의 패로디 양상」, 『한국연극학』 제7집.

전상기, 「최인훈의 『광장』에 대한 비판적 고찰」, 『반교어문연구』 제6집.

진선주,「최인훈의『화두』: 마뜨료쉬카 인형의 '이피퍼니' : 조이스와의 관련성을 바탕으로」,『충북대 어문논총』제4집.
최은지,「최인훈 론」,『목원국어국문학』제3집.
허영주,「라캉을 통해 본 최인훈의『소설가 구보씨의 일일』」,『계명어문학』제9집.
홍진석,「최인훈 희곡의 패러디에 관한 연구 :「어디서 무엇이 되어 만나랴」를 중심으로」,『현대문학이론연구』제5집.

1996

김유미,「온달 설화의 제의극적 변용 : 최인훈의「어디서 무엇이 되어 만나랴」」,『한국어문교육』제8집.
김인호,「푸코로『화두』읽기」,『문학과창작』봄호(『해체와 저항의 서사』, 문학과지성사, 2004).
서은선,「최인훈 소설『서유기』의 해체 기법 연구」,『한국문학논총』제19집.
서은선,「최인훈 소설「구운몽」의 해체의식과 타자 인식 연구」,『부산대 인문논총』제49집.
설성경,「구운몽의 본질과 현대 개작의 방향성」,『애산학보』제19집.
오세은,「패러디 소설의 이중 시점 — 최인훈의 춘향뎐과 놀부뎐」, 한국소설학회,『현대소설 시점의 시학』, 새문사.
채정상,「이데올로기의 누망 속에서의 미로 찾기 : 최인훈「금오신화」의 기호학적 분석」,『국어국문학논문집』제17집.
최인자,「최인훈 에세이적 소설 형식의 문화철학적 고찰 :『소설가 구보씨의 일일』을 중심으로」,『국어교육연구』제3집.
한혜경,「익숙한 이야기 다르게 읽기 — 채만식의「흥보씨」와 최인훈의「놀부뎐」」,『한국 패러디 소설 연구』, 국학자료원.
한혜선,「최인훈의「춘향뎐」을 읽는다」,『한국 패러디 소설 연구』, 국학자료원.

1997

강진호,「1960년대 리얼리즘 소설고」,『현대소설연구』제6집.
권보드래,「최인훈의『회색인』연구」,『민족문학사연구』제10집.
김인호,「최인훈『화두』에 대한 철학적 담론」,『신동아』3월호(『해체와 저항의 서사』, 문학과지성사, 2004).
노상래,「「소설가 구보씨의 일일」들 연구」,『국어국문학연구』제25집.

문흥술, 「식민지 노예 지식인의 글쓰기와 양식 파괴의 한계」, 『자멸과 회생의 소설 문학』, 열음사.

박 진, 「판소리의 현대적 패러디 : 최인훈의 소설과 희곡을 중심으로」, 『고려대어문논집』 제36집.

서주홍, 「우리 시대의 문제작과 화제작 : 최인훈의 『광장』」, 『한국인』 6월호.

신원선, 「원형이론의 비교고찰 : 원형 비평의 새로운 방향성 제시를 위한 일고」, 『연구논집』 제17집.

안남연, 「최인훈의 광장연구」, 『경일대학교논문집』 제35집.

이남호, 「최인훈의 『화두』」, 『느림보다 더 느린 빠름』, 하늘연못.

이미원, 「장르 특성의 혼재(混在) : 최인훈 희곡의 경우」, 『한국현대문학연구』 제5집.

이인숙, 「소설 속에 나타난 미궁 이미지 연구 : 미셸 뷔또르의 「시간의 사용」과 최인훈의 「구운몽」을 중심으로」, 『국제어문』 제18집.

최현식, 「「소설가 구보씨의 일일」에 나타난 소설(예술)론의 위상」, 『작가연구』 제3호.

1998

김만수, 「일란성 쌍생아의 비극 : 최인훈 「둥둥 낙랑둥」의 해체론적 연구」, 『한국현대문학연구』 제6집.

김미영, 「최인훈의 환상성, 현실인식과 문학적 상상력의 결합」, 『한양어문』 제16집.

김유미, 「최인훈 희곡의 신화성과 역사성 연구 : 「어디서 무엇이 되어 만나랴」의 경우」, 『고려대 어문논집』 제37집.

김인호, 「신 없는 시대의 서사적 몸부림 : 최인훈 『소설가 구보씨의 일일』을 중심으로」, 『동악 어문논집』 제33집(『해체와 저항의 서사』, 문학과지성사, 2004).

김인호, 「주체를 찾아가는 긴 여정 : 최인훈의 『서유기』를 중심으로」, 『현대비평과이론』 제15집(『해체와 저항의 서사』, 문학과지성사, 2004).

서은주, 「환멸에 대한 관념적 글쓰기」, 민족문학사연구소 현대문학분과, 『1960년대 문학연구』, 깊은샘.

양윤모, 「최인훈의 『서유기』 연구」, 『어문학연구』 제8집.

이지훈, 「(탈)근대를 넘는 세 접면interface : 보이지 않은 인간, 흑체, 구름」, 『오늘의 문예비평』 가을호.

임경순, 「최인훈의 『광장』 연구 : 존재의 자리에 대한 추구와 내재화된 권력욕으로서의 지식인」, 『비교어문연구』 제9집.

임환모,「최인훈『광장』의 서사성과 서사 담론 연구」,『한국언어문학』제41집.

장병호,「이념 혼란 시대의 이상향 찾기 : 최인훈『광장』에 나타난 소외 의식」,『비평문학』
　　　제12호.

정미숙,「최인훈 희곡과 패러디 :「달아 달아 밝은 달아」를 중심으로」,『경상어문』제4집.

정희모,「1960년대 소설의 서사적 새로움과 두 경향」, 민족문학사연구소 현대문학분과,
　　　『1960년대 문학 연구』, 깊은샘.

진선주,「최인훈의『화두』와 조이스」,『세계의문학』여름호.

차혜영,「자율적 주체의 개인주의와 모더니즘적 글쓰기」, 민족문학사연구소 현대문학분
　　　과,『1960년대 문학 연구』, 깊은샘.

　1999

권보드래,「최인훈-양면 : 자유와 독재」, 김동춘 외,『자유라는 화두』, 삼인.

권오룡,「시간이여, 강낭콩 꽃빛으로 흘러라 :『서유기』의 탈근대적 지향」,『문학과사회』
　　　여름호.

김인호,「텍스트의 유토피아와 삶의 변증법 : 최인훈 소설「가면고」론」,『동국어문학』
　　　제10·11집(『해체와 저항의 서사』, 문학과지성사, 2004).

김주영,「대화와 사랑에 의한 화해의 모색-최인훈의 초기소설을 중심으로」,『현대문학이
　　　론연구』제11집.

김현숙,「최인훈「웃음소리」의 심리적 구조」,『돈암어문학』제11호.

류보선,「사생아, 자유인, 편모슬하 : 성년에 이르는 세 가지 길」,『문학동네』여름호.

박서경,「닫힌 광장, 열린 상상력」,『한리대학교 논문집』세3집.

박정수,「라깡과 선」,『한국문학이론과 비평』제6집.

박정수,「최인훈 소설의 환상성 :「구운몽」을 중심으로」,『서강어문』제15집.

서은선,「최인훈 소설『광장』의 타자 인식 연구」,『현대문학이론연구』제11집.

신중신,「문학작품 속의『광장』」,『지방포럼』1, 한국지방행정연구원.

안동준,「『광장』을 읽는 여덟 번째 방법」,『배달말』제24집.

양영길,「작중인물의 욕망 역동체계 : 최인훈의「웃음소리」를 중심으로」,『영주어문』제1
　　　집.

양윤모,「타자의 시선을 통한 현실의 이해 : 최인훈의「총독의 소리」연구」,『어문논집』
　　　제40집.

여홍상,「이데올로기의 개념과 문학비평」,『소설과사상』봄호.

284

유헌식, 「기억과 행위의 변증법 : 최인훈의 글쓰기, 그 역사의식의 구조」, 『철학과현실』
　　　봄호.
이상란, 「최인훈 「옛날 옛적에 훠어이 훠이」의 극작술 연구」, 『한국연극학』 제13호.
이인숙, 「최인훈의 소설 「구운몽」의 담론 특성에 대하여」, 『국어교육』 제99집.
이정숙, 「모티프(motif)」, 『소설과사상』 봄호.
이태동, 「'광장'과 '밀실'의 변증법 : 최인훈의 『광장』」, 『문학사상』 3월호.

　　2000

공종구, 「구성적 의식으로서의 방법적 회의와 균형감각 − 최인훈의 『소설가 구보씨의
　　　일일』론」, 『현대문학이론연구』 제14집.
김기란, 「최인훈 희곡의 극작법 연구 : 「둥둥 낙랑둥」을 중심으로」, 『한국극예술연구』
　　　제12집.
김기주, 「상징계 진입의 고통, 혹은 표류하는 기호들」, 『한국문학이론과 비평』 제7집.
김동주, 「최인훈의 『광장』 연구 : 서사시적 세계에 대한 동경과 좌절을 중심으로」, 『도솔어
　　　문』 제14집.
김성렬, 「근대성의 구현을 위한 고전의 방법적 변용」, 『우리어문연구』 제15호.
김인호, 「허깨비로 예견하는 미래의 미적 형식」, 『작가세계』 봄호(『해체와 저항의 서사』,
　　　문학과지성사, 2004).
김현철, 「판소리 「심청가」의 패로디 연구 : 채만식의 「심봉사」, 최인훈의 「달아달아 밝은
　　　달아」, 오태석의 「심청이는 왜 두 번 인당수에 몸을 던졌는가」를 중심으로」,
　　　『한국극예술연구』 제11집.
서은선, 「『광장』의 동화와 소외에 관한 분석 : 『광장』의 타자 인식 연구2」, 『오늘의문예비
　　　평』 가을호.
서은선, 「최인훈 소설 「총독의 소리」, 「주석의 소리」의 서술 형식 연구」, 『문창어문논집』
　　　제37집.
손필영, 「최인훈 희곡, 「옛날 옛적에 훠어이 훠이」 연구 : 한국 시극의 가능성을 위한
　　　서설」, 『한국연극연구』 제3집.
신철하, 「문학·이데올로기·형식 : 『광장』에 접근하는 한 방식」, 『한양대한국학론집』 제34
　　　집.
안남일, 「역사인식에 대한 응전의 한 양상 : 「총독의 소리」와 「주석의 소리」를 중심으로」,
　　　『민족문화』 제11호.

안혜련, 「최인훈의『소설가 구보씨의 일일』서술 특성 고찰」, 『한국문학이론과 비평』
      제7집.
양윤모, 「서구 문화의 수용과 혼란에 대한 연구」, 『우리어문연구』제14집.
이동재, 「최인훈 소설 연구」, 『현대문학이론연구』제14집.
이상갑, 「「가면고」를 통해서 본『광장』의 주제의식」, 『한국문학이론과 비평』제7집.
임환모, 「『광장』의 서사성과 서사 담론 연구」, 『한국문학이론과 비평』제7집.
장사흠, 「최인훈 소설에 있어서 환상의 의미 : 「가면고」를 중심으로」, 『현대소설연구』
      제13집.
정과리, 「꿈 이야기 : 한국적 모더니티의 한 심연」, 『현대문학』5월호.
정찬영, 「온달 설화의 현대적 변용 : 최인훈작 「온달」과 「온달설화」의 대비적 고찰」, 『한국
      문학논총』제27집.
조보라미, 「최인훈 소설의 탈식민주의적 고찰」, 『관악어문연구』제25집.
한기(한형구), 「'소설가 구보 씨의 일일' 계보 소설을 통해 본 20세기 서울의 삶의 역사와
      그 공각 지리의 변모」, 『서울학연구』제14집.
한수영, 「체험과 회상의 두 가지 양식 : 최인훈의『화두』와 이호철의『남녘사람 북녘사람』
      을 중심으로」, 『시문학』4월호.

   2001
구재진, 「최인훈의『회색인』연구」, 『한국문화』제27집.
권성우, 「최인훈의『회색인』에 나타난 현실 인식 연구」, 『어문학』제74호.
그로테파스칼, 「옛부터 꾸어온 통일의 꿈」, 『프랑스문화연구』제6집.
김   향, 「다매체 시대의 희곡의 이해」, 『현대문학의 연구』제17집.
김남석, 「최인훈 문학에 나타난 희생제의 연구」, 『한국학연구』제15집.
김미영, 「최인훈의 「구운몽」론 : 인물과 환상성을 중심으로」, 『한국언어문학』제20집.
김상태, 「최인훈 소설의 표현미학」, 『한글사랑』가을호.
김영찬, 「최인훈 초기 중단편 소설의 현대성」, 『상허학보』제7집.
김유미, 「최인훈의『광장』과 「둥둥 낙랑둥」비교 연구」, 『고려대 어문논집』제43집.
김인호, 「최인훈 문학의 내면성과 실험성」, 『시학과언어학』제1집(『해체와 저항의 서사』,
      문학과지성사, 2004).
김인호, 「『광장』개작에 나타난 변화의 양상들」, 『광장』(발간 40주년 기념 한정본), 문학과
      지성사(『해체와 저항의 서사』, 문학과지성사, 2004).

김태환, 「문학은 어떤 일을 하는가 : 최인훈의 문학론」, 『시학과언어학』 제1집.

김현주, 「새롭게 시작하는 '최인훈학'」, 『문학과사회』 여름호.

박미리, 「「봄이 오면 산에 들에」의 극적 구조」, 『용인대학교논문집』 제19집.

박은태, 「최인훈 소설의 미로구조와 에세이 양식 : 『서유기』를 중심으로」, 수련어문논집 제26·27합집.

박은태, 「혁명에서 사랑으로 길 : 최인훈 론」, 『한국문예비평연구』 제9집.

방영이, 「극문학론」, 『한어문교육』 제9집.

서은선, 「최인훈 소설 『광장』의 서사론적 분석 : 거리와 화법을 중심으로」, 『한국문학논총』 제29집.

서은선, 「최인훈 소설 『광장』이 추구한 여성성의 분석」, 『새얼어문논집』 제14집.

양선영, 「최인훈 단편소설 「웃음소리」의 서술 양상 고찰」, 『한남어문학』 제25집.

여홍상, 「대화와 카니발 : 김소월, 김지하, 최인훈의 바흐찐적 독해」, 『한국문학이론과 비평』 제12집.

오생근, 「창을 넘어 삶의 광장으로」, 『광장』(발간 40주년 기념 한정본) 해설, 문학과지성사.

유임하, 「분단현실과 주체의 자기정립 : 최인훈의 『회색인』」, 『한국문학연구』 제24집.

이화진, 「성찰과 대안 : 최인훈의 『광장』론」, 『안동어문학』 제6집.

장수익, 「전후 소설과 장소의 문제」, 『한국현대문학연구』 제9집.

전영선, 「고소설의 현대적 전승과 변용」, 『국제어문』 제24집.

정과리, 「모르기, 모르려 하기, 모른 체하기 : 『광장』에서 『태풍』으로, 혹은 자발적 무지의 생존술」, 『시학과언어학』 제1집.

정호웅, 「『광장』론 : 자기처벌에 이르는 길」, 『시학과언어학』 제1집.

차봉준, 「최인훈 패러디 소설 연구 : 「놀부뎐」, 「구운몽」의 대화주의적 특성 고찰」, 『숭실어문』 제17집.

최준호, 「아름다운 언어로 구축된 최인훈 희곡의 연극성」, 『시학과언어학』 제1집.

최창수, 「최인훈의 『화두』에 나타난 거리의 문제」, 『어문논집』 제29집.

탁석산, 「'회색인'의 고민」, 『문예중앙』 봄호.

2002

권명아, 「에고의 좌표 그리기로서의 소설 : 분단 체제하의 주체화 형식과 최인훈의 소설적 시도의 의미」, 『상허학보』 제8집.

권세훈, 「독일과 한국의 분단문학」, 『독일어문학』 제17집.

김명준, 「불구적 사회의 서사적 상상력 : 최인훈의 『광장』론」, 『단국대국문학논집』 제18
　　집.

김영찬, 「최인훈 소설의 기원과 존재방식 : 원체험의 재현을 중심으로」, 『한국근대문학연
　　구』 제5호.

김윤식, 「아, 최인훈」, 『문예중앙』 겨울호.

김인호, 「최인훈 연구의 현황과 향후 과제」, 『작가연구』 제14호(『해체와 저항의 서사』,
　　문학과지성사, 2004).

김일영, 「「심청전」류에서 '바다'의 의미」, 『국제학술대회』 제8집.

김주언, 「우리 소설에서의 비극의 변용과 생성 : 최인훈의 『회색인』·『서유기』를 중심으
　　로」, 『비교문학』 제28집.

김한식, 「한 근대 지식인의 고전 읽기 : 최인훈의 패러디 소설에 대하여」, 『작가연구』
　　제14호.

박명순, 「최인훈 소설에 나타나는 에세이즘적 서술방식 : 『서유기』를 중심으로」, 『한어문
　　교육』 제10집.

박미리, 「최인훈 희곡에 대한 연극적 고찰 : 「달아 달아 밝은 달아」와 「한스와 그레텔」을
　　중심으로」, 『한국극예술연구』 제16집.

박영준, 「최인훈의 『광장』에서 '광장'의 의미 층위에 대한 연구」, 『어문논집』 제46집.

백지연, 「지식인의 자기탐구와 도시 체험의 의미 : 김승옥과 최인훈의 소설을 중심으로」,
　　『경희대 인문학연구』 제6집.

서은선, 「최인훈 소설과 로브그리예 소설의 비교 연구 : 미로 구조와 중복 묘사를 중심으
　　로」, 『한국문학논총』 제32집.

서은주, 「최인훈 론 : 회색 지식인의 거증 책임」, 상허학회, 『새로 쓰는 한국작가론』,
　　백년글사랑.

서은주, 「최인훈의 소설에 나타난 '방송의 소리' 형식 연구」, 『배달말』 제30호.

서은주, 「환상, 새로운 질서 세우기의 욕망」, 『작가연구』 제14호.

성지연, 「최인훈 소설의 서사전략 연구」, 『한국근대문학연구』 제6호.

송미정, 「사소설로 읽는 최인훈의 『화두』」, 『국민어문연구』 제10집.

양윤모, 「지식인 작가와 현실에 대한 냉철한 분석 : 최인훈론」, 『작가연구』 제14호.

양진오, 「소설가 소설의 한국적 모델의 완성과 계승」, 『작가연구』 제14호.

연남경, 「최인훈 「춘향뎐」의 기호학적 분석」, 『기호학연구』 제12집.

우찬제, 「『광장』의 공간 수사론」, 『한민족어문학』 제40집.

이병주, "La traduction litte'raire core'enne en France", 『불어문화권연구』 제12집.

이상갑, 「문학의 무력감과 '말'의 위력 : 「총독의 소리」론」, 민족문학사연구소 현대문학분
　　과 편, 『1970년대 장편소설의 현장』, 국학자료원.

이상갑, 「식민국과 식민지의 이분법을 넘어서 :『태풍』론」, 『작가연구』 제14호.

이종대, 「최인훈 희곡의 극언어」, 『작가연구』 제14호.

장수익, 「회의적 주체와 타자에 대한 사랑 : 최인훈 초기 소설에 대하여」, 『작가연구』
　　제14호.

장　현, 「관념에 갇힌 현실과 죽음의 의미 : 최인훈의 『광장』 연구」, 『성심어문논집』
　　제24집.

장혜전, 「소설가의 희곡쓰기」, 『수원대학교논문집』 제20집.

조갑상, 「최인훈의 화두 연구 : 「낙동강」과의 관계를 중심으로」, 『한국문학논총』 제31집.

차봉준, 「「열하일기」의 빈자리 채워 읽기 : 박지원과 최인훈의 텍스트를 중심으로」, 『숭실
　　어문』 제18집.

채새미, 「최인훈 희곡의 샤머니즘 수용양상 연구 : 「둥둥 낙랑둥」을 중심으로」, 『태릉어문
　　연구』 제10집.

최수웅, 「한국분단소설의 전개과정 연구 :『광장』·『장마』·『아버지의 땅』을 중심으로」,
　　『범정학술논문집』 제24집.

하정일, 「탈식민 서사와 식민적 무의식 :『화두』론」, 『작가연구』 제14호.

한명환, 「한국현대소설의 환상적 특성」, 『중한인문과학연구』 제9집.

황두진, 「2002년 6월, 그리고 다시 읽는 최인훈의 『광장』」, 『건축』 283호.

　　2003

권택영, 「한국의 모더니즘, 그 대안 모색」, 『문학수첩』 여름호.

권혁건·임성규, 「나쓰메 소세키 작품 「몽십야」·「제칠야」와 최인훈 작품 『광장』에 나타난
　　투신자살 비교 연구」, 『일본문화학보』 제16집.

김선주, 「최인훈 『회색인』 연구」, 『덕성여대 논문집』 제5집.

김성희, 「한국 정치극 연구 1 : 박정희 정권시대(1961~1979)를 중심으로」, 『한국극예술
　　연구』 제18집.

김승종, 「사랑의 욕망, 그 반성과 미련의 지양(止揚) :『광장』의 주제」, 『연구논문집』
　　제29집.

김옥란, 「1970년대 희곡에 나타난 민중담론과 여성성」, 『한국극예술연구』 제17집.

김　향, 「최인훈 희곡의 비극적 극작술 연구 : 「옛날 옛적에 훠어이 훠이」와 「둥둥 낙랑둥」의

서술 구조를 중심으로」, 『한국문학평론』 제26호.
김호기, 「관념의 세계 시민과 현실의 세계 시민 : 최인훈의 『화두』」, 『문학사상』 1월호.
노종상, 「최인훈 「광장」의 사상의학적 구조」, 『비교문학』 제30집.
박용숙, 「한국전쟁이 남긴 작품들 : 양의적인 비전으로 비극적 현실을 드러내다 : 이중섭
　　　의 「소」와 최인훈의 『광장』을 비교하며」, 『문화예술』 제287호.
방민호, 「21세기 한국을 읽는다」, 『대한매일』, 7월 18일.
임선숙, 「패러디 소설의 수용미학적 고찰 : 최인훈의 「옹고집면」 「놀부면」을 중심으로」,
　　　『국문학논집』 제19집.
정재서, 「여행의 상징의미 및 그 문화적 수용 : 『목천자전』에서 최인훈의 『서유기』까지」,
　　　『중어중문학』 제33집.
西村繁正, 「최인훈의 『광장』론 : 이항대립의 구조적 형식을 중심으로」, 『한국관광대학논
　　　문집』 제2호.

2004

구재진, 「최인훈 소설에 나타난 '기억하기'와 탈식민성 : 『서유기』를 중심으로」, 『한국현대
　　　문학연구』 제15집.
구재진, 「최인훈 소설에 나타난 타자화 전략과 탈식민성 : 「총독의 소리」를 중심으로」,
　　　『한중인문학연구』 제13집.
구재진, 「최인훈의 「태풍」에 대한 탈식민주의적 연구」, 『현대소설연구』 제24호.
김미영, 「모더니즘 소설교육에 관한 연구 : 최인훈의 「수」와 최인호의 「타인의 방」을
　　　중심으로」, 『문학교육학』 제14호.
김미영, 「최인훈 소설에 나타나는 신화적 이미지 고찰」, 『국제어문』 제31집.
김미영, 「최인훈의 『서유기』 고찰 : 패러디와 탈식민주의를 중심으로」, 『국제어문』 제32
　　　권.
김영찬, 「불안한 주체와 근대 : 1960년대 소설의 미적 주체 구성에 대하여」, 『상허학보』
　　　제12집.
류양선, 「최인훈의 『광장』 연구」, 『성심어문논집』 제26집.
문흥술, 「최인훈 『광장』에 나타난 욕망의 특질과 그 의의」, 『상허학보』 제12집.
문흥술, 「최인훈 『구운몽』에 나타난 욕망의 특질과 그 의의」, 『국어교육』 제113호.
박미란, 「『광장』의 공간론」, 『한국언어문학』 제53집.
박은태, 「1960년대 소설에 나타난 내면적 질서의 양상」, 『비평문학』 제18호.

송효정, 「1960년대 소설의 환상성 : 최인훈, 김승옥, 박상륭 소설을 중심으로」, 『한국문학
    평론』 제27호.
이연숙, 「최인훈의 「구운몽」의 정신분석학적인 고찰」, 『현대소설연구』 제23호.
임경순, 「1960년대 소설의 주체와 지식인적 정체성」, 『상허학보』 제12집.
정영훈, 「최인훈 소설의 욕망 구조」, 『한국학보』 봄호.
주민재, 「가상의 역사와 현실의 관계」, 『한국근대문학연구』 제10호.
한용환, 「『광장』 개작본에 대하여」, 『내러티브』 제8호.
홍정선, 「최인훈의 소설 읽기와 생각하기 : 『해체와 저항의 서사』 김인호 저 <서평>」,
    『NEXT』 9호.
Cathy Rapin, "Les incarnations du personnage feminin dans les textes de theatre de
    Ch'oe In-hun", 『한국연극학』 제22호.

    2005

권오현, 「1970년대 소설의 알레고리 기법 연구 : 최인훈의 『태풍』과 이청준의 『당신들의
    천국』의 대비를 중심으로」, 『어문학』 제90집.
김미영, 「「심청전」의 현재적 변모 양상에 대한 연구」, 『한중인문학연구』 제14집.
김미영, 「패러디를 활용한 소설교육의 방법」, 『한국문학이론과 비평』 제26집.
김인호, 「기억의 확장과 서사적 진실 : 최인훈 소설 『서유기』와 『화두』를 중심으로」,
    『국어국문학』 제140호.
김재영, 「연작소설의 장르적 특성 연구 : 1970년대 연작소설을 중심으로」, 『현대문학의
    연구』 제26집.
류보선, 「최인훈 『광장』론 : 자유와 사랑 혹은 환멸의 기원」, 권영민·임영환 외, 『현대소설
    의 구조와 미학』, 태학사.
문흥술, 「최인훈 「가면고」에 나타난 주체형성에 관한 연구」, 『한국현대문학연구』 제18집.
배현자, 「김만중의 「구운몽」과 최인훈의 「구운몽」에 드러난 '환상성' 고찰」, 『현대문학의
    연구』 제27집.
안치운, 「다시 읽어야 할 희곡」, 『황해문화』 겨울호.
이연숙, 「최인훈의 『회색인』과 『서유기』의 대비 고찰 연구 : 기표적 연작으로서의 두
    작품 간 실재계 대비를 중심으로」, 『현대문학의 연구』 제27집.
이용군, 「최인훈의 『광장』 연구」, 『숭실어문』 제21집.
임금희, 「최인훈의 소설 「구운몽」 연구」, 『새국어교육』 제70권.

장 현, 「최인훈 소설의 탈식민주의적 양상 연구 : 『서유기』와 『총독의 소리』를 중심으로」, 『성심어문논집』 제27집.

정영훈, 「최인훈 『서유기』의 담론적 특성 연구」, 『한국현대문학연구』 제17집.

정우숙, 「최인훈 희곡 「첫째야 자장자장 둘째야 자장자장」 연구 : '무서운 어머니' 모티프를 중심으로」, 『여성문학연구』 제13호.

조진기, 「지리공간의 문학적 수용과 그 의미 : 두만강을 중심으로」, 『배달말』 제36호.

주지영, 「최인훈의 「구운몽」에 나타나는 '환상'과 욕망의 구조」, 『한국현대문학연구』 제17집.

최애순, 「최인훈 소설의 반복 구조 연구 : 「구운몽」, 「가면고」, 『회색인』의 연계성을 중심으로」, 『현대소설연구』 제26호.

홍순애, 「최인훈 소설의 섹슈얼리티와 에로티시즘 연구 : 『광장』을 중심으로」, 『한민족문화연구』 제17집.

황호덕, 「아카이브 밖으로 : 문학·국가·비밀, '국민문학' 비판론들에 부쳐」, 『문학동네』 가을호.

2006

김기우, 「최인훈의 예술론과 『화두』의 구조적 특성」, 『한국언어문학』 제56집.

김인호, 「모더니즘 소설의 생태학적 가능성 : 이상, 최인훈, 이인성의 소설을 중심으로」, 『현대소설연구』 제29호.

김인호, 「언어로 해방을 꿈꾸는 두 가지 방식 : 최인훈과 이청준의 경우」, 『본질과현상』 여름호.

김진기, 「'정치적 자유'의 한 양상」, 『상허학보』 제17집.

오윤호, 「탈식민 문화의 양상과 근대 시민의식의 형성 : 최인훈의 『회색인』」, 『한민족어문학』 제48집.

이수형, 「최인훈 초기 소설에서의 결정론적 세계와 자유」, 『한국근대문학연구』 제13호.

정영훈, 「최인훈 소설에 나타난 여성 인식」, 『한국근대문학연구』 제13호.

조보라미, 「최인훈 소설에서 희곡으로의 장르전환 고찰 : 「어디서 무엇이 되어 만나랴」를 중심으로」, 『한국연극학』 제28집.

조보라미, 「최인훈 희곡의 '침묵'의 미학」, 『한국극예술연구』 제23집.

2007

292

공종구, 「최인훈의 단편소설」, 『현대소설연구』 제34호.

구재진, 「최인훈 소설에 나타난 공동체적 기억과 민족담론」, 『어문학논총』 제26권.

구재진, 「최인훈 소설에 나타난 노스탤지어와 역사 감각」, 『한국문학이론과 비평』 제34집.

김남석, 「최인훈 문학에 나타난 난민의식 연구 : 최인훈 작품 세계 연구」, 『한국문학이론과
　　　　비평』 제34집.

김만수·안금련, 「인격의 성숙과 성장으로서의 환상 : 최인훈 희곡 「어디서 무엇이 되어
　　　　만나랴」를 중심으로」, 『한국문학이론과 비평』 제34집.

김미영, 「최인훈 소설에 나타난 가족 로망스의 의미」, 『어문학』 제97집.

양윤의, 「최인훈 소설에 나타난 '얼굴'의 도상학(圖像學) : 『가면고』를 중심으로」, 『한국문
　　　　예비평연구』 제23집.

양지욱, 「『소설가 구보씨의 일일』의 상호텍스트성 연구」, 『한민족문화연구』 제22집.

양진오, 「삶과 예술의 갱신 : 최인훈의 「하늘의 다리」를 중심으로」, 『한국문학이론과 비평』
　　　　제34집.

윤대석, 「최인훈 소설의 정신분석학적 읽기 : 『회색인』, 『서유기』를 중심으로」, 『한국학연
　　　　구』 제16집.

이승희, 「최인훈의 극작 여정, 그 보편성에의 유혹과 정치적 무의식」, 『민족문학사연구』
　　　　제35호.

이종호, 「최인훈의 <廣場> 연구」, 『현대소설연구』 제34호.

이태동, 「가면고 : 현상과 실체의 일치된 세계」, 『가면고-작가와 함께 대화로 읽는 소설』,
　　　　지식더미.

장사흠, 「최인훈 소설에 나타나는 낭만적 의지와 독일 관념론 : <바다의 편지>에 수용된
　　　　'무제약적 자아'와 '불사의 자아' 개념을 중심으로」, 『현대소설연구』 제35호.

정영훈, 「최인훈 소설에서의 반복의 의미」, 『현대소설연구』 제35호.

조경덕, 「전후 소설에 나타난 구원과 죽음의 성찰 : 장용학의 <요한시집>과 최인훈의
　　　　<광장>을 중심으로」, 『현대소설연구』 제36호.

조선희, 「최인훈의 『구운몽』에 재현된 시간성」, 『충북교육연구』 제8호.

최상민, 「근대/여성의 재현과 복수의 상상력 : 최인훈의 「달아 달아 밝은 달아」와 황석영의
　　　　『심청』을 중심으로」, 『한국문학이론과 비평』 제34집.

최은혁, 「최인훈 소설에 나타난 주체의 자리 찾기 도정」, 『현대소설연구』 제36호.

최현희, 「반복의자동성을 넘어서 : 최인훈의 「구운몽」과 정신분석학적 문학비평의 모색」,
　　　　『한국문학이론과 비평』 제34집.

홍기돈, 「『68문학』 연구」, 『어문연구』 제54권.

홍성식, 「소설가 구보씨의 변모과정 연구」, 『한국문예비평연구』 제23집.

2008

강헌국, 「감시와 위장 : 최인훈의 『크리스마스 캐럴』론」, 『우리어문연구』 제32호.

김성렬, 「최인훈의 『크리스마스 캐럴』 연구」, 『국제어문』 제42호.

배경열, 「최인훈 소설의 환상성 연구」, 『국제어문』 제44호.

류동규, 「탈식민적 정체성과 근대 민족국가 비판 : 최인훈의 「총독의 소리」 연작을 중심으로」, 『우리말글』 제44집.

양윤의, 「최인훈의 예술론에 드러난 비극적 인식 연구 : '예술가 소설'을 중심으로」, 『한국문학이론과 비평』 제40집.

유헌식, 「대화적 이성과 인문학의 가능성 : 자아의 지각을 통한 한계보유적 행위─반쪽 헤겔주의자 최인훈─」, 『인문과학』 제87호.

장사흠, 「최인훈 <화두>의 자전적 에세이 형식과 낭만주의적 작가의식」, 『현대소설연구』 제38호.

정주아, 「역사철학적 소설 다시 읽기 : 최인훈 『광장』론」, 『문학수첩』 제24호.

최현희, 「내셔널리즘과 사랑 : 최인훈의 『회색인』에 나타난 혁명의 논리」, 『동양학』 제44호.

함돈균, 「최인훈 『서유기』의 다성성과 아이러니 연구」, 『국제어문』 제42호.

2009

김미영, 「현대소설에 나타난 변신 모티프와 환상」, 『문학교육학』 제30호.

김영찬, 「최인훈 소설의 근대와 자기인식」, 『세계문학비교연구』 제27호.

김유미, 「최인훈 희곡의 연극적 가능성」, 『한국희곡』 제34호.

김윤식, 「토착화의 문학과 망명화의 문학 1 : 이호철과 최인훈」, 『문학의 문학』 제10호.

배경열, 「최인훈의 『소설가 구보씨의 일일』 고찰」, 『인문과학연구』 제15집.

배경열, 「서구에 의한 사회·문화적 혼란과 작가의식 고찰 : 최인훈 소설론」, 『語文論集』 제41집.

배경열, 「최인훈 문학의 특징과 세계인식 고찰」, 『시민인문학』 제17호.

배경열, 「최인훈의 <태풍>에 나타난 탈식민지론 고찰」, 『인문학연구』 제37호.

배경열, 「최인훈의 『화두』 연구」, 『한국사상과 문화』 제50호.

배경열, 「최인훈의 『구운몽』에 나타난 자아의 정체성 혼란과 주체복원 욕망 고찰」, 『배달말』 제44호.

배경열, 「최인훈 소설의 대표적인 패러디 고찰」, 『인문과학연구』 제12호.

배경열, 「최인훈 『서유기』에 나타난 탈식민주의 고찰」, 『인문과학연구』 제11호.

백주현, 「최인훈의 「가면고」에 나타난 프랑스 실존주의의 영향」, 『비교문학』 제49호.

양윤의, 「최인훈 소설에 나타난 소통 구조 연구」, 『한국문예비평연구』 제28호.

여세주, 「최인훈의 <달아 달아 밝은 달아>에 문제된 환상성과 현실성」, 『드라마연구』
　　　제9호.

연남경, 「우주적 공간 '바다'를 향하는 최인훈의 소설 쓰기」, 『한국문학이론과 비평』
　　　제44호.

연남경, 「최인훈 소설의 장르 확장과 역사의식」, 『현대소설연구』 제42호.

연남경, 「기억의 문학적 재생」, 『한중인문학연구』 제28호.

이종섭, 「장편소설의 교과서 수용 방안 연구 : 최인훈의 <광장>을 예로 들어」, 『중등교육
　　　연구』 제57호.

정영훈, 「문학의 정치에 대하여 : 최인훈 등단 50주년에 부쳐」, 『문학사상』 제438호.

조보라미, 「최인훈 희곡, 그 잠재된 가능성에 관하여 : <어디서 무엇이 되어 만나랴>」,
　　　『한국희곡』 제35호.

조창현, 「독일 영화 「레전드 오브 리타」와 최인훈의『광장』 비교연구 : 두 주인공 '리타'와
　　　'이명준'의 암울한 시대에 대응하는 삶의 양상과 시사성에 관련하여」, 『세계문
　　　학비교연구』 제26호.

차미령, 「장단 한 걸음 : 최인훈의 「라울전」의 '라울'」, 『현대문학』 제656호.

차봉준, 「한국 현대소설에 형상화된 신의 공의와 섭리 : 최인훈의 「라울전」과 이문열의
　　　『사람의 아들』을 중심으로」, 『문학과종교』 제14호.

한귀은, 「희곡과 연극의 시청각적 약호 교육 : 최인훈 <옛날 옛적에 훠어이 훠이>를
　　　중심으로」, 『배달말』 제45호.

　2010

권순긍, 「<흥부전>의 현대적 수용」, 『판소리연구』 제29호.

김성렬, 「최인훈의 『소설가 구보씨의 일일』에 나타난 작가의 일상, 의식, 욕망」, 『우리어문
　　　연구』 제38호.

김수이, 「우울증에 따른 자살 예방을 위한 한국문학 콘텐츠 구축의 필요성과 방안 : 최인훈
　　　소설 <웃음소리>를 중심으로」, 『한국언어문화』 제42집.

김영찬, 「한국적 근대와 성찰의 난경(難境) : 최인훈의 『크리스마스 캐럴』 연구」, 『반교어
　　　문연구』 제29집.
김윤식, 「토착화의 문학과 망명화의 문학 2 : 이호철과 최인훈」, 『문학의 문학』 제11호.
김인훈, 「탈식민성과 새로운 공동체 : 최인훈 소설 『태풍』론」, 『문예연구』 제64호.
김지혜, 「최인훈 소설의 여성인물을 통해 본 사랑의 변증법 연구」, 『현대소설연구』 제45호
김혜영, 「최인훈과 오에 겐자부로 소설의 8·15 형상화 방식 연구」, 『현대소설연구』 제45호.
박규준, 「최인훈의 사랑의 서사」, 『문예연구』 제64호.
배지연, 「최인훈 「크리스마스 캐럴」 연작 연구 : 찰스 디킨스 「크리스마스 캐럴」과의
　　　비교 연구를 중심으로」, 『한국언어문학』 제75호
서우주, 「소환되는 역사와 혁명의 기억 : 최인훈과 이병주의 소설을 중심으로」, 『상허학보』
　　　제30집.
설혜경, 「최인훈 소설에 나타난 법과 위반의 욕망」, 『현대소설연구』 제45호.
송창용, 「최인훈 소설에 나타난 소외 의식 연구 : 『회색인』을 중심으로」, 『한국어문학연구』
　　　제32집.
신철하, 「어떤 아나키 : 최인훈과 자유」, 『한민족문화연구』 제35집.
양윤의, 「최인훈 소설의 정치적 상상력」, 『국제어문』 제50호.
오윤선, 「다매체 시대의 국어교육의 목표와 방향 : 교과서 제재로서의 <옛날 옛적에
　　　휘어이 휘이> 일고찰」, 『청람어문교육』 제42호.
유인경, 「최인훈 희곡의 연극사적 위상과 작품세계」, 『문예연구』 제64호.
정재림, 「최인훈 소설에 나타난 기독교 비판의 의미 : 『회색인』을 중심으로」, 『문학과종교』
　　　제15호.
정영훈, 「최인훈 소설과 폐적자(廢嫡子) 의식」, 『문예연구』 제64호.
조보라미, 「'한국적인 심성의 근원'을 찾아서 : 최인훈 문학의 도정(道程)」, 『한국현대문학
　　　연구』 제30호.
조순형, 「최인훈 소설 『태풍』의 탈식민주의적 고찰」, 『어문연구』 제64권.
주지영, 「최인훈의 「하늘의 다리」에 나타난 원형의식」, 『한국문예비평연구』 제31집.
주현식, 「드라마의 텍스트적 육체성 : 최인훈의 <봄이 오면 山에 들에>를 중심으로」,
　　　『한국문학이론과 비평』 제48집.
차봉준, 「최인훈 <춘향뎐>의 패러디 담론과 역사 인식」, 『한국문학논총』 제56집.
황　경, 「회화적 추상과 소설의 형식 : 최인훈의 <하늘의 다리>」, 『비평문학』 제36호.

2011

김동현, 「최인훈의 「달아 달아 밝은 달아」 연구」, 『우리문학연구』 제32호.
김성렬, 「최인훈 문학 초기 중단편의 원형적 성격과 그 확산의 양상」, 『한민족문화연구』, 제38호.
백현미, 「최인훈 희곡 <둥둥 낙랑둥>의 감성 연구」, 『국어국문학』 제157호.
손유경, 「최인훈의 『광장』에 나타난 만주의 '항일 로맨티시즘'」, 『만주연구』 제12호.
연남경, 「신화의 현재적 의미 : 최인훈·이청준을 중심으로」, 『현대문학이론연구』 제44호.
우찬제, 「분단 환경과 경계선의 상상력」, 『동아연구』 제61호.
이행미, 「최인훈 <총독의 소리>에 나타난 일상의 정치화」, 『한국어와 문화』 제10집.
임태훈, 「국가의 사운드스케이프와 붉은 소음의 상상력」, 『대중서사연구』 제25호.
조시정, 「최인훈 소설에 나타난 '러시아·소련 경험' : 『화두』를 중심으로」, 『한국어와 문화』 제10집.
최두례, 「최인훈 희곡 <한스와 그레텔>의 동화 수용과 형상화 양상」, 『한국극예술연구』 제33집.
한승우, 「최인훈의 작가의식과 패러디 소설 고찰」, 『語文論集』 제46집.
Birgit Susanne Geipel, 「냉전의 최전선에서의 글쓰기 : 최인훈의 광장과 우베 욘존의 야콥을 둘러싼 추측들에서의 개인과 분단국가」, 『사이』 제11호.

2012

권보드래, 「중립의 꿈 1945~1968」, 『상허학보』 제34호.
배지연, 「최인훈 소설 『태풍』 연구 : 셰익스피어 『태풍(The Tempest)』과의 비교연구를 중심으로」, 『현대문학이론연구』 제48호.
이광호, 「최인훈 소설에 나타난 시선 주체의 문제 : 소설 『광장』을 중심으로」, 『상허학보』 제35호.

3. 단행본

김병익·김현 편, 『최인훈』, 은애, 1979.
김욱동, 『『광장』을 읽는 일곱 가지 방법』, 문학과지성사, 1996.
이태동 편, 『최인훈』, 서강대출판부, 1999.
홍진석, 『최인훈 희곡 연구』, 태학사, 1996.
이호규, 『1960년대 소설 연구』, 새미, 2001.

김정관,『존재의식과 위기의 문학』, 푸른사상사, 2002.

김유미,『한국 현대 희곡의 제의구조 연구 : 오태석·최인훈·이강백의 희곡을 중심으로』, 연극과인간, 2002.

김민수,『환멸의 세계, 매혹의 서사 : 한국소설과 근대성』, 거름, 2002.

서은선,『최인훈 소설의 서사 형식 연구』, 국학자료원, 2003.

양윤모,『정체성 탐구와 소설의 형식』, 박이정, 2003.

김인호,『해체와 저항의 서사 : 최인훈과 그의 문학』, 문학과지성사, 2004.

김미영,『최인훈 소설 연구』, 깊은샘, 2005.

김 향,『최인훈 희곡 창작의 원리』, 보고사, 2005.

이연숙,『최인훈, 흰 겉옷 검은 속살』, 한국학술정보, 2008.

정영훈,『최인훈 소설의 주체성과 글쓰기』, 태학사, 2008.

김기우,『I(-i-i) 이론의 구조 : 최인훈 예술론 연구』, 제이앤씨, 2009.

김성렬,『최인훈의 패러디 소설 연구 : 근대문학과 근대적 주체를 향한 고전의 방법적 변용 연구』, 푸른사상, 2011.

조보라미,『최인훈 희곡의 연극적 기법과 미학』, 연극과인간, 2011.

차봉준,『패러디, 관계와 소통의 미학』, 인터북스, 2011.

임영천,『안수길·최인훈의 소설 세계 : 노천명·신성적의 시 세계와 함께』, 빛나리, 2012.

4. 대담, 좌담, 인터뷰

정명환·최인훈,「현실·언어·문학」,『문학』창간호, 1966. 5.

한상철·최인훈,「하늘의 뜻과 인간의 뜻」, 1979. 2. 8(『문학과 이데올로기』최인훈 전집 12, 문학과지성사, 1980).

김 현·최인훈,「변동하는 시대의 예술가의 탐구」,『신동아』, 1981. 9(『최인훈』, 서강대학교 출판부, 1999).

한승옥·최인훈,「신화의 진액을 퍼올리는 고독한 예술가의 초상」,『동서문학』, 1989 여름.

이창동·최인훈,「최인훈의 최근의 생각들」,『작가세계』, 1990 봄.

한 기·최인훈,「광장과 밀실 사이 또는 예술가의 초상」,『문학정신』, 1992. 12.

진형준·최인훈,「기억을 찾아서 가는 소설의 길」,『상상』, 1994 여름.

한 기·최인훈,「인간은 생각하는 짐승!」,『문예중앙』86, 1999. 5.

권택영·최인훈,「최인훈의 작품 세계 : 전쟁에 대한 어질머리를 풀어가는 문학」,『라쁠륨』,

1996 가을.

유종호·김승옥·최인훈·최인호, 「문학과 세대적 체험론」, 『문예중앙』, 1997 겨울.

권경우·최인훈, 「80년대는 오류가 없었다」, 『말』 181, 2001. 7.

김인호·최인훈, 「작가의 세계 인식과 텍스트의 자기 증명」, 『문학생산』 2, 2002 가을(『해체와 저항의 서사』, 문학과지성사, 2004).

이태동·최인훈, 「재발견하는 한국 모더니즘 소설」, 『가면고-작가와 함께 대화로 읽는 소설』, 지식더미, 2007.

연남경·최인훈, 「최인훈 문학 50주년 기념 인터뷰 : 「두만강」에서 「바다의 편지」까지」, 『문학과사회』 제87호, 2009 가을호(『길에 관한 명상』 최인훈 전집 13, 문학과지성사, 2010).

김치수·최인훈, 「4·19 50년을 말한다」, 『한국일보』, 2010. 1. 27.

찾아보기

연 남 경

이화여자대학교 국어국문학과를 졸업하고 동대학원에서 문학박사학위를 받았다. 이화여자대학교 언어교
육원 한국어강사, 동대학 인문학연구원 전임연구원 및 서울대학교 박사후연구원을 역임했다. 현재 이화여
자대학교와 한국문학번역원에서 강의 중이다.
「우주적 공간 '바다'를 향하는 최인훈의 소설 쓰기」, 「기억의 문학적 재생」, 「최인훈 소설의 장르 확장과
역사의식」, 「신화의 현재적 의미」, 「집단학살의 기억과 서사적 대응」, 「다문화 소설의 탈경계적 주체
연구」 등의 논문과 『한국문학이론과 비평총서1 - 기호학』, 『1960년대 문학지평탐구』, 『김유정의 귀환』의
공저서가 있다.

이화연구총서 17

최인훈의 자기 반영적 글쓰기

연 남 경 지음

2012년 9월 25일 초판 1쇄 발행

펴낸이 · 오일주
펴낸곳 · 도서출판 혜안

등록번호 · 제22-471호
등록일자 · 1993년 7월 30일

⑨ 121-836 서울시 마포구 서교동 326-26번지 102호
전화 · 3141-3711~2 / 팩시밀리 · 3141-3710
E-Mail hyeanpub@hanmail.net

ISBN 978-89-8494-453-4 93810

값 26,000 원